重读《红楼梦》

詹丹 —— 著

上海教育出版社
SHANGHAI EDUCATIONAL PUBLISHING HOUSE

目 录

自序
\1/

导论：《红楼梦》整本书阅读的选择与策略
\3/

第一章　全书总论
\001/

曹雪芹审度人生的三个视点
\002/

文化代码与红楼人物的"大旨谈情"
\015/

红楼人物的整体布局及"新人"出场特点
\022/

第四回价值再认识
\026/

有命无运和有运无命
\030/

第二章 人物点评
\035/

作为才子形象反讽的贾雨村
\036/

要立足于历史语境和艺术策略来评价贾宝玉
\040/

贾宝玉人生观的迂回展开
\044/

贾宝玉的才气和他的成长
\048/

"情种"宝玉的周到与无奈
\052/

黛玉进贾府和肖像描写的合理性
\056/

黛玉为何不再谨言慎行
\060/

从第八回看林黛玉的口才
\064/

宝钗的言语艺术及执行力
\068/

展现人物关系的特殊一面
\072/

妙玉的矫情
\076/

贾环的自卑与超越
\080/

目 录

被冤枉的呆霸王薛蟠
\084/

野鹤闲云说岫烟
\088/

"执"意恩仇说鸳鸯
\092/

赵姨娘的过去和文学描写的空缺
\096/

小丫鬟坠儿的"传奸"与"为盗"
\100/

巧姐：没能展开的另一种人生
\104/

包勇上场，让《红楼梦》变成《施公案》了吗
\109/

《红楼梦》的礼仪空间与小丫鬟的逆袭
\114/

众人的众口一词和众说纷纭
\119/

第三章 情节解析
\123/

宝黛恋情与下流痴病
\124/

也谈贾宝玉摔玉之谜
\128/

"送宫花"的一路精彩
\132/

宝钗生日与黛玉的伤不起
\136/

生日宴会的"反客为主"
\140/

宝玉与凤姐的醉闹
\144/

史湘云与林黛玉上演的对手戏
\148/

"宝玉挨打"与冲突的间接性
\153/

"宝玉挨打"后的艺术描写
\157/

"母蝗虫"为何出现在回目里
\161/

香菱学诗的提升路径与悖论性
\165/

春天里的和谐与不和谐
\169/

二尤之死与红楼女性的感情绝望
\173/

目 录

《红楼梦》中的医病描写
\181/

后四十回的一种价值取向
\185/

夸张或者写实,这是一个问题
\189/

第四章　风物品鉴
\193/

芒种、端午和扇子
\194/

茄鲞、莲叶羹与贵族奢华
\198/

咏絮词的翻案与断线的风筝
\202/

《红楼梦》与苏州地域文化
\207/

《红楼梦》的官话与江南方言的掺杂
\211/

《红楼梦》与江南美食
\215/

苏州园林和大观园之美
\219/

《红楼梦》的因花写人
\223/

《红楼梦》和陆游诗
\227/

《红楼梦》与李商隐诗
\231/

第五章　接受研究
\235/

反思《红楼梦》重进中学 40 年
\236/

贾宝玉是顽石幻化的吗
\251/

鲁迅最欣赏《红楼梦》什么
\255/

小戏骨《红楼梦》何以成了儿戏
\259/

一本向平庸致敬的红学著作——评《白先勇细说红楼梦》
\263/

目 录

我为什么批评《白先勇细说红楼梦》
\281/

含蓄，还是暧昧——论程本修改脂本的一个角度
\287/

马克思主义红学的早期成果——评高语罕《红楼梦宝藏六讲》
\298/

从《红楼梦》多篇序言看读者对小说未完成的接受
\309/

后记
\321/

自序

《红楼梦》是一本常读常新的书,值得重新读、反复读。

因为小说丰富的内涵,它的思想艺术宝藏,无法在一次阅读中穷尽。

因为自身的逐渐成长,对人生有了不同体验,以此与《红楼梦》重新相遇,会有新的感悟。

还有,因为课内外的学生,提出了我未曾思考过的新问题;因为同行,有了我曾经忽略的新发现;也因为有人,提出了我实难苟同的新论点。这些都需要通过重读,来回应、来求证、来反驳。这已是我教学和研究工作的一部分。但是,我先把自己定位为《红楼梦》的读者。

我希望在重读中,慢慢感悟到《红楼梦》的真味,成为《红楼梦》的合格读者。

曹雪芹写完他的作品,带着自傲和绝望兼而有之的心态,向读者发问:"都云作者痴,谁解其中味!"他的质疑,逼问着每一个打开他作品的人,打击着我们成为《红楼梦》合格读者的自信心。但也许,只有在反复重读中,我们的自信心才得以稍稍恢复。

　　特别需要提到的是，近年来，《红楼梦》整本书阅读纳入统编高中语文必修教材之后，中学生这个读者群体的数量激增。此前，我在上海多所中学作讲座，与中学生有过初步交流，他们表达了阅读《红楼梦》时的一些困惑，使我了解到未曾注意的一些问题。这里，我把反复重读的体会分享给他们，也是我写这本论著的一个重要目的。

　　是为序。

导论：《红楼梦》整本书阅读的选择与策略

把整本书阅读纳入语文课堂，是针对此前的语文教材往往由单篇文章或者中长篇作品片段组合成而做出的一种补救。之所以说是补救，是因为那些以单篇、片段组合成的教材，无论是对生活场景的展示，对人际交往的丰富性、人的复杂性的呈现，还是对人的想象世界的开拓或者对问题的思考讨论等，往往缺乏一种全景性、深入性。而就目前推出的文章大单元组合或者群文阅读方式来看，建立起的单元结构，大多是以编者基于某些概念或者范畴而构拟的框架式理解（尽管这是无可避免的），从文章自身发展出的个性化问题的联系还较少。这样，文章互相间可能的一种有机联系，没有得到充分体现，而借助他人的理解所构拟的框架，在教学的实际展开中，也有可能带来泛化甚至贴标签的、削足适履的后果。整本书阅读正是基于这种认识，才逐渐成为语文界关注的重点。一些得风气之先的学校，已经进行了初步实践。有的语文教师，结合自身经验，写出了关于整本书阅读的教学设计。阅读《红楼梦》列入统编高中语文教材必修下册的单元要求后，出现了一些相关的专论或者专著，服务于整本书阅读的教学，凡此，对语文教师都能起到一定的参考作用。读整本书，也许都要回答"读什么"和"怎么读"两个基本问题。

一、《红楼梦》整本书阅读的选择性问题

（一）脂本与程本

中华人民共和国成立 70 年以来，人民文学出版社主要出版了两个整理校注本，前 30 年是以清代程伟元印刷的程乙本为底本整理的[1]，后 40 年主要以脂砚斋抄本庚辰本为底本（缺失的后四十回内容用了程甲本）[2]。如果作为对照阅读，两个版本可以同时用。如果以阅读一个版本为主或者只读一个本子，当然是以庚辰本为底本的整理本为首选。为什么？

程本因为乾隆五十六年（1791）和乾隆五十七年（1792）的两次印刷而分程甲和程乙两种。程印本虽然纠正了脂抄本上的一些脱漏、别字等抄写上的技术性错误，但也因编撰者不理解文意或者自作聪明的改动，增加了不少新的错误，尤其是大大降低了原作的思想艺术性。特别是程乙本，在程甲本的基础上，单单前八十回就改动了一万字左右，导致了越改越坏的结果。有些改错的例子是程印本共有的，或者是从后期脂抄本中延续下来的，有的则是程乙本独有的。我对作家白先勇竭力推崇程乙本有过较深入的反驳，相关论文发表在《文艺研究》上，并已收入此书中，有兴趣的读者可以参考。这里简单举几个例子来说明。

第四回庚辰本回目是《薄命女偏逢薄命郎　葫芦僧乱判葫芦案》，在程

1　曹雪芹，高鹗.红楼梦［M］.北京：人民文学出版社，1964.

2　曹雪芹，高鹗，中国艺术研究院红楼梦研究所.红楼梦［M］.北京：人民文学出版社，1988.

本的回目中，成了《薄命女偏逢薄命郎　葫芦僧判断葫芦案》。虽然只改动了一字，但批判的力量被削弱了，而且从句子对仗艺术来说，让"判断"这样的联合式结构来对"偏逢"这样的偏正式，也是不工稳的。

再如，第八回庚辰本写林黛玉"已摇摇的走了进来"，程本改成"已摇摇摆摆的来了"，把一个弱不禁风的女子状态描写改成了大男子样，这样的改动是一直被人诟病的。第三十七回，探春发帖成立诗社，庚辰本中写探春自称"娣探"，程本改成"妹探"，也实在欠妥。因为程本显然忽视了，探春故意用"女弟"来代替"妹"的称谓，其实与帖中强调巾帼不让须眉的主旨是一脉相承的。

遗憾的是，统编初中语文教材九年级上册选入《刘姥姥进大观园》片段，还是用程乙本为底本的整理本，对照庚辰本，就能发现一些描写失误的地方。

比如老祖宗带刘姥姥坐船去探春住所时，正赶上开早饭时间，王夫人问在哪里摆放早饭，老祖宗说："你三妹妹那里就好。"但是在程乙本，删除"就"字，改为"你三妹妹那里好"。把本来是基于去探春屋里的前提而需要的一个"就"字抹去了，这样，选择在探春屋里开早饭，成为一个泛泛的"好"的判断，显然失去了老祖宗说话应有的那种稳重和妥帖。

再如，在探春屋里开早饭时，小说先交代了薛姨妈在自己住处吃了早饭，因为薛姨妈一家是常住在贾府，日常生活是自家负责的，她进大观园凑热闹，已是用过早饭，只坐在旁边喝茶。所以当刘姥姥说话引得众人大笑时，只有薛姨妈是把茶喷到了探春裙子上，而史湘云则喷出的饭，探春也是把饭碗扣到了迎春身上。但在程乙本中，一概改为茶和茶碗，这一改动，不但没有了层次感，也没有体现出薛姨妈日常生活的特殊性。

总之，有关《红楼梦》整本书阅读，选什么版本来读，应该是先需要认真对待的。

（二）文本与副文本

《红楼梦》文本的主体部分是散文式叙事，但在情节展开中，也插入诗词曲赋诔酒令等各种文体的作品，有人因此把《红楼梦》视为"文备众体"的集大成之作，也有人把插入其中的这些以韵文为主的文类，视为小说散文式叙事的副文本。那么如何看待这些副文本，在阅读中把这些文类放在怎样的位置，也成了选什么读中需要考量的重要问题。

还记得我少年时代读《红楼梦》，因为理解起来有困难，这些韵文一概略过不读，后来买到蔡义江的《红楼梦诗词曲赋评注》，结合着故事一起读，觉得对人物的理解就深入了一步。即便如此，我仍然觉得《红楼梦》真正具有魅力的地方，是用散文化的语言对人物的言语动作和心理进行的白描，这才是我们阅读内容取向的重点。而诗词曲赋如果值得重视，也应是作为人物描写的一部分，对散文化描写未能涉及的，起到一定的补充作用。所以，如果像有些教师提出的，把《红楼梦》中的这些诗词曲赋抽取出来，抛开小说特定情境，如同读唐诗宋词那样来单独一首首读和背，这样的做法其实并不可取。

散文化的整体叙事中之所以插入若干韵文，一方面是因为当时人们的生活习惯，诗词曲赋是他们的文化娱乐方式；另一方面是因为当小说中的人物把他们散文化的言语方式转换成韵文时，就有了一种间离效果，即人物可以从特定情境中抽身出来，完成散文难以完成的某些功能。比如，让一个人在日常言谈中发表宏论会显得迂腐可笑，但在小说中穿插诗词，遵循"诗言志"惯例，以曲折迂回的诗词艺术方式抒发自己的志向，便使得蕴含的宏论变得可以接受了。这样，薛宝钗才会在她的《临江仙》中借咏叹柳絮，来抒写"好风频借力，送我上青云"的志趣。此外，传统社会里，坠入爱河之人面向对象表达爱意时总有点羞涩，但把这种爱意放在韵文体中来表达就不至于那么难堪。不妨说，诗歌承载情感时，诗歌也就成为双方的媒介，并从日常散文化语言中独立出来，人物也就不需要直接面对对方，这时，诗歌既是情感交流的媒介，也是保护彼此的一道屏障。林黛玉的诗固然以情感居多，但有时当着贾宝玉的面不便言说时，就借助诗歌来表达了。比如，林黛玉在贾宝玉的旧帕上题下三首绝句，表达她对贾宝玉的全部之爱，但如果当着贾宝玉的面，林黛玉绝不会用散文化语言来表达，似乎只有用韵文的方式才能恰到好处地承载这份情感。而如果把她这三首绝句抽取出来单独品味，其情感艺术的感染力就会大打折扣了。

也正由于这样的道理，当初语文教材选入《香菱学诗》片段时，有些教师置情节内容于不顾，单挑出香菱创作的三首诗，来品味她的学诗经过，从中引发对写作经验的思考；或者如教材那样，要求学生从林黛玉的教诗、香菱的品诗及其写诗的经历中，来思考对自身阅读与写作的启发。这些其实都不是阅读《红楼梦》这部作品中的副文本的正途。

韵文式的副文本既应该和散文化的人物描写结合在一起来理解，同时，副文本互相间，也可以构成一种互文式的对照阅读。

第三十七回，既全文转引了探春发起成立诗社的帖子，也转引了贾芸给贾宝玉送海棠花时附上的一封书信。从语言形式看，前者语言的典雅和后者语言的通俗适成对比。更重要的是，探春的发起帖中，作为一个女子流露的巾帼不让须眉的英气与追慕古代的雅致，与贾芸的书信中，他在宝玉面前自认儿子的那种自我矮化，在内容和语言形式上有着奇妙的对应性。同样，第七十八回，当贾宝玉咏叹的《姽婳将军词》与《芙蓉女儿诔》先后相继时，一方面，面对姽婳将军，是男人们的无地自容；另一方面，作为无力保护晴雯的宝玉，只能把去世的晴雯想象为女仙，来使自己获得稍稍的心安。其互文见义的内容主旨，也有助于深刻揭示贾宝玉的内心世界。

在提及小说的副文本时，我们需要把叙事层面的带有谶纬意味的那些诗词曲和花签等，与人物自己创作的作品区别开来。那些谶纬意味浓郁的诗词曲赋主要集中在《红楼梦》第五回贾宝玉神游太虚幻境那一段落，群芳开夜宴时也涉及一些。在宝玉神游太虚幻境时，通过他翻阅"金陵十二钗册子"，通过警幻仙子安排曲演《红楼梦》，若隐若现地暗示了贾府中主要女性的未来命运。我们固然可以把这视为一种艺术伏笔，但也不可否认，其中有相当的宿命论色彩。这些诗词曲不但语言的艺术性并不高明，而且把读者引导到对人物的猜谜式理解中，有不少红学家为了得到精准的答案费时费力研究，我觉得其实并不值得。如果我们有意识地要把这些判词纳入阅读视野，当我们从小说的整体观着眼，发现情节的实际走向与人物判词的暗示出现不一致时，这未必是在说明作品艺术构思的不严谨，反而有可能说明，这是因为作者忠实了艺术自身发展规律，以及基于对现实世界多种制约因素的深刻理解。只有具备了这样的辩证眼光，我们才有可能摆脱阅读的教条主义的桎梏，也才能对判词的谶纬式作用，有一个接近客观的正确理解。总之，对这样一类副文本，我认为不要去高估它的阅读价值，也不要把它作为阅读的重点内容，尽管第五回本身在全书中有其特殊的功能。

（三）段落与肌理

也许，从整本书阅读角度来讨论，不应该提出段落的问题，我们只要让学生认认真真从头往下读就是了。而且，我在大学开设"《红楼梦》精读"选修课时，是通过让学生写内容提要和每回出现的人物来落实阅读任务的。不过，段落的问题又是一个无法回避的问题。这倒不是因为中学生不同于中文系的大学生，他们的语文课时间有限，无法把这样一部百万字的小说从头读到底（尽管这也是一个非常现实的问题），特别是无法对全书进行深度阅读。而是因为如果要进入一定深度的反复阅读，我们不得不要为学生挑出一些最精彩的段落，让他们得以窥一斑而见全豹。比如何满子、李时人主编的《明清小说鉴赏辞典》就选出《红楼梦》的 34 个片段来加以欣赏。而不少《红楼梦》选修教材，也基本采用的是片段阅读法。至于哪些段落足够精彩不应该被遗漏，也是见仁见智，各有说法，这里不拟展开。

从小说内部来看，"读什么"的段落选择，先需要面对最基本的三大段落。

第一是开头的段落，第二是续作的段落，第三是原作的主体部分。

开头段落大家一般认为是前五回，具有纲领的作用。20 世纪 70 年代末，刘梦溪就撰写了《论〈红楼梦〉前五回在全书结构上的意义》。把前五回归入小说整体结构的开头意义当然是没问题的，问题是，如果第五回已经开头，那么为什么第六回还要借助刘姥姥进荣国府来开一次头呢？或者说，第三回写林黛玉进贾府，借助这样一个陌生化视角来看贾府确实相当重要，那么近似的是，更为陌生的刘姥姥进贾府，是不是在结构上有着近似的功能呢？从这个意义上说，前五回加上第六回，在全书结构上都具有特别的意义（第六回的结构功能，也许还可以加上第七回开头周瑞家的送宫花，因为刘姥姥无法一看究竟的众姐妹日常生活，借助周瑞家的一一送宫花，才在各姐妹的住所走了遍）。相比于前六回特别重要，程印本的后四十回内容，就显得不太重要，除了黛玉之死、司棋殉情、贾府被抄、袭人改嫁等少数段落比较精彩外，大部分内容在思想艺术上远不如前八十回。虽然仍有一些学者坚持认为后四十回与前八十回是同一个作者，整体上保持的悲剧性收尾，也和前八十回的基本思想倾向接近，但艺术感觉相差甚远，对于这部分，则可以选择少读或者大致浏览的方式就可以。

对于主体部分的七十多回，这里提出段落式材料和肌理式材料两种选择方式。

段落式材料又分两种，一种处于事件的枢纽，如宝玉挨打、抄检大观园，事件是许多线索、许多矛盾的聚焦，又借助这一聚焦，延伸出进一步的矛盾和线索。还有一种具有相对独立性的插曲式段落，如香菱学诗、二尤之死。这两种性质的段落材料，可以根据阅读要求，各有所取，此不赘言。

那么肌理式材料呢？大致说来，就是从语言描写、细节刻画、物件呈现等中，梳理出前后贯通的线索，然后加以竭泽而渔的组合。比如小说在人物语言描写时，多次写了有人不把话说完的断裂现象；又比如其中提到的手帕，在不同场合有种种功能和作用；还有出现的各种镜子，在铺叙情节、描写人物时体现的价值。笔者曾经从小说涉及的各种香味（体香、花香、药香等），梳理出相关内容，在仔细阅读分析中，撰写成《闻香识得红楼人》一文。当然，这种选材阅读，作为一种深度阅读，是建立在完整阅读基础上的。有了这个基础，再从特定肌理中深入下去，是比较符合中学生学情的。如果完整性阅读可以通过写每回出现的人名和内容提要来落实，那么有关肌理材料，就需要列出全书相关内容的完整清单，如我们一位研究生在许多年前电脑还不曾普及的情况下，通过逐回阅读，统计出小说写手帕（包括手绢、绢子等）共有89处，在此基础上，撰写出她的小论文。

总之，不管读什么，最终是为了加深对小说具体情节的印象、加深对人物的理解，从而进一步丰富我们的人生体验、加深我们对人生的思考，这样的阅读教学，是值得我们去努力落实的。

二、《红楼梦》整本书的阅读策略

（一）长篇小说阅读的一般策略

阅读策略可从泛泛角度切入，就像小说家纳博科夫曾经说的，阅读长篇小说，应该起码有四个条件：有记性，有想象力，有文学感觉，最后，手头要有一本词典，可以随时查阅。[1] 这四点，对《红楼梦》的阅读都适用，我就借用过来展开讨论。除查词典具有一定操作性，其他好像都不是我要你怎么做或者我要我怎么做，就能做到的。

首先，是记忆力。《红楼梦》人物多、事件杂。作者为了让读者对人物有渐渐的适应过程，在整体构思上煞费苦心，通过各种设计，把贾府里的各色人等慢慢推上小说舞台。记住这些人名、彼此的关系及相关的情节线索，记住发生在不同人身上的一些细节，都需要读者具备一定的记忆力。好记性可以帮助读者建立文本的有机关联。比如第五十七回，庚辰本的回目上句是"慧紫鹃情辞试忙玉"，程甲本和程乙本的"忙玉"作"莽玉"，戚序本作"宝玉"。"宝玉"两字太平常，可不考虑。那么"忙玉"好，还是"莽玉"好呢？从常理说，用鲁莽的莽没问题，宝玉未经仔细思考或者考证，就把紫鹃的谎言当真了，确实鲁莽。但是，第三十七回成立诗社时，宝钗就给宝玉起过两个别号："富贵闲人""无事忙"，所以，回目称他为"忙玉"，有意把平日的瞎忙乎与此时的虚惊一场联系起来，使这回目有了特殊的意味。[2]

其次，是想象力。小说写到一些内容的同时，也留下了许多空白；或者只写到了表面，留下深层的潜台词，需要读者通过想象力去合理展开，把没有色彩的冰冷文字，用想象力去充实它、点燃它。如第七回周瑞家的送宫花例子：

> 黛玉只就宝玉手中看了一看，便问道："还是单送我一人的，还是别的姑娘们都有呢？"周瑞家的道："各位都有了，这两枝是姑娘的了。"黛玉冷笑道："我就知道，别人不挑剩下的也不给我。"周瑞家的听了，一声儿不言语。

---

[1] 纳博科夫. 文学讲稿 [M]. 申慧辉等, 译. 北京：生活·读书·新知三联书店，1991：22.
[2] 曹雪芹，俞平伯. 红楼梦八十回校字记 [M]. 北京：人民文学出版社，1993：403.

读者如果不调动自己的想象力，单看这段描写，最多也就觉得黛玉太小心眼。这里挑战读者想象力的是周瑞家的的回答：两句话都用"了"来强调，有让黛玉放心、一切都安排妥妥的意思。于是，她说话的潜台词，恰恰是跟黛玉的理解成逆向发展的。她以为黛玉这么问，是担心只有她有，别人都没有，她会不好意思收下来。为了让黛玉彻底放心，周瑞家的才这么说。于是，等到黛玉说出她的真实想法时，在周瑞家的内心，产生了戏剧性逆转，让她尴尬得不知说什么好，只有一声不吭了。关于这段描写，我在《黛玉为何不再谨言慎行》一文中，有更详细的分析。

再次，是文学感觉。这有点玄虚，似乎说不清道不明。比如《红楼梦》后四十回的内容，其中也有写得不错的，特别是司棋和表弟殉情、黛玉之死、贾府被抄、袭人改嫁、宝玉与贾政雪中相逢乃至夏金桂诱惑薛蝌等段落，都是比较生动的。在家族发展趋势方面，也遵循了原作的基本思路，但总体的艺术感觉，还是赶不上前八十回的大部分描写，不仅诗意荡然，而且主要的是，那种文笔曾经留下的很大想象空间，也一并消失了。虽然有一些学者坚持称后四十回和前八十回是同一个作者，但在我看来，如果不是想说明作者进入八十一回创作，有了江郎才尽般的遭遇，水平发生了断崖式下滑，那么有这类主张的人的艺术感觉实在太差。

最后，读小说也需要经常查阅词典。就《红楼梦》来说，小说在雅词和方言俗语的运用上，涉及的语域都比较宽广，即使是一些看似普通的词语，因为用在特殊场合，也产生了不寻常的意义，我们还是需要查词典，或者查相关的学者研究，才能得到正确解释。比如宝玉去栊翠庵喝茶，妙玉给他使用自己的茶具绿玉斗，小说用了一个"仍旧"的"仍"，我们通常认为"仍旧"指不止一次，但北京大学的陈熙中老师认为这词解释为"乃"，并用相似的例子来佐证，我觉得是有说服力的。[1] 当然，这样来理解，并不否认宝玉和

---

[1] 陈熙中.红楼求真录[M].北京：北京大学出版社，2016：118-128.

妙玉有着非比寻常的关系。但在确认这样关系的前提下，仍然持实事求是的态度，把支持性的证据放在一个恰如其分的位置，这是我们阅读时不容易做到的。

（二）《红楼梦》阅读的特殊策略

下面，我就《红楼梦》自身的特殊性，来讨论相应的阅读策略。这里提三点，应该是大家的共识。一是版本的交错复杂性，二是材料的百科全书性，三是结构的对比、类比性。由此形成相应的三种阅读策略，其实都是这一总原则下的具体运用。

1. 版本的校对式阅读

因为版本的交错复杂，所以从普通读者角度考虑，不必去直接阅读各种抄本或者清代活字印刷本的影印本。而只需把人民文学出版社整理的以庚辰本为底本（后四十回为程甲本）的整理本和程乙本的整理本进行对照阅读，前一种思想艺术更高的作为基本读本，后一种可以根据自己兴趣，来对照阅读一整回或者更多。目的是通过优劣对比，培养文学感觉。

需要先说明的是，白先勇有一个观点，说庚辰本是给小众研究用的，程乙本是给大众阅读用的，大陆个别学者对此观点有认同。这观点初听有道理，其实是在偷换概念，混淆视听。因为当我和白先勇争论庚辰本和程乙本哪一个版本更好时，不是指清代流传的、原始意义上的脂抄本和程印本，白先勇当然也不是。我们都是指经过现当代专家整理的两个普及本，哪一个更少瑕疵、思想艺术更高明、更值得向读者推荐。

此外，关于这两个整理本的优劣比较，梳理程乙本不同于庚辰本的文字表述，主要分为三种情况。

第一，庚辰本有些技术上的笔误或者艺术上不合理的描写，在程乙本甚至更早的程甲本中得到了纠正。这些情况在整理本中，不少也相应得到了纠正。有些则是见仁见智的问题，还有待进一步讨论。比如关于龄官在蔷薇花架下画"蔷"字，到底是几千还是几十；黛玉和湘云在凹晶馆联句，到底是说"冷月葬花魂"还是"冷月葬诗魂"；等等。

第二，程乙本改动的文字明显不如庚辰本，但又是不得不修改的。这样的改动，我们表示理解。比如第五回有关咏叹迎春嫁给孙绍祖的曲子《喜冤家》，其中一句写孙绍祖，庚辰本是"一味的骄奢淫荡贪还构"[1]，程甲本和程乙本都是"一味的骄奢淫荡贪欢媾"[2]，其中，"贪欢媾"重复了"淫荡"，不及庚辰本的言简意赅。但程本这样改，又是合理的。因为孙绍祖"构陷"贾家，是作者原来的构思，但在程本的续作中，并没有呈现这方面内容，小说主要写了他的淫荡和对迎春的欺凌。这样，修改曲词，其实也是为了照顾到后文，前后保持一致。这样的改动，虽然掩盖了曹雪芹原来的构思，但从情节整体角度考虑，有其存在的合理性，对此改动就没必要苛责。

第三，程乙本（有时候也包括程甲本等）与庚辰本不同的文字处理比，明显拙劣。这样的例子是大量的，占多数。因为前文有过讨论，这里就再举一例。比如统编高中语文教材必修下册第七单元，谈到学习《红楼梦》主题的任务时，有"这块顽石幻化成贾宝玉"一句[3]，其实是依据了程印本修改了脂抄本才有的说法。多种脂抄本大多写的是顽石幻化成贾宝玉出生时口中所含的通灵宝玉，并一直是故事的叙述者，而神瑛侍者才幻化成主人公贾宝

---

1 曹雪芹，高鹗. 红楼梦 [M]. 北京：人民文学出版社，1988：87.

2 冯其庸. 八家评批红楼梦 [M]. 北京：文化艺术出版社，1991：127.

3 教育部. 普通高中教科书语文必修下 [Z]. 北京：人民教育出版社，2020：141.

玉。但在程甲本、程乙本中，顽石、神瑛侍者和贾宝玉合三为一了。由此引出了三个失误：第一，混淆了叙述者和主人公的基本差异；第二，混淆了炼石补天神话和木石前盟神话的差异；第三，让通灵宝玉与顽石间发生了莫名其妙的裂变。对此，本集中有专文讨论。

2. 文献的参照式阅读

这是基于小说材料具有百科全书的丰富性而提出的一种阅读策略。

我们当然可以从物质和精神生活的多样性来阅读相关文献，深入理解《红楼梦》涉及的许多描写，比如单是西洋物品，方豪梳理历史资料，分析其中提到的外国物品；周绍良从西洋钟表特点考证刘姥姥一进荣国府时，听到的敲钟声到底是几点；商伟研究小说中的西洋镜；孟晖研究小说中的西洋玻璃。相关文献，都值得参考。我们不是做研究，未必需要去阅读小说外的一手资料，但是，参考一些学者的研究成果，还是有帮助的。限于篇幅，这里主要举诗歌的例子来说明。

第四十回，林黛玉说："我最不喜欢李义山的诗，只喜他这一句：'留得残荷听雨声'。偏你们又不留着残荷了。"虽然我们可视为她当时在跟宝玉、宝钗等闹别扭，因为是他们主张要人来收拾残荷的，但林黛玉真喜欢这句诗也是可能的。而究竟是怎样一种喜欢，就需要把这句诗放到李商隐诗的具体语境中来进一步理解。关于这，本书中《〈红楼梦〉与李商隐诗》一文有专门讨论，这里就从略了。

第七十回，大观园重开诗社，咏叹柳絮。林黛玉作《唐多令》，哀怨悱恻一如既往，说什么"飘泊亦如人命薄"，是"嫁与东风春不管，凭尔去，忍淹留"。而薛宝钗写了一首让人刮目相看的《临江仙》：

> 白玉堂前春解舞，东风卷得均匀。蜂团蝶阵乱纷纷。几曾随逝水，岂必委芳尘。
>
> 万缕千丝终不改，任他随聚随分。韶华休笑本无根，好风频借力，送我上青云！

从小说本身看，薛宝钗的咏柳絮当然是林黛玉等人创作的翻案文章，但不少学者认为，这首词作是受宋人洪迈《夷坚志》中记录的一则《侯元功词》故事影响的。该故事写男主人公侯蒙考场受挫又长相难看，但他心态极好。虽被人嘲弄，肖像被画在风筝上而晒到了天上，他居然能趁机作翻案词，所题咏的"当风轻借力，一举入高空"具有明确的双关性，"一举"之"举"，也可以落实为侯蒙自况的应举。不过，薛宝钗在词中借用此句时，以柳絮替换风筝，其关于柳絮和人的命运的双关性就被泛化了。更重要的是，因为原词的人物形象与风筝重合，作为一种潜在文本影响到情节叙述中。这样，隐藏于《红楼梦》书本背后的历史故事，如同一条暗线牵连起柳絮、风筝和人物三者的紧密关系。详细的分析可参看本集中的《咏絮词的翻案与断线的风筝》一文。

还想指出一点的是，考虑到高一上半年是把费孝通的《乡土中国》纳入必修教材的，所以，应该有意识地把《红楼梦》与《乡土中国》参照起来阅读。事实上，《乡土中国》也不时会举到《红楼梦》的例子，比如"男女有别""礼治秩序""长老统治"等章节。

3. 本文的对比、类比阅读

应该说，阅读回归本文是最基本的阅读策略，而《红楼梦》本文在整体构思上的对比、类比性体现得如此全面，使得对比和类比的阅读策略，更应该得到深入贯彻。

从文本的大处着眼,有情节设计、人物塑造、主题概括三方面,由此也引导读者要从这些方面来确定阅读策略。

从情节看,整体意义上的家族的盛衰构成对比,连同家族中的人物命运,都有了趋同性对比。而甄家小荣枯与贾家大荣枯,则有缩影般的类比。

局部意义上,例如第十九回袭人的花解语和黛玉的玉生香,两人各自与宝玉发生的似乎相近的儿女温情,却有了进一步的道德教诲和情趣相投的对比性差异。而宝玉挨打后,宝钗和黛玉探视宝玉的不同表现,还有上文提到的咏絮词,黛玉的《唐多令》与宝钗的《临江仙》主题的悲观和乐观对比。诸如此类,不一而足,许多红学家写过专题讨论的论文。

从人物塑造看,"金陵十二钗正册"的排列规律,就有明显的两两对比性,不少学者正是从这方面来展开比较分析的。如王昆仑在《红楼梦人物论》中谈到的黛玉作诗、宝钗做人,这种鲜明对比给人深刻印象。而他把民国时期写成的《红楼梦人物论》在1949年后加以修改时,对对比和类比策略的运用,也就越发自觉,视野更加开阔。这里举一例,可以给读者阅读起一定示范作用。他的《红楼梦人物论》在第一篇的"花袭人论"中,1948年的版本是这样的文字:

> 他(笔者按:指曹雪芹)以十分郑重的态度写宝钗,以十分艰苦的心理写黛玉,以十分生动的情调写凤姐。对于宝钗和黛玉觉得还写得不够,便再加上宝玉身边两个重要的丫鬟:以极细腻的笔法写袭人,以极明朗的调子写晴雯。[1]

---

1 太愚.红楼梦人物论[M].上海:上海书店,1990:2.

1983年由三联书店出版的修订版中，这段文字改成：

> 他以艰苦沉重的心情写黛玉，以郑重深曲的笔墨写宝钗，以酣畅活泼的情调写凤姐。作者又根据社会真实看出处于高贵地位、富于文化教养的小姐中，有黛玉宝钗两种对立性格，在出身下层、受人奴役的丫鬟中，也存在着晴雯和袭人两种立场、两种性格的代表人物。[1]

我们发现，在第一版中，没有提出的晴雯和袭人究竟与黛玉、宝钗间构成怎样的结构关系，在修订版中被清晰揭示了：这是在不同社会阶层的两种立场、两种性格的代表性人物的对比和各自的类比关系。至于晴雯、袭人两人的性格在修订版中没有被提及，也许是因为作者认为，相比于对人物的性格呈现，揭示社会的结构关系更为重要，而且这种结构揭示已把性格呈现通过类比而暗含其中（通常所谓的"钗影黛副"，已经为人所熟知），更何况在其他段落，这些性格特征也有更全面的揭示和剖析。

从主题概括看，读者一般都习惯用命运、无常来概括《红楼梦》，最近作家闫红在一个讲座中也详细谈了她对《红楼梦》"无常"的感受，她提出一个有意思的观点：薛宝钗对赵姨娘客气，给她送礼物，未必说明她做人圆滑。也许这里有一种无常观在起作用，保不定自己将来就成了别人眼中的赵姨娘，所以善待赵姨娘，其实是对无常保持敬畏，让人生变得安全的一种策略。当然从对比策略思考，我觉得小说实际上是把无常的主题具体化为两种，一种是香菱的"有命无运"，还有一种是秦可卿的"有运无命"。这里的命，是指生命，不是天命。有命无命，主要是指长短。这种生命和运气的分离，就是命运无常，而能够命运两济的，如同小说开头写到的娇杏，谐音"侥幸"，只是一种偶然。这样的主题理解，对读者来说有一定的真切性，但也蕴含着

---

1 王昆仑.红楼梦人物论［M］.北京：生活·读书·新知三联书店，1983：14.

一个重要局限。无常虽可能反映了作者创作的自觉观念，但又不能全然等同于小说本身，因为小说在展开家族盛衰和人物悲剧结局时，也把人的性格局限特别是社会制度的问题一并呈现了。所以把命运无常作为对比性的展开方式，仅仅是问题的一方面。我们还需要把作者的自觉意识和他在小说中客观呈现的事实加以对比性理解，从而使我们的理解有可能超越作者所处时代的意识局限，能够发现作品正视现实、批判现实的力量。只有这样，才不至于使无常观念成为对不合理社会和制度的无意中的一种辩护。这也正是我在"全书总论"里，要专门讨论命运无常问题的重要理由。

（三）余论

当我们展开文学阅读而自觉运用一种策略时，我们的阅读可能会减少感性的乐趣，我们变得更理性，更像艰苦的工作者而不是一个乐在其中的人。我不怀疑思考本身能获得乐趣，文学阅读不能纯粹跟着感觉走，必要的理性还是需要的，但如何努力让感性和理性得到平衡，这也是需要我们思考的。这里我举纳博科夫关于《包法利夫人》的思考题，来说明理性和感性融合的一种途径，他曾经出这样的思考题，让读者来想象自己所理解的女主人公艾玛：她会喜欢布满废墟和牛群的景色，还是与人群不产生联想的景色？她喜欢她所处的山间湖泊有一条孤零零的轻舟，还是没有轻舟？[1] 在此基础上，跳出代入式想象，反思人物性格特点及其与社会环境的关系。

是的，这似乎呼应了我们此前论述的对比策略的运用。但还需要看到，这里有理性和感性，思辨和想象的一种平衡。我们阅读《红楼梦》，也应该有这样的尝试。

1　纳博科夫.文学讲稿[M].申慧辉等，译.北京：生活·读书·新知三联书店，1991：517-518.

重读《红楼梦》

第一章

全 书 总 论

曹雪芹审度人生的三个视点

一

　　小说塑造的人物形象，当然不等同于现实生活中的人物。但我们也可以认为，《红楼梦》作为一部具有自传色彩的长篇小说，主人公贾宝玉（还可加上他的知己林黛玉）的生命体验一定程度上代表着作者的思想观点，体现着作者的人生态度。此外，来往于仙界和尘世的一僧一道与出入于贾府的刘姥姥，作为另两个代表作者审视人生的视点，从不同的侧面，与贾宝玉的和合在一起，构成作者曹雪芹的一个多元的矛盾思想体。

　　我们读《红楼梦》，常常感到有几个不同的开头：从第一回一僧一道开始，交代那块石头的背景，展开它的传奇经历；从第三回黛玉进贾府开始，主要人物宝玉、黛玉等一一登场，以丰满生动的形象出现在我们面前；从第六回开始，前五回都是在交代小说旨意、创作缘起和人物关系及他们的结局等，似乎只是小说的纲领，作为一个网状结构的贾府衰亡史，其细目似乎到第六回，才从一个芥豆之微的小小人家开始编织。何以会产生这样的感觉呢？这当然和《红楼梦》的独特结构有着密切关系，但也和本文提出的作者观照人生的三个视点紧密相连。正因为一僧一道、宝黛和刘姥姥分别代表了作者审视人生的三个观照点，因此和他们有关的最先描写，便成为从不同层面观照人生的小说的开始。

这里不妨借用《红楼梦》第一回提及的概念，来对这三种不同的视点作一简单的概括。佛教有所谓"色空"观，但小说写空空道人"因空见色，由色生情，传情入色，自色悟空"，从而把"情"作为联结"色"与"空"的中介。这样，在《红楼梦》里，实际就存在着色、情、空三个概念。而一僧一道、宝黛和刘姥姥这三个视点正和小说中的这三个观念相对应：一僧一道是立足于"空"来观照人生，宝黛是立足于"情"来把握世界，而刘姥姥则是着眼于"色"来看待周围一切。在情节的具体展开中，这三种视点并没有为其中的"空"观所一统，而是交相映射，因而使作品的思想内涵呈现出异常丰富复杂以致相互矛盾的情形，这也是《红楼梦》之所以会产生见仁见智的根本原因。本文将通过对《红楼梦》观照人生三个视点的剖析，希冀对作者思想观念中蕴含的矛盾有一个接近全面的认识。

二

如前所述，贾宝玉是从"情"的角度来观照人生、把握世界的。在脂批透露给我们的"情榜"中，贾宝玉是"情不情"，林黛玉是"情情"，他俩相合，正把世上所有的无情之物和有情之物都囊括无遗。当然，一方面，贾宝玉的"情不情"更为广博，理当将黛玉的"情情"包括在内；另一方面，宝玉的爱博难免会有所分心，所以，他的情感有时竟不如黛玉那样专一。比较而言，贾宝玉更体现出一种情感的广度，一种爱的泛溢；而林黛玉则更体现出一种情感的深度，她的情有独钟。

由于"情"是贾宝玉作为人与客体的新型关系而得到展示的，所以在作品中，则具体地落实到贾宝玉与自然、社会及自我这三方面关系上。

（一）贾宝玉与自然的关系

《红楼梦》对"情"的张扬，先在于将作品的主人公与自然万物——那种没有情性的草木石头也以一种亲情来加以维系。通常认为"《红楼梦》中所谈的情，从总体上看，不外是'世情'与'爱情'"[1]，则未免显得狭视。

贾宝玉从"人化的自然"眼光出发，给自然万物以人的地位，认为自然万物受环境影响而做出的反应，一如人与人之间的情感交流，用他的话来说："不但草木，凡天下之物，皆是有情有理的，也和人一样，得了知己，便极有灵验的。"

第五十八回，写贾宝玉病后初愈，对杏花也对人的一片痴情：

> （贾宝玉）从沁芳桥一带堤上走来。只见柳垂金线，桃吐丹霞，山石之后，一株大杏树，花已全落，叶稠阴翠，上面已结了豆子大小的许多小杏。宝玉因想道："能病了几天，竟把杏花辜负了！不觉已到'绿叶成荫子满枝'了！"因此仰望杏子不舍。又想起邢岫烟已择了夫婿一事，虽说是男女大事，不可不行，但未免又少了一个好女儿。不过两年，便也要"绿叶成荫子满枝"了。再过几日，这杏树子落枝空，再几年，岫烟未免乌发如银，红颜似槁了，因此不免伤心，只管对杏流泪叹息。

1　汪道伦. 中国传统文化中的情学与《红楼梦》[J]. 红楼梦学刊，1990（1）：123.

我们细读这段文字，发现这里有一种严格的平行对称关系：两次对杜牧诗句的引用，两次叙述时间的流逝，以及两次揣想于人、于物将来必然会有的结果。正是在这种平行、对称的表达方式中，体现了贾宝玉对物与对人一样深情，并且人也可能对自然怀有歉意，所谓"竟把杏花辜负了"。他对自然与对人的同样深情，使他无须在远离社会生活的前提下表现他对自然的亲昵，就像他此前阅读《会真记》时，不妨暂时停顿下来，为落花寻一个好的安身处，然后继续他的阅读、他对人情的关注。

不幸的是，贾宝玉想借助情来和自然建立一种和谐、亲切的关系并不能如愿以偿，他对花的痴情，希望花能常开，但花难以常驻枝头。用我们今天的眼光来看，我们希望和自然建立一种和谐的关系，固然需要充分尊重自然，与其进行"情感交流"，使之人情化，但也要通过实践，通过物质改造来创造出"第二自然"，这当然是作为不参加任何劳作的贵族子弟贾宝玉不会办到也无从想到的，所以他最终也只能同林黛玉一起在自然万物面前叹息落泪而已。

（二）贾宝玉与社会的关系

贾宝玉虽曾把自然万物当作人来看待，对之一往情深，但作为社会中的人，社会生活毕竟构成他人生的主要内容，也只有在与人的交往中，他的真情才得到了淋漓尽致的发挥。

他区分人的标准是一个"情"字，没有什么善人与恶人，有的只是有情人与无情人。如果是有情人，他就关心他们，帮助他们，即使他们闯了祸，他也愿意为他们担待。贾宝玉是以情来认识世界、区别善恶，也是以情来处理周围事件的。情充溢在他的心中，散发到他生活的世界。他不知疲倦地爱人、寻求爱。他杜绝了走经济之道，把爱人、寻求爱、与周围的人建立一种亲情关系作为实现自我价值的方式。当贾琏夫妇欺凌了平儿，他能为在平儿面前尽一份爱心,能为她梳妆打扮,而喜不自禁;当想到平儿所受的痛苦,又不免悲从中来。他忽喜忽悲,所为皆一个"情"字。别人说他痴,说他呆,佛家也有言:"情,性之塞也,……心迷则理变而为情矣。"但贾宝玉并不因为陷于情而迷了性,忘了理。相反,他入情至深,故能显示出一种心细如发的智慧,他对人的关怀备至,体贴入微,连办事一向细致的平儿也要赞他"色色想的周到"。由于他处事从情出发,体现出一种对他人的关怀之情,故他在处理玫瑰露偷窃事件时,能使当事人及旁人叹服。有人以为此事的处理"于理不当""于情则妥",殊不知,情与理其实并不矛盾,因为他从情出发,处理事件的最终目的是避免伤害人,所以合情也就必然合理。否则,一味地秉公办事,查个水落石出,分清谁是谁非,反而显得教条。

他以情来审度人生,而在人生的各种情感中,他最为珍视的,当然是他与林黛玉的恋爱之情。他和林黛玉之间的爱,超越世俗的门第、功名、富贵等观念,是最为纯洁的。他们是在情的领域中互求知己,互求精神寄托。对贾宝玉来说,生活之所以是幸福的,是因为他不仅被爱,而且他有所爱,有他值得爱的人。但这种至纯至洁的爱,在社会正统中当然是难以存活下去的,所以还在爱的嫩芽刚刚萌发时,正统势力的铁蹄就无情地把它践踏了。作者的可贵之处在于,一方面写出了宝黛恋爱的纯洁、爱的理想性,另一方面又揭示了它在正统社会之难以幸存(如同贾宝玉精心构建的整个情的世界之难以幸存),从而对现实社会作出了有力批判,使人对情的世界之失落心犹未甘,使人"意难平"。

(三)贾宝玉和"自我"的关系

一方面,贾宝玉是那么执着于构建一种他与自然、与社会的亲情关系;另一方面,他也试图在他的自身,在他的内心深处,形成一种情的和谐。当他带着青埂峰下幻化成玉的顽石开始他的人间生活时,他也兼备了玉与石的两种特性。[1]玉，是富贵、地位的象征；石，是自然、情感的源泉（就像"木石前盟"所提醒我们的）。不幸的是，在现实生活中，人们只认定他伴有的玉的特性，而忽视了其石的品质。虽然他的名字清楚无误地告诉我们，他只是一块"假宝玉"，但世人总是习惯于执假为真，从而使"木石前盟"变成了如梦如幻的遥远的记忆。由于他的生活不得不依赖金钱、地位，于是，那块玉佩成了他自身的软弱、他的思想局限、他难以在内心形成情的和谐的象征。所以，作者也只能让他徒然地在梦中，在暂时离开了现实生活时，喊出："和尚道士的话如何信得？什么是金玉姻缘，我偏说是木石姻缘！"

于是，贾宝玉试图以情来建构人与自然、与社会的新型关系，开创一个温暖、亲切、和谐的情的世界，在传统社会里不但没能奏效，而且造成了他自己的思想意识的分裂、精神的分裂。犹如后来写甄宝玉和贾宝玉的精神断裂，在《红楼梦》中，再没有像第一一九回中一段文字，能反映出他因此而产生的深沉的痛苦："宝玉仰面大笑道：'走了，走了！不用胡闹了，完了事了！'"（这里的描写虽未必是曹雪芹原稿，但还是能比较准确地把握宝玉整体的精神世界）贾宝玉的无尽痛苦正来自他的用情之深，如果他能像一僧一道那样以"空"的观念对人生加以把握，那么，他的痛苦也许会有所减轻。这样，作者从作品的整体构思出发，安排下一僧一道这样两个宗教哲理化的人物形象。

三

一般认为，一僧一道在《红楼梦》中是起着点化主要人物，帮助他们由尘世走向佛门的作用。更重要的是，作者通过一僧一道这两个形象，展现了一种

---

1 王蒙.蘑菇、甄宝玉与"我"的探求[J].读书，1990（11）：40-44.

人生的基本态度，一种"空"的观念。对世人来说，这种态度主要是指对物质生活的超然与对情感生活的冷漠。那么，在作品中，这种"空"观是怎样具体展开的呢？

首先，让一僧一道的形体来现身说"空"、说"幻"。一僧一道每进入尘世，其相貌总显得有损造物主的尊严：一个是癞头，一个是跛足。可是我们不会忘记，当一僧一道在青埂峰下说笑、遨游时，他们分明长得"骨格不凡，丰神迥异"，与入世时的形体大为不合。细细一想，无论是道家还是佛家，对于人之外貌形体都表示了相当的藐视，在《庄子·德充符》中，道德完美、识得真谛者，都是些貌丑形残的人，在佛教徒口中，人的形体常用"臭皮囊"来指称。一僧一道以丑相入世，无非是想以直观的形式，使世人领悟到肉体的不足道，乃至由此延伸到根除对世俗生活的依恋之情。

其次，借一僧一道、警幻仙子等洞悉未来眼光，将人们的历时经验渗透到共时的、即时的体会中去，从而淡化、虚化人物每时每刻的情的感发。概括地说，就是要人们从聚中悟到散，在生中品味死，在花开时体会到花落，在欢笑中感受到眼泪。正因为好花不常开，欢乐难持久，于是也就不应当全身心地投入。没有太多的欢喜，也就没有太多的痛苦，在情感的生活中，始终持一种超然的理智的态度。在贾宝玉年幼时，警幻仙子已经借助"金陵十二钗"判词，借助"曲演《红楼梦》"，将人物未来的命运暗示出来，给他以一番"万境归空"的启迪。在他十三岁时，一僧一道又亲自来到他面前，对他吟着"沉酣一梦终须醒，冤孽偿清好散场"的诗句，又对他进行一种理智的点拨。其目的是为了让他动情的时候，能接收未来"万境归空"的提醒，从而不致使他在情海中沉沦太深。

最后，借一僧一道与时间相始终的无限久长的经历与上天入地的无限广阔的空间联系起来，从而来淡化、虚化整个现实世界，包括整个的贾府兴衰史。一僧一道的活动，使《红楼梦》中所有人的现实生活跟远古的女娲补天联系了起来，并且在这中间留下了一片茫茫苍苍的空白，所谓"又不知过了几世几劫"。己卯本上有一段后人的批语,对《红楼梦》这种从很久很久以前开头的作法大为不满,批语云:"语言太烦令人不耐。古人云惜墨如金,看此视墨如土矣,虽演至千万回亦可也。"评者显然不明白,作者的目的,正是要将这一段故事置于茫茫苍苍的背景中,将一块石头置于三万六千五百零一块中(而这三万六千五百零一块,也刚补了天之一缝),将贾宝玉与林黛玉的感情纠葛,将贾府的盛衰,置于绵绵无尽的时间长河中,将一粟置于沧海中,于是这一粟的悲痛、忧伤一下子被淡化了、虚化了。按照西方斯宾诺莎的观点:"把你的灾难照它的实质来看,作为那上起自时间的开端、下止于时间尽头的因缘环链一部分来看,就知道这灾难不过是对你的灾难,并非对宇宙的灾难,对宇宙讲,仅是加强最后和声的暂时不谐音而已。"[1]从一僧一道的角度来看,贾府的兴衰只不过是历史长河中的小浪花,那么,人物的种种悲欢离合,还有什么理由不能把它忘怀呢?

贾宝玉等人最终遁入空门,与一僧一道"空"观的点拨当然有关系。然而问题是,当贾宝玉最终以一个"翻过筋斗来的人"的立场,追述他以往的一段如梦如幻的经历时,理当以"空"观来统摄全文,或者如有些论者指出的,应该把作品写成一部"情场忏悔之作"。然而在实际展开故事时,没能自然而然地显示出一种人生如梦的训诫。在叙述中,也没有暗示出,青少年时代的那种情痴状态,实在是很愚蠢的。其实,主人公始终没有放弃以情来把握人生的基本态度,他最后表面上是受一僧一道的点化而皈依了佛门,但六根未净,内心仍怀着爱,怀着爱被摧残的痛苦。由于他始终未能达到一种纯粹的忘情境界,所以一僧一道的点化事实上未能根本奏效。警幻仙子、一僧一道对他的数次点拨,他要么是不能领会,要么是听而不闻,遂使灵慧者如一僧一道等终成了"无事忙"。其实,曹雪芹在作品中安排一僧一道这两个人物时,其心态是矛盾的:

---

[1] 罗素.西方哲学史:下卷[M].马元德,译.北京:商务印书馆,1982:105.

一方面,他希望贾宝玉等人的情的观念能受到"空"观的统摄,不致产生太多太深的痛苦和烦恼,不致"痴迷"而"枉送了性命";另一方面,这种情感毕竟是那么美好,那么动人,他又不忍心真的让"空"观来虚化它,于是,一僧一道的"空"观实际起到的是与"情"观并行的对比、对照作用,即便有所渗透,也是停留在浅表面上的。而作者在选择"空"观还是"情"观时,陷入了两难的境地。

也许,只有像刘姥姥那样,既不深陷于"情",也不立足于"空"去痛苦地灭情,而是从"色"出发,以一种实用的态度来审视世界,把握人生,庶几能使人得到些微的安慰。于是刘姥姥在作品中的地位,就显得举足轻重了。

四

在许多论者眼里,刘姥姥在《红楼梦》里地位的重要,是由于借助她的眼睛,"点出贫富贵贱的悬殊,艺术地揭露了封建贵族生活的奢侈、淫逸、罪恶和腐朽,并写出了贾府从极盛至衰败的全过程",使"她成了荣宁贵族兴亡衰败史的见证人",等等。

刘姥姥作为一个具体的活生生的人,她是以何种方式来看待这个世界、看待人生的,并没有引起论者的重视。事实上,对这类问题,也是刘姥姥"匪夷所思"的。在生活中,她不但缺乏自我认识和反省意识,而且干脆拒绝对自己作客观审视。第四十一回,她游览大观园因迷路而误入怡红院时,有这样一段颇具特色的描写:

(刘姥姥)刚从屏后得了一门转去,只见他亲家母也从外面迎了进来。刘姥姥诧异,忙问道:"你想是见我这几日没家去,亏你找我来。那一位姑娘带你进来的?"他亲家只是笑,不还言。刘姥姥笑道:"你好没见世面,见这园里的花好,你就没死活戴了一头。"他亲家也不答。便心下忽然想起:"常听大富贵人家有一种穿衣镜,这别是我在镜子里头呢罢?"说毕伸手一摸,再细一看,可不是,四面雕空紫檀板壁将镜子嵌在中间。因说:"这已经拦住,如何走出去呢?"

刘姥姥面对镜子,先是没有意识到镜里的人就是她自己,当她很快明白过来是怎么回事,使她这个少见多怪的人第一次有机会这样清晰地来审视自己时,她却把这个机会放弃了,而是更仔细地去看清镜子四周的"雕空紫檀板壁",然后急着想要离开镜子。相比,在第五十六回,当贾宝玉面对着同一面镜子时,却不由得思绪万千,浮想联翩,并且陷入了不辨真假的困惑中,以致他竟想进入镜子,抓住他自己的影子,因为在他心中,一直有着那种认识自我、把握自我的真正的冲动。这种面对镜子的不同态度,使刘姥姥的形象异常鲜明地凸显出来,而我们也就可以不太费力地来对她的生活观作一番细致的探讨。

如文章开头所指出的,对于世界、对于人生,刘姥姥始终着眼于"色",立足于一种物质的功利观。如果对贾宝玉来说,大自然是作为美、作为情感的表现而展现在他的面前,那么,刘姥姥则是以一种实用的态度来对待自然万物的,就像她自己说的:"我们成日家和树林子作街坊,困了枕着他睡,乏了靠着他坐,荒年间饿了还吃他。"虽然刘姥姥也能感受到美的存在,能够受其感染,如她听音乐而不禁手舞足蹈,但这种反应更似牛听音乐会多产奶的生理反应。她的举动虽对她来说是出于自然,但显得粗俗,从而招致林黛玉的"牛"舞之讥。

从实利出发,刘姥姥进贾府并非为了联络感情,而是"打抽丰"。但她不自私,懂得互惠,懂得一分耕耘、一分收获这种素朴的原则。所以她在拿走贾府的银子、品尝他们的山珍海味的同时,也献上她从乡村带来的新鲜蔬菜和逗乐的愚蠢、粗俗。这些都是贾府所缺乏的野味。由于这些野味进入大观园,构成大观园一种冲突因子,与周围的环境相激相荡,激发起一种活力,从而使刘姥姥游览大观园,成为《红楼梦》最动人的艺术篇章之一,也使大观园里的每一个人体验到了难以忘怀的快乐。

刘姥姥到贾府"打抽丰"并非不知羞耻,因为生活所迫,才使她无暇顾及;或者说,正是她的地位、贫穷生活培养起了忍耻之心,才使她既能红着脸到凤姐面前讨钱,又能不顾舆论,将有可能流落在烟花巷的巧姐拯救出来,招为板儿之媳(据前五回及脂批透露的曹雪芹构思)。她的头脑是那样单纯,在她看来,生活中的一切安排都是命定的、合理的,她命定是一个终日为生计而奔波的农妇,富贵、安闲、烦恼、忧虑乃至过多的害羞心理、身体的弱不禁风都是一种奢侈品,她无福消受,也不应当去消受。第三十九回中,她与贾母的对话清楚地表明了这一点。她生活简单、贫穷,但经得起波折。书中不止一次提及刘姥姥的健康,并以贾母、巧姐的虚弱来对比,岂不是一种贫穷而健康与富贵而脆弱的对照?也许,这里还具有更深广的象征意义吧?

作者在把刘姥姥的生活观、生活方式与贾宝玉等人的作对照,并让刘姥姥对贾府的奢华生活艳羡不已时,却未必说明刘姥姥的生活观、人生观就不值得作者认同。作者也没有把刘姥姥的生活理想化,所以让我们看到了刘姥姥独自"醉卧怡红院"的难堪和粗俗,以及她缺乏品尝佳茗的雅致等。

当然,我们所了解到的刘姥姥也并非全然本色,因为大观园毕竟不是刘姥姥的日常生活环境,她在这里的言行不可避免地有点矫揉造作。她虽然是以野卖野,但回到她的环境中,她的卖野是无意义的,她也就不会有这样的举动和念头了。从这一点来说,她在大观园中表现出的单纯有着不单纯的含义。大观园的生活诱发了她矫饰的一面,就像她被凤姐插了满头的野花,却仍坦然地自我解嘲说要当个老风流一样。幸亏她后来误把镜子中的自己当成亲家母,指责她"好没见世面,见这园里的花好,你就没死活戴了一头",于是,我们才隐隐约约地感到她心中曾有过不坦然的一面。这一些,贾府中的人包括贾宝玉在内，都无从了解。

五

耐人寻味的是，贾宝玉与刘姥姥始终处于一种若即若离的关系。他对刘姥姥的村姑趣闻听得津津有味，但当他把这种趣闻视作真情实事去乡村作进一步了解时，却只能失望而归。而刘姥姥游览大观园时，进到黛玉和宝玉的房间，宝玉却总是缺席，后一次是上文提及的"醉卧"，前一次有贾母的突然发问："宝玉怎么不见？"从而提醒了我们他与刘姥姥在某些重要场合的失之交臂。早在第十五回，当他来到村舍，准备与村姑二丫头交谈时，先是二丫头被人叫走了，不见了，等重新看见，他已不得不随众人赶路了，只能"以目相送"二丫头而已。不论是刘姥姥还是二丫头，贾宝玉都没能与她们进行情感的交流、思想的渗透。如果说贾宝玉最终皈依了佛门，与一僧一道貌合神离的话，那么他和刘姥姥、二丫头们的思想情感、人生态度也就相差得更远了。晋人王戎说："圣人忘情，最下不及情；情之所钟，正在我辈。"一僧一道正是忘情者，宝黛之辈是钟情者，刘姥姥则是不及情者。而作为钟情之辈的贾宝玉，在人生的旅途中，尚有可能达到忘情的境界，但他是绝无可能成为不及情的"最下"的，正如"返璞归真"与本来的"真"已经完全是两回事了。贾宝玉最终的归宿也确乎如此，虽然在内心深处，他最后仍徘徊于钟情、忘情之间，但至少从表面上，他似乎在忘情、在遁入空门中，已经找到了一条人生的出路。于是，如果作者仅仅关心贾宝玉一己的命运，则刘姥姥式的人生观在书中也就显得不那么重要了。但作者在《红楼梦》开首自云："忽念及当日所有之女子，一一细考较去，觉其行止见识，皆出于我之上。"又曰："然闺阁中本自历历有人，万不可因我之不肖，自护己短，一并使其泯灭也。"于是，我们的目光随着作者的注意力而看到了贾府上层女性中最年轻的一位——巧姐。

按照曹雪芹原来的构思,在贾府的衰败中,巧姐是唯一得到刘姥姥搭救而走入农人生活圈子里的人。也许,作者安排这样的归宿,是有意要让贾府中最年轻的上层女性去尝试一种全新的生活,至少在读者心中,要感觉到她过的是从头开始的、不及情的、真正素朴的生活,而不是忘情式的"返璞归真"。于是,在前八十回,巧姐在贾府内的生活有意被忽视了,似乎她被冰封起来,在贾府中永远无法长大。等到高鹗续书时,对巧姐的年龄竟无所适从、困惑不已,以致出现"巧姐年纪,忽大忽小"[1]的情形。

如果我们借用《红楼梦》的"梦"对三种人生视点作一归结的话,那么,宝黛等人是梦迷者,一僧一道是梦醒者,刘姥姥则代表了一批从不做梦者。

当宝黛等人沉迷于情的梦想世界终于使黛玉耗尽了生命、宝玉无奈地跟随一僧一道遁入空门时,巧姐则随刘姥姥来到乡村,纺起线来了。虽然与贾府的大富大贵生活相比,巧姐的地位已经沉沦,但在《留馀庆》的曲子里,作者留给了我们一片朦胧的希望。她也许会很贫穷、很艰苦,也没有什么梦想,但是否会生活得更充实、更少烦恼呢?跟执着于情或者不得不皈依空门比较,是否巧姐的生活才能更让人品味到一点幸福的甘汁呢?谁知道呢?对曹雪芹来说,这条出路更多的像是贾宝玉眼中的二丫头,也是一个猜不透的谜。

---

1 俞平伯.俞平伯论红楼梦[M].上海:上海古籍出版社,1988:426.

文化代码与红楼人物的"大旨谈情"

因为文化，人区别于动物。也因为文化，人与人既产生差异，也拥有共同的纽带。伟大作家的创作，往往在展示笔下人物的复杂心灵世界时，也把浸染着心灵的丰富文化生动立体地展现出来。《红楼梦》所呈现的数十个性格各异的人物形象，就折射了鲜明的文化底蕴。阅读这部小说，可以很大程度上加深对人物与文化关系的深刻理解，而《红楼梦》的"大旨谈情"特点，使"情种"贾宝玉与周边女性的情感纠葛，体现出复杂的交往关系。

一、"金陵十二钗"排序提示了贾宝玉和女性的亲疏关系

我所举的贾宝玉周边的四位女性，主要是林黛玉、薛宝钗、史湘云、妙玉。选黛玉和宝钗好理解，为何还有湘云和妙玉？这当然有小说具体情节为依据，

也是"金陵十二钗"排序提示我们的。

《红楼梦》第五回借贾宝玉神游太虚幻境，告诉了读者"金陵十二钗正册"的排序依次是林黛玉、薛宝钗、元春、探春、史湘云、妙玉、迎春、惜春、王熙凤、巧姐、李纨、秦可卿。这一排序，按照余英时的看法，基本是按照和贾宝玉的亲疏关系分出先后的，所以在贾府活动中，重要人物王熙凤反而比较靠后。把元春和探春放在较前也可以理解，因为她们毕竟是宝玉的同胞姐妹，但史湘云和妙玉的位置放在迎春和惜春前面，还是令人惊讶的。但是，如果考虑到这两位女子也跟贾宝玉有非比寻常的感情纠葛，那就容易理解了。

有学者提出，似乎没有必要把这四位女性放在同样重要的位置来考察。一方面，作者对后两人描写所用的笔墨要远少于前两人；另一方面，对黛钗的描写在很大程度上已经涵盖了所有女性的情爱方式，所以，这样的详略处理，正是艺术上的高明之处。对此，我有另外的想法。因为在我看来，材料处理上的详略问题不仅是一个艺术策略问题，而且关系到情感的本质特点。这涉及了情感所呈现出的不同状态，包括浓烈与平淡、直露与含蓄、执着与游移，等等。对于其中的任何一种或者一组，我们都不能以另一种来概括它。而且，浓烈的感情用较多的笔墨来表现，平淡的用较少的笔墨，即便是相宜的，也并不因此说明平淡的感情关系就一定不重要。法国哲学家柏格森对于情感的看法，是可以给我们启发的。他在《时间与自由意志》一书开头就告诫我们，我们常常把不能包含的关系视为包含关系了，情感问题就是一例。由此我联想到，我们在从事人物的情感研究时两种错误的前提，或者是在假定爱情最为深沉的一种状态中，来分析其他感情的流露方式，似乎那种淡淡的情感可以被一种更为强烈的情感包含在内；或者是假定情感表现的不同，只是作家表现方式的不同，是对材料的详略处理或者用笔的直露与含蓄问题，而没有意识到这先是一个情感的质的差异性问题。只有把对情感的这两种错误理解予以推倒，我们才能比较正确地进入人物的分析环节。

二、人物个性的"五行"概括

在宝玉周围,林黛玉和薛宝钗曾作为与宝玉的木石姻缘和金玉姻缘的对立得到红学界的持久讨论,但金玉姻缘之金,既暗示了薛宝钗所佩的金锁片,也是指史湘云的金麒麟,对于妙玉,其名号的玉字显然也与林黛玉之玉联系起来。从为人品性来说,史湘云的豁达也正与宝钗相仿,妙玉的孤高自许在很大程度上也相似于黛玉。但这样说,绝不是要让湘云和妙玉再在大观园中争得一个如同袭人与晴雯一样的钗影黛副的位置。从感情表露的方式来看,虽然湘云和妙玉似乎也与黛玉的直白与宝钗的委婉一样构成了一种对比,但其中的差异也是明显的。同样是外露型,林黛玉和史湘云就有区别,前者不但感情强烈,且以一种近乎苛刻的态度来要求对方,一切都显示了刻意追求的痕迹,也因此形成了自我内心的紧张和焦虑;而后者似乎一片天机自然,在情感方面表现出再洒脱不过的放松态度。同样的内敛,薛宝钗是以理导情,依照传统的"发乎情,止乎礼仪"的教义,将情感引入一个理性的轨道,虽然其内心世界不无冲突,但她都能把这种冲突予以化解和协调,以一种平和稳重的态度周旋于周围的人,显然又不同于妙玉的那种出于勉强和生硬的自我克制。所以,妙玉在待人接物中,举凡古怪、夸张、做作乃至于动辄训人等言行,都是源于她因自我克制而带来的一种近乎变态的心理特点。

对贾宝玉及其相关的四位女性的性格定位,我们可以借助传统文化中的阴阳五行来概括。虽然在清代,张新之已经用阴阳八卦的理论评点过《红楼梦》,古人也有用五行来分析人物性格的习惯,但由五行来构架起《红楼梦》的人物关系图,以笔者之寡闻,是美国的汉学家浦安迪较具代表性。他以为宝玉的土性、黛玉的木性、宝钗的金性,不但有其身世的缘起做依据,也是天然的配物,例如金玉之类构成的隐喻。此外,国内的李劼在其《历史文化的全息图像——

论〈红楼梦〉》专著中,也以此来构架人物的关系,问题是水与火,浦安迪以史湘云与王熙凤来对应,这虽然是着眼于《红楼梦》全书而突出王熙凤的重要性,但显然难以构架起一个以贾宝玉为中心的男女情感交往圈,倒不如李劼以妙玉替换凤姐更为妥帖。不过,当他这样替换时,同时将妙玉与湘云的性格属性也作了调整,认为妙玉爱洁,当属水性,史湘云风风火火,当属火性。这似乎又流于皮相之见了。在我看来,借助五行来概括人物的性格应该是一种探本之论,而不应该拘泥于表面。史湘云如果说有时候确也表现得风风火火,那是她的智慧和直爽所体现的一个侧面,这种智慧是水的灵动,这种直率是行云流水的浑然天成,而在其内心深处,对于男女之情倒是恬淡如水的。不像妙玉,在爱洁如水的表面下,有真正欲火的燃烧,最典型的莫过于她后来的走火入魔(这虽然是续书者之笔,未必符合曹雪芹原意,但也是根据前文提供的线索所作的逻辑推进),此前,她在宝玉生日送下的贺帖已是一个证明,更为微妙的是在贾母带刘姥姥去栊翠庵时,她对待宝玉的态度,将自己平日喝茶的绿玉斗给宝玉用,无意间泄露了她与宝玉之间的那一层隐秘的感情关系。

贾宝玉属土居中,而将金木水火分摊到四位女性身上,一方面是规定了她们在对待情感问题上的不同性质及其表现方式,把居中的土围成一个情感的方阵;另一方面是在一年四季的小循环中,每位女性的各自定位,也使传统的时令与五行互相匹配,让女性与贾宝玉共同完成的情感历程,仿佛是经历了一个季节轮换。宝玉在与林黛玉、与妙玉、与宝钗、与湘云的遭遇中,同时也展现了感情发展的春种、夏长、秋收与冬藏。这一发展过程,又可以明显分为两个阶段,即宝玉与林黛玉和妙玉是处在情感萌发生长的阶段,而与宝钗和湘云是处在婚姻阶段,并以与湘云可能的第二次结合为最后归宿,此即《红楼梦》回目所点明的,《因麒麟伏白首双星》(虽然也有红学家认为这是暗示湘云最终嫁给了卫若兰)。我们还可以从另一角度,来探讨四位女性的感情实质。我们知道,林黛玉和妙玉,都是可以因名字含有的玉而归为一类,宝钗和湘云则又都因为配金而同属一类,玉与金的对比,可以让我们联想到玉之温润与金的肃杀(浦安迪说),等等。

三、情感依托的文化底蕴

对四位女性以五行的属性来概括毕竟近似于一种阅读的联想,而从这四位女性无意识的日常行为和有意识的人生追求中,提示我们可以从一个更为广阔的文化背景来分析。她们四位在很大程度上几乎涵盖了传统文化最重要的几个方面:林黛玉代表的诗家、薛宝钗代表的儒家、史湘云代表的道家和妙玉代表的禅家。也因其各自的文化渊源显露出对情感(以贾宝玉为中心的情文化)的不同态度。

后三家都是一种文化哲学,诗家则是一种文学门类,把诗家与其余几家并列,正是强调了诗对于林黛玉来说,成了一种人生的哲学态度,尽管薛宝钗也写诗,甚至其诗才也不比黛玉差,但她很少主动写诗,也很少独处时自咏自叹,最多是把它作为一种社交手段。她更经常地认为女孩子不写诗才正经,没有以一种诗的态度来对待人生、来高昂起她的感情。有人认为,所谓的"诗礼簪缨之族",是林黛玉与薛宝钗各自分担了这"诗礼"二字,似乎这样的概括已经圆满自足。然而,作为从尘俗之外获得的一种人生视角,作为人生启悟的主题之一,作为人物命运的一种重要归宿,又怎能不渗透到以贾宝玉为中心的更多的女性关系中呢?当一僧一道把通灵宝玉携向人间觅是非时,同时是把他们各自的人生态度投射到世人身上,而这种态度也绝非佛道哲学的简单图解,同样有作为一个人所应有的那一份感情作底蕴。在此意识的投射下,湘云连同妙玉显示了情道与情尼的重要性。比如,因为湘云受道家名士文化影响,所以她能在与贾宝玉的情感交往中,表现出如行云流水般的道家名士般的自然。而妙玉受佛门戒律限制，会自觉不自觉地把对宝玉萌生的情感作为一种情魔来有意压制，来拒绝面对。

四位女性因为文化底蕴的不同所表现出来的与贾宝玉接触时的情感差异，还是容易为我们所明了的。问题倒在于她们四人各自流露的一种自觉的意识，尚没有引起足够的重视。在《红楼梦》人物中，这四位女性都曾以特有的方式，尤其是人物的极富深度的直接议论，表现出她们对各自代表的文化传统的一种自觉认同与身体力行。林黛玉与香菱的论诗，薛宝钗在帮助探春协理大观园时的论理治之道、劝宝玉留意于经济之道、劝女孩子要多做女红等，还有妙玉借邢岫烟之口所发挥的一番槛外人思想，再有就是湘云与翠缕的论阴阳、她所谓的"是真名士自风流"的表白，诸如此类，无不凸显每一位女性之于某种文化哲学的息息相通。薛宝钗在论到为人处世之道时，曾以"用学问提着"表达了她的一种立足于基础而又向高层次的有意识追求。其实，我们提及的四位女性，在其抽象的议论中，都可发现这种思想意识的深度拓展、每一个人物所特有的一种智慧风貌。个人的思想，并不是抽象的一般结果，倒是每一个人的生活个性，凝结在思想的充分展开中，并照亮了人的意识最幽深的方面。它表明了，在曹雪芹笔下，人物的个性拓展，已经向意识的最高层面作努力的冲刺。正是这样的浓重着笔，使我们获悉人物思想较高层面的同时，也可以对一个较为宏观的哲学观、价值观，特别是情感的文化底蕴，作高屋建瓴式的梳理和观照。

对贾宝玉周围女伴所构筑的情场进行基本归类时，我们当然也不应忘记处在情场中央的贾宝玉。

贾宝玉是以假宝玉和真顽石的统一而表现出五行中的土性，并且因这顽石的特质而显示出一个叛逆者的种种顽劣之行径，对此，学术界论述颇多，此不赘述。但是，从情场角度看，他所在的位置，他对各种文化征象的趋同性的整合，是一个最简单也最重要不过的"情"字。而也正因为他处在情感方阵的中心位置，周围女伴的行为无不对他产生了影响。加之宝玉本乎人情而对女性的体贴入微，在很大程度上产生了仿效女性言行的心理动力，也使他的行为表现出万花筒般的错综性。他对林黛玉的诗的品性的欣赏，既见于一种诗的意趣，如因听从林黛玉欣赏的"留得枯荷听雨声"之句，而阻止他人收拾大观园中的残荷；也见于他因林黛玉从诗中传递出的一种深沉的感情，如对于她的葬花词所产生的共鸣。所以，他对于诗的深刻领悟，在"大观园试才"这一回有了全面展示，在全书中，这是除黛玉与香菱说诗外，最重要的诗论的段落了。湘云我行我素的名士风度在芦雪庵吃烧烤时最为张扬，也受到林黛玉等的讥讽，但唯有贾宝玉与她呼应，随之前往，似乎也分得了名士之气度。而对妙玉，开口所谓的"世法平等"，学的自然是佛家的一套口吻，也是针对了不同对象所采取的一种随缘态度。即便是他最不喜的薛宝钗平日里言说的各种道理，除开劝他留心于经济之道（其实花袭人撒娇似的劝他时，他还是答应的）的一类"混帐话"，能入他耳、令他欣赏的话也不在少数，所以有林黛玉时不时地来"半含酸"。因为其情本位的文化态度又或多或少融合了周围女伴所代表的各种文化，其思想意识、性格特征就有着超越一般人物形象的深刻复杂性。

与此相对应的是，他对待不同女性的情感方式也显示出质的差异。他对待林黛玉的情感是一种刻意的追求，对待妙玉的情感是一种神秘的对峙，对待史湘云则是纯乎自然的收放得体，而对薛宝钗呢，恰恰是在感情的匮乏中，显示出一定程度上的欲的冲动和理的服膺。这四种方式，概括了一个男子对待女伴可能有的大致类别，并且在结合进同一个情感关系圈中，既展示了其错综复杂性，也在这动态的发展中使其边界日益变得清晰，即，这是以贾宝玉为代表的情文化，对女性身上折射的诗、礼、道、禅不同文化的斟酌取舍和扬弃。

红楼人物的整体布局及"新人"出场特点

《红楼梦》不但塑造了几十位形象鲜明、富有个性的重要人物,涉及的次要人物及"群众角色"也相当繁多。上海市红楼梦学会编写的《红楼梦鉴赏辞典》中,就收录了约600个人物词条。

从小说内部与外部的关系看,一部具有独创性的新小说《红楼梦》的诞生,必然意味着给文学的人物画廊增添了一批新人形象。而从小说内部人物关系看,一部长篇小说中的人物出场总有先后之分。相对于前面每一回上场的人物来说,后来者的第一次登场都是新人的一次亮相。如果稍具形象感的话,就可能具有或多或少的新特点,并发挥出此前人物不曾有过的作用。就《红楼梦》来说,如何在小说故事的舞台上合理地、分批次地推出新人物,以一种从容不迫的方式带动情节向纵深处发展,是曹雪芹整体构思中的内容之一。

通过梳理新人上场的节奏可以发现,约600人的总数,前八十回共有约530人出场,还有约70人是在后四十回才出场的。如果以中国章回小说每十回作为一个故事单元的话，在前八十回中，除开前二十回人物的上场相对比较密集，为故事的展开奠定了基本格局（例如，前十回借助冷子兴演说荣国府、林黛玉进贾府等，直接或者间接地把近150人介绍到小说里来；第十一回至第二十回，通过元妃省亲、办可卿丧事等大型活动，又新引入了约120人），其余各十回，新出场的人物基本是30—60人。而后四十回，每十回平均有近20个新人出场。

在这一人物上场的整体布局中，有几个特点值得我们注意。

第一，后四十回相比前八十回，新人的出场不但在人数上有较大的减少，显示出总体的收敛态势，而且新人的性别比例被大大打破了。统计显示，前八十回的530人中，男性约为270人，女性约为260人，基本处在1∶1的状况。但是，在后四十回，新增的近70人中，有近60位是男性，只有10位是女性。男性与女性的比例，约为6∶1。这一变化耐人寻味。

《红楼梦》前八十回与后四十回续作的变化，从风格上说，是把一种富有诗意的文本改变成了散文，且在艺术创造力方面大大削弱了。然而，对《红楼梦》来说，后四十回的散文化，从文本的深度来说固然是不够的，但续作者在广度上有所拓展，这也是无可否认的事实。续作者不但有意要把当时的占卜、琴艺、酒令等各种文化习俗更为详尽地引用进来，而且，前八十回进入核心内容后的空间格局，即基本局限于大观园那样一种女性世界的格局也被打破。以前很少提及的贾政在外为官的情形，以及马道婆事发、薛蟠再次犯案等，都在贾府以外的广阔天地得到了展现。就《红楼梦》来说，走向广阔天地，在很大程度上就是走向一个男性化的人物世界。这样，在后四十回中，新登场的人物形象主要集中于男性。或者说，能被人记住姓名的一些人物，诸如包勇、何三、夏三、李十儿、赵堂官、王尔调、潘三保等，基本都是男性也就不奇怪了。

第二，前八十回和后四十回，新人上场节奏，都有一个与其他各十回不相称的最小值。在前八十回中，是第三十一回至第四十回，只新增了13人；在后四十回中，是最后十回，只新增了8人。

小说最后十回很少添加新人是可以理解的，因为已接近收场，没有必要加太多的人物来增加头绪。那么，为什么第三十一回到第四十回，新添加的人物也很少呢？这是因为，在这十回中的前部分，发生了宝玉挨打这样聚焦式的冲突事件。宝玉挨打虽然动静闹得很大，但前因后果都是围绕着宝玉而展开。虽然占去三回多的篇幅，但线索铺陈得并不很开，主要是把冲突的内容往幽深处发展了，使得对涉及的相关人物数，有一个总量的控制，不便添加太多新人来转移焦点。而在这十回下半部分的第三十七回，由探春发起成立了诗社，并马上开展了海棠社、菊花社等一系列活动。因为诗社参与人数少，是高雅的小众活动，所以虽然办得也热闹，但并无必要也很难马上引入新人来拓展叙事的格局。

总之，宝玉挨打的聚焦和大观园诗社的兴办，使得这十回的新人数量成了一个低谷。这当然是作者整体叙述策略而导致的一种结果。

第三，如前所述，前八十回一共上场了约530人，其中男性约270人，女性约260人，男女性别在基本平衡的前提下，男性还要略多于女性。这一统计结果，与认为《红楼梦》是以写女性为主的阅读感受截然不同。我们阅读的第一印象，总认为《红楼梦》主要是写女性的，其中的人物也应该是女性占大多数，但实际的统计结果为什么不是这样？

一方面，除开贾宝玉等少数几位较具感人的力量外，《红楼梦》中关于男性人物的塑造，总体上都不如女性人物塑造得生动、多姿多彩。另一方面，这同样涉及与塑造形象相关联的整体化构思问题。可以说，作者几乎是把主要女性的出场，都当作重要事件来渲染的。林黛玉进贾府，与王熙凤的互为亮相自不必说，许多后来者的各自上场，也都获得了让人瞩目的机会。从而使得新来的女性，构建了一个富有节奏感的连绵不断的强化印象。这些后来的新女性的陆续上场，对已有的人物不断进行着烘托、分层和个性的细化，使得女性人物塑造呈现出一种犹如原子裂变的新生状态。第四十回后的薛宝琴、邢岫烟等，第五十回后的芳官、藕官等，第六十回后的尤二姐、尤三姐等，以富有节奏感的方式陆续登场，不断刷新着读者对红楼女性的认识视野；同时，反衬着那个庞大的男性群体是多么暗淡无光。从而，让塑造得那么出色的贾宝玉，似乎成了一颗在男人夜空中没有氛围的孤独的星。

第四回价值再认识

《红楼梦》第四回是《薄命女偏逢薄命郎　葫芦僧乱判葫芦案》，因写了衙里当差的门子葫芦僧解释"护官符"官官相护的意义及贾雨村徇私枉法，集中反映了当时社会的黑暗，曾一度被认为是小说的总纲，也是中学语文教材的必选篇目。不过，20世纪80年代后，随着以阶级论为思想武器分析文学作品的边缘化，《红楼梦》第四回总纲说也不再流行，而这一回篇目也逐渐淡出中学语文教材。

现在来看，把第四回视为全书的总纲，如果并不意味着是对全书内容主体的概括，而仅仅是强调一种政治背景对全书的笼罩，那么总纲说还是有一定合理性的。但第四回主要内容毕竟不是用来介绍政治背景的，其作为文学作品自有直接的表现对象，而对这些具体对象的描写所具有的较高思想艺术，又每每落在了一些主张总纲说的人的视野之外，这是不能不令人感到遗憾的。因为第四回除了写"护官符"作用，更写活了贾雨村和葫芦僧这两个人，写活了他们身处其间的社会关系，写活了人际交往和彼此理解的复杂性。正是这些具体描写及跟其他几回相关内容的勾连，才使得第四回有了不同于总纲的特殊意义。

具体说来，贾雨村徇私枉法，遵循"护官符"提示的游戏规则而进入官场关系网络，是在门子的建议下得以实施的。审案似乎完全被门子所掌控，而且其对整件事情的来龙去脉、英莲的身世、人贩子的习惯做法、冯渊的品性，当然包括薛蟠等一干人情况洞若观火，对官场的关系网也一清二楚，而在贾雨村振振有词说要报效朝廷，不可因私废法时，门子也能以他一番宏论，所谓"老爷说的何尝不是大道理，但只是如今世上是行不去的。岂不闻古人有云：'大丈夫相时而动'，又曰：'趋吉避凶者是为君子'。依老爷这一说，不但不能报效朝廷，亦且自身不保，还要三思为妥"，说得贾雨村低下头去，无话可说，只能依门子建议行事。所以这一回的回目把行为主体指向已经是门子的葫芦僧，概括得也算准确。

从整个事件来看，门子不可谓不聪明，主动给贾雨村提建议，可以说是借机巴结新来的老爷，或许也有一点念旧之意。但恰恰是门子的念旧，对贾雨村身世的点破，才让贾雨村"如雷震一惊"。不是想起了老熟人才引起他心理的震荡，而是混迹于官场忘记了过去的他，对自己以往的难堪落魄有了不愿回顾的一瞥。所以，贾雨村对门子毫无记忆的心态可以说合情合理，相比之下，他对甄家丫鬟娇杏的刻骨铭心，不仅是因为异性的关系，还因为当时关于娇杏的记忆，是与美好的梦想联系在一起的。门子与贾雨村的重聚，在门子心里可能意味着美梦的开始，所以他能那么主动前去为贾雨村出谋划策，却没有想一想，由于他跟贾雨村有那么一种所谓的贫贱之交的关系，使得贾雨村依他建议的所有行事，都似乎是门子没有把他放在眼里的证明，并不时提醒着贾雨村那段难堪的过去。这又如何能让贾雨村容忍得下去。所以书中后来写道，贾雨村到底寻了个他的不是，把他远远地充发了才罢。就这样，贾雨村以他回报门子的实际态度，让他自身难保的结果，颠覆了门子的那种所谓的世故和聪明。甲戌本脂批云："自招其祸，亦因夸能恃才。"这后一句，似乎重复了贾雨村最初丢官的所谓"恃才侮上"的原因。我们再来回顾一下门子的出身，就更值得让人深思了，书中交代："原来这门子本是葫芦庙内一个小沙弥，因被火之后，无处安身，欲投别庙去修行，又耐不得清凉景况，因想这件生意倒还轻省热闹，遂趁年纪小蓄了发，充了门子。"对于他获得的如此结果，我们不仅要悬想，他是否还认为这件生意轻省热闹？他是否有些觉悟？

除了贾雨村和门子的具体关系值得讨论，他跟贾政、宝玉等人的交往，也应该纳入我们的分析。

贾雨村重新被任用，贾政起了主要的推荐作用。而贾政与贾雨村初次见面时，是着眼于外表，是见他"相貌魁伟，言语不俗"，才中意的。不但在贾雨村以后的仕途上屡屡出力推举，且不时让贾宝玉与他见面，要宝玉也有意识地与这类为官做宰的人谈谈仕途经济之道。宝玉对贾雨村常常感到不自在，似乎不仅仅是因为他的官宦身份，或者总是谈些经济学问一类的话题，对这一点，似乎不应该一概而论。否则，他与北静王水溶的见面就不会那么温婉和谐，而北静王第一次见到宝玉，就是以学业来劝勉他。宝玉不但丝毫没有厌恶感，还把北静王赠予他的礼物转赠给他最心仪的黛玉。可见，宝玉对于贾雨村，有着直感式的本能的抵触。以我之见，贾宝玉对交往者的态度，关键还在于这种互相的交往是不是以情感为底子，是否能够把对方的感情需要纳入自我的感情世界里来一并考虑。

在贾雨村的人生旅途中，除开他对娇杏的误会而自作多情外，以后很少看到他感情世界的流露。不少学者认为在他人生的旅途中，一负情于甄家，没有脱英莲于苦海，也违背了自己的承诺，所谓"自使番役务必探访回来"；二负于门子，虽嘴里说是贫贱之交不敢忘，但他的不敢忘，其实是要想方设法来陷害他；三负于贾府，在贾府失势后，做出落井下石的勾当。其实仔细想来，很难把他归入负情之辈，他根本就不是性情中人，基本是无情可负的。他与人交往考虑的是利害关系，嘴上说的是一套不切实际的大道理，所以才会被同样喜欢说大话的贾政所欣赏，被重情性的贾宝玉所厌恶。正因为他本质上是一个薄情者，所以才会对待恩人之女英莲不幸的遭遇，在门子面前发那样一种不切实际的宏论："这也是他们的孽障遭遇，亦非偶然。不然这冯渊如何偏只看准了这英莲？这英莲受了拐子这几年折磨，才得了个头路，且又是个多情的，若能聚合了，倒是件美事，偏又生出这段事来。这薛家纵比冯家富贵，想其为人，自然姬妾众多，淫佚无度，未必及冯渊定情于一人者。这正是梦幻情缘，恰遇一对薄命儿女。"这完全是置身事外的态度，他虽然也看出了英莲落入薛家未必幸福，但又马上用命运的必然性来消解人可能的同情心理，这大概就是贾政所谓的"言语不俗"吧？宝玉本能地拒绝他，拒绝这样的假人、不真诚的人，虽不能说宝玉对他以后加害于贾府有什么先见之明（这是曹雪芹原稿可能构思的），但是，宝玉用向来以是否有真情来衡量敌友的标准，也并非不可取，贾雨村以后的行为轨迹就可以作为验证。

虽然从人生的阅历说，贾政包括应天府的门子都更为丰富，但是阅人无数的他们，反不及贾宝玉这样一个小孩子基于至情至性的直觉式反应能识人，作者是想这样告诉读者吗？也是在这个意义上，贾雨村的为人之假与他的为政之假是协调的、统一的，他的情感之假与道德之假是互为表里的。那么，作者是否还想说，情感之真是判断人的最真切最不会失误的标准？这样的问题，恰恰是由第四回所引发，是值得我们结合更多具体内容来作进一步讨论的。从这个意义上说，即便不否认第四回具有一定的总纲意味，重新认识其价值，也更应该从文学是写人、是写社会关系中的人的角度来取向。

有命无运和有运无命

无常,是出家人解释人生命运时习用的字眼。而所谓命运无常,又不能简单理解为命运两亏,它常常表现为有人命长却运短,有人运好却命不长,命和运两者凑一起的时间总那么短暂或根本就背离,才让人有命运无常的感叹。

《红楼梦》写的是贾府的衰败史,却以甄家一段小荣枯为开头。第一回写甄士隐抱着独养女儿英莲在门口时,有路过的僧人对其大哭,希望英莲跟他出家。因为他对英莲未来人生下的断语,就是"有命无运、累及爹娘"。虽然甄士隐没有理睬僧人的话,但后来英莲的人生历程,完全符合这一预判,不但被人贩子拐卖,让父母备受打击,而且让甄士隐失去了生活的勇气遁入空门。而英莲自身的命运也是几经波折,这倒不是说她永远沉沦在底层,而是几次在她生活显出幸福曙光时,又被拖入更深的黑暗中。从安康的士绅家到被人拐卖,从让冯渊一见钟情而遭薛蟠横刀夺爱,从临时进大观园享受诗情画意生活到受夏金桂折磨,命运对她的无情捉弄,每次都是以残酷的生活打击,以彻底击碎她内心升腾起的幸福感,以一个呆于写诗的心灵遭遇全然不懂诗性智慧的呆霸王,所谓的"两呆相遇",来完成这"无常"的命运嘲弄的主题。

此外,小说还设计了另一个颇具特色的人物,与英莲构成特殊关联。第七回写周瑞家的第一次在薛姨妈处看到已经称呼为香菱的英莲时,直接的反应是她像秦可卿,所谓"像咱们东府里蓉大奶奶的品格儿",王夫人身边的大丫头金钏也对此认同。这当然先是因为两人长相都特别漂亮,是周瑞家的赞叹的"好个模样儿",更重要的是作为一种更具总体性的品格联系,促使我们去寻找形象之外的意义。值得注意的是,当香菱出现在贾府时,当周瑞家的询问她父母身世时,她一概以"不记得"来回答,从而成为贾府众人视野中的谜一样的人物。而秦可卿,也恰恰因其是养生堂抱出来的,同样因为身世的"当时已惘然",作为谜一样的人物,与香菱形象构成又一次叠加。

不过,小说借助艺术设计把秦可卿与香菱关联起来的目的,恰是要在命运无常的层面上构成互补性理解。

如果说,香菱是有命无运,秦可卿恰好相反,是有运无命。

作为身世不清不楚的人,能够嫁入宁国府做长孙媳妇,实在是一件让人匪夷所思的离奇好运事,而且她不但貌美如花、性情温和,而且受到了贾府上下普遍喜爱。小说多次写到了周边人对她的赞誉,贾母评价她:"秦氏是个极妥当的人,生的袅娜纤巧,行事又温柔和平,乃重孙媳中第一个得意之人。"及至她得病卧床后,作者又让她婆婆尤氏发一番感慨:"这么个模样儿,这么个性情的人儿,打着灯笼也没地方找去。他这为人行事,那个亲戚,那个一家的长辈不喜欢他?"她去世时,类似的侧笔描写又一次出现:"那长一辈的想他素日孝顺,平一辈的想他素日和睦亲密,下一辈的想他素日慈爱,以及家中仆从老小想他素日怜贫惜贱、慈老爱幼之恩,莫不悲嚎痛哭者。"她的人生,似乎一直处在众人的眷顾爱戴中,可惜生命力太弱,最好的运气竟没有稍长一点的生命来承载,只能夭折在青春美貌幸福人生的鼎盛期,岂不痛哉!

如果说，香菱的有命无运，使她自然获得了现实意义上的也是小说世界里的生命长度，使她能够从甄家穿越到贾府，演绎着人生漫长而又艰难的历程，凸显了女性在人际交往世界里的痛苦遭遇，成为女性应该得到来自社会同情可怜的"应怜"（英莲）。那么，有运无命的秦可卿短暂出场，其在小说世界里匆匆走过，她在人际交往中曾经的如鱼得水，也许仅仅是一种表象。因为，当张太医论其病因而点破她"不如意事常有，则思虑太过"时，似乎又把掩盖在表面受宠下的内心焦虑感，暗示了出来。好运无法获得好命支撑，似乎又不完全是自然生命力的问题，它或多或少还暗示了，对一个女性来说，好运的获得，其实是需要以生命的透支为代价的。这样，有命无运和有运无命，才成了互文足义的关系互补，指向了女性命运无常背后的那种不幸的恒常性。这种恒常的不幸，是与贾府四位小姐即元春、迎春、探春和惜春名字谐音的"原应叹息"息息相关的，也是作者意图点明的"千红一哭""万艳同悲"大主题。

不过，当作者在勾勒出女性画廊的整体悲剧命运时，还在第一回写了一段喜剧性的小插曲。落难才子贾雨村，在透过甄家书房后窗与甄家丫鬟目光的偶然相接，以为遇上了一位风尘中的知己，对其念念不忘。得中功名后，又特意寻访到这位丫鬟，把她纳为小妾。想不到过门没多久，就生下一子，恰逢正妻去世，这位丫鬟也就被扶了正。虽然小说评价这位丫鬟是"命运两济"，但叙述的整个过程，都强调了丫鬟当时的不经意及事后的遗忘，从而把贾雨村的自以为是和自作多情的误会，彻底揭示了出来。据此，女性的所谓命运两济，就完全建立在一种误会的偶然性上，并以这种偶然性，烘托着命运无常的必然性。这也是丫鬟之所以起名娇杏，谐音"侥幸"的缘故。

但小说真正深刻的地方是，当僧人以命运无常来解释女性的悲剧时，这种解释也是被悲剧中的女性、被世人所自觉认同的。我们看到，当被拐卖的英莲听说冯渊不愿意作为交易来随便买她，更愿意郑重其事娶她过门时，她把这种可能降临的幸福感叹为自己的"罪孽可满了"。而冯渊被薛蟠打死后，审案的贾雨村又把这件凶案感叹为"孽障遭遇,亦非偶然"时,诸如此类的感叹,不过是说明了,一切社会问题、制度问题,统统在难以一探究竟的命运无常的必然性里得到了解释和安慰,同时把这些问题予以了消解。于是,对人的命运的无奈哀叹,就不自觉地成了对不合理社会的有力辩护。这是小说所要揭示的人的悲剧,更是在不自觉中揭示的思想意识的悲剧、社会的悲剧。

第二章

人 物 点 评

作为才子形象反讽的贾雨村

贾雨村在《红楼梦》第一回出场,作者除了对他的身世进行一番介绍外,所叙述的最为重要的内容,就是把这样一个穷书生,与甄士隐家的丫鬟娇杏牵连在一起,复制出一个具体而微的才子佳人故事模式。这一点,每每为论者所忽视。

其实,20多年前,舒芜在《说梦录》一书中,就以短文《才子佳人的漫画》对这部分内容的意义予以了精确的概括。他不但揭示了贾宝玉林黛玉等人与传统狭义上的才子佳人的一些差异,还慧眼独具,认为第一回中的贾雨村与娇杏间的一段故事,是为才子佳人的故事模式进行了漫画式的勾勒,取得了讽刺式的效果。用现代批评术语来说,这一情节是构成了一种扭曲模仿。由于舒芜分析得较为简略,所以我的讨论,将以他的提示为基础,来进一步展开。

虽然从情节大致的发展模式看,男女双方的关系似乎并没有脱离才子佳人小说的一般格局,有落魄才子贾雨村暂寄他乡卖文为生,也有长得颇有些动人姿色的女子娇杏偶然回顾，然后是贾雨村心中念念不忘，在得中进士后为官，将娇杏娶回家中，演完了才子佳人小说的大团圆结局。然而细一琢磨，其与传统才子佳人小说实乃貌合神离。

就才子贾雨村来说，作者虽给了他少有的好相貌，但随着情节的展开，我们发现其人品既恶劣，文品也恶俗，同他的相貌极具反差。而偏生这样的一个伪才子，倒是满脑子的才子佳人小说模式构成的白日梦，所以一旦有女子把目光投向他时，也不去深究这目光用意何在，就一厢情愿地理解为这是对他的垂青，是风尘中的知己了。而且时刻放在心上，在接下来的中秋节时，还真把他的白日梦写进了他口占的一首诗中：

未卜三生愿，频添一段愁。闷来时敛额，行去几回头。自顾风前影，谁堪月下俦？蟾光如有意，先上玉人楼。

及至他科举得中，在官轿中瞥见娇杏，虽然娇杏只觉得面熟，但早已忘记他是何许人也时，贾雨村倒是早把她视为心上人而马上将其娶回家了。在这里，娇杏无意间的顾盼，却变成了缔结婚姻关系的真正动力，在这一过程中，作为才子贾雨村的自以为是、自作聪明和自我陶醉兼自我感觉良好，一并凸显了出来。

我们发现，在传统才子佳人小说中，推动情节进展的外表的吸引在这里依然得到运用，但区别也是明显的。因为在这里，外表没有成为双方感情互动的内驱力（只是一种单相思），反而加深了双方的不理解，形成了误会的动力。

当然，在明末清初大量的才子佳人小说中，误会法是激活情节的一个重要因子。只不过，对于这种误会法的运用，并没有上升到核心主题意义上，并不是要说明双方的不理解，它的产生往往是非本质性的，往往来自习俗的偏见，是不影响才子与佳人互相间的最终的基本判断，并且很容易得到澄清。例如著名的才子佳人小说《玉娇梨》中的男主人公苏友白,认为先向男方提出婚姻请求的女方肯定是有缺陷的,遂故意逃避不见,使得情节发展有了一波三折,等等。还有时候,这种误会法的加入,仅仅是为了增强故事的趣味性。但对贾雨村而言,这样的误会是本质性的,就像作品向我们表明的,娇杏根本没有钟情于他,甚至没多久就把他忘记了,这一来,才子佳人故事模式的原动力就一下子失去了,而且,男女私定终身来突破礼教制约的意义似乎也无从体现。那么,《红楼梦》有关这一情节的扭曲模仿,其积极意义反不如那大量存在的才子佳人小说了吗?不是的。它的意义恰恰是在对这些小说的讽刺中,表现出要在现实中落实这些意义是多么艰难,一见钟情又是多么虚幻。毋宁说,他是把贾雨村的白日梦放到更真实的生活氛围中,从而揭示了这一白日梦的虚幻性和自欺欺人性。他以贾雨村和娇杏的故事,告诉了人们所谓才子与佳人一见钟情的故事是主人公自己搞错了,误会了。确立了这样的前提后,当《红楼梦》的作者进一步要从正面来展开他的青年男女的故事时,他有意从理想和现实的双重制约中来构思人物及彼此的感情纠葛,在把才子佳人小说画廊推倒的废墟中,建立起曲折而又迷人的爱情故事的全新模式。

不过,早期的脂批对娇杏眼中的贾雨村所显示的堂堂相貌表示了欣赏,认为这是作者破除了奸诈之人必是獐头鼠目的套语。以后的评论者也从写作美学角度进行了论述,却忽略了一点,就是在才子佳人小说中,在一见钟情的模式中,相貌曾经是感情发生的最基本的动力。也正是在这个意义上说,当男女双方为对方的相貌心旌摇荡时,误会是无从谈起的,误会法也不可能属于这类小说的本质特点。因为,瞬间的一见,如同张生为之怦然心动的莺莺小姐"临去秋波那一转",完成了感情的交流,甚至成就了姻缘的终身大事,也无怪乎杨绛要感叹古代的男女感情发生都是速成的甚至是现成的了。

这样,在贾雨村和娇杏两人间引入内心误会这样的描写,不但颠覆了才子佳人小说中表现男女感情的空白性或者虚幻性,也借助贾雨村把林黛玉带入贾府与宝玉会面，从而为贾宝玉与林黛玉可能展开真正意义上的感情交流开辟了道路。贾雨村名字谐音所暗示的"假"，单就感情层面上而言，不但是对自己生活经历的一段说明，而且还开放性地指向他者，指向一种文学传统。既是对才子佳人小说传统的一种本质意义上的颠覆，又是对同样被这一传统笼罩但又想勉力超越的宝黛关系的暗示，暗示了贾宝玉和林黛玉在澄清误会的道路上，是有一段多么漫长的心路历程，是需要对"假"的一次次颠覆。就像第二十九回作者告诉我们的，两人是"因你也将真心真意瞒了起来，只用假意，我也将真心真意瞒了起来，只用假意。如此两假相逢，终有一真"。从而表明了，贾雨村形象的指向性，不但打破了文本内部的甄家与贾家的界限，也拓展至一个深广的文学传统。

要立足于历史语境和艺术策略来评价贾宝玉

对《红楼梦》中的贾宝玉评价之困难,脂评曾经以一连串的"说不得"来感叹,所谓"说不得贤,说不得愚,说不得不肖,说不得善,说不得恶,说不得正大光明,说不得混账恶赖,说不得聪明才俊,说不得庸俗平凡,说不得好色好淫,说不得情痴情种"。不过,一口气说了这么多"说不得",脂评到底还是引用他所认同的"情榜"评价宝玉为"情不情",以为其对世间之无知无识之物,都能以一段痴情去体贴。据此,说宝玉为"情痴",或者如当代人所谓的"暖男",大概还不至于归入"说不得"之列。

不过,日前有人发文《贾宝玉:暖男的爱仅仅如此》,对作为暖男的贾宝玉大加笔伐,认为贾宝玉"对世间女子尽心爱恋呵护,可除了'有心'之外,他的爱浮于表面,能量极低,甚至反而给女孩子们带来灾难"。认为他在金钏自杀事件中缺乏担当,而对他挚爱的林黛玉,也不过是"你死了我做和尚","无论话语还是行动上他从没有向着更好的结果努力过",没有"我争取让我们好好活"的选项。从表面看，这些话有部分道理，但细究起来，恰也是对浮于人物表面言行的一种判断，是经不起推敲的。比如其认为"晴雯的死亡，在王夫人那里成了'女儿痨'，在宝玉那里则是做了'芙蓉花神'，一个丑化，一个美化，但本质都是通过自我欺骗来获得心安"。却不知丑化和美化之间有着嫌弃和关爱的情感区别，故意忽视这一区别，貌似深刻地揭示人的行为动机中有自私的一面，结果如先秦的韩非一样，基于性恶论而把所有人都归到无差别的自私一类，完全抹杀人的阳光的、利于他人的积极心态，其结果只是显示了论者自身的心理问题。

但这还不是问题的关键，因为具体到《红楼梦》这部小说，类似的判断其实是深刻地反映出该论者不理解当时社会语境，也缺乏对曹雪芹独特艺术匠心的体会。

《红楼梦》围绕着贾府这样的贵族之家展开贾宝玉等人的故事，传统社会中无往而不在的礼法制度，那种主奴有序、男女有别的等级秩序，也在贾府众人的日常生活中有全面体现。虽然不少学者把《红楼梦》归入才子佳人小说的谱系中，意在强调《红楼梦》中也发生着以贾宝玉为中心的男女恋爱故事，但这样的恋爱故事与传统才子佳人小说的貌合神离，理解起来还是比较复杂的。第五十四回《史太君破陈腐旧套》，突出了贾母听才子佳人故事时的一番反驳，我们当然可认为是对才子佳人故事模式化、俗套化的反驳，也体现出《红楼梦》对才子佳人小说俗套情节的一种超越，等等。但问题并没有这样简单。因为贾母据以反驳的，是她对一个大家族的环境及受环境制约的才子佳人的认识，认为双方既不可能、也没机会相遇，即便相遇，佳人也不可能马上想到终身大事。贾母看到了这种故事的虚假、污秽，以及对礼教规矩的破坏，并严正声明这样的事自己家里不可能有，这样的故事也不会让自家小孩子听，其实正表现出作者认识现实的清醒眼光。

由此带来的一个问题是，贾宝玉和林黛玉等人为何有可能相遇，并且发生了那么复杂的情感纠葛？对于这样轰轰烈烈的貌似才子佳人式的恋爱故事，长辈为何就不知道了？难道这是以老祖宗为代表的长辈们的"灯下黑"吗？是老祖宗一时犯糊涂吗？

其实不然。因为作者是通过把人物年龄低幼化的艺术设计策略，来为他们找到了一片生存空间。

第二十五回，宝玉中魔发狂，一僧一道前来相救，道是"青埂峰一别，展眼已过十三载矣"。据周绍良先生的实际推算，误差一年，应为十二岁，而黛玉比宝玉小一岁，则为十一岁。这个年龄段从第十八回开始，到五十三回结束。宝玉十三岁的年龄段，从五十三回开始，到第七十回结束。也就是说，贾宝玉十二三岁的年龄和林黛玉十一二岁的年龄，是全书展开的大半部分。

也正由于人物年龄小，所以尽管在小说中，已经写到了他们为了真挚的爱而在甜蜜又痛苦中煎熬，如第二十九回，因两人心里早存下一段情思，为了张道士与宝玉说情的事发生了争吵，并且在争吵中使他们之间加深了理解，感情趋于牢固，但在旁人看来，这样的争吵只是儿戏。就像凤姐说的："也没见你们两个人有些什么可拌的，三日好了，两日恼了，越大越成了孩子了。"在这里，凤姐是完全把他们作为孩子来看待的，把他们的行为视为孩子之间的顽皮和喜怒无常，她根本没朝恋爱这方面去想，其他家长也没朝这方面去想。清代的李渔在短篇小说《合影楼》中写到一位管公，以为圣人所说的"男女授受不亲"是专对至亲而言，若是陌路人，根本就无见面的机会了，哪里还谈得上"授受"，这样的别具只眼也说明了当时的上层社会对男女交往的那种如临大敌。在日常生活中，做家长的自然会防微杜渐，不会允许他们有这样的自由天地，不可能提供他们相处在一起来恋爱的机会。但是，唯一的例外是，他们还太小，小得让人失去任何的警惕，根本不把他们已经被点燃的轰轰烈烈的爱情火焰视为一种真诚而又认真的情感流露，而仅仅认作一种儿戏。

也许，作者有意要在贾宝玉等人的身上尝试一种年龄错位的笔法，所以，当他还在七八岁时，也就是《红楼梦》的第五回，作者就安排他神游太虚幻境，并在警幻仙子的引领中，与一位鲜艳妩媚如宝钗、风流袅娜如黛玉的兼美结为人生的爱侣，从而在象征的意义上完成了成熟。换言之，在儿童的躯壳内，贾宝玉，还有大观园其他女子的心灵，以一种秘密的方式在逾越常规地发展，以表现作者对情感的理想性吁求的一面。

然而，作者也没有回避问题的另一面。也正是在贾宝玉等人思想行为现实化的过程中，儿童躯壳的局限，现实中的种种限制必然会使其面临困境，这既是思想现实化的困境，也是逻辑化、艺术化的困境。

儿戏当然可以使贾宝玉等人为自己的逾越规矩、离经叛道找到宽容的借口，但儿童也必然意味着人微言轻。没有地位、不被重视是贾宝玉时常流露的苦恼，自己挨打不但不可能反抗，连逃避都不许，而金钏被斥、晴雯被逐，他或者一溜烟逃走，或者待在一边干着急，平心而论，要一个十二三岁的孩子来担当确实也难。大观园固然能够视为他同众姐妹自由的天地，但也未尝不可以看作拘束他们、使他们行动不得自由的牢笼，所以，每逢贾宝玉有机会走出大观园时，总带给他深深的喜悦和激动。

正是从现实语境与艺术策略的相生相克中，我们才发现了作者塑造贾宝玉这一人物形象的全面复杂性和深刻性。而有些读者把一顿无形的板子打在他头上，让自己和贾政一类的家长来对贾宝玉形成两面夹攻之态势，由不得要让作者发一声"谁解其中味"的浩叹了。

贾宝玉人生观的迂回展开

人物的精神世界，人物思想品质所达到的一种高度，常常是他们生活经历的聚焦，是个性中最具统摄力量的元素。我们理解作品人物，分析其形象特点，在很大程度上需要揭示人物的精神世界。而对生命意义的看法，或者说人生价值观，就是人物精神世界的重要组成部分。

不过有时候，人生观恰恰不是以对生命存在的意义理解，而是以对生命的毁灭、对人死亡的看法表达出来的。于是，对死亡的看法，成了人生观迂回曲折的表达。这样的迂回而曲折，甚至要比直接表达出来的人生观，更为生动、更为深刻，也更能引起旁人的注意。

《红楼梦》中的贾宝玉，颇多怪诞乖张的言论，其中有一些便涉及他对死亡的看法。

第十九回，贾宝玉对袭人说："只求你们同看着我，守着我，等我有一日化成了灰，——飞灰还不好，灰还有形有迹，还有知识。——等我化成一股轻烟,风一吹便散了的时候,你们也管不得我,我也顾不得你们了。那时凭我去,我也凭你们爱那里去就去了。"

第三十六回,他又对袭人说:"比如我此时若果有造化,该死于此时的,趁你们在,我就死了,再能够你们哭我的眼泪流成大河,把我的尸首漂起来,送到那鸦雀不到的幽僻之处,随风化了,自此再不要托生为人,就是我死的得时了。"

第七十一回,宝玉对尤氏等众人说:"我能够和姊妹们过一日是一日,死了就完了。什么后事不后事。"又说:"人事莫定,知道谁死谁活。倘或我在今日明日、今年明年死了,也算是遂心一辈子了。"

类似的言论,曾被有些学者一一罗列,以说明贾宝玉头脑中具有的感伤主义、虚无主义倾向。同时,他们还进一步解释,宝玉之所以有这样的感伤主义、虚无主义倾向,是因为他虽有叛逆思想,但又无力抵抗黑暗现实。所以他对袭人说死,对众人说死,按时下说法算一种"作",其实是他梦醒后无路可走、看不到前途的自然表现。这样的分析,当然有相当合理性,因为贾宝玉即便在自己不说死的场合,感伤主义、虚无主义的苗头,也会冒出来。比如第二十八回,他听黛玉吟葬花词,就联想到黛玉、宝钗、袭人、香菱及他本人终归消失在一个无可寻觅的世界,于是悲从中来,恸倒在山坡上。

但即便是此类感伤、虚无态度的流露,也并不妨碍我们在消极中看到不那么消极的另一面。因为他对袭人、对众人谈及死亡问题,固然有终极意义的虚无性,但又总是在具体语境中,把这种虚无指向了它的反面。

当他第一次向袭人谈及,他要有比灰飞更彻底的烟灭般的死亡时,其实是为了讨好袭人,让袭人说出不离开自己的条件。因为当时,袭人借家人要为她赎身的由头,来向宝玉提挽留自己的条件,煞费苦心规劝宝玉读书上进,走正统社会认可的道路。而宝玉急于表明自己言听计从,并提到将来不留痕迹的死,其实是以将来彼此间更截然的分离,来表明他重视活在当下、彼此同在一起的状态。从这个意义上说，他向袭人表白（包括后来对尤氏等众人说的话），大致是以预设将来的一种死，求得踏实活在当下的心态，在一定程度上，具有了向死而生的意味。

而宝玉第二次向袭人谈及自己的死，其显示的积极意义，有着更现实、更具体的指向性，值得提出来仔细分析。

这一次贾宝玉又向袭人谈及死的问题，倒是袭人所引发，也可说是对第一次死亡交谈的遥相呼应。

第三十三回宝玉挨打后，袭人向王夫人提出了把宝玉和众姐妹隔离的建议，一番为宝玉未来前途着想的说辞，让王夫人深深感动。王夫人很快决定增加袭人的月钱，视她为"准姨娘"，让她享受侍妾的同等待遇。到了第三十六回，宝玉得知实情，兴高采烈，于是重提当初袭人要离开的话头，说有此安排，她就再离不开他了。引得袭人傲娇十足地说，那可不一定，难道你做了强盗也跟着？"再不然，还有一个死呢。人活百岁，横竖要死，这一口气不在，听不见看不见就罢了。"于是引发了宝玉谈自己死亡的怪论。

不过，宝玉说自己要死在一群姑娘眼泪中，其实是在比较中否定了另一种死法。在他看来：

> 那些个须眉浊物，只知道文死谏，武死战，这二死是大丈夫死名死节。竟何如不死的好！必定有昏君他方谏，他只顾邀名，猛拚一死，将来弃君于何地！……可知那些死的都是沽名，并不知大义。

在此前提下，宝玉才提出了要死在一群姑娘眼泪中的另一种死法。换言之，他是以一种心理意义上的情感的死，否定了另一种伦理意义上的愚忠的死、名节的死。宝玉此番议论，当然也不是在维护君王的尊严。所谓"弃君于何地"的责问，不过是他的虚晃一枪。其思维方式，一如《韩非子·难一》篇里提到的，舜以自己的农耕、捕鱼和制陶为表率，让周边本来是争执不休的农人、渔人都相安无事，让本来质量很差的陶器得以改善，其名声大振，其实是把当时的尧帝逼到一个难堪的地步，导致帝位不稳。所以，传说中所谓的"禅让"，不过是身为臣民的舜因为功高震主，把尧帝逼下了位。宝玉正是循此思路，把那些所谓死于名节的大丈夫，逼到了一个尴尬的境地，也把自己从当时社会的正统之路上解放了出来。

但即使宝玉在宣扬情感意义的死的念头，也有着逐步完善的过程。因为当宝玉说自己要死在一群姑娘眼泪中时，依然没有摆脱男子中心主义思想的窠臼。所以，也是在第三十六回，当他看到龄官和贾蔷互动真情的一幕时，才察觉了自己的思想局限。宝玉的可贵在于，他发现自己被边缘化后，却不会用当时专制社会赋予贵族男性的强权来继续维护自我的中心地位，而是对自己的想法进行了修正。第二天晚上，他对袭人重提此事，感叹："昨夜说你们的眼泪单葬我，这就错了。我竟不能全得了。从此后只是各人各得眼泪罢了。"

就这样，他用自己的情感意义上的死否定了他人的名节的、愚忠的死，又以自己受个人眼泪埋葬的死，否定了受群体埋葬的死，在对他人、对自己的双重否定中，宝玉把他关于人之死亡看法的积极性、进步性，终于凸显了出来。

贾宝玉的才气和他的成长

贾宝玉的才气,在第十七回《大观园试才题对额》和第七十八回《老学士闲征姽婳词》两回中体现得最为充分。对此,舒芜在《说梦录》中从"清客的形象"角度作了初步的探讨。他认为在这两回中,"清客们充分显示出凑趣、奉承、反衬、正衬的无穷作用"。其论述的角度给人以很大启发。不过,如果不局限于这两回,如果把贾宝玉的才气放在周边与之交往的多类人物而不仅仅是清客来着眼,也许可以让我们思考得更深入。

第十七回中,随着宝玉题匾额、口占对联,并点评他人的拟作,他的创作才能和理论水平,得到了全面的发挥,也确实超过了贾政和众清客。但在第三十七回参与海棠诗社时,他的创作水平与众姐妹一比,明显居于末位。那么,为什么此前在题大观园匾额时,他的才气压过了众多舞文弄墨的清客?说众姐妹的水平本来就高,这当然是一种理由,但这样的解释还是失之过简。从宝玉本身看,他在大观园面对清客甚至其父时,是有意当仁不让的,这既是小孩子的好胜，也是因为在读书问题上一直受贾政责备，所以有此机会，他定然抖擞精神，要把自己的才气充分显露，从而让贾政另眼相看，也见得即便不算正经功课而只是旁学杂收，也大有用武之地。与之相比，贾政年轻时一直努力于科举功课，是所谓的"应试教育"中培养出来的人，虽然最终因皇帝开恩，袭了官位，没有参加科考，但一条应试的复习之路，已经泯灭了他的才情，让他对于吟风赏月的诗词变得陌生。所以他自己说："我自幼于花鸟山水题咏上就平平；如今上了年纪，且案牍劳烦，于这怡情悦性文章上更生疏了。"这虽可认为道出部分实情，但归因于自己的天性和后来的案牍劳烦，可能还是忽视了"应试教育"对人性情的杀伤力。至于那些清客，既明白贾政要试一试宝玉的才能，所以就像书中所说，也"只将些俗套来敷衍"了，从而处处让宝玉技压他们一等。不过，清客们的题额，有多少是故意卖个破绽，有多少确实是他们才力不逮，还真不好判断。总之，题匾额让平日一直受打压的宝玉出了一把风头，吐了一口气，也是事实。也许正因为气出得太顺畅，也让他一时失重得轻狂起来，居然反驳老父贾政的观点，认为他不懂"天然"、不懂"天然图画"的道理，把贾政着实气得够呛。但细细想来，宝玉说得或许在理，在自我"怡情悦性"方面生疏的人，也应该是不明白环境"天然"的人，因为从本质上说，大自然环境的非人工性、天然性与人之怡情悦性的自然而然是息息相通的。

我们再看他在海棠诗社，人际情况就大不同了。

客观点说，宝玉在海棠诗社写出的诗，与众姐妹相比，确实处于末位，但也并不意味着这一次的创作就是宝玉写作才能的真实反映。在这次诗社中，他们点起了一支只有10厘米来长的容易燃尽的"梦甜香"，香燃尽而诗未成，则要受罚。所以宝玉一边自己思考，一边还不时去询问其他人写到什么程度。只因为他在写诗的过程中，老是在为别人特别是黛玉担心，所以才使自己写出的诗句显得比较平庸。己卯本评语谓："宝玉再细心作，只怕还有好的。只是一心挂着黛玉，故平妥不警也。"而蔡义江对此点评"怕也不欲与姐妹们争胜"

可能更说到点子上,因为竞争的对手不同,输给众姐妹而不输给清客,对宝玉来说还是有一定幸福感的。最后李纨把他的诗置于末尾,问他服不服,他心悦诚服,说"我的那首原不好了,这评的最公",好像把他评得不好,他还挺乐意。但因此说宝玉在诗社写诗对众姐妹有很大的谦让,如果他发挥出真实水平可能超越黛钗,则也不符合事实。因为毕竟在元妃省亲时,命宝玉及众姐妹作诗,宝钗和黛玉都出手援助了宝玉,而黛玉代宝玉写的一首《杏帘在望》,被元妃评为最佳,宝玉不及黛钗,似乎是有定论的。

不过,就宝玉本身而言,我们也不能用静态的眼光来衡量其创作水平的高下。

第七十八回中提到他写《姽婳词》,同一批清客对其创作的诗句一路赞扬下来,特别是当宝玉念道:"叱咤时闻口舌香,霜予雪剑娇难举",清客们拍手笑道:"益发画出来了。当日敢是宝公也在座,见其娇且闻其香否?不然,何体贴至此。"对此,舒芜以为尊称十几岁的孩子为"宝公",即便宝玉写得确实不错,但拍马到如此肉麻的程度,也有"画出来"的效果了。说这里有很大的拍马成分,当然没错。但从宝玉的创作历程看,《姽婳词》也确实代表着他的较高创作水平,也正是在这一回,他还写出了感人的《芙蓉女儿诔》。所以,说宝玉的创作让人能够"见其娇且闻其香",不是笔触的简单香艳,而是把刀剑和娇香融为一体的笔力厚度。这种厚度与老练,与"宝公"这样的尊称不是没有丝毫关系的。同是对宝玉的赞扬,众清客的用词后一次确实要比前一次肉麻得多,但换一个角度看,拍马程度的升级,是不是多少也可以说明,宝玉的诗歌才能,确实有了较大的长进?而这种长进,跟他人生的真切体验愈发深广又是分不开的。

第七十回,交代过年时节,因凤姐生病,李纨杂务缠身,使得诗社无人来打理。而过年后,到了仲春天气,虽有功夫写诗了,但宝玉不在状态了,小说写道:

>　　争奈宝玉因冷遁了柳湘莲，剑刭了尤小妹，金逝了尤二姐，气病了柳五儿，连连接接，闲愁胡恨，一重不了一重添。

随后，第七十四回发生抄检大观园事件，第七十七回晴雯、芳官、司棋、四儿等被逐出，晴雯含冤去世。宝玉就是在这不断叠加的痛苦体验中，成熟、成长起来的，这一切，在第七十八回宝玉的写作上得到聚焦式展现。

《芙蓉女儿诔》涉及的内容与宝玉生活关系密切，是出自情感冲动的心灵告白；而《姽婳词》是听命于贾政的被动写作，是咏史，似乎与现实保持了一段距离，但同样可视为宝玉真实处境和他真切心境的反映。如果说这两篇作品都表明了宝玉的一种才气，那么这种才气也同时意味着他相当程度的成熟，意味着他对现实的进一步认识。具体说来，《芙蓉女儿诔》说明了如晴雯等纯洁女性被诐奴和悍妇纠缠着的生存环境是多么艰难和恶劣；《姽婳词》则强调，面对林四娘这样的女性，男性又是多么难堪和无力。特别是当结尾写道："何事文物立朝纲，不及闺中林四娘。我为四娘长太息，歌成馀意尚傍徨！"贾宝玉作为男性的无奈和无力感跃然纸上。这样的无奈和无力感，既是贾宝玉这一叛逆贵族少年的特殊感受，也恰是一个少年开始走向成熟的深刻表征，才气的足与不足，倒是其次的问题了。

"情种"宝玉的周到与无奈

对"情种"贾宝玉的评说,《红楼梦》书里书外,已经很多。

一方面,冷子兴贬其为"色鬼",贾政斥其为"无知的业障",王夫人埋怨其为"混世魔王",乃至叙述者借两首《西江月》词,概括其为"天下无能第一,古今不肖无双",诸如此类,指责种种;另一方面,且不说林黛玉与贾宝玉一见如故,并借黛玉之口道出了其母贾敏的称赞,所谓"在姊妹情中极好的",而警幻仙子视其为闺阁中之"良友",尤三姐说"他在女孩子们前不管怎样都过的去",乃至脂评引"情榜"中的"情不情",表明其情感发生之广博,举凡无情之物都能以重情态度对待之,或者如鲁迅说他"爱博而心劳",这是大家都熟悉的。

其实,不论是贬斥还是赞许,见仁见智或者"不仁不智"的评价,都是基于自身立场的现实依据,都有一定合理性。这里,我想就平儿评价其"色色想的周到",作一点讨论。

平儿作为凤姐身边的大丫鬟、贾琏的侍妾，本来和贾宝玉并无多少接触机会。只是贾琏在凤姐过生日时与鲍二媳妇偷情，凤姐发现后大吵大闹，导致平儿无辜挨打。哭闹中的平儿形象自然狼狈不堪，贾宝玉就把平儿带入怡红院安抚，从而有机会把他对女孩子的温柔体贴表现给平儿。

他先是替贾琏凤姐夫妇赔礼道歉，让平儿忍俊不禁，笑道：这事与你什么相干？又忙不迭让袭人拿出自己不常穿的衣服来换下她弄乱的衣服，还叫小丫鬟来为其熨烫，伺候其洗脸。末了，更是特意提醒她："姐姐还该擦上些脂粉，不然倒像是和凤姐姐赌气了似的。况且又是他的好日子，而且老太太又打发了人来安慰你。"让一向处事周到的平儿也觉得有理，更印证了其对宝玉"色色想的周到"的评价。

所谓"色色"，是指不局限于用情对象本身来思考，设身处地想象周边人际关系的具体状况：受了委屈的平儿素面去见主人凤姐，凤姐会有怎样的感受？这天是凤姐庆生日，作为奴才的平儿不打扮打扮，周边人会怎么想？而最尊贵的老太太都出面来安慰，平儿外表上还没有表示，怎么可以？这一切对他人感受的思考，最终都会折返到平儿这边，成了平儿能否进入一个融洽情境中去，能否让自己心安的问题。由此，才使得平儿对日常很少见面的贾宝玉顿生好感。因为这一幕的重点是表现宝玉劝说且亲自为平儿理妆，而换衣裙的描写则一笔带过，所以后来香菱与人打闹弄脏裙子时，宝玉再次安排袭人出场，把她的新石榴裙和香菱的对换，使得"呆香菱情解石榴裙"，成了不同于帮助平儿理妆的别开生面的一幕，在表现贾宝玉对女性体贴温柔方面，又添上浓重一笔。

贾宝玉既然对那些和自己并无多大情爱纠葛的女孩子都能做到体贴入微，那么，与那些关系亲热者相处时，其"色色想的周到"，更是有淋漓尽致的发挥。

刘姥姥游大观园，老祖宗把她和一大帮人带进妙玉的栊翠庵。妙玉私下请黛玉和宝钗去耳房喝茶，宝玉也跟进去，妙玉和宝玉情投意合，大家后来才知道的。当时，妙玉用珍奇茶具招待黛玉宝钗，给宝玉的茶具是自己平日喝茶用的绿玉斗。

心思缜密的宝玉,可能想分散黛玉宝钗俩对自己茶具的注意力,以掩盖男女共用茶具的非礼性,或者也是想趁机替妙玉在黛玉宝钗面前卖个乖,就故意感慨:"常言'世法平等',他两个就用那样古玩奇珍,我就是个俗器了。"想不到妙玉根本没有理解他这番良苦用心,反而生气地责问他:"这是俗器?不是我说狂话,只怕你家里未必找的出这么一个俗器来呢。"宝玉一看没起效果,只能再换一种说法,道是"俗话说'随乡入俗',到了你这里,自然把那金玉珠宝一概贬为俗器了"。这才让妙玉高兴起来。妙玉大概也来不及细想,他们一帮喝茶人的名字都与金玉相关,怎么自洽?像这样,宝玉既要顾着黛玉宝钗的想法,又要贴着妙玉的心思,身处这些女孩子之间,确实是在考量他的智慧。

《红楼梦》中为庆祝贾宝玉生日的群芳开夜宴,可能是小说表现人物无拘无束的狂欢最具高潮的意味,而芳官大概是宝玉除晴雯外最喜欢的丫鬟。开夜宴时,宝玉和芳官等都喝得酩酊大醉,结果不知避讳,一起睡在床上,第二天醒来,袭人嘲笑芳官睡错了地方,接下来书中写道:

>芳官听了,瞧了一瞧,方知道和宝玉同榻,忙笑的下地来,说:"我怎么吃的不知道了。"宝玉笑道:"我竟也不知道了。若知道,给你脸上抹些黑墨。"

在这里,芳官说她吃得不知道,当然是指她睡了不该睡的地方,这里不但是男女有别的问题,也是不符合一个丫鬟身份的。但贾宝玉接上的回答非常巧妙。前一句说他不知道,当然是实情,因为他自己也醉得厉害。关键是他的假定,说是要给芳官"脸上抹些黑墨",虽然纯粹是一句玩笑话,但恰恰是不能当真的玩笑话,掩盖了他们之间的一个无礼行为,这样,就把芳官流露的含羞心理化解在似乎毫无心机的游戏中。正因为有宝玉这样的假设,芳官本来是不该有的一种无礼的举动,现在好像也当作可以接受的了,因为,这是带有合法性的小孩子的游戏。同时，袭人的隐隐不满，也一并得到化解。宝玉最终巧妙化解芳官的难堪、袭人的不满，显示出他的一种成熟，或者说，他本来就成熟，但年龄相仿的人一起过生日的狂欢，反过来提醒了我们读者，其实他们也有小孩子顽劣的一面，这就越发显得贾宝玉的智慧难能可贵。

当然，我们讨论贾宝玉对女孩子用情的"色色想的周到"，赞许其智慧过人，却不能不意识到，这种智慧是受传统礼仪制约的。所谓的主奴有序、男女有别，已经深入人物的内心世界、深入骨髓，使得小说张扬人的自然情感，同时要调动起贾宝玉的智慧，把这种种情感在一个传统礼仪的框架中安顿下来，或者能让情感曲折迂回地进入这一框架的缝隙中，这是贾宝玉的聪明处，也是他的无奈处。而揭示情感表达与礼仪的裂缝，揭示人为弥合裂缝的努力与无奈，有可能达成对传统小说和现代生活意义连接的深刻理解。

黛玉进贾府和肖像描写的合理性

《红楼梦》前六回虽被认为是作者从不同角度尝试的开头，但第三回写林黛玉进贾府，还是最接近小说情节意义上的开头。这是因为，《红楼梦》中家族衰败史和宝黛爱情史这两条重要情节线索，就是从林黛玉进贾府，有了实质意义的开启。而她进贾府与一些重要人物见面，涉及相关的肖像描写等，是组成开头内容的重要部分。

但由此带来的问题是，同等重要的人物薛宝钗是在第四回进贾府，为何没有一个与众人特别是贾宝玉见面的开头呢？难道这是为了避免重复描写吗？其实不然。简单说，薛宝钗进贾府虽有意义，但尚不足以构成小说整体意义上的事件，而林黛玉进贾府才是一个大事件。当小说所描写的内容成为一个大事件时，它才获得了特殊性，也获得了描写的合理性。

林黛玉进贾府，是亲人的投靠也是精神的寄托，具有人生新起点的意味；对贾宝玉来说，也从此给他的精神生活带来质的变化。而薛宝钗进贾府，只是日常的走亲戚。同时，薛宝钗对贾宝玉来说，并不意味着对他的人生、对他的心灵生活有本质的改变，所以就不需要在彼此间设置一种定格式的正式见面的场合。结果，作为读者的我们，无从得知贾宝玉和薛宝钗第一次见面的时间地点。等到第七回，薛宝钗与周瑞家的谈及她服用的冷香丸，也让她开始以一个具体的形象出现在读者视野中时，她和贾宝玉似乎早熟悉了。

那么，林黛玉和贾宝玉的第一次见面，有关各自的肖像描写，小说是如何呈现，又体现出怎样的意义呢？这里主要采用了对照方式，并在对照中凸显其意义。对照最先发生在两人内部之间，所写内容有相同的地方，也有差异处。

相同的是，两人第一次见面都有似曾相识的感觉，只不过黛玉的反应是心下大惊，而宝玉就直接说"这个妹妹我曾见过的"。从写作技巧说，这是正侧交融的典型一笔双写，不但从侧面写出了各自眼中的对方特点，也从正面把黛玉初入贾府的谨言慎行（让观察得来的感受和想法只停留在自己内心）和宝玉心直口快的特点一并表现了出来。更深入的问题是，他们何以会彼此眼熟？我们当然可以说，因为小说写了他们前世的神瑛侍者和绛珠仙草的结缘，所以会携带这种记忆穿越天上人间的阻隔来重见。也有一个更现实的理由是，因为他们彼此内心都曾想象过自己中意的异性对象，只有当现实中特定的某人与意中人相符时，自然就有了久别重逢的感觉。

但两人观察而来的差异，更有着不同寻常的意义。

林黛玉眼中的宝玉，肖像描写的内容是连长相和穿着一并呈现的，甚至还写了出门与在家两次不同的穿着打扮。但是贾宝玉看到的黛玉，只有容貌和神态，没有穿着打扮，这让人颇觉奇怪。有些语文教师课堂上讨论到此现象时，会发问：为什么林黛玉看贾宝玉的时候是从衣服看到人，贾宝玉看林黛玉则是只看人不看衣服？得出的结论是贾宝玉是不看重人的打扮。脂砚斋甲戌本眉批也有近似的观点，道是"不写衣裙妆饰，正是宝玉眼中不屑之物，故不曾看见"。这样说看似有理，但容易给人带来另方面理解，似乎林黛玉看宝玉那么全面，正是她看重了这些宝玉不屑的外在服饰打扮。其实,这里应该有更合理的解释。

通常说,女性看男性和男性看女性就有天然的差别。男性观察时,一般更注意异性的长相,但女性看男性,往往是连衣服一起看的,这种一般性的意义,恐怕在《红楼梦》里也有一定适用性。但关键还在于特殊的语境。

林黛玉是从自己的世界孤零零出来,进入一个完全陌生的环境。对她来说,她所进入的外在世界都构成了环境,所以她是以平移的目光看待周围的一切的,包括人、衣服乃至周围的住所、房屋的结构、街道区域等。这种平视的目光一路看过来,就在描写中一层层往外推开。从这个意义上说,黛玉注意到宝玉的衣服,可能意在强调整个的外部世界之于黛玉都构成了她身处其间的一个陌生环境,所以她才会看得很仔细也很全面。而贾宝玉看林黛玉则不同,他是站在环境的主人立场上来接纳一个孤零零的外来者,所以他会忽略林黛玉周边的许多东西乃至其自身的穿着打扮,而更聚焦于人本身。也就是说,贾宝玉看林黛玉是一个点,而林黛玉看贾宝玉则是一个面,这才是构成肖像描写具有差异的重要原因。

我们还可进一步从人物的外部关系来分析这种描写。我们发现,即使就观察人本身言,众人眼中的林黛玉和宝玉眼中的侧重点是不一样的。众人第一眼看到林黛玉,发现了她的不足之症,所以问她是否已经诊治,在吃什么药,而贾宝玉却从黛玉的眉宇间发现了一种忧郁气质,才给她起了"颦颦"的表字。也就是说,众人关注的是黛玉的体质,而宝玉发现的是黛玉的气质,虽然后来黛玉的体质也时常被宝玉牵挂,但第一眼的不同,正是为两人开启一种更重要的精神世界的交往做铺垫的。

林黛玉进贾府时,小说除了呈现黛玉与宝玉第一次互见的肖像及给相互间带来的熟悉反应,也详写了王熙凤,还写到了在家的迎春、探春和惜春等。这些都是在以后的日常交往中会常在一起的重要人物,是林黛玉需要进入的社会关系意义上的一种环境,因黛玉观察仔细而给出描写当然合理,而王熙凤个人品行及作为管家的重要性，也在相关描写中得到了交代。但是，贾母让自己身边的丫鬟鹦哥（后被黛玉改名紫鹃）去伺候黛玉，黛玉还与宝玉身边的大丫鬟袭人初次见面并作了交谈，何以她们都不曾进入黛玉眼中，稍微给出一点点肖像描写？作为朝夕相处的人际关系意义上的环境，这两位丫鬟不也很重要吗？也许根本的原因是，当小说的视角基本采用了贵族立场时，丫鬟奴仆等一类人的容貌是很难进入主人视野的。紫鹃也好，袭人也好，她们的长相也就不曾进入好奇的林黛玉眼中，这看上去是艺术描写的一个策略问题，其实隐含着当时社会文化的整体意识。肖像描写的基本缺席，如同丫鬟奴仆还没有资格充当绝大部分小说的主人公，道理是一样的。

黛玉为何不再谨言慎行

"步步留心,时时在意"的谨言慎行,似乎是人们对林黛玉的普遍印象,以致日常生活中有人会以学做林黛玉,来告诫别人。但仔细想来,这一判断又似是而非,因为是以人物的静态或者说一时言行的凝固方式来判断黛玉言行的。

林黛玉进贾府之前,已经从她母亲贾敏那里得到了许多贾府生活习惯及各种人物的信息,形成了大致判断。特别是贾府的日常起居礼仪,非同寻常。所以,第三回写她进贾府时,确实也对她的言行有一个基本预设,就是要"步步留心,时时在意,不肯轻易多说一句话,多行一步路,惟恐被人耻笑了他去"。

因为有这样的预设,所以她特别留意贾府中人的言行举止,以她的所见来与自己在家养成的习惯相比较,及时纠正自己的言行,以便能够入乡随俗,免得授人笑柄。比如她改变自己饭后暂不饮茶的习惯,特别是两次介绍自己读什么书时的前后差异:从第一次说刚读了《四书》到第二次说只认得几个字,口气变得越来越低调,因为她既然听到老祖宗说贾府里的孩子没读什么书,刚认了两个字，免得做个睁眼瞎，她也就学样对自我介绍做了调整，免得被人视为不知高低了。凡此，都是体现黛玉"见了这里许多事情不合家中之式，不得不随的"。

问题是，如果只局限于第三回来分析林黛玉的言行，不把她以后的言行联系起来，可能会对其形象形成一个整体上的误判。因为她进贾府后第二次露面，给人的那种低调、谨小慎微的感觉，就发生了变化。

第七回写周瑞家的拿了薛姨妈处宫花分送府里的各位姑娘，一路走来，到林黛玉这里已是最后一站，当时黛玉恰好在宝玉房中玩，下面是周瑞家的进门的一段描写：

> 周瑞家的进来笑道："林姑娘，姨太太着我送花儿与姑娘戴来了。"宝玉听说，便先问："什么花儿？拿来给我。"一面早伸手接过来了。开匣看时，原来是宫制堆纱新巧的假花儿。黛玉只就宝玉手中看了一眼，便问道："还是单送我一人的，还是别的姑娘们都有呢？"周瑞家的道："各位都有了，这两枝是姑娘的了。"黛玉冷笑道："我就知道，别人不挑剩下的也不给我。"周瑞家的听了，一声儿不言语。宝玉便问道："周姐姐，你作什么到那边去了？"

我们看到，黛玉此时的言行，完全是与谨言慎行的态度背道而驰的。

作为送礼者周瑞家的进门，本来欢天喜地，想不到黛玉爱理不理，倒是宝玉比较热情，先马上把宫花接过，并好奇地立马打开。从做人礼貌上说，马上打开看礼物，可以见出对礼物的重视，黛玉不但不接手，而且只就宝玉手中看一眼，一种事不关己的冷淡样。试想，如果没有宝玉现场那么起劲，让送礼过来的周瑞家的必然会有些尴尬。不过事情并没完，黛玉还突然问一句，别的姑娘们是否都有？周瑞家的此时发生了误会，以为黛玉是担心在别的姑娘没有的情况下单给了她,她会不好意思接受。我们甚至可以认为,周瑞家的很愿意从这方面想,以对黛玉起初动作的迟缓,给出一个善意的解释。所以好意安慰她,让她尽管放心拿,两句话用两个"了"收尾,大有一切都妥妥的意思。想不到黛玉听了反而从另一面去揣测,认为是别人挑剩下的才给她的,那种冷笑的口吻,终于如一盆凉水浇到热情的周瑞家的头上,其理解与事实反差之强烈,让周瑞家的当即哑口无语。还亏得宝玉出来打圆场,把话岔开,问她何以去薛姨妈那边,总算给了她下台阶的机会。这里,周瑞家的的回复和黛玉的反应,显示了人与人的深深隔膜、一种理解的错位,虽然思维方式上都是基于对特殊性的考虑。周瑞家的的回答,是误以为黛玉担心自己被特殊照顾了,而黛玉恰恰也是担心自己被特殊对待,只不过,此特殊非彼特殊,周瑞家的考虑的是作为客人的个体优于群体的特殊,而黛玉考虑的是作为一个新来乍到者,作为群体中的个体能否被同样对待,以免有受冷落的"特殊"。所以当即发作起来,只不过这一次发作对谨言慎行的违背,只能算是小试牛刀,是前奏,到下一回才算大爆发。

第八回她去薛姨妈家,三言两语,就几杆子打翻一船人,借着训斥丫鬟雪雁名义,旁敲侧击地把宝玉、宝钗、李嬷嬷等周边所有人几乎一并奚落进去,且颇收借他人之力来打击对方的效果,弄得薛姨妈要声明:"你这个多心的,有这样想,我就没这样心。"李嬷嬷则着急万分,道是"真真这林姐儿,说出一句话来,比刀子还尖"。而薛宝钗半开玩笑半指责地拧她脸说:"真真这个颦丫头的一张嘴,叫人恨又不是,喜欢又不是。"总之,林黛玉一逞口舌之利的四面攻击,把她反应敏捷中的尖酸刻薄一面暴露无遗,几乎与当初言行谨慎的自我要求完全翻了个,小说在回目中也特别明示读者,她是在"半含酸"。那么,她何以会变得这样呢?

其实,就林黛玉本身来说,谨言慎行与尖酸刻薄都是她内心无所依靠而显焦虑的一种表征。她初进贾府要求自己谨言慎行,是就陌生者常有的自我保护意识而言的，只不过当她在贾府中与宝玉一见钟情，宝玉对她的娇宠，使她能够有机会把这种焦虑稍稍释放出来，而因宝玉的包容，也可以确证宝玉对她的情感。这样，常常是宝玉在场的地方，她的那种尖酸刻薄话语就变得无所顾忌，似乎千言万语远兜远转，最终都要落实在宝玉对她的重视上，要把自己的特殊性在宝玉心目中凸显出来。另一方面，紧随黛玉之后，宝钗进入贾府，其在众人心目中获得的好感，也让黛玉倍感压力，她会担心这种好感是宝玉所不能例外的，导致内心的焦虑和紧张不时涌现。一直到宝玉挨打后，她的情感在宝玉那里获得了切实的保证，她的焦虑才得以缓解，不但较少讽刺人，连眼泪也流得少了。这时候，因为情感焦虑的缓释，言行举止也显自然，而自我约束性的谨言慎行也就不再有明显的表现了。

不过在后四十回续作中，黛玉的焦虑症又突然变得格外严重了。续作者如此书写，也许是考虑到黛玉对婚姻的绝望，但更可能是为了照应前文描写黛玉的曾经焦虑，以求和前八十回的人物书写、情节脉络贯通起来。

平心而论，人与生活的复杂性，使得《红楼梦》情节的展开过程无法与最初预设保持一致，是可以理解的。然而，后四十回中，频频有对前八十回呼应的细节描写，倒未必证明了前后情节的有机联系。尽管有人把这视为后四十回作者与前八十回作者同一人的理由，而我的看法恰恰相反。或许是，正因为后四十回作者唯恐读者怀疑和前八十回的作者不是同一个人，因为这样一种心理焦虑，一种做贼样的紧张，导致照应前文的细节描写出现得频繁而又不自然，其夸张程度让人无法接受，比如让黛玉做噩梦看到宝玉血淋淋的心，让她心惊肉跳于别人的闲言碎语，不少直白而缺乏蕴藉的文字，已经很难同前八十回作者那种从容不迫的手笔联系起来，描写黛玉的焦虑，终于成了作者焦虑的表征。结果形成悖论：越紧张地想证明和前八十回联系的文字，越是远离了前八十回的风格。尽管后四十回的内容与艺术处理，倒也并非一无可取。

从第八回看林黛玉的口才

林黛玉主要因两种才能给人留下了深刻印象，一是口才，二是诗才。按我们现在的说法，就是口头表达和书面表达能力强。

大观园开诗社后，贾宝玉和众姐妹集体写诗大多有时间限定，而众人联句时，更不容许有多少思考余地，其中，林黛玉的每次表现都很出色。相比之下，口头表达往往在与人的对话中展开，更需要现场发挥与临时应变，所以也更能够反映一个人的智慧和敏捷，第八回《探宝钗黛玉半含酸》中，林黛玉的这种口才就得到了充分展现。

分析她的口才可以从多个角度入手，这里我主要从一点切入，看林黛玉如何在现场的观察和虚拟的想象中，发挥一种优秀的空间拆解和重组能力，或者说，如果言语交际是在具体语境中发生的，那么她是如何不断地在空间中构拟出新的语境来，以显示她的挥洒自如的智慧。

第八回写薛宝钗身体不适，林黛玉去探视，当时贾宝玉先在了。而且林黛玉来之前，薛宝钗和贾宝玉之间已经发生了一段故事，两人互相看了对方的通灵宝玉和金锁，读了上面錾的字，好像正好配对，引发了金玉姻缘的说法。这让贾宝玉有点兴奋，让薛宝钗也有点小得意，尽管这未必就说明，此时薛宝钗已经把自己的姻缘跟贾宝玉连起来了。不过，刚发生过这一幕，林黛玉就来，还是耐人寻味的。林黛玉来后看见贾宝玉在，马上说"嗳哟，我来的不巧了！"这话里面的讽刺意味让薛宝钗听得有点不舒服，于是责问"这话怎么说？"想不到林黛玉会直接挑明了说："早知他来，我就不来了。"薛宝钗就说："我更不解这意。"在这里，林黛玉说出的其实是非常无礼的话，像走钢丝一样，她玩了一个险招。因为在古代社会，女性表现出妒忌是不合传统礼仪的，所以薛宝钗步步紧逼，把她逼到死角，看林黛玉怎么翻身。想不到林黛玉见招拆招，回答非常轻巧，说："要来一群都来，要不来一个也不来；今儿他来了，明儿我再来，如此间错开了来着，岂不天天有人来了？也不至于太冷落，也不至于太热闹了。姐姐如何反不解这意思？"

这里，林黛玉的聪明之处在于通过自己的这番解释，将本来紧张的对立关系巧妙转换成了一种合作关系。但其中更深刻的是，这话也暴露了林黛玉的焦虑，她的焦虑在于她希望自己与贾宝玉有特殊的关系，但是她又担心别人也会跟贾宝玉有这种特殊关系。所以为了化解这种特殊性，她就将空间里的所有人加以了均质化处理，其中没有一个人是特殊的，这样她才会说"今儿他来了，明儿我再来。也不至于太冷落，也不至于太热闹了"，当她这样说的时候，其实就将自己所在空间内的每一个人（包括自己）都均质化了、无差别化了，也因为个体的无差别，相应地也抹除了个体间有特殊关系的可能，这是焦虑中的林黛玉才有的应对策略，也是对自己的一种心理安慰。当然，在这过程中，她把当下的空间进行了"今儿""明儿"的平均化拆解。

林黛玉聪明的地方更在后面。

这天下雪，薛姨妈招待贾宝玉喝黄酒，黄酒还没有温热，贾宝玉就要喝，旁人劝阻贾宝玉不听，还说自己只爱吃冷的。这时候薛宝钗就来劝他说："宝兄弟，亏你每日家杂学旁收的，难道就不知道酒性最热，若热吃下去，发散的就快；若冷吃下去，便凝结在内，以五脏去暖他，岂不受害？从此还不快不要吃那冷的了。"贾宝玉一听这话有理，就把冷酒放下了。林黛玉看在眼里，心里隐隐不快，倒不是她希望宝玉喝冷酒，而是他那么听宝钗的话，惹她不高兴。这也让我们明白，有时候人妒忌起来是不管是非的，先看的是立场，贾宝玉在当时站到了薛宝钗的一边，这就不管薛宝钗规劝的内容是否正确，只要宝玉听从了，就有问题。

林黛玉记下这事，正好在这当口，因为下雪天冷，紫鹃就让雪雁来给林黛玉送手炉，林黛玉就借机一语双关，责备雪雁："也亏你倒听他的话。我平日和你说的，全当耳旁风；怎么他说了你就依，比圣旨还快些！"这里林黛玉所说的"我平日和你说的，全当耳旁风"和现在"他说了你就依"，表面看只包含着两个语境，一个语境就是"我平日和你说的话"，另一个语境是紫鹃和雪雁说的话，但因为"我平日和你说的话"中，"你"的指向具有滑动性，既指雪雁，也是在暗示宝玉（林黛玉平日是经常和宝玉在一起说话的），自然而然地把刚才贾宝玉听从薛宝钗话的第三个语境结合了进来，从而产生了旁敲侧击的效果。薛宝钗和贾宝玉两人当然都听出了林黛玉的言外之意，知道她犯了妒忌心，所以没有搭理她。

但薛姨妈反应就要迟钝一些，或者她与他们相处不多，对黛玉还了解不够，于是她去解释说："你素日身子单弱，禁不得冷的，他们记挂着你倒不好？"薛姨妈这么说的时候根本没有领会林黛玉说这话的用意，那么林黛玉是如何回应的呢？她说："姨妈不知道。幸亏是姨妈这里，倘或在别人家，人家岂不恼？好说就看的人家连个手炉也没有，巴巴的从家里送个来。不说丫鬟们太小心过馀，还只当我素日是这等轻狂惯了呢。"当林黛玉在这么解释的时候，我们发现，她又将一个新的语境组合进来了。她虚拟了有这样一个多心的人家，会因自己带手炉而以为在羞辱他们家太穷，没手炉，其实这样的人家只是林黛玉的一种假设。是为了与现在的薛姨妈家作对照，说尽管薛姨妈家不会多心，这么做没问题，但如果换了别个多心的人家或许就有问题，所以自己才会责备丫鬟做事欠考虑。

林黛玉的这一解释将虚拟的语境组合进来时，目的还是为了显示她自己的正确性。后来李嬷嬷劝贾宝玉不要再多喝酒，林黛玉怕扫宝玉的兴，再加上李嬷嬷以贾政在家要提问他功课为理由，让黛玉感到不满，所以鼓动他继续喝酒。李嬷嬷见了就有些生气，说："林姐儿，你不要助着他了。你倒劝劝他，只怕他还听些。"结果林黛玉回应道："往常老太太又给他酒吃，如今在姨妈这里多吃了一口，料也不妨事。必定姨妈这里是外人，不当在这里的也未可定。"这样一说就把矛盾引向了薛姨妈那边，好像李嬷嬷存心不给薛姨妈面子，搞得李嬷嬷非常着急。这里林黛玉又组合进了一个平时贾宝玉在贾母那里饮酒情况的新语境，与现在在薛姨妈家的情况相对照，再次为宝玉和自己的行为找到了合法性。

如果把这一回林黛玉当时所处的环境与其所联想和想象到的语境梳理出来，就可以发现，林黛玉的想象世界有多么复杂和深远，她可以不断地通过人物组合关系，通过联想或者构拟出的新语境来与现有环境加以重组、加以对照，把别人置于可笑复可怜的境地，也把那些似乎在自觉维护礼仪的人，拖进了逻辑的反面，同时对照出她自身的合理及无可反驳的雄辩性。

当李嬷嬷又急又笑说："真真这林姐儿，说出一句话来，比刀子还尖。你——这算了什么。"薛宝钗也忍不住拧她的腮说："真真这个颦丫头的一张嘴，叫人恨又不是，喜欢又不是。"我们发现，两人的话都带有总结性。她们都不约而同来限定林黛玉为"这"和"这个"时，林黛玉在众人中，她的特殊性就被凸显了出来。于是我们起初说，因为她怕别人与贾宝玉有特殊关系而采取的人人均质化、普遍化的理解策略，不过是一种权宜之计，最终，她要通过她的言行，确立起在宝玉心中的特殊性和无可替代性。口才的淋漓尽致发挥，当然也是指向这一目的的。

宝钗的言语艺术及执行力

林黛玉和薛宝钗出色的口才，都给读者留下了深刻印象。此前，我对林黛玉那种善于构拟复杂语境来达到敲打他人目的的口才，有过初步分析。其实，仔细阅读《红楼梦》就可发现，薛宝钗的口才，那种语带双机的才能，<u>丝毫不亚于林黛玉</u>。不过，像林黛玉第八回那样到处树敌的攻击是很少见的（偶尔才有第三十回因被宝玉比作杨贵妃而给出旁敲侧击的反击），更多的是体现一种劝说别人的言语艺术，而且其言语往往是跟她的执行力、行动力联系在一起的，用西方的语言哲学家的话来说，既是以言说事，也是以言行事的。这一点，又是林黛玉所不及的。

在玩的同伴中，薛宝钗也许要比兄弟姐妹略大，也许她思想更成熟，所以她似乎很习惯来说服别人，指出他们欠妥的言行，让他们在她的劝说或者建议下，来纠正自己不当的言行。一般来说，因为她指出问题比较到位，给出的建议也比较合理，所以被劝说者大多是能心悦诚服地接受她的意见的。

第三十七回探春发起办诗社，当时忘记请史湘云，开了一次海棠社后才接来，李纨提议让史湘云先依原韵和两首海棠诗，写得好才能入社，写不好就罚她做一次东道。想不到湘云不但诗写得好，人也豪爽，两首和诗写出来，博得大家一致赞誉，她还主动要求做一次东道。

晚上史湘云在薛宝钗处歇息，和她灯下商量如何设东拟题，结果，宝钗听了，都觉得不妥。因此对湘云先说做东的事，道：

既开社，便要作东。虽然是顽意儿，也要瞻前顾后，又要自己便宜，又要不得罪了人，然后方大家有趣。你家里你又作不得主，一个月通共那几串钱，你还不够盘缠呢。这会子又干这没紧要的事，你婶子听见了，越发抱怨你了。况且你就都拿出来，做这个东道也是不够。难道为这个家去要不成？还是往这里要呢？

这一番话，说得湘云不知该如何办了。似乎也说明了当时湘云只是一时兴起，自告奋勇来承担，根本没有想清楚到底该如何做这个东。不过，当薛宝钗在说办事需要"瞻前顾后"时，表面看是在说湘云没有做到这一点，其实也是为自己提建议做铺垫。因为她在向湘云指出困难的同时，自己心里已经想清楚该如何办了。所以，她提出问题的目的，不是为了打消湘云做东的念头，而是为了指出一条更容易落实的便捷之路。接下来就对湘云说，这事其实她已经想好了，正好日前有他们当铺伙计家送来的大螃蟹，而荣国府里的人大多爱吃螃蟹，所以她建议说："要几篓极肥极大的螃蟹来，再往铺子里取上几坛好酒，再备上四五桌果碟，岂不又省事又大家热闹了。"湘云听了，不由得佩服她想事周到。不过，话说到此，宝钗话锋一转，又说："我是一片真心为你的话。你千万别多心，想着我小看了你，咱们两个就白好了。你若不多心，我就好叫他们去办的。"这里，宝钗说话依次递进的三个层次，无不体现出她瞻前顾后的缜密和周到,其宗旨就是要帮助史湘云用一种最简单的方式,把事情办出热闹、有趣的效果来。甚至把这样的建议可能让湘云多心的后果也想到了,而将顾虑坦诚向湘云说出来,这样的真诚以待,是足以打动湘云的一颗热情的心的。

当然,湘云乐意接受宝钗的建议,是跟宝钗极强的执行力有关的,而这种执行力在很大程度上是要有一定的物质条件作支撑的。大螃蟹看似现成,但在当时,价格其实也不菲,第三十九回刘姥姥进荣国府,说起几大篓的螃蟹,要值二十多两银子,是够她们乡下人过一年的。正是宝钗有这样的物质后盾,所以她说服湘云时就胸有成竹,自然容易让湘云信服。

宝钗说服人,除了靠她思维的缜密和物力的支撑外,她也喜欢现身说法,用过来人的经验来劝告同伴,同样容易让人信服。

第四十二回宝钗劝说林黛玉不要读《牡丹亭》《西厢记》那些杂书,先说自己七八岁时背着大人都看过了,后来才明白女孩子做针线活是正经,读这些不该读的杂书会移了性情。虽然这样的劝说有一股道学气,但因为拿自己作例子,话又说得诚恳,还是让黛玉听了暗暗服气。第五十七回写宝钗看到邢岫烟裙子上有探春所赠的碧玉佩,就先借此赞扬探春说,这是"他见人人皆有,独你一个没有,怕人笑话,故此送你一个。这是他聪明细致之处"。不过,宝钗这样说,其实是为了引出下文的劝说,这里她再次以自己为例说:

> 但还有一句话你也要知道,这些妆饰原出于大官富贵之家的小姐,你看我从头至脚可有这些富丽闲妆?然七八年之先,我也是这样来的,如今一时比不得一时了,所以我都自己该省的就省了。将来你这一到了我们家,这些没有用的东西,只怕还有一箱子。咱们如今比不得他们了,总要一色从实守分为主,不比他们才是。

邢岫烟毕竟出身贫寒,所嫁的薛家,虽是富裕,但家境毕竟不如以前,所以及时提醒岫烟注意装饰的节俭，也是必要的。拿富裕的自己来示例，而且坦诚告诉对方自己也有一个变化过程，就更有说服力。不过当邢岫烟见她这么说，就笑道："姐姐既这样说，我回去摘了就是了。"宝钗又忙笑道："你也太听说了。这是他好意送你，你不佩着，他岂不疑心。我不过是偶然提到这里，以后知道就是了。"有此下文一段，才可以见出宝钗劝说时，那种瞻前顾后的周密性和经权变通的灵活性。

当然，宝钗的劝说也有蛮不讲理的时候。第二十回写宝钗身边的丫鬟莺儿和贾环掷骰子赌输赢，莺儿赢了钱，贾环却不认账，彼此发生了争执。宝钗在旁，见贾环发了急，就呵斥莺儿说："越大越没规矩，难道爷们还赖你？还不放下钱来呢！"莺儿满心委屈，见宝钗发了话，只得把钱放下。这里，宝钗言说的执行力再次发生了作用。但这次是一种基于等级制的执行力，而这种执行力其实是浸透着对这种等级制的认同的。她以这样的理由来呵斥莺儿，把这种等级制作为一种理由来维护，把爷们不会赖账设定为一个不言而喻的前提。在这种情况下，宝钗言说的雄辩，其实也是其理性最无力的时刻，无怪乎莺儿会服而不信地不断嘀咕，从而让宝钗近乎失态地要急于打断莺儿的嘀咕，要狠狠责骂她，并终于把自己置于一个尴尬的位置。

至于宝钗劝说宝玉留心于仕途经济的话遭遇碰壁，被宝玉直斥为"混帐话"，双方显示的思想冲突意义，以往论者谈及甚多，这里就从略了。

展现人物关系的特殊一面

　　林黛玉在书中刚登场,似乎就笼罩在亲人死亡的阴影中:家里人丁本来就不兴旺,先是一个年纪不满三岁的弟弟夭折,一年后,母亲贾敏又撒下她离去,只剩得她与父亲林如海相依为命。而当她进贾府后没几年,她的父亲也撒手人间。活在人世间,亲人死亡的阴影,竟如此一而再,再而三降临到黛玉幼小的心灵。

　　亲人曾经的厮守及后来的一一离去,不仅意味着悲剧性的生活状况,而且影响着黛玉的个性气质。

　　黛玉的聪慧有目共睹,我们固然可以说,年幼时,因为父母把她当作儿子来教她读书识字,遂使她的才智得到培养。但我们也同样不可以忽视先天的遗传因素,或者说,作者的艺术匠心,也让我们产生这方面的联想。《红楼梦》有关人物的命名,多少与人物的个性或者命运有所对应。这一点已是大家的共识,无须赘言。但大家似乎忽视了,林黛玉母亲名唤贾敏,敏字正是聪慧的意思,黛玉念书避讳,又常把敏字读作密,同样是有心思细密的含义。所以,从林黛玉的聪慧联想其对母亲基因的承继，大概是虽不中也不远了。此外，贾敏在世时，与女儿的感情应该不错，与女儿时时有家常叙谈，所以林黛玉进贾府，眼里看到的是陌生的环境和陌生的人，心里头却总有母亲的话语来比照，不但如此这般把母亲以前说过的话又重温了一遍，还可以据此看出，贾敏对人物的评价是如何影响了黛玉的看法。例如，对王夫人转述她母亲对宝玉的评价，说是"在姊妹情中极好的"，就准确定下了宝玉的基调，似乎也暗示了林黛玉以后与他可能有的一种关系。

在小说中，有意构成一组对照的是，黛玉是在母亲去世后来到贾府的，而另一重要人物薛宝钗是在父亲早年亡故的前提下，来到贾府开始另一种生活。

让宝钗成为黛玉的一个对比性形象，是作者显而易见的构思，许多学者对此进行了探讨。但是，这种对比的逻辑贯彻得那么彻底，甚至在设计家庭亲人的去世方面做起了文章，还是让我们有些意外的。

同样是亲人去世，对黛玉来说是感情的打击，对宝钗来说却成了理性的磨炼。我们从两人的个性差异中，可以看到黛玉重情而宝钗偏重理性。也许，在一个家庭中，父亲总容易让人想到理性，母亲总让人易于想到感性。如果双亲俱在，那么，父亲的理性和母亲的感性似乎都应该传承给自己的孩子。然而，令人奇怪的是，黛玉的母亲和宝钗的父亲早早去世，似乎并没有显示一种传承的中断性，倒是相反，让各自对应去世的亲人的不同精神世界愈加发展起来。黛玉的感情是那么充溢，而宝钗的理性又是那么稳定，她们似乎在没有得到亲人养料充分滋养的前提下，迅速填补了离去亲人的那个精神世界的空缺。如果黛玉因为父亲的后来去世，使得我们难以分析这种精神世界在一个整体家庭中所显示的各自定位，那么，在薛宝钗的家庭中，我们发现，薛宝钗的父亲去世，使得薛宝钗或多或少取代了父亲的位置，使得这个家庭在精神资源的分配和贡献中，又重新获得了平衡。这样，薛姨妈似乎分得了情，薛宝钗分得了理，而薛蟠则分得了性。这样的互补，使薛宝钗至少在家庭内部，精神世界仍可以取得一种自足圆满，她也不会过于依赖外面的世界，这跟林黛玉有很大的区别。所以，在我看来，黛玉与宝钗的对比，不仅在于父母的气质差异有可能给两个女儿带来影响，而且还在于亲人的去世，给两人不同的精神世界带来的深刻变化。

然而，小说作者似乎有意要把这种去世者对存活者的影响进一步拓展开去，不但黛玉、宝钗有这方面的类似经历，甚至贾宝玉也相仿。只不过，对于贾宝玉来说，作者设计了去世的哥哥贾珠这样一个人物，其对贾宝玉的影响也比较曲折。因为贾珠的去世，最直接影响了李纨的生活，对年幼的贾宝玉来说，不会有多少切肤之感。只是由于贾政和王夫人，才把这种影响又折射在贾宝玉身上。

贾珠虽然勤奋好学，十四岁就进学，二十岁就娶妻生子，但是天不假年，过早夭亡。因为有此痛苦的生活记忆，贾政和王夫人把贾珠的弟弟也是他们夫妇俩唯一的儿子贾宝玉，推向了一条自相矛盾的道路。

一方面，既然在嫡生的儿子中不能再指望别人，就把出人头地、光宗耀祖的唯一希望都压在宝玉身上，驱使宝玉刻苦用功，这自然在情理之中。贾政看到宝玉就问功课，以致人们把老爷问宝玉功课，理解成为他们父子见面的最重要内容，也就不奇怪了。另一方面，正因为王夫人只剩下这唯一的儿子，所以也担心逼得过紧，万一用功过头，再有个三长两短，一切都无从谈起。这样，不敢严格管教他，同样在情理之中。这样的矛盾似乎被贾政和王夫人各有所侧重地分担着。但如果只看到贾政对宝玉严的一面，王夫人对宝玉宽的一面，也是失之简单的。因为在贾政的威严背后，有时是无奈（例如宝玉挨打），有时是慈爱的情感和态度隐约可见（例如宝玉试才题匾额）。而对王夫人而言，仁慈与宽容的背后，有着丝毫不亚于贾政的严厉态度。只不过贾政的严厉是对着宝玉本人的，而王夫人的严厉是针对宝玉周围人的。这种态度在小说中贯串始末，所以还在黛玉刚进贾府时，王夫人就叮嘱她别去搭理宝玉，一直到后来指斥金钏，驱逐晴雯，无不采取同一策略。其实，王夫人的严厉，在与袭人的一段对话中可以见其大概。第三十四回，当袭人在宝玉挨打后，也以类似的建议符合王夫人的想法时，王夫人突然把袭人视为知音，对她推心置腹说起了自己的苦衷：

> 由不得赶着袭人叫了一声"我的儿，亏了你也明白，这话和我的心一样。我何曾不知道管儿子，先时你珠大爷在，我是怎么样管他，难道我如今倒不知管儿子了？只是有个原故：如今我想，我已经快五十岁的人，通共剩了他一个，他又长的单弱，况且老太太宝贝似的，若管紧了他，倘或再有个好歹，或是老太太气坏了，那时上下不安，岂不倒坏了，所以就纵坏了他。我常常掰着口儿劝一阵，说一阵，气的骂一阵，哭一阵，彼时他好，过后儿还是不相干，端的吃了亏才罢了。若打坏了，将来我靠谁呢！"说着，由不得滚下泪来。

一句"先是你珠大爷在，我是怎么样管他"，似乎表明了她的严厉。而此后表白自己的无奈，似乎也挑明了去世的贾珠给宝玉的生活带来的持续影响。

总之，《红楼梦》让已经去世的人物对小说里的主要人物生活和个性塑造仍然发生直接或间接的持续影响，从而把小说展现的人物社会关系，那种特殊性，展现得更加错综复杂了。

妙玉的矫情

《红楼梦》中的妙玉，虽不如赵姨娘那样，除贾政一人待她尚可外，几乎是人见人厌的角色，但口碑也实在不怎么样。

刘姥姥进大观园，黛玉、宝钗、宝玉三人一起去栊翠庵妙玉处喝茶，黛玉没品出妙玉泡茶所用之水，随口问了句，就被妙玉好一顿嘲讽，指责黛玉为"大俗人"，黛玉知道她天性怪僻，话不投机，稍微坐坐，就约着宝钗离去了。还有，为人一向低调和善的李纨也讨厌妙玉的为人，小说写大观园雪景时大家联句比赛玩，宝玉落后了，李纨就对宝玉说，看见栊翠庵里的红梅有趣，要折一枝来插瓶，但是，她"可厌妙玉为人，我不理他。如今罚你去取一枝来"。甚至与她做了十年朋友、愿意找她聊天的邢岫烟，也毫不客气地调侃她古怪脾气，"生成这等放诞诡僻"。妙玉为人之怪僻，给人留下不合群的普遍印象，应该是没有问题的。

从前八十回看，正面描写妙玉与人交往融洽和谐的唯一一次，是中秋夜湘云和黛玉联句,等黛玉吟出"冷月葬花魂"一句,潜听着的妙玉出来赞叹,又邀两人去自己庵里喝茶聊天几乎到天亮,似乎让人看到了妙玉可亲的一面。不过,伴着黛玉的悲凉之句,半夜三更的山石后,妙玉突然冒出来赞叹"好诗",把黛玉、湘云着实吓了个不轻,此情此景,如此森森然气氛的笼罩,还是妙玉为人的一贯风格。

稍作梳理,我们发现的一个有趣现象是,对妙玉评价为怪癖、可厌的三位女性,自身的为人气质与行事原则,又或多或少有接近妙玉的一面。

同为苏州人的黛玉,与妙玉一样都孑然一身无牵无挂进入贾府,似乎有相近的寄人篱下的心理焦虑,都表现出孤高自许、目无下尘的态度。特别是说起话来也常常偏激得很。比如,黛玉看到宝玉、宝钗等要把大观园里的败荷收拾走,就说她最不喜欢李商隐的诗,唯独喜欢他一句"留得枯荷听雨声";而妙玉呢,据邢岫烟转述,她说古人中,自汉晋唐宋以来皆无好诗,只有范成大的两句诗好,即"纵有千年铁门槛,终须一个土馒头"。借抹倒一切来标举自身心仪的诗句,这种偏激的口吻何其相似。而林黛玉那种世外仙姝的绝尘气质,也与妙玉槛外人的身份,不无相通的地方。不过,偏偏是黛玉视妙玉为怪癖,或者是看到了自己性格在另一个人身上发展至极端的可笑。其中奥秘,真耐人寻味。

同样,李纨明确宣布讨厌妙玉的为人,但她对栊翠庵红梅的爱好也值得玩味。"不经一番寒彻骨,怎得梅花扑鼻香",这一富有禅意的诗句是世人熟知的。所以,让栊翠庵的红梅成为大观园特有一景,表面看与环境和谐,也符合住所主人妙玉的气质,但墙里开花墙外艳,其向栊翠庵外面世界的延伸,把李纨这样青年守寡者的某种志趣凸显出来。李纨摒弃世俗欢乐的处世方式,不是和带发修行的妙玉,有许多交集吗?或者说,李纨虽身在俗世,但也多少有些出家人清心寡欲的态度。但为何她也讨厌妙玉呢?是因为她讨厌身在佛门的妙玉,还不如身处朱门中的她,尚能守身如玉吗?群芳开夜宴时,行酒令抽签,李纨抽到的竹签,上面"画着一枝老梅,是写着'霜晓寒姿'四字,那一面旧诗是:

竹篱茅舍自甘心"。既然她能做到"自甘心",似乎就有了看轻妙玉"不甘心"的资本。

至于和妙玉做了十年朋友的邢岫烟,更是被宝玉赞为"超然如野鹤闲云"的,气质最接近尘外的妙玉。她调侃妙玉,大有相熟的知根知底的人才有的那种随意。

但上述这些,仅仅只是一个方面。她们近似妙玉而又不是妙玉,根本的差异不是这三人都在尘世,而妙玉遁入了空门。根本差异在于,她们的行为,她们与人的交往,情感的表露乃至克制,都没有显出太多的勉强,基本上能听从心灵的召唤(当然,作者是否完全认同这种心灵召唤,比如对李纨的青年守寡,在判词中又写下"笑谈",在《晚韶华》的曲子中写下"虚名",从而给人带来理解的反讽意味,则又另当别论)。而只有妙玉,成了一个矫情者。

矫情不是无情,只是她的情感常用一种矫揉造作、自相矛盾或者说非正常的方式表现出来。

比如请黛玉、宝钗、宝玉三人喝茶。给宝玉茶具,用的是自己常喝的绿玉斗,这在传统社会,该是怎样的亲密关系,才能让非亲非故的男女共用一个茶杯?既做到如此份上,但妙玉又声明,她不会特意请宝玉喝茶,宝玉是托黛玉、宝钗的福,才喝到茶。一方面让人觉得这番说辞也太假,另一方面似乎也显示了她急于想掩饰两人的那种暧昧关系。

妙玉自号"槛外人",在贾宝玉庆生那晚,叫人从门缝塞进一张拜帖,道是"槛外人妙玉恭肃遥叩芳辰",贾宝玉第二天早晨才发现,大呼小叫的,忙不迭要回复。只是对落款犯了难,巧遇上邢岫烟给他出主意,让他署上"槛内人",以作为混迹于尘世社会的俗人而与世外高人妙玉相对。不过,自许为跳出俗世的槛外人妙玉,对一位红尘异性的生日念念不忘,居然写下拜帖来庆贺,虽然没有亲自送,且让人从门槛外塞进去,以具体落实自己槛外人的姿态,但此槛非彼槛,用空间意义上的槛来坐实尘世与出世之槛的隔离,多少显得有些滑稽。

其身在槛外而心在槛内的那一份情感，同样是欲盖弥彰的。

当然，有学者曾猜测她出家本来就不是因为信仰，更像是为了躲祸，所以没有斩断情丝，带发修行，总之，貌似出家人而对宝玉多有好感和牵挂，其言行本身的自相矛盾，也是可以理解的。但我个人认为，猜测她如何变成这样的怪僻，或者解释她矫情的原因，还不是关键。关键是，当许多人都觉得妙玉可厌，觉得妙玉矫情时，宝玉却以他最大的爱心和包容，接纳了她、喜欢她，并获得了她同样的好感和喜欢。

换言之，是宝玉"情不情"的那种广博之爱，是小说折射出作者的开阔视野和宽广心胸，才让似乎是可厌的妙玉，在"金陵十二钗"中获得了她的一席之地。

贾环的自卑与超越

在《红楼人物的整体布局及"新人"出场特点》一文中,我依据《红楼梦鉴赏辞典》的人物条目,对《红楼梦》出场人物的男女比例有基本统计,在收入词条的近600人中,男性略多于女性,但在这众多男性中,稍稍给人留下好印象的,实在屈指可数,正面形象基本还是以女孩子为主。从贾宝玉说的一番怪论中,大致能猜测作者的价值取向。所谓女儿是水做的,让人觉得清爽;男人是泥做的,浊臭逼人。在这样的格局中,虽然贾宝玉一出场,因为讨厌读正经书,缺乏上进心,被人定性为"孽根祸胎""混世魔王",是"无能第一""不肖无双"。但他地位高贵又长相不俗,做人乖巧尤其能体贴女孩,还是慢慢成了《红楼梦》里许多人心目中的好男人标杆,并不时影响到他们的是非判断。

比如年老的贾赦贪图丫鬟鸳鸯的美色,想纳她为妾,遭到鸳鸯的断然拒绝后,就自作聪明地认为鸳鸯是看上了宝玉才拒绝他的。又如,贾琏和尤二姐等商议尤三姐的对象问题,尤三姐虽有了心仪之人柳湘莲,但先不说破而让大家去猜，贾琏就说一定是宝玉，尤二姐和尤老娘也深以为然。凡此判断失误，只不过说明了，宝玉作为好男人形象在人们心目中形成的趋同性认识，而这种认识又造成了某些人（例如贾赦）或多或少的自卑心理。

当然，相比之下，贾宝玉给贾赦造成的自卑心理只能算一种偶发影响，而对贾宝玉的同父异母兄弟贾环来说，这种影响就成了一个巨大阴影，投射在他的人生道路，内化成他无法摆脱的心结，似乎一路影响了他的处世方式。

贾环是贾政之妾赵姨娘所生，虽在小说第二回冷子兴演说荣国府时已经提及，但语焉不详，比较含糊，所谓"其妾又生了一个，倒不知其好歹"。贾环正式出场一直延宕到第二十回。之前关于他行踪描写的空白或者有意回避，颇耐人寻味。

第三回林黛玉进贾府，出场见面的男性就贾宝玉一人，这当然是为了凸显贾宝玉的重要地位和他与林黛玉的特殊关系。但此后，第九回写众顽童在学堂打闹，打闹的场面描写中，还提到了在旁观战而不愿参与的贾兰，却没有提贾环；第十八回写元妃省亲，又说贾环从年内就开始染病，在闲处调养，所以也没他的出场描写。这样的安排，一方面可说是作者回避了描写的难题，比如在闹学堂的两方冲突中，该如何确定贾环的立场；如要安排元妃与贾环见面，又该如何恰当描写各自的言行，凡此，都是比较棘手的问题。另一方面让贾环在小说进程中姗姗来迟，其实也可理解为作者对某些人物加以边缘化构思的一种策略。

与这种边缘化策略相关的是，贾环在第二十回正式登场，是在与丫鬟莺儿为一点小钱的争执中开始，这无论从性别和主子的地位来说，都显得有些不伦不类，而这种不伦不类，正显示出作者对贾环在小说中的基本定位。如同后来在大观园中宝玉和众姐妹的一切娱乐活动，包括探春发起的诗社，始终没把贾环带进。据此，清代评点家姚燮说："环三爷出场，便就此等小事写起，其品地已定。"点评还是比较到位的。

总体来看，小说有关贾环的几次活动描写，作为正面形象的贾宝玉对贾环构成的心理压力,始终挥之不去。而周边的舆情也有意无意拿贾环和贾宝玉来类比,从而加剧了贾环心头的焦虑感。

第二十回写贾环在赌博游戏中明明把钱输给了莺儿,但他就是不认账。宝钗看到贾环发了急,就呵斥莺儿把手里的钱放下,说:"越大越没规矩,难道爷们还赖你?"宝钗口中的"爷们",在当时语境下,既有男性面对女性的优越性,也有主子面对奴才的超越性。而恰恰是这个"爷",才让莺儿有了十足嘲笑贾环的理由。她说:"一个作爷的,还赖我们这几个钱,连我也不放在眼里。前儿我和宝二爷玩,他输了那些,也没着急。下剩的钱,还是几个小丫头子们一抢,他一笑就罢了。"这一番对比,说得贾环情何以堪?尽管宝钗连忙断喝了她,但打击贾环的效果已经达到,关键是引宝玉来类比,才真正击中了他内心的隐痛。以致贾环哭着说:"我拿什么比宝玉呢。你们怕他,都和他好,都欺负我不是太太养的。"以此话来反击莺儿,实在是冤枉了淳朴的莺儿。莺儿何曾有这样的心思?宝玉又何曾要人怕他?贾环如此妄自菲薄,只能说明宝玉在他眼前投下的阴影之深,盘旋在他心头的自卑情结之重了。

再如,贾环和王夫人身边的丫鬟彩云有私情,赵姨娘撺掇彩云把王夫人房中的玫瑰露等物品偷给贾环用。事发后,大家怀疑到丫鬟玉钏,彩云不忍,主动坦白了事情原委。贾宝玉怕追究了彩云及赵姨娘,会让探春难堪,就把所有的事揽到自己头上,负责处理的平儿在对当事人点破内情的同时,也据宝玉的建议做了灵活处理。这就是小说第六十一回回目所谓的《投鼠忌器宝玉瞒赃　判冤决狱平儿行权》。想不到这一皆大欢喜的结果,让贾环恼怒十分。他居然怀疑宝玉和彩云有了私情,才肯出面来承担责任。在痛骂彩云的同时,还把彩云的各种赠物摔到了她脸上,纵然彩云百般辩解也没用。贾环甚至还说,不是看在素日的情上,他会拿着东西去向凤姐告发,就说彩云偷东西给他,他不敢要。气得彩云把东西全抛在了河里,自己躲进被子暗哭。贾环以如此小人之心猜测宝玉悲天悯人的处世方式,如此辜负彩云的一片痴心,最终还以那么狠毒的话来伤害她，固然说明了他不明白基本的做人道理，但面对宝玉，他内心深处的自卑情结，也是构成他言行非理性的重要动力。而自卑情结的形成，固然有个人品性方面的重要因素，但不合理的嫡庶等级制度，则是显而易见的主要原因，这不单影响了贾环，也影响到同为庶出的探春。

  心理学家认为，人们超越自卑情结，不外乎采用消极或者积极两种方式。消极方式总是以贬低、诋毁甚至加害他人的方式，来挣回自己的一点可怜地位和面子，而积极方式是以提高自身的修养能力，以恪守主流社会的行事规则来赢得别人的尊重。前一种方式如贾环推倒油灯烫伤宝玉，到贾政面前造谣中伤致使宝玉挨打，甚至把恶毒的怒气发泄到与自己相爱的彩云身上，或者如他的生母赵姨娘依靠马道婆装神弄鬼加害于宝玉等。后一种方式如探春日常言行表现的一贯自律。虽然探春的自律、所恪守的一些基于等级制的传统礼仪，在当时确实赢得了普遍敬重，但以现代社会的价值取向看，她的所作所为并不近人情。这也是对探春的评价较易引起争议的重要原因。当然，这已是题外话，就此打住。

被冤枉的呆霸王薛蟠

《红楼梦》中的呆霸王薛蟠,虽可以同贾环之流,归入恶人一类,但相比贾环的阴险歹毒、不讲情义、不明事理,薛蟠似乎要稍稍可爱一些。说他可恶中兼有稍许的可爱,大概跟他的诨号相似,在"霸王"之前,附加一个"呆"字。这样在语义上就有了张力、有了摇曳的味道。

当然,薛蟠"霸王"式的可恶一出场就给人留下深刻印象。

第四回写他为跟冯渊争买香菱,放纵家奴打死冯渊,吃上官司,成了被告,竟如同没事人似的一走了之,害得苦主干瞪眼,官府没奈何。薛蟠言行之恶劣,可想而知。

但是他的"呆",让我们的理解变得复杂化了。

清代二知道人说,读《红楼梦》最让他无法忍受的,就是"二呆相遇":呆霸王遇到了呆香菱。呆香菱之呆,是因为对诗歌阅读和创作的入迷进入呆的状态。薛蟠呢,是对诗歌完全无感、与诗歌的隔膜,而显示他的呆。于是,两呆相遇，不但是香菱个人命运的不幸，也是对诗的嘲弄。

把"呆"理解为薛蟠不懂诗、没文化，当然有一定道理。如果文化是指人的精神方面的修养，那么薛蟠言行跟文化不沾边，是有目共睹的。

他与宝玉等朋友聚会行酒令唱小曲，说出的词句，不是用动物来比喻，比如"嫁了个男人是乌龟""绣房蹿出个大马猴"，就是直接描写人的性行为，大多粗俗不堪，让人听得一愣一愣的。关于这一回的描写，脂评把薛蟠行为跟《金瓶梅》中的小丑应伯爵联系起来，给了薛蟠品性基本的定位。

另有一次，谈到为薛蟠生日送礼事，贾宝玉感叹只有他写的字、画的画才可以自由支配来送人，薛蟠就想起了朋友家看到的一幅极好的春宫画，亏得是春宫画，他才有记忆。不过当他记起这幅画时，却把作者记成了"庚黄"，大家困惑小半天，才明白他说的是明代知名度极高的唐寅。闹出这样一个笑话大概连薛蟠自己也惭愧，所以打着哈哈说："谁知他'糖银''果银'的。"用这样的修辞手段来自我解嘲，虽近乎胡搅蛮缠，但在呆中总算透出点不呆的机智。

不过更多的时候，他是以自以为的不呆、那种自作聪明而让人觉得有些傻得可爱。

比如他贪图侠士柳湘莲的风流偶傥，想与他结为"断袖"之交。柳湘莲假意应承后，把他约到荒郊野外狠揍了一顿。在这过程中，薛蟠和柳湘莲有两次对话，很耐人寻味：

约薛蟠前，湘莲假意拿话逗他："人拿真心待你，你倒不信了。"薛蟠赶紧回答："我又不是呆子，怎么有个不信的呢！"

挨打中，薛蟠似乎很委屈地责问湘莲："原是两家情愿，你不依，只好说，为什么哄出我来打我？"湘莲回答："我把你瞎了眼的，你认认柳大爷是谁！你不说哀求，你还伤我！"

觉得自己不呆倒常是呆子的具体表现，而薛蟠呆到连自己为何被打都不明白,也是令人觉其可怜复可笑的。其实,柳湘莲倒不是对"断袖"之癖本身有道德的禁忌,而是他的自傲和虚荣,把薛蟠对他产生念头,视为一种伤害,是在无形中拉低了他的档次。这种自傲和虚荣,在一定程度上也是跟他后来拒绝尤三姐的爱,认为尤三姐不干净,有一定联系。

也是在与柳湘莲的后续交往中,薛蟠的"呆"才发挥出真正可爱的一面。

薛蟠被柳湘莲暴打一顿后,没脸见人,游荡在外经商。途中遇强盗打劫,得到恰好路过的柳湘莲搭救,于是薛蟠和柳湘莲摒弃前嫌,义结金兰。后来尤三姐自杀,柳湘莲出走,薛蟠派人到处寻湘莲未果,一度陷入悲痛中。薛蟠的呆,这里似乎又可理解为他有待人真诚的一面。

凡此,都说明小说描写人物没有趋于脸谱化、公式化,打破了"恶则无往不恶,美则无一不美"的窠臼。

与此相类似的是,小说在处理薛蟠人际关系时,充分照顾到了复杂性,别具匠心地写到薛蟠被冤枉的一个事件,看似无关宏旨,却成为《红楼梦》叙事中颇具辩证的内容之一。

优伶蒋玉菡逃出王府及金钏投井事件都牵涉到宝玉,导致宝玉被贾政暴打。来探视宝玉的宝钗随口问了袭人宝玉被打的原因,袭人就把她从小厮焙茗口中打探来的消息告诉了她,说是薛蟠和贾环向贾政告了密。其实焙茗也是道听途说得来的,说贾环告密没错(确切说是诬告),但说其中有薛蟠掺和,的确是冤枉了他。可见,在舆情中,薛蟠和贾环属于同类惹是生非的恶人。

宝玉怕袭人提及薛蟠让宝钗难堪,赶紧拦着袭人。宝钗心里虽信薛蟠会做这事,但当着宝玉、袭人的面,她倒是大大方方为薛蟠辩解了一番。强调这事根本起因还是宝玉交往了那些不该交往的人,其次才会有人来说这事。即使薛蟠真说了,按薛蟠一贯性格,肯定也是无意说出,不会有主观的恶意。这番辩解,就要比宝玉一味阻拦袭人说话理性得多。但宝钗辩解的根本,还在于相信薛蟠会说这事,所以回家就向薛姨妈提及,导致薛姨妈无端指责薛蟠,让薛蟠受了冤枉。而且，宝钗在旁看似是劝解，实则采取一切过往不究的态度，让薛蟠更无从辩解。情急之中，薛蟠以攻为守，说薛宝钗因为喜欢宝玉，才会来指责自己，这让一贯秉持交往礼仪分寸的宝钗情何以堪？换言之，薛蟠也是以一种冤枉别人的方式，报复了宝钗对他的冤枉。宝钗因此被薛蟠气哭了。第二天，黛玉见宝钗脸上有泪痕，嘲笑宝钗说，即使哭出两缸泪水，也医不好宝玉的棒伤，其实是无意中把薛蟠对她的冤枉又一次强化了。

无论是薛蟠的反击，还是黛玉的嘲笑，虽然宝钗两次被冤枉，但她心里是透亮的，别人的反击和嘲笑，其实都是无理取闹，他们自己也未必当真。倒是薛蟠被冤枉，除了许多人的口口相传，宝钗合乎理性的解释，以及她对薛蟠当面显示的不追究态度，那样一种高高在上的宽容，已经把薛蟠逼到了一个可怜的境地。因为事件的连锁反应，写"好人"宝钗被冤枉，正可以跟"恶徒"薛蟠被冤枉构成一种对照。

一般的理解是，冤枉事件常发生在"好人"身上，但人们在日常生活中，对人不对事的思维习惯，喜欢用人的品性来推论人的处世行为，使得"坏人"被冤枉的事件也时有发生，而一旦发生，却较少见有人反思自身的思维定式。就此而论，写薛蟠被冤枉和写他可恶中尚有稍许的可爱，是从不同方面，形成打破人们思维定式的重要意义。

野鹤闲云说岫烟

《红楼梦》中的邢岫烟出场较晚。

她是邢夫人的侄女,来京城住迎春处。虽家道贫寒,却端雅稳重,让惯于鉴貌辨色的凤姐也十分敬重。她上场没多久,小说就写了大观园里一场雪景,众姐妹纷纷穿上艳丽的冬装:

只见众姊妹都在那边,都是一色大红猩猩毡与羽毛缎斗篷,独李纨穿一件青哆罗呢对襟褂子,薛宝钗穿一件莲青斗纹锦上添花洋线番耙丝的鹤氅;邢岫烟仍是家常旧衣,并无避雪之衣。

在一色的大红猩猩毡与羽毛缎斗篷雪装的富贵着装中,小说也多层次地写出了守寡的李纨和不喜艳丽的宝钗的个人特色,特别是提及了贫寒的邢岫烟并无避雪之衣,这在突出贾府的气派时,也使描写不呆板。当然,也为下一回写有心人平儿寻出凤姐的羽纱大氅送给岫烟作伏笔。

小说虽写邢岫烟穿的是家常旧衣，但她混在一堆富小姐里面，究竟有怎样具体的感受，小说并没有给出任何具体描写。也许我们可以猜测其可能的尴尬或者难堪或者悲哀或者愤懑，但是，也许这所有的猜测都只是我们的"以己度人"。第六十三回，在为宝玉庆生而群芳开夜宴时，宝玉对收到的妙玉拜帖深感惊讶，也对其落款"槛外人"感到不解，不知该如何回复。正准备找人请教时，恰巧遇到邢岫烟。在她对妙玉留下的拜帖所作的一番解释中，我们既深入理解了妙玉的为人，也明白了她与妙玉那种非同一般的十年之交，以及她在思想情感上与妙玉的契合处。虽说妙玉应该是她的蒙师，但她似乎反比妙玉更能悟到佛禅的精神，所以能笑评妙玉的古怪脾气，说她"生成这等放诞诡僻了。从来没见拜帖上下别号的，这可是俗语说的'僧不僧，俗不俗，女不女，男不男'，成个什么道理"。也难怪宝玉会说岫烟是"超然如野鹤闲云"。

当我们对邢岫烟有了这样的认识后，回过头来再看夹在众姐妹的猩猩毡大氅中，唯独邢岫烟穿一件家常旧衣服，别人看着替她难堪，平儿还特地给她找来衣服。但她本人也许并不在意，并没有把穿着问题太放在心上。于是，作者用最简省的一句描写"仍是家常旧衣，并无避雪之衣"，既说明了她生活确实简朴甚至贫寒，但也与"不著一字，尽得风流"的有关得道之人的描写风格息息相通。

小说中，作者不是让邢岫烟直接来陈述自己的人生价值观，而是通过宝玉的询问，回答有关妙玉情况的同时，隐约展露自己的人生态度，这是作者一种颇具匠心的艺术处理。

《红楼梦》虽然主要是以人物的日常生活状况为描写的主要内容，但关于人物描写的某种特色，尚需要引起我们足够重视。就是当涉及重要人物时，他们的一些看似比较抽象的议论，常常会被作者纳入笔端。

比如宝玉批驳做臣子的"文死谏，武死战"等道理，林黛玉与香菱论诗之道,薛宝钗在帮助探春协理大观园时的论理治之道、劝宝玉留意于仕途经济之道、劝女孩子要多做女红等,湘云与翠缕的论阴阳、她所谓的"是真名士自风流"的表白,诸如此类,无不凸显人物与某种人生追求或者文化哲学的关联。对此,《文化代码与红楼人物的"大旨谈情"》一文已有过分析。而妙玉借邢岫烟之口所发挥的一番槛外人思想,用这种方式彰显人生哲学,则显得尤为高明。这是因为妙玉常故作高深,较少与人深谈,这样不是由本人,而是借邢岫烟之口娓娓道来,就有了禅宗所谓的"不立文字,教外别传"的趣味。同时,正因为孤高的妙玉能够与邢岫烟投缘,用邢岫烟的话来说"承他青目,更胜当日",而邢岫烟对妙玉的介绍中,还可以带着点调侃的味道,这就把邢岫烟自身的那种超脱性,那种人生志趣,也生动表现了出来。

不过,超脱如邢岫烟者能够热心为宝玉介绍妙玉为人,给他提回帖的建议,在某种程度上,也可以说是她深得佛教随缘精髓的。

当宝玉对邢岫烟说他收到妙玉的拜帖而不知如何回复时,小说中写邢岫烟的一段反应,很耐人寻味:

> 岫烟听了宝玉这话,且只顾用眼上下细细打量了半日,方笑道:"怪道俗语说的'闻名不如见面',又怪不得妙玉竟下这帖子给你,又怪不得上年竟给你那些梅花。既连他这样,少不得我告诉你原故。"

继细细打量宝玉后,又连用几个"怪不得",其实说明她平日并不在意宝玉,即使去年妙玉送宝玉梅花的事她也知道,但并没有让她上心去思考这件事,只是当宝玉把妙玉送帖的事告诉了她,她才把两件事及世俗之人的看法连起来重新理解,并促使她随妙玉缘,形成她自身要帮助宝玉的行为动力。

这样,槛外人的妙玉,又不时地烘托着槛内人邢岫烟的超然气质。在世俗社会中用一种随缘的态度待人接物,这不是邢岫烟人生的一种境界吗?

理解了这一点，我们才恍然大悟，她宁可守着自己的贫寒，在困难时把自己的衣服送到当铺去，也不愿意向别人张口。而当探春看到她身上没有装饰品，把裙上的碧玉佩赠送她戴，她也坦然接受下来。只是当她得知她当衣服的当铺"恒舒典"居然就是要嫁过去的薛家开的，被薛宝钗开玩笑说："伙计们倘或知道了，好说'人没过来，衣裳先过来'了。"她才不觉红了脸一笑，但也并没有表现出太尴尬的样子。或者说，用这样尴尬的事来考验其反应，这倒是作者故意设计的。

　　可以说，那种对生活困难和人际交往的难堪安之若素、坦然领受的心态，似乎是一个修行多年的得道之人才会有的。能够把这一点写得真切而生动，这是邢岫烟在小说中虽出场不多，但是令人难忘的主要原因之一。

"执"意恩仇说鸳鸯

在《黛玉进贾府和肖像描写的合理性》一文中，我曾写道："当小说的视角基本采用了贵族立场时，丫鬟奴仆等一类人的容貌是很难进入主人视野的。"不过，《红楼梦》中偶尔也有少数几位丫鬟的容貌，得到了呈现。在这种特殊情况下，值得我们关注的就不仅是丫鬟的容貌，还有呈现容貌的观察者视角及其立场。

贾母身边大丫鬟鸳鸯的形象，就曾出现在两个人眼中，对比一下，非常有意思。

第二十四回，写贾赦身体欠安，贾母特意让鸳鸯招呼宝玉去请安。袭人去里间为宝玉准备出客的衣服，小说接下来写：

宝玉坐在床沿上，褪了鞋等靴子穿的工夫，回头见鸳鸯穿着水红绫子袄儿，青缎子背心，束着白绉绸汗巾儿，脸向那边低着头看针线，脖子上戴着花领子。宝玉便把脸凑在他脖项上，闻那香油气，不住用手摩挲,其白腻不在袭人之下,便猴上身去涎皮笑道:"好姐姐,把你嘴上的胭脂赏我吃了罢。"一面说着,一面扭股糖似的粘在身上。鸳鸯便叫道:"袭人,你出来瞧瞧。你跟他一辈子,也不劝劝,还是这么着。"

再一次是第四十六回,贾赦想收鸳鸯为"房里人",邢夫人积极张罗,自己出面去跟鸳鸯说,到得她身边,先有如下一段描写:

  邢夫人笑道:"做什么呢?我瞧瞧,你扎的花儿越发好了。"一面说,一面便接他手内的针线瞧了一瞧,只管赞好。放下针线,又浑身打量。只见他穿着半新的藕合色的绫袄,青缎掐牙背心,下面水绿裙子。蜂腰削背,鸭蛋脸面,乌油头发,高高的鼻子,两边腮上微微的几点雀斑。
  鸳鸯见这般看他,自己倒不好意思起来。

我们发现,作为男性的宝玉,除了仔细看鸳鸯打扮,还用手去摩挲她的皮肤,猴上身去讨她嘴上的胭脂吃,行为之出格让人感到惊讶。而与鸳鸯同为女性的邢夫人,与鸳鸯聊的是手里的针线活,虽仔细打量了鸳鸯的长相,但没有进一步的无礼动作,何以宝玉的行为没有让鸳鸯不好意思,只是叫袭人过来看,过来规劝他,而对于邢夫人的看,却感觉不好意思起来了呢?这里的关键是,宝玉的行为虽不能完全排除性的意味,但毕竟还是一种小孩子的胡闹,不带有多少侵犯或者伤害的意味,一个"猴"字,写出了儿童的顽皮相。而邢夫人则不然。她虽然也是在看,但这种看既不单纯,又不是审美意义上的超功利欣赏。在邢夫人的目光里,其实已经掺杂了贾赦占有性的邪念,她是以贾赦的立场在看,就像她后来对鸳鸯说的,贾赦"冷眼选了半年,这些女孩子里头,就只你是个尖儿"。把贾赦半年累积下的冷眼加到邢夫人的眼光中,才让自尊自爱的鸳鸯难以坦然面对了。

第四十六回是以《鸳鸯女誓绝鸳鸯偶》作回目的，鸳鸯女在贾母面前表现出的毅然决然的态度，获得的贾母支持（这种支持在很大程度上不是认同鸳鸯的内心感受，只是因为贾母身边缺不了她），让贾赦在后来的很长一段时间里断绝了对鸳鸯的非分之想，但贾赦的下作、邢夫人的为虎作伥，已在鸳鸯心里埋下了愤怒之火，难以熄灭，总在别人的不知不觉中燃烧着。

第七十一回写贾母过生日，邢夫人当众羞辱王熙凤，让她委屈得暗自落泪。刚好贾母让丫鬟琥珀把她叫去说说客人送来的礼物。凤姐在向贾母说的时候，有这样一段描写：

鸳鸯忽过来向凤姐儿面上只管瞧，引的贾母问说："你不认得他？只管瞧什么。"鸳鸯笑道："怎么他的眼肿肿的，所以我诧异，只管看。"贾母听说，便叫进前来，也觑着眼看。凤姐笑道："才觉的一阵痒痒，揉肿了些。"鸳鸯笑道："别又是受了谁的气了不成？"

虽然凤姐矢口否认受人气，但是晚间人散去后，鸳鸯还是向贾母细说了原委，使得贾母大为凤姐打抱不平，并对邢夫人表示了不满。

在这里，鸳鸯没有直接向贾母陈述凤姐的委屈，而是先有一个戏剧性的表示诧异的行为。这是因为她虽然想把贾母的不满引向邢夫人，但没有任何铺垫地直接陈述，更像是一个搬弄是非的小人，很可能会引起贾母的反感。所以，只是在似乎自然发生的疑惑中，导向对疑惑的解答，如此水到渠成，才能催生贾母对邢夫人不满的效果。可以说，鸳鸯的这一言行，主要不是为了替凤姐抱不平，而是想发泄对贾赦夫妇的愤怒。为了这种发泄，她是不会放过任何一次机会的，既有把前来劝婚的嫂子骂得狗血喷头那样的痛快淋漓，也有通过暗使劲，来稍稍纾解她内心的郁闷。不妨再举一例。第七十五回写贾母同荣国府的众女眷用餐。贾赦等也准备了菜给贾母送来,以示孝敬。但鸳鸯用自己的方式,隔断了他尽孝的机会。她在旁向贾母介绍这些菜时,指贾赦等送来的菜说:"这两样看不出是什么东西来,大老爷送来的。这一碗是鸡髓笋,是外头老爷送上来的。"随后,小说写鸳鸯"一面说,一面就只将这碗笋送至桌上"。对于贾赦送上来的菜,既不送到贾母的桌上,又说"看不出是什么东西来"。揣摩其言行,也许她未必看不出是什么东西,不愿意说的可能性更大一些。鸳鸯的凡此言行,都说明了贾赦夫妇对她的伤害之深,让她久久难以释怀。尽管这样的举动,并不能起到打击贾赦夫妇的实际作用。

能憎才能爱。在我们梳理出鸳鸯对贾赦夫妇等人的恨的线索时,小说中另有一条表现她对同伴姐妹爱的线索,也清晰可见。

鸳鸯对姐妹的情谊,最典型地体现在司棋和表弟幽会的事件中。司棋冒险约表弟潘又安进大观园幽会,正好被鸳鸯撞见,吓得潘又安远走他乡,司棋则因担惊受怕病倒在床。鸳鸯反觉过意不去,虽自己也承受了心理负担,但还主动前去安慰司棋,并指天发誓,为其保密,让司棋感动至于泪下。有关这一事件的描写,已经为大家所熟知,但这样的事件描写,毕竟带有相当偶然性、是非常态的。《红楼梦》作为一部深刻表现日常生活的巨著,把关于鸳鸯与姐妹间情谊的描写笔触,也伸展到了日常生活。第五十四回,写众人都在贾母身边热热闹闹过元宵,宝玉可能想撒尿,突然要回怡红院,等来到院中,虽是"灯光灿烂,却无人声"。跟着的麝月以为院里的丫鬟都睡下了,就提议大家悄悄进屋去,吓她们一下。在蹑足潜踪靠近后,才发现袭人和另一个人在地炕上面对面聊天,听声音是鸳鸯。宝玉就退出来,说是"让他两个清清静静的说一回"。我们发现,曾经猴向鸳鸯身上胡闹样的那个宝玉,也悄悄退下了。

在这里,借助宝玉视角,把读者从一个热闹的元宵世界带向两人清净对话的世界里,寂静院落中的灿烂灯光,把两人对谈显示的情深意长的女儿世界,衬托得既温暖又温馨。

赵姨娘的过去和文学描写的空缺

多年前，有学者在论及《红楼梦》里人见人厌的赵姨娘时，曾大胆提出一个论断，认为赵姨娘未必就一直是这么坏的，她开始是小心翼翼做姨娘，不似现在如此嚣张，只是"随着亲生子女的长大，她日益坐稳了如夫人的位置，嫡庶间的矛盾和仇恨才逐渐凸显出来"。这样说，似乎是力图从动态的而不是静态的视角来分析人物形象，力图从人见人厌的赵姨娘身上，"发现"她刚开始当姨娘的闪光点，以显示一种人的性格多元化的特点。最近，又有人从《红楼梦》人物性格是随着环境变化而变化这一创作原则出发，来同样说明赵姨娘过去应该是比较和善的，甚至更进一步，慧心独具地举出贾宝玉的一段话，认为"女孩是珍珠，嫁了汉子就变成死鱼眼睛了"（越发注重利益，尤其是有了可以凭借的资本之后），来作为赵姨娘当初善良的"最好的侧面证据之一"。（《红楼梦》原文中，贾宝玉的论断分三阶段，即女孩是宝珠，嫁了男人成死珠，老了才成鱼眼睛。）

这真是不说还算好,越说越糊涂了。

按照贾宝玉的逻辑,开始当姨娘的人,已经嫁了汉子,与宝珠样的女孩子早没了关系,宝玉在另一处还特意强调,女人一嫁男人就染上了男人气味,比男人还混账。为什么赵姨娘开始当姨娘时,反倒可以例外,反倒可以让人觉得善良?论者以贾宝玉的话作论证,岂不是逻辑混乱吗?再说,贾宝玉论女性的一般原则,怎么可以用来佐证曹雪芹创作人物的原则?把小说人物完全等同于作者岂不是缺乏文学常识吗?凡此低级错误,无须辩驳。倒是这里涉及理解文学的两大误区,具有一定普遍性,不能不提出来加以辨析。

首先,强调人物性格的多元性、复杂性,强调人物性格随着环境而改变,是建立在马克思的经典观点,即人是社会关系的总和基础上的,是有相当合理性的。但马克思提出这一观点,有一个基本前提,强调这是就人的现实性而言的。当马克思要求人们在对人的本质加以认识,把视野从抽象转向具体,转向社会现实,转向人的社会关系,这一转向是有革命意义的。但强调人的本质的现实性,并不意味着就必然要否认人的本质的理想性。马克思主义者一直是把人的自由、人的解放,作为人的理想化的本质加以追求和奋斗的。也就是说,人既有受现实羁绊、受环境必然性制约的一面,也有着能动的、向着理想的自由王国飞升的一面。但既然这种理想追求本身也是一个无可回避的心理事实,那就必然会在颇具创作能动性的作家笔下得到展现。更何况,即使就人的现实性而言,其性格受环境制约、因环境的变化而变化,也是各人有各人的具体情况的。

就文学作品的实际情况来说,文学作品的优秀人物形象,未必全都是性格复杂、能够体现出错综社会关系的。所以,英国小说家福斯特在《小说面面观》一书中,把人物分为扁形人物与浑圆人物两大类型,认为扁形人物是围绕着单一的观念或素质塑造的,如果这种观念或素质是一种以上的或者发展变化的,就是浑圆人物了。他的分类和说明,接近于我们通常所说的性格单一和复杂这两类人物。虽然福斯特提出,塑造扁形人物本身,也许并不像浑圆人物那样是很大的成功，但对表现某些特定内容和风格，比如表现喜剧色彩浓郁、讽刺性强的人物时，扁形人物要比浑圆人物更合适。关于扁形人物，福斯特曾举了英国最伟大的小说家狄更斯创造的人物形象作为成功的例子，说明我们对文学人物性格的理解，不能只偏向浑圆一种类型。而赵姨娘这一人物性格，就属于颇具讽刺色彩的一类，是适合用单一性格的方式来呈现的。此外，在同一部作品刻画人物群体时，把浑圆人物与扁形人物结合起来描写，艺术效果就更好。即便脂砚斋提出《红楼梦》塑造人物是打破了"恶则无往不恶，美则无一不美"的模式，但这一模式的打破，并不是无差别地适用于小说中的每一个人物。有些论者非要把赵姨娘这一人物性格往多元上拉，既是对单一性格人物的理解存有偏见，也是对人物多元性格的理解陷入了新的教条。

其次，文学常识告诉我们，人物的生命仅仅存在于文本之中（伊格尔顿语）。文学作品毕竟不能与生活等量齐观，所以出自生活中常情常理的推测，比如根据环境差异而对人造成的性格改变，其结论未必就符合作品实际。一个简单的事实是，小说的人物只在作品中生活，不多也不少。当作者没有写到他们的其他方面，甚至连起码的暗示都没有时，我们有什么理由说明此人的性格必然就改变了，而没有可能作者有意不让其发生变化？如果真发生变化，又凭什么一定是从过去的好变成了现在的坏，而不是从过去的很坏变成现在的更坏或者并不很坏呢？如果说赵姨娘坐稳了如夫人的地位，才凸显了嫡庶的矛盾，那么，当她还没有子女时，那种心理的焦虑，不是也很有可能让她脾气暴躁、醋意大发吗？就像《金瓶梅》中的潘金莲那样对李瓶儿的儿子充满了仇恨。这不是也很有可能吗？但，这一切的一切，其实都是没有根据的猜测。作为阅读的自娱自乐当然悉听尊便，但作为一种严肃的学术讨论，则应该有相当的客观性和逻辑性。毕竟，对于赵姨娘的过去，作者描写是空缺的，或者说她的过去，已沉没在小说历史的黑暗中。

面对这样的历史黑暗或者说描写空缺，不论是作者的有意安排，还是无意忽略，评论者都无须以自己的生活经验或者社会实际来加以填补，无须用我们的智慧之光，来照亮这一片历史的黑暗。如同我们不会把她性格中已经清晰呈现出来的内容，放到黑暗中来故弄玄虚。黑格尔在批评谢林的绝对哲学时，曾用了一个比喻，说"黑暗中的一切牛都是黑色的"。是的，我们借用这个比喻也可以反过来说，把黑暗中的牛放到光亮中来也并非明智之举。因为像《红楼梦》这样伟大的作品，它不单单是在简单地呈现牛，更有牛所处黑暗的那种特殊状况。所以，如果我们确实需要推进分析，就不适合在几乎没有依据的前提下，来推断出赵姨娘过去一段光鲜的历史，而是应该追问，这一人物自身过去的历史空缺究竟意味着什么，这种空缺与其他人历史的空缺或者不空缺形成怎样的一种复杂关系，又显示出怎样的整体上的描写意义？诸如此类的追问，才会较少分析的机械之病。

总之，既写出人物性格的多样化，也写出人物性格的单一性；既清晰呈现人物的动态发展，也让有些人物的历史呈现出一种黑暗不清的状态或者理解上的空缺，以此展示社会人生的丰富和理解这种丰富的复杂，这是《红楼梦》吸引我们的原因之一。

小丫鬟坠儿的"传奸"与"为盗"

《红楼梦》中有些人,地位本不重要,且只是偶尔出场二三次又很快退场,却能给读者留下较深刻印象,怡红院里的小丫鬟坠儿是一个。

坠儿出场主要集中在第二十六回、第二十七回和第五十二回这三回。她的活动虽然涉及了三回,但事只有两件,而且用当时正统的标准来衡量,都不怎么光彩。庚辰本中有一段脂评概括起来说,第一件事属"传奸",第二件则是"为盗",两事前后也有一定的逻辑关联,所谓"可以传奸即可以为盗"。全面地看,发生在大观园丫鬟中的一些所谓丑事,总不外乎"奸"与盗,比如司棋与表弟偷情,彩云偷玫瑰露等。但是,把"奸情"(确切地说是"传奸")和盗窃聚拢到坠儿一人身上,按当时的正统观点,她应该是大观园丑事的代表了。

当然,脂砚斋如此观点未必就等同于小说里人物的看法,即使有些人物认同这样的看法,在小说情节具体展开时,对于不同的丑事也有不同的处理方式,由此暗含的不同价值判断及影响到作品整体的表达效果,才是值得我们讨论的。

就小说来说，坠儿在第二十六回正式出场亮相，是借大观园里另一个小丫鬟小红的眼睛看到而呈现给读者的，小红在看到坠儿的同时，也第一次看到了由坠儿带入大观园的贾芸。这看似无意中的三人第一次照面，把三人的关系牢牢绾结在了一起。

贾芸家境贫寒，削尖脑袋要巴结宝玉，以便得到些好处。贾芸进大观园拜访宝玉，由坠儿带入，也由坠儿送出。小说写途中贾芸和小红四目相对，特别是贾芸带着温度的眼神，让小红不觉飞红了脸。

其时，小红刚刚在邀宠宝玉的途中遭受麝月等大丫鬟的打击，把心灰了大半，正需要有人来抚慰她受伤的心灵，贾芸进入她的视线，是她求之不得的。而贾芸呢？也正需要一个贾宝玉的身边人，来为他接近宝玉提供更多的机会。不过，这些都是两人互生好感的外部催化剂。没有这些催化剂，两个正处在青春萌动期的少男少女，在四目相对中一见钟情，也是很自然的。更何况小红应该颇有几分姿色，不然，之前也不会引起贾宝玉的特别注意。

当坠儿第一次把贾芸带进又送出，当贾芸有意把小红作为他和坠儿闲聊的话题，当贾芸得知他在园中偶然捡到的手帕正是小红遗失的时，两人间发生了一段很有意思的对话。坠儿说：

> 他问了我好几遍，可有看见他的帕子。我有那么大工夫管这些事！今儿他又问我，他说我替他找着了，他还谢我呢。才在蘅芜苑门口说的，二爷也听见了，不是我撒谎。好二爷，你既拣了，给我罢。我看他拿什么谢我。

而贾芸则笑着向坠儿说：

> 我给是给你，你若得了他的谢礼，不许瞒着我。

这段对话，有几点耐人寻味。

其一，坠儿强调小红特意问了好几遍，说明这块手帕对小红来说相当重要，坠儿自己则不在意，一句"我有那么大工夫管这些事"，颇有几分傲娇。她还模拟着小红原话来说，"可有看见他的帕子"，见出坠儿没有说谎。但归根结底是为了让贾芸体会到，他捡到又归还小红的手帕很重要，并诱惑了贾芸想象自己此举在小红心中可能的重要性。

其二，因为手帕重要，如果坠儿帮小红找到，就能得到谢礼。这暗示了坠儿可能也在意这点也许微不足道的谢礼，从而为坠儿后来贪小偷虾须镯，埋下了伏笔。

其三，"我看他拿什么谢我"，最后这句话特别传神，似乎表明她与其说是贪图蝇头小利，不如说是好奇。而且，这份好奇似乎也能勾起贾芸的好奇心，导致贾芸说，如果坠儿得了什么谢礼，就得告诉他。

其四，最不经意的一笔，也让人产生了一点神秘性的联想。小红告诉坠儿找手帕的话，恰是在蘅芜苑门口说的，这是薛宝钗的住处。而后来正是薛宝钗，在滴翠亭外，听见了坠儿和小红说的悄悄话，知道了她们如何在和贾芸偷偷传递信物，不由生发出"怪道从古至今那些奸淫狗盗的人，心机都不错"。

有意思的是，明明贾芸对坠儿说：她得了小红谢礼，要告诉他。但坠儿把贾芸捡到的手帕还给小红时，却说："我寻了来给你，自然谢我；但只是拣的人，你就不拿什么谢他？"还说："你不谢他，我怎么回他呢？况且他再三再四的和我说了，若没谢的，不许我给你呢。"硬着为贾芸讨谢礼。这样的自作主张，不知是坠儿看穿了贾芸的心思，还是也想为小红争取一个机会。其假传旨意的做法，确实为以后贾芸和小红的定情，发挥了重要的助推作用。而这样的行为，放在当时社会的特定背景，自然算是陷人于非礼，所以脂评说是"传奸"，宝钗以为这是心机女的"奸淫狗盗"，都不算太冤枉她。

不过，与坠儿后来偷虾须镯被逐出大观园（晴雯当时还对她进行了肉体惩罚）相比，坠儿推动小红的非礼之举，没有被薛宝钗告发，更没有受到相应的惩戒。这固然是薛宝钗不愿多揽事在身的缘故，但一个更重要的原因是，贾宝玉及大观园里的人，对于男女情感上的越礼之举，相对来说还是比较宽容乃至纵容的，但对于偷窃之事，就要严苛许多（不为自己而为他人的偷窃，比如彩云偷玫瑰露，自然除外），这样的区别对待，是与小说大旨谈情的整体格局相协调的。

但是，在"传奸"事件中，坠儿暴露出的贪小及大胆越礼之举，让她进一步走向了图谋私利的盗窃之路，而"奸情"的当事人小红，却因此走向了钟情于贾芸之路。两个小丫鬟人生之路的不同展开，让读者回溯她俩初见贾芸的状态，得以发现了当初事件中潜伏着的多种可能。

坠儿最终被逐，是宝玉在痛心疾首的情况下默许的。宝玉对女孩子一心一意的爱护，他所说的女孩子是珍珠的观点，都是大家耳熟能详的。坠儿的自甘堕落，虽然是个案，但毕竟打破了宝玉对所有女孩子无限美好的想象。这也提醒了读者，用贾宝玉的话来推论所有女孩子的美好，甚至论证赵姨娘年轻时也一定可爱动人，是不靠谱的。尽管有些惹人厌的女性，依然是人们同情的对象，但最多只证明了同情者的爱博而心劳，倒过来的推论却未必成立，不能说因为同情爱护对象，所以对象必然美好。

巧姐：没能展开的另一种人生

红楼人物中，巧姐的人生走向，本可能是充满了不确定性，颇具吸引力的。这里所说的巧姐，当然是曹雪芹构思中的巧姐，而不是程印本叙述的八十回后中的那个巧姐。在那里，巧姐长大后，差点被王仁、贾环等拐卖，去乡下躲避了几天，又有惊无险回到贾府继续过她的贵族生活。

但曹雪芹笔下的巧姐应该不是这样的。

巧姐是贾琏和王熙凤所生的女儿，在荣国府贵族家庭中，属于最小辈，因为小说正式开场时，她尚处于婴幼儿阶段，所以很少有对其活动的直接呈现。第七回周瑞家的送宫花到王熙凤住所时，第一次直接写到她女儿（那时还没起名，一概称大姐），是奶妈正拍着她睡午觉，当时贾琏和凤姐白日行房事，周瑞家的不便进去，拐到东厢房，才提及睡着的大姐。第二十一回大姐出痘疹，家里供奉痘疹娘娘，贾琏不能在家和凤姐过性生活，借机在外与厨子"多浑虫"的妻子多姑娘儿勾搭，导致为其收拾行李的平儿抓到了把柄。类似的这些描写，才是小说要表现的正题。第四十二回写刘姥姥进荣国府，老祖宗兴奋地带她进大观园玩，吹风着了凉，大姐也感冒了。当时王太医给老祖宗出诊，顺带也诊治了大姐，小说有关这一段的描写，相当逼真而巧妙：

> 刚要告辞，只见奶子抱了大姐儿出来，笑说："王老爷也瞧瞧我们。"王太医听说忙起身，就奶子怀中，左手托着大姐儿的手，右手诊了一诊，又摸了一摸头，又叫伸出舌头来瞧瞧，笑道："我说姐儿又罵我了，只是要清清净净的饿两顿就好了。不必吃煎药，我送丸药来，临睡时用姜汤研开，吃下去就是了。"说毕作辞而去。

王太医是为诊治老祖宗而来，为大姐看病只是捎带。正因为捎带，所以插在告辞那一刻进来，算是专家门诊的"加号"，且彼此都站着，太医一手托着大姐手，另一手把脉，这一切都表现出一种临时的非正式。就如同王太医不是特意为大姐出诊一样，之前的有关大姐的几次描写，都不是单纯指向大姐显示意义的，而是被捎带着写到。为什么是这样？这固然跟大姐还太小，还不具有独立言行的意义有关。更重要的是，作者有意要让大姐在贵族之家的生活缺乏一种真切感受，从而为其打开一种全新的生活体验提供可能。

其实，小说第五回写贾宝玉神游太虚幻境，巧姐的人生命运首次在贾宝玉翻看的判词画册中得到了暗示：

> 后面又是一座荒村野店，有一美人在那里纺绩。其判云：
> 事败休云贵，家亡莫论亲。偶因济刘氏，巧得遇恩人。

也就是说，按照曹雪芹的构思，她是在贾家败落后，跟着刘姥姥来到乡下，过起自食其力的生活。这样，刘姥姥进大观园，其意义就不仅仅是给以后贾府的衰败提供一个对比性的旁观视角,不仅仅让一个贵族之家在暂时的礼仪松弛中获得一种自然放纵的享受,也不仅仅表现雅俗两种文化趣味的冲突,也许最为重要的是,她带来一种来自底层人的生活价值观和生活方式,并通过巧妙连接,为大姐的未来开出一条新路。之前,大姐因为出生在七夕节,是习俗认为的恶节,让凤姐颇感担忧,一直没给她起名字,可能也有这方面的考虑。刘姥姥二进荣国府,与凤姐聊起大姐多病的身体,建议采用"以毒攻毒"的办法,就取名"巧姐",认为将来的一切造化,或许能从这"巧"字而来。(庚辰本曾有异文,写凤姐有巧姐、大姐两个女儿,但在刘姥姥二进荣府时,已归并为一人。)至于她长大后遭遇了什么"巧"事,在现在的程印本续作中已经较难看到。程印本写贾环勾结巧姐的狠心舅舅王仁拐卖巧姐,得到刘姥姥救助,也算是巧遇,但并没有在实质上改变她原来的生活轨迹,无法体现出曹雪芹的真正用意。

不过,前八十回有两处描写,为这种"巧",埋下了伏笔。

其一,秦可卿出殡之日,宝玉、秦钟等在沿途一个农庄稍事休息,在玩弄纺织器具时,有一位村姑叫二丫头的给他们示范纺线,在旁的秦钟对宝玉说"此卿大有意趣",虽然宝玉在表面上阻止了他的胡说,但二丫头被人叫走后,宝玉内心对她是念念不忘的,一心要见她,只是在出发时才重见二丫头,恨不得下车跟了她走,但"料是众人不依的,少不得以目相送",很快就不见了。在这里,在纺车旁示范的二丫头出现在宝玉眼中,如同神游太虚幻境中的纺织美人出现在画册中,对一个贵族宝玉来说,都有着无比寻常的神秘性,并因为难以进一步交流,而引发了他好一阵惆怅。二丫头既是现实中宝玉的巧遇,也构成未来巧姐人生的一种隐喻,并与金陵十二钗的判词形成呼应关系。

其二,刘姥姥进大观园是带着板儿一起去的,板儿与大姐见面时,发生了一段故事,这也许是前八十回中,是就大姐本身而非从他人描写捎带而来显示出意义的:

> 那大姐儿因抱着一个大柚子玩的，忽见板儿抱着一个佛手，便也要佛手。丫鬟哄他取去，大姐儿等不得，便哭了。众人忙把柚子与了板儿，将板儿的佛手哄过来与他才罢。

对这一段描写，庚辰本有一句夹批："小儿常情，遂成千里伏线。"研究认为，后来贾家落难，是刘姥姥把巧姐搭救出来，招为板儿之妻，过起男耕女织的生活。而年幼时的一次礼物交换，成了日后巧结良缘的千里伏线的转喻，这是让人很难预料的。

但读者的难料，恰恰是作者的匠心所在，是作者的伟大心灵向着一个可能乃至不可能的世界努力攀升的表征。

诗人何其芳曾经在他的日记里赞叹泰戈尔和罗曼·罗兰等大师的作品伟大，说在泰戈尔的《长辰集第十首》中，"他已感到了对自己的不满，而寄希望于未来的能够写出劳动人民的心灵的诗人，这和罗曼·罗兰在《约翰·克利斯多夫》的最后感到对这个人物的不满而寄托希望于后一代的青年一样。伟大的人物都是按照他的历史条件尽了最大的努力，而又自知其不足之处的人，都是在某些方面超越过他的前人而又希望他的后来者超越过他的人"。

当贵族出身的曹雪芹写出了贾府中的男女主人公所能尽的最大努力后，在家族的败落过程中，他是明白笔下人物也包括他自己的不足的，他自云的"一技无成，半世潦倒"，绝非自谦的泛泛之笔。于是他通过巧妙的艺术构思，让最小一辈的女性如巧姐走向民间，走向底层，走向另一种生活，尝试人生的另一种可能。可惜的是，这种构思因八十回后的原稿散失或者未能全部完成，使读者没有机会见到相应落实的故事情节。程印本的续作者不能理解这一点，所以貌似也呼应了第五回判词中，刘姥姥搭救巧姐所起的作用，但续作者设计的情节，只是让刘姥姥带着躲祸的巧姐如旅游般去了一趟乡下。当巧姐平安回归贾府时，看似拯救了巧姐，但小说原本可能展开的另一种生活方式和另一种人生希望，被彻底扼杀了。与这个根本性的大问题相比，当初俞平伯《红楼梦辨》提到的后四十回写巧姐年龄忽大忽小的问题，只能算是一个技术性的小问题了。然而，从深一层意义说，思想的平庸和技术的拙劣不又是紧密相关的吗？

包勇上场，让《红楼梦》变成《施公案》了吗

《红楼梦》八十回后，不但原有的一些重要人物变得面目可憎起来，新出场的人物形象，总体上说也都塑造得不算成功。大致梳理一下，发现由江南甄府落难后，投靠到贾府的仆人包勇是一个尚能给人留下点印象的小说人物。

当然，即便是对包勇，也有学者提出过批评意见。

红学家王昆仑在他关于《红楼梦》人物的讨论中，就提到了包勇，他是这样说的：

> 至于最后出现的奴才辈中的"英雄人物"包勇，看来是由于续作者高鹗愤慨于当贾府败落之际，竟无一个忠肝义胆的末世英雄，才无端地由江南甄府举荐而来，只身赴难。

续作是否就一定为高鹗所写，现在学术界多有异议，这里不谈，倒是王昆

仑接下来对包勇出场的一个判断,很有意思,值得举出来讨论:

> 这人物实在不伦不类。续作者对贾府奉旨抄家的剧变,写得声势浩大,形象活跃。但已经这样使贾府败落下来之后,是否还有必要再遭一次强盗的洗劫呢?当我们看到包勇与强盗在房顶上大战之时,好像已经不是面对着《红楼梦》,而是忽然变成《施公案》了。

他观点中的两层意思虽都有一定道理,但这两层意思其实有着内在的联系,也应该放到续作的整体中来理解。

《红楼梦》八十回后开始推出包勇这样的人物,很重要的一个原因,是为了与同为奴仆却引狼入室祸害主人的周瑞的干儿子何三作对比的。但在传统文化背景中,类似的描写,对于一个逐渐败落了的家庭也是必需的。仆人义不义,对主人忠不忠,是不能在主人风光时充分显现出来的。"岁寒知松柏之后凋",当贾府衰败之迹愈发明显时,包勇在贾府中出现,成了检验其他奴仆是否忠义的一把尺子。此外,王昆仑认为包勇这一人物对表现贾府整体风格有一种不协调感,即便是衰败,也应表现出一种大家之气,而不需要有包勇上房顶格斗的情节。但虎落平阳被犬欺。当贾府还处在"烈火烹油、鲜花着锦之盛",面对面的斗力斗勇其实是远离贾府的,就如同前八十回也写到了侠客柳湘莲,但他的出手总是在远离贾府的地方。在贾府内,他呈现的总是一种风流小生的英俊形象,更别说连踪影都不见的一般强盗了。只是到"浓眉爆眼"的黑炭头包勇投靠贾府并混迹其中时,他既成了贾府人物中的另类,也把贾府对这类人物的真切而不自觉的需要,微妙表达了出来。王昆仑说因为包勇的出现,让《红楼梦》忽然变成《施公案》,显然太夸张了。

此外,包勇不但在外表上与贾府里的人格格不入,而且在性格上也很难合得来。另一位红学家周绍良也曾批评包勇这一人物塑造得不成功,其中一点就是包勇在贾政面前居然大谈其主人,"指手画脚,长篇大论,全无一点'体统'"。这哪像诗礼之家的一个仆人呢?也许他确实失去了做仆人应有的体统,但小说也交代了,包勇本来就是一个武功了得但不太机灵的讨人厌的仆人。所以当他对贾政说起自己的主人,说是"因为太真了,人人都不喜欢,讨人厌烦是有的"。这话既像是在为主人辩护,其实也是在形容自己。也正是这真,让他在贾府被抄家后,敢于在大街上,借着撒酒疯来大骂落井下石的贾雨村,却因此受到了怕惹是生非的贾政的责骂,不许他再去大街,只让他看守贾府的后园。相比于他的勇,他性格上的"直"是根本的,这一不容忽视的优点,才让我们觉得他也有可取之处。而以往关于他的讨论,特别是有些对他的褒扬,也主要集中在这一点。

清代二知道人说:

> 包勇是荐来之仆,其人乃愚忠也,贾政以粗材视之。及其逐大盗保全惜春,如此大功,未邀重赏,退居园内,绝无怨言,较之焦大之施劳,勇不过人,远哉。甄应嘉得此朴悫之奴,推之而去,想亦为众所排挤耳。甚矣知人之难也,甚矣听言之难也。

这里,二知道人提出的所谓"愚忠",绝无批评之意,而是在为他打抱不平。二知道人又把他和前八十回中在宁国府撒野的焦大类比,这成了评价他的一个聚焦点,也引发了一些论文对两人作比较式分析。

但我认为,如果两人作为忠义之仆真值得比较的话,其关键点不在于两人表面上都敢于向主人直言尽忠,也不在于包勇比焦大有更高超的本领,而焦大已经等同于一个老废物却又居功自傲。而在于,焦大的直言是落了嘴里被塞马粪的下场,而包勇,看似受到了贾政的训斥,不许他出门上街,但让他待在后园浇灌看守,是在充分利用他的长处。这样看来,他骂大街式的直言,其实是于事无补的。倒是他在抵御强盗时发挥出的本领，才让人感到他之退守后园，是真正的得其所哉，也让人得以领略到了他曾经藏而不露的本领。所以，后来强盗退去，贾琏特意让人把包勇叫来，赞扬说："还亏你在这里，若没有你，只怕所有房屋里的东西都抢了去了呢。"这份赞扬，也确实是对以往低估乃至厌烦他的补偿。而包勇的忠心与朴实，再次体现出来。他听了这番赞扬，并不沾沾自喜，只是一个平静的"不言语"。如此低调做人，实属难得。

把包勇投靠贾府以后的遭遇，与他当初和贾政见面的一番谈话对照起来看，是很有意思的。包勇说他主人是"一味的真心待人，反倒招出事来"。贾政对此回应说："真心是最好的了。"而对他所说的因为太真心导致别人的厌烦，贾政又是笑了一笑道："既这样，皇天自然不负他的。"这里，贾政的话，恐怕也不仅仅是出于表面的敷衍，因为后来小说第一百十四回《甄应嘉蒙恩还玉阙》，正应验了贾政的话。既然包勇待人之真心一如其主，所以，包勇最终得到公正的评价，在续作者的总体构思中，有其逻辑的必然性。只不过，一开始，周围人包括贾政在内对他的不理解，似乎也是完成最终人生逻辑必须先领受的一个环节。

周绍良批评续作塑造的包勇不成功，还有一点理由是包勇刚入贾府，就跟贾政见上了面。对此，周绍良质疑道：

> 包勇前来投靠，按常情，不过见到林之孝之流就行了，最高也不过见到贾琏就行了，岂能轻易见到贾政？

这是从作为大家族的贾府本应有的等级森严角度考虑，有其合理性。但我们也应该看到，当外面的世界得以更多展现，当《红楼梦》八十回后的描写视角从女性慢慢转向男性，不少陌生男性有条不紊地插入时，贾政的形象也比前八十回有了更多的展现。从某方面说，贾政的形象是在后四十回中才变得更加丰富、丰满起来的,其在小说中的权重,也有了提升(这是续作少数成功的例子)。这是因为,不少新出场者都是围绕着他而塑造,要不然就与他有这样那样的人事瓜葛。来投靠的仆人包勇是如此,作为官府里的随员或者上司更是如此。

《红楼梦》的礼仪空间与小丫鬟的逆袭

《红楼梦》写贵族之家贾府的日常生活，虽没有明确是哪朝哪代，但描写所及，无往而不在的礼仪制约，在物质空间的构造及人的行为规范上留下了深深的烙印，显示了中国传统社会长时段的趋同性特征。

这一特征具体到大观园中的怡红院，贾宝玉所在的区域，除主人外，一般只有袭人、晴雯、麝月、秋纹四位大丫头可以进入，她们贴近贾宝玉，负责贾宝玉的日常起居，也被贾宝玉所熟悉。而人数更多的小丫头，虽然也算是怡红院的人，但基本与贾宝玉保持一段距离，如果不是机缘凑巧，她们是不能走近宝玉与他说上话的。另有一些来怡红院走动的中老仆妇，比如日常送饭的人，则只能在主人屋外阶下张罗等待（奶妈等一些身份特殊的当然不受此拘束）。第五十八回，有一位小丫头就曾对不懂规矩擅自给宝玉端汤喝的中年仆妇说："我们到的地方儿，有你到的一半，还有你一半到不去的呢。何况又跑到我们到不去的地方还不算，又去伸手动嘴的了。"这里，小丫头现身说法，形象地说出了礼仪空间对丫头仆妇活动范围的制约性，也颇有点"人是万物尺度"的意思了。

当然，空间中的礼仪制约涉及的不仅有主奴等级，也有家庭内部的长幼关系，加上隐然存在的物理空间概念并没有完全退场，当这些不同的关系纠缠在一起，空间问题就变得复杂起来了，依托空间而构成的人物冲突也趋于微妙。

第五十九回《柳叶渚边嗔莺咤燕》，写春天到来时，薛宝钗身边的大丫头莺儿和怡红院里的小丫头春燕折了一些嫩柳枝和鲜花编花篮。因为那块地正好是春燕家承包的，春燕的姑妈看见了心疼万分，她不好拿莺儿怎么样，于是就把怒气出在春燕身上，对春燕又打又骂，莺儿去劝止，春燕的姑妈说："姑娘，你别管我们的事，难道为姑娘在这里，不许我管孩子不成？"这里，大丫头莺儿的半个主子身份，使得小丫头春燕的姑妈无法对其撒野，但也不必对其尽什么责任，即便当时她们几个同处在一个物理空间的"这里"。不过，莺儿去劝阻时，春燕的姑妈马上从"这里"的物理空间分出了一个长幼有序的礼仪空间，用管教孩子的理由，来为自己找借口。也就是说，礼仪空间的重要性使得她不会让位于物理空间体现的一般人际关系，即便莺儿在场，也照样要管教。但莺儿又是怎么反驳的呢？莺儿说："你老人家要管，那一刻管不得，偏我说了一句玩话就管他了。我看你老管去！"莺儿的回应很有意思。春燕的姑妈将一个空间分割出了礼仪和物理两个部分，来强调礼仪的一方面。而莺儿则引入了时间的概念加以反驳，言下之意，虽然在一个物理空间的"这里"，"我"跟"你"没太大关系，"你"跟春燕在一个礼仪空间才建立了长幼关系，"我"也插不上嘴，但在一个有时间感的空间里，"我"和"你"发生了关联，因为是"我"说了话以后你紧接着去打春燕，这就在时间上产生因果关系了（从逻辑关系看，前后依次出现的两事未必构成因果，尽管一般的思维习惯会认作因果关系），所以"你"的这种行为就是不给"我"脸，"我"就要在旁边看着"你"怎么继续打她。话说到这份上，就有点示威的性质了。一个相对开放的物理空间意义上的冲突被春燕姑妈分离出了内部的礼仪空间冲突时,莺儿通过在这个物理空间加入时间因素,把自己视为冲突的另一方而加入,以此对似乎可以封闭的礼仪空间打开了缺口,形成对春燕姑妈的压力。

莺儿、春燕和她姑妈及后来加入的春燕娘之间的矛盾最终得以化解,是因为这种矛盾只是暂时的,彼此也没有构成根本的利益冲突,按照春燕劝慰她娘的话来说:"你若安分守己,在这屋里长久了,自有许多的好处。"

不过,也有个别小丫头,如小红、芳官,并不怎么安分守己。她们或者无视这一空间的制约,与宝玉自由交往,实现情感的双向交流;或者不甘于自己与宝玉疏远的空间位置,总是找机会越过礼仪空间造成的阻隔,逐步靠近宝玉以获得关注,或者说,想通过逆袭,获得地位的改变。

小红是怡红院里的一个小丫头,平时没有机会进主人屋子让宝玉见到。只是有天宝玉叫人倒水,身边大丫头都不在,小红才凑近宝玉身边伺候,也让宝玉第一次看到了这个长得不俗的小丫鬟。但小红的举动被大丫鬟秋纹发现后,被严厉指责,让小红顿生挫折感,导致她因此变得心灰意冷,遂放弃宝玉,而把自己的情义渐渐移向了相对贫寒的贾芸。

有意思的是,宝玉对小红有不错的第一印象,于是第二天一早,贾宝玉还没有梳洗就跑出来,装着看院里海棠花的样子,偷偷寻找小红,结果就看到在一朵鲜艳的海棠花掩映下,有一个女子正低头沉思,由于看不真切,他不得不移开几步再看,果然是小红。脂砚斋有评语说这个场景是"隔花人远天涯近",认为这画面具有诗的意境。贾宝玉想要看一个美人,这个美人却被花挡住了,那他到底是看花还是看美人呢,还是花和美人本来就互相衬托的?这个场景真正的意义还不仅限于诗性的美感。关键倒在于,花为何会成为宝玉看美人的障碍呢?简单说来,贾宝玉当时心有顾忌,不得不借赏花来看小红。花是宝玉看小红的借口,也是一个障碍,甚至可以说是宝玉内心顾忌那些大丫鬟感受的一种表征、一种形象的化身。当屋内的宝玉和小丫头之间有大丫头构成空间的阻隔时，来到屋外，这种空间阻隔就被海棠花所替换。这样，空间问题既是社会礼仪问题，又是人的心理问题。脆弱的海棠花竟能成为宝玉寻找小红的阻挡，似乎也暗示了贾宝玉的心理脆弱。有这样的双重阻隔，小红最终放弃宝玉转向贾芸，是可以理解的。

相比之下，芳官似乎比小红要幸运一些。作为荣国府为元妃省亲演出买来的十二位小演员之一，戏班拆散后，芳官进怡红院，地位本来是连小红也不如的。但芳官似乎在同伴中很得人心，受宝玉宠爱，并没有惹起大丫鬟的妒意。袭人甚至教她学着怎么把太烫的汤吹冷了再端给宝玉喝，晴雯更是让芳官自己先尝一口冷热情况，芳官当是玩笑不敢喝，晴雯就示范，芳官也就放胆喝一口，才端给宝玉。一个本来是连三等小丫鬟也不如的演戏者，被抬高至大丫鬟的地位，可以直接为宝玉端碗送水，这已经让人有点意外了，更让人意外的是，第六十三回写宝玉过生日，群芳开夜宴，大家喝醉了酒狂欢，最后芳官和宝玉醉倒在床上，两人同榻而卧，至此，本来的礼仪空间带来的主奴、男女间的距离感，被彻底抹去了，芳官的人生之路似乎上升到了一个丫鬟所能抵达的较高境界。可能是芳官心中本就不在意等级阻隔的问题，也没有显露要改变地位的强烈诉求，所以她能做到行事洒脱，没有引发同伴的妒意。

但如果视小红为人生的失败，芳官为成功，也许是言之过早的。同伴不妒忌芳官的同时，却加剧了一批中老年仆妇的怨恨，这里既有对她地位改变的妒忌，也因为仆妇们要比丫鬟们更有维护主子尊严、维护等级制的所谓"觉悟"，而芳官为人不够低调，也是原因之一。之前赵姨娘为贾环受欺骗事，找芳官寻事大吵，虽然被劝解开了，但毕竟结下了梁子。等到抄检大观园后，晴雯、四儿连同芳官等受宝玉宠爱的一批大小丫鬟终被王夫人一并逐出怡红院，也是势所必然的。动了情感的贾宝玉固然可以不忌讳喝下芳官已经喝过的汤，可以和她同榻而卧，但"要维持固定的社会关系，就得避免感情的激动"（费孝通《乡土中国》）。从这个意义上说，不同身份的男女间动真情，其实就意味着礼仪空间的格局改变，也意味着社会等级关系的动摇。让宝玉动心的小红知难而退，受宝玉宠爱的芳官、晴雯最终被逐，都说明了在传统社会中，建立在等级制基础上的礼仪空间是很难安置人与人之间的真情的。而能在这一空间的裂缝中暂时安顿这样的真情，从丫鬟这方面说，即便其中有些人的真情也有意无意带着点改变地位的功利性，但仍然让人觉得这份感情的弥足珍贵。

众人的众口一词和众说纷纭

小说写人物的言语,既有清楚交代言谈者的身份角色,也有虽不交代,但可以由说话的声口中看出人来的,这样的言语描写,大多在努力显示人物个性化的特点。也有一种言语描写,作者会故意模糊言谈者的身份,让言谈者以"众人"或者"有的人"的面貌出现在小说中,形成众口一词或者众说纷纭的舆情状况,从而起到塑造人物、表现情节的特殊效果。《红楼梦》在写这类"众人道"或者"有的说"时,显示出耐人寻味的特殊效果,值得我们品味。

所谓"众口一词",往往写众人的趋同性的议论和看法,如第四十一回写刘姥姥进大观园,吃到贾府招待她的美味菜肴茄鲞,不相信这是用茄子做的原料,众人笑道:"真是茄子,我们再不哄你。"这是以众口一词的言语,来强调事实无误。还有像第五十七回,湘云发现一张当票却不知是何物,众人都笑道:"真真是个呆子,连个当票子也不知道。"这也是在强调,既然众人都知道而湘云却不知,自然是识见有限,但从侯门小姐角度看,不识此物也属正常。

不过更具深意的是，湘云不知的东西，恰恰是邢岫烟已在用的东西，人生的对照意味就强化了。联系到湘云后来命运的多蹇，众人笑其为呆，更多了一份感叹之意。

正因为众人的趋同性看法往往不是包罗一切的，常常是以"众人道"来烘托众人之外的个别人看法，所以小说的戏剧冲突就发生了，更不用说，有时候戏剧性的效果，恰恰是要靠众人之口把气氛烘托出来的。第二十二回写为宝钗过生日看戏，王熙凤看出其中有个演员长得像黛玉，就笑道"这个孩子扮上活像一个人，你们再看不出来"。宝钗心里明白，只一笑不肯说，宝玉也猜到了，但不敢说。只有史湘云心直口快，笑说像林妹妹。宝玉急得递眼色给湘云，已经来不及。但小说接下来写："众人却都听了这话，留神细看，都笑起来了，说果然不错。"这里，众人一致说"果然不错"，是由史湘云的笑说所引发，但史湘云的笑说是与之前小说交代的宝钗、宝玉不说或者如凤姐那样的拐着弯说形成对照的。这样，个别的说话引发整体说的轰动效果，整体说的一致又烘托出个别间的彼此差异，这才是小说写"众人说"的匠心所在。

同样是第二十二回，大家在贾母处赏灯取乐，贾政因不见贾兰，就问怎么不见"兰哥"。他母亲李纨回说："他说方才老爷并没去叫他，他不肯来。"众人都笑说："天生的牛心古怪。"这里的"众人说"，代表的是常情常理，所以判断贾兰为古怪，其实也就是在说他的性格跟众人不一样，是以众人来显示贾兰的另类。

另一种以各种"有的说"来描述众说纷纭的状况，如第二十五回写宝玉、凤姐受马道婆陷害，中了魔法，显出病危的症状，小说写道：

> 当下众人七言八语，有的说请端公送祟的，有的说请巫婆跳神的，有的又荐玉皇阁的张真人，种种喧腾不一。

这里众人纷纷出主意，其实说明大家对诊治毫无方向可言，也说明这种种主意，其实都落在了常规之内，从而为后文写世外高人一僧一道出手援助做了铺垫。正是从相对于"众人"而言的僧道角度看，"有的说"表面的七嘴八舌，其实有着更本质意义的无能为力的一致性。反过来说，在有的场合，"众人道"的一致性，却也混杂众说纷纭的可能性。

众人的发声总是在公开场合，这场合与个人间的交谈乃至密谈有根本差异，所以个人在众人面前的发声或者公开场合的众口一词，就带有一定表演性，未必意味着在隐秘的场合也会有相同的意见，更不意味着众人的内心世界也真这么想。

比如凤姐总希望在众人面前建立自己的威风，并需要在众人中，显示她不一样的聪明、才智乃至不可或缺的作用。她在众人面前说笑不断，以给老祖宗消遣解闷的名义，始终把自己放在一个嬉笑娱乐的中心，让喧腾的众声缭绕着她、烘托着她。而众人对凤姐的实际态度相当复杂，但凤姐常能利用公开的机会，通过半真半假的玩笑，主动出击引导众人构建起的舆情，让周边的人在公开场合来迎合她、夸赞她。至于这样的众口一词在多大程度上显示了真实心理，其实是很难说的。

第五十一回中有一处描写，就生动展现了凤姐与众人的互动性。

小说本来是说袭人归家缺衣服，凤姐把自己的衣服给了她，又特意显出小气的样子，一面要求袭人来年自己做新衣的时候归还她，一面又抱怨平儿自作主张送衣服给袭人，使得在场的众婆媳们发表一致意见道：

> 奶奶惯会说这话。成年家大手大脚的，替太太不知背地里赔垫了多少东西，真真的赔的是说不出来，那里又和太太算去。偏这会子又说这小气话取笑儿。

又评价平儿的举动说：

> 这都是奶奶素日孝敬太太，疼爱下人。若是奶奶素日是小气的，只以东西为事，不顾下人的，姑娘那里还敢这样了。

这种舆情一边倒的称颂，是需要打问号的。因为在私下场合或者小范围里，周瑞家的曾经对刘姥姥说凤姐待下人太严，赵姨娘对马道婆说凤姐要把贾府的一份家私全搬回自己娘家去，贾琏指责凤姐贪婪到从油锅里捞银子花，都是与这些众口一词有矛盾的。凤姐对这样的议论不会不清楚，所以她不如顺着别人对她的习惯看法，直接把这种小气在众人面前表演出来，这样做的效果是，既可以让善于迎合的众人形成一种舆情，来纠正私下里的看法，更重要的是，也把自己惯常的小气置于一种玩笑的氛围，使得小气在凤姐这边似乎成了活跃气氛不可或缺的因素，从而在一定程度上消解了对她道德上的谴责意义。所谓的"奶奶惯会说这话"，就是把凤姐的玩笑话和过去联系了起来。而凤姐也乐于接受这样的吹捧。这样不但显示了凤姐确实是个说笑的高手，而且也通过众人似乎很诚恳的吹捧，把其中的一部分不满凤姐也曾吐槽的人置于自相矛盾的境地。

如此人设，让众人的言语不得不跟着一个主旋律转，甚至在公开场合违心地来吹捧她，充分体现出凤姐的才能——那种操控舆情的才能。

第三章

情 节 解 析

宝黛恋情与下流痴病

按照俄国哲学家索洛维约夫的说法，男女两性关系可以从生理、伦理和心理情感这三个层面来考察。中国古代社会的正统观念，似乎更容易承认前两个层面而忽略或否定第三个层面，而非正统人士的男女观，则较多倡导第三层面的关系。一部《红楼梦》，表现正统的两性价值观与非正统的对峙，值得我们去思考。

第一个生理层面是两性关系的最基本层面。这个层面之所以被古代社会的正统所肯定，是因为它承诺了传宗接代的可能。如果没有这样的生理层面，那种"无后为大"的尴尬状况，就有可能发生。而这是传统社会万万不能接受的。贾琏偷娶尤二姐，在家族面前，也是以需要子嗣为借口的。在强调生育功能的同时，伴随生理的欲望满足，也同人所需要的饮食一样，所谓"饮食男女"，得到了基本认可。

第二个层面是伦理的层面。古代的婚姻有很多是家族间的联姻，起到的是巩固家族势力的作用。比如小说写贾家把迎春嫁给孙绍祖，就是出于伦理层面的考虑，因为孙绍祖是新贵而贾家是旧家族。为了旧家族的利益，需要借助与新势力的联姻来为已显颓势的旧家族注入新鲜的血液。元妃入宫成为皇帝的妃子也是为了巩固贾家的利益，尽管在元妃省亲这个看似热闹的场面，一写到元妃就是不断地流泪，因为入宫后见不到家人，完全丧失了人身自由，但贾政见到元春还是对她多有冠冕堂皇的劝勉，这不能说贾政全在说假话，也不是一味唱高调，其内心深处也是出于巩固家族势力的考虑，有他自认为的"大义"在。总之，两性关系的伦理层面也是为中国古代社会的正统所肯定的。

第三个层面就是心理情感的层面。恰恰在这个层面上，古代社会的正统是不予承认的。按我们现在的理解，男女两性关系在情感层面最应该得到承认，而传宗接代和家族联姻层面的问题，倒未必需要考虑。我们知道，古代社会的正统意识，不但不允许男女有两情相悦的自由结合，而且不允许男女有自由见面的机会。在这个背景下，我们再来看明代小说家冯梦龙编的《情史类略》，就会觉得冯梦龙的思想还是挺超前的。在《情史类略》中，冯梦龙收录了一个传闻：唐朝有一位官员生了好几个女儿，他允许女儿们自己来挑选丈夫。但当时的女子并没有和男子自由接触的机会，于是这位官员就想了一个办法，在自己家中的客厅开了一扇窗。家中有未婚男子前来拜访时，他就让女儿们躲在窗户后面偷看，看到有心仪的就和父亲说。这扇窗后来被叫作"选婿窗"。冯梦龙评点这个故事说："男女相悦为婚，此良法也。"

但这种见解在中国古代是非主流的、比较少见的，很多时候结婚的男女双方在婚前从未见过面。《红楼梦》中，薛宝钗得知了有"金玉姻缘"之说后，一方面内心不无得意，另一方面有时候还要故意回避与贾宝玉独处，以防被别人认为自己在主动追求，为人所不齿。因为在《红楼梦》中，男女间发自爱慕的真情流露，被贾府中的正统人士一概斥为"下流痴病"，被认为是不正常的、不健康的"心病"。

不过，令人感到奇怪的是，小说写贾府的公子哥儿与人偷情，家中长辈都不当一回事。在第四十四回，王熙凤生日那天，发现贾琏与鲍二的媳妇偷情，于是大吵大闹。贾母在众人面前竟然是这么说的："什么要紧的事！小孩子们年轻，馋嘴猫儿似的，那里保得住不这么着。从小儿世人都打这么过的。都是我的不是，叫你多吃了两口酒，又吃起醋来。"总之，贾母认为贾琏的行为没有什么大不了的，他妻子凤姐吃醋反而是不应该的。但当她得知宝玉和黛玉两人间有可能动了真情后，却又说，什么都可以有，唯独心病（真情）不能有，如果有了心病的话，她就不能帮着说话了。

在第三十二回《诉肺腑心迷活宝玉》中，袭人明明已经跟贾宝玉发生过云雨之事了，但听到了贾宝玉对林黛玉的一番真情表白之后吓得魂飞魄散。有人认为袭人太矫情，其实不是，这只是她的本能反应。她自认为是通房丫鬟，可以任由公子哥来调情，而小姐才应该自重。更重要的是，她认为两性关系出于生理层面的可以有，而在心理层面的真情流露却是不可接受的。她的意识可以说是与正统观念深相契合的。为什么呢？

因为男女真情相悦、自由恋爱，不但是对家长权威的挑战，也有可能破坏社会伦理层面的家族联姻关系。问题的关键还在于，如果两性关系是建立在真心相爱的情感基础上，那么男女之间就要开始讲平等，甚至男性要低三下四了，因为一旦动了真情就意味着，曾经的大男子在两性关系中有可能将自己放在一个比较卑微的位置，而这才是中国传统的男权社会不能接受的真正理由。贾宝玉的所作所为，涉及男女交往的，无一不体现出这方面的特征，才被正统人士指责为乖张不通人情，其不喜欢读书倒还是其次的。

所以《莺莺传》里的张生就提出一种说法，他认为女子是尤物，男子和女子交往的前提是要有定力战胜她，如果战胜不了对方，就只能"忍情"，也就是克制自己的情感。后来张生抛弃了崔莺莺，给出的理由就是"不胜"。也许在他看来，继续发展两人的关系，就可能要讲男女平等了，甚至要对女子卑躬屈膝，这样大丈夫主义就沦陷了，这才是真正意义上的"乱"。所以他就"始乱之，终弃之"。当时社会对他这种行为，还称赞为善于弥补错误（"善补过"）。冯梦龙在《情史类略》里也引了这个故事，但对张生的行为是很想不通的，他认为，如果"始乱之"是一个错误的话，接下来应该把这个女子娶回家才叫弥补错误，"终弃之"怎么能算是弥补错误呢？那应该叫把错误进行到底了，当时的人又怎么可以是非不分地赞扬他呢？

  而在《红楼梦》中，这种正统观念在贾府上下的表现就尤为突出，也流露出当时社会的主流价值观对男女之情的一种看法，即不允许男女之间真情的发生。所以从这个意义上来说，贾宝玉和林黛玉之间的真情萌动且互为表白，确实具有破天荒的意义，但恰恰是这种破天荒的大胆举动，在当时正统人的眼里，就成了一种禁忌、一种"心病"、一种"下流痴病"，宝黛两人最终演绎了一场恋而不能婚的悲情戏，也是必然的了。

也谈贾宝玉摔玉之谜

作家王蒙在讲演中曾不止一次半开玩笑半认真地说：《红楼梦》中贾宝玉初见林黛玉，就把自己佩戴的通灵宝玉狠命摔掉，是他百思不得其解的最大之谜。

其实，不少学者对此都有过解释。比如孙玉明的《〈红楼梦〉赏析》，就认为是通过描写他摔玉的举止，确凿印证了前文中屡次说到的宝玉是"孽根祸胎"，是家里的"混世魔王""淘气异常"等。这样说当然可以，但似乎还流于表面，仅从外部评价上着眼，而没有把人物行为的心灵意义充分挖掘出来。孙绍振《〈林黛玉进贾府〉：妙在情感互动的错位脉络》一文的分析，倒是着眼了人物的内心感受，所谓"初次见面，就闹出这么大的危险动作来，这是从外在效果上写一见神仙似的黛玉对宝玉心灵的冲击，这种效果充分显示出人物情感错位的性质：从现实性说是潜意识的强烈作用，从神秘性来说则是绛珠仙子和神瑛侍者的关系"。但这样的解释，无法真正说明摔玉举止的意义，也无法说明，这跟他要说明的情感错位问题之间的逻辑关联。至于其提及的"潜意识""神秘性"，似乎说明了解释者在给不出个所以然后不得不故作神秘。

相比之下，蔡义江在《蔡义江新评红楼梦》中的解释是贴近人物自身行为的。比如伴随着宝玉摔玉的动作而骂玉的言语，说："什么罕物，连人之高低不择，还说'通灵'不'通灵'呢！我也不要这劳什子了！"蔡义江给出的点评："此一骂便将内心倾慕之情袒露无遗。人之高者彼，低者己也。当众说出，少女之心能不为之震撼？"又说，这里有"恨不两人同有"的意思，确实都说得比较到位。而王蒙在讲演中也解释说，这里强调的是儿童趋同性心理，或者进一步说，这是说明了宝玉和黛玉的处境差别。因为黛玉没有玉而宝玉有，使得宝玉不得不通过摔玉来和黛玉站在同一水平线上，但终于无法扔掉。这样的解释，还是与蔡义江的"恨不两人同有"的说法比较接近的。

不过他们两人的解释，也有一种欠缺，就是没有把贾宝玉自己的解释全面结合起来。所以仍然给我们讨论摔玉的意义，留下了不少余地。

笔者以前撰文，以为此举是贾宝玉意欲对自己"假宝玉"的性质的舍弃而让真顽石的特质敞开在他所中意的人的面前，但这样的解释，也显得有些穿凿。因为毕竟"假宝玉"和"真顽石"是一物之两面，无法隔离。所以，斟酌蔡义江、王蒙、孙玉明等先生的观点，再把笔者近来的思考结合一起看，贾宝玉摔玉，大致可以梳理出如下几方面的意义。

其一，这里确实有"恨不能同有"的心态，但这种心态，是与宝玉初见黛玉时的熟悉感和接下来为她起字一脉相承的，都是为拉近宝玉和黛玉距离的总体写作策略服务的。这种策略，可以是人物一见面而自然而然发生的，如一见如故的感觉，也可以是由人物的努力营造出来的效果。给黛玉起字，为与黛玉求同而不愿意佩戴通灵宝玉，都是。而"同有"的问题，进一步发展出金玉姻缘和木石姻缘的对峙性问题。

其二，摔玉本身，也是对众人所珍视的玉的价值观——所谓"命根子"的反抗。因为在贾宝玉看来，通灵宝玉既然没有伴随在黛玉身边，而是选择了自己，这就是价值观混乱、是高低不分。于是，通过摔玉行为本身，通过对玉的鄙视，也把和玉须臾不可分离的贾宝玉的自身地位，贬斥到了尘埃里。同时，也大大提高了林黛玉的地位。这正是蔡义江点评最给人启发的地方。

可惜的是，他们也有意无意地都把贾宝玉接下去的解释给忽视了，而这正是我认为需要着重阐释的第三层意义。

贾宝玉说："家里姐姐妹妹都没有，单我有，我说没趣；如今来了这们一个神仙似的妹妹也没有，可知这不是个好东西。"这样的逻辑推论，完全是以女性的是非为是非、以女性的标准为标准：既然女孩子都没有，他当然也不需要。而老祖宗哄他把通灵宝玉重新戴上，也完全是顺着他思路展开，所谓"你这妹妹原有这个来的，因你姑妈去世时，舍不得你妹妹，无法处，遂将他的玉带了去了"云云。老祖宗的一番话让宝玉觉得有理，遂不生别论了。对老祖宗的话，清代的评点家姚燮以为"哄小孩子语"。但如此评点，远没有脂评说得深刻，他说："所谓小儿易哄，余则谓君子可欺以其方云。"脂评与姚燮评点的根本区别，是脂评将那种思维模式的特质与小儿的特点区分了出来，从而免去了人们习而不察的见解，也超越了作品人物的视野，尽管小孩子的胡闹是解释贾宝玉行为的最易于被人接受的理由（我的关于贾宝玉评价的文章，讨论了这个问题），但这不是作者所要表达的真正含义。作者的用意，则是着眼于一种女性的立场和价值标准。

我在《〈红楼梦〉与李商隐诗》一文中，会讨论贾宝玉是如何顺应了林黛玉的趣味而不把大观园的枯荷收拾走。可以说，以林黛玉为代表的女性，常常成为宝玉行为处事的一种价值标准。对作者描写的这一用意，作为《红楼梦》最出色的评点者脂砚斋是心知肚明的，所以，在作品第七十七回关于宝玉探访晴雯的一段描写，脂砚斋把这层意思清晰地予以道破。

这一回叙述病中的晴雯被王夫人等撵出大观园后，宝玉去她那儿探视，躺在床上的晴雯无人照顾，让宝玉帮她倒碗茶，宝玉看那茶是绛红的，也太不成茶，正在犹豫，晴雯扶枕道："快给我喝一口罢！这就是茶了。那里比得咱们的茶。"宝玉还不放心，先自己尝了一口，并无清香，且无茶味，只一味苦涩，略有茶意而已。但晴雯拿到这茶，如得了甘露一般，一气都灌了下去。面对这一番情景，宝玉展开了心理活动，书中写道："宝玉心下暗道：往常那样好茶，他尚有不如意之处；今日这样。看来，可知古人说的'饱饫烹宰，饥餍糟糠'，又道是'饭饱弄粥'，可见都不错了。"由于晴雯的生活现实，她在他面前展现出的种种实际状况，使他回忆起了启蒙书如《千字文》等教给他的许多道理，也使他对人生有了真切的领悟，使头脑中的空洞概念有了充实的内涵。换言之，不是他个人的实际生活，也不是其他男性的实践，而是女性的人生实践，才检验了他所学到的人生哲理。用时下的话来说，如果实践是检验真理的唯一标准，那么在那样的时代，在男性霸权的传统社会，男性的实践是可疑的。只有女性的实践，女性的切身感受，才有检验真理的价值和意义。于是，脂砚斋在评点中特别提醒读者，说"通篇宝玉最恶书者，每因女子之所历始信其可，此谓触类旁通之妙诀矣"，其中，评点者所用的"通篇""每"乃至"触类旁通"这样的字眼，也揭示了这一意识在整部作品中的关键位置。正是从这个意义上说，宝玉的摔玉行为连同他自己的解释，用一种出于直觉的激烈言行方式，成为能够刺向传统社会黑暗的一道绚丽光芒。

"送宫花"的一路精彩

送宫花,是《红楼梦》第七回前部分内容,大致叙述薛姨妈委托王夫人的陪房周瑞家的,把她家从宫里得来的十二支绢花一一分送给贾府的凤姐及姑娘们。之前,林黛玉进贾府和刘姥姥进荣国府,事件中的人物以一个陌生者身份进入特殊的环境,把读者带入一个有待展开故事的新世界,其作为开端意义的重要性,似乎都远超周瑞家的送宫花。那么,何以在小说情节正式开始后,作者不惮其烦,似乎以迂回的方式,又插入这样一段无关宏旨的描写?换言之,构成第七回前部分的内容,在怎样的意义上补充了林黛玉和刘姥姥的进贾府?

相对而言,林黛玉进贾府和刘姥姥进荣国府,具有双重意义。一方面,林黛玉和刘姥姥两个人物的自身特性,在进入贾府的过程中得到充分重视,使得以情感寄托和物质需求为目的的不同行为,构成了互补,并进一步发展为人生价值观的参差对照。另一方面,以她们的所见所闻,呈现了贾府大致格局及一些主要人物特点,也因为贵族和平民的不同身份及诉求,展现了进入贾府的两条路径及不同的关注点,给了读者身临其境的感觉。

但两次写进贾府,对贾府人物的客观展现,局限也明显。林黛玉作为初来乍到者,着重于环境和人物的总体印象,即使有聚焦,也只聚焦于她和宝玉的关系方面,对王熙凤只稍有展开。而对其他人的介绍,比如李纨、迎春三姐妹等,基本只是一笔带过。至于对薛宝钗等人,因为尚未进贾府,就根本没提及。总之,涉及的贾府众姐妹介绍,基本是浮光掠影的,是非日常生活状态的。而刘姥姥进荣国府打秋风,因为是由王熙凤出面接待,才有了详细而深入的描写,但以刘姥姥当时的身份和机缘,不可能像她后来二进荣国府那样被带往各处游逛。这样,由周瑞家的送走刘姥姥而来向王夫人回复,并因王夫人在薛姨妈处,周瑞家的追踪到薛姨妈处而顺带接受了分送宫花的"任务",才使得林黛玉和刘姥姥进贾府时,尚未有机会展现的众多年轻女性的日常生活,一一展示了出来。

同时,分送宫花是薛家指派,这样也自然把刚进贾府的薛宝钗和香菱等纳入描写的对象。总起来看,送宫花一路涉及的人物可分四组来分析。

第一组是薛宝钗和林黛玉。分送宫花的起点,谈及了薛宝钗不喜欢戴这类饰品才送人,而终点,则是林黛玉拿到最后两支,认为别人是把挑剩的才给她。这就自然形成了头尾对照效果。但如果认为薛宝钗为人随和朴实,林黛玉为人刁钻古怪,倒也未必。因为薛宝钗在把宫花大方送人的同时,也谈到了她常服用的冷香丸,其加工用料之复杂,要求气候条件之苛刻,让周瑞家的听得一愣一愣。相比之下,林黛玉刚进贾府,谈到自己服用人参养荣丸时,老祖宗当即说可以吃药时带着配,虽然用料也贵,但不至于像调制冷香丸那么折腾。由此可见,薛宝钗也不是那么容易伺候的人,或者至少不像大家通常认为的那样随和、和黛玉的脾性截然对立。另外,这里顺带写到了和黛玉在一起的宝玉,也带有对照的意味。

第二组是香菱和秦可卿。宫花是薛姨妈叫香菱拿给周瑞家的,到此时,读者方知当初被薛蟠强买下的英莲已经更名,而当周瑞家的问其身世,她一概答曰不知时,周瑞家的唏嘘不已。读者可以想到英莲过去的身世,也经由周瑞家的提醒,联系到了秦可卿,说是有"东府里蓉大奶奶的品格儿"。这样,秦可卿和香菱相似的美艳,对贾府中人呈现的谜一样身世(可卿是被人从养生堂抱养的),以及各自命运的无常悲剧,都进入了读者的视野。

第三组是迎春、探春和惜春。林黛玉进贾府,因为需要与客人见面,对三姐妹有过群像般总的描写,但对她们的日常生活状态,到此才有机会来补充描写。略写迎春和探春的下棋,详写惜春在里屋和尼姑智能儿一起玩,拿到了宫花,还开玩笑说,如果像智能儿一样把头发剃去,宫花往哪儿戴呢?虽是玩笑话,但也多少暗示了日常兴趣及将来可能的行为趋势。而借着交接宫花,几位小姐各自的贴身丫鬟,也一并得到了介绍。

第四组是李纨和王熙凤。这一组也应该包括贾琏,回目就是《送宫花贾琏戏凤姐》。尽管李纨身为寡妇不在头上簪花,自不在周瑞家的送宫花之列,但小说特意写周瑞家的去王熙凤住所时,要经过李纨屋外的走廊,墙虽然把人阻隔在外,但透过玻璃窗,周瑞家的看到了李纨在居室内的炕上歪着睡觉的情景。这个细节曾引起过不少讨论。张爱玲认为这样的描写不合理,因为大户人家透过窗户就能看到内室女眷睡觉似乎于礼法不合,蔡义江也同意此观点,还补充说,李纨洁身自好,不会有睡懒觉的习惯。类似的分析虽然有一定合理性,但我们也可以解释说,李纨是睡在外间而非内室,窗子做得低,也没大问题。但一个更具说服力的理由是,这是一种写作策略,旨在突出李纨的日常生活,突出一位守寡者白天百无聊赖地睡觉。这样的描写,就和后面王熙凤在室内的情景形成了对比。因为周瑞家的走到王熙凤居室外,门口的小丫鬟见了连忙摆手示意她不要进去,周瑞家的会意,便走到了隔壁巧姐的那间侧屋子里去,听到了正屋里传来的一阵笑声,夹杂有贾琏的声音,之后就是丫鬟出来打水。这是贾琏的第一次出场,尽管只呈现了单一的笑声和打水的吩咐,但让读者猜到贾琏和凤姐在过性生活,也对贾琏的为人特点有了第一印象。考虑到《红楼梦》

往往是先写内容后拟回目的,所以,当内容本身带来的是一种夫妻生活的欢腾和守寡的孤寂强烈对比时,作者似乎想通过回目,通过对他们白日行房事而略带讥讽的提示,来稍稍纠正因具体对照而形成的另一种生活价值观。但不论如何,其客观描写本身的力量,还是引发了读者的深思。

不同于林黛玉和刘姥姥出场时的特色鲜明,周瑞家的这一人物本身,并没有吸引读者太多注意力,对她的出场,虽然也有几笔生动描写,但总体看,更像是西方理论家所谓的"平面人物",无法给人留下深刻印象,一如由她分送出去的宫花,只是笼统提及了"堆纱新巧",缺乏夺人眼球的形象感。结果是,周瑞家的带着宫花一路走来,其本身的不张扬乃至不足道,其实都是为小说开场的深入、为展现更精彩的主要人物画廊而服务的。

宝钗生日与黛玉的伤不起

生日宴会看演出，是《红楼梦》中贾府常有的娱乐活动。

宁国府给贾敬祝寿，虽然贾敬在道观不肯回家过，但府里照样请了戏班子来招待客人。薛宝钗、王熙凤、老祖宗等的生日，都有戏曲表演。宝玉生日虽没有安排大型演出活动，但群芳开夜宴时，宝钗抽得牡丹签，艳冠群芳，可以随意点人唱歌，芳官遂被宝钗点中，在宴席上细细唱一曲《赏花时》，也算是对演出活动作了变化处理，这是《红楼梦》摇曳生姿的笔法。第八十五回补写了前八十回没有写过的给林黛玉过生日，由戏班子演绎嫦娥天上人间的故事《蕊珠记》，而这一天，作为绛珠仙草投胎到人间的黛玉，打扮得貌美如嫦娥，戏里戏外，前世今生，形成了呼应关系。

不过，演出娱乐的同时又节外生枝，惹得一些人生气，在写薛宝钗生日活动中出现了台下戏，值得我们细细品味。

第二十二回写荣国府为薛宝钗过十五岁生日，老祖宗格外起劲，特意出钱吩咐王熙凤置办演出。戏曲开演前，又特意让宝钗先点戏。宝钗推让不开，知道老年人喜欢热闹，就点了一出《鲁智深醉闹五台山》（又称《山门》）。宝玉向来不喜欢热闹戏，第十九回写过春节，宁国府请戏班子来演戏，宝玉也受邀听戏，就无法忍受他们所点的热闹戏。这次见宝钗点"醉闹"的戏，自然不敢苟同。但大概也是考虑到老祖宗的兴趣，所以他便带点无奈的口吻说："只好点这些戏。"自己既觉得有点扫兴，话里似还有安慰薛宝钗的意思——在宝玉看来，请戏班子毕竟是为宝钗过生日，老祖宗叫她点戏，也是把她的趣味放在第一位，宝钗却想着先如何迎合老祖宗口味，虽然是敬老，但多少有点委曲求全。

薛宝钗却不承认这一点，这究竟是她为人不坦诚，还是被宝玉误解了，真不好判断。总之，她反驳了宝玉，说宝玉不懂这戏的排场、辞藻等诸多好处，还念了一首曲词《寄生草》，让宝玉赞赏的同时，又夸赞她无书不知。结果，在场的林黛玉听不下去了，嘲笑宝玉道："还没唱《山门》，你倒《妆疯》了。"

林黛玉挪用戏名嘲笑宝玉，似乎是随机之举，但也让人觉得她有一股暗暗跟宝钗较劲的意思。之前，宝玉来邀黛玉看戏，说要为她点戏时，黛玉就抱怨说这天她不过是借光看戏，谈不上为她而点戏。逢宝玉夸奖宝钗，黛玉借戏名嘲笑宝玉的吵闹，则似乎一方面暗示了自己对戏曲也熟悉，宝钗的"炫"词没啥稀奇，另一方面也让嫌戏吵的宝玉和他自己在台下的不安静构成了反讽。但这仅仅是台下戏的序曲，大幕是在后面拉开的。

戏散场，老祖宗特别喜欢一个演小旦的和一个演小丑的，让人唤来这两人，给零食和赏钱。于是就有了如下一场戏：

> 凤姐笑道："这个孩子扮上活像一个人，你们再看不出来。"宝钗心里也知道，便只一笑不肯说。宝玉也猜着了，亦不敢说。史湘云接着笑道："倒像林妹妹的模样儿。"宝玉听了，忙把湘云瞅了一眼，

使个眼色。众人却都听了这话,留神细看,都笑起来了,说果然不错。一时散了。

王熙凤虽然看出林黛玉和旦角长得像,但她不愿意说出来,怕黛玉对她心生怨气,而她实在又太愿意让大家知道这一点,一起来看笑话。按文艺心理学的规律,看笑话得有回应,必须有众人的附和和分享才能出效果。单独一人偷着乐,是难以获得好笑的愉悦感的。问题是,林黛玉像旦角,怎么就成了可以让众人围观的笑话?那是因为在当时社会中,演戏者的地位是连三等丫鬟也不如。贵族小姐与旦角之间在地位差距甚远的前提下,突然被发现了两者相貌的紧密联系,这种差距与联系的突兀感,才让人有忍俊不禁的感觉。而王熙凤那设置悬念般的"你们再看不出来",其实也给大家看出结果带来了张力,有意让大家在台下又看了一场小戏。

此处,宝钗的"不肯说"和宝玉的"不敢说",用词是极为精准的。

宝钗不肯说,在于她通达人情世故,不愿意主动得罪黛玉,免得惹事上身;而宝玉不敢说,则主要是为黛玉的心情着想,怕她被人嘲笑而受伤害。在这样的背景下,史湘云不善于瞻前顾后、脱口而出的性格,也就呼之欲出了。可惜宝玉一时考虑不周,反应迟缓,等到湘云已经说出来后再使眼色阻止,除了让湘云和黛玉都生气,已经没有积极的意义了。

史湘云因此生气还好理解,因为知道宝玉使眼色阻止自己,首先是怕黛玉受伤害,其次才顾及她得罪黛玉后也会自讨没趣;另外,使眼色是一种阻止,让湘云言行的自由受到了妨碍,变成了必须看别人眼色来行事。

林黛玉又何以对初衷良善的宝玉生气呢?因为她听到了宝玉和史湘云的对话,暗示自己是个多心人——多心人反而希望被认为胸襟开阔,宝玉向湘云使眼色,就已经告白了黛玉的惹不起。但更重要的,还是黛玉认为宝玉也参与到了这场看笑话的游戏中,尽管这让宝玉深感委屈。宝黛有一段对话非常有意思:

宝玉道："我并没有比你，我并没笑，为什么恼我呢？"黛玉道："你还要比？你还要笑？你不比不笑，比人家比了笑了的还利害呢！"

黛玉的反驳看似逻辑不通，似乎让宝玉左右为难，无路可走，但自有其深刻的地方。因为当宝玉为自己的"没有比""没有笑"申辩时，已经预设了一个可能"比"、可能"笑"的前提。之所以说他的"没有比""没有笑"已经比别人的"比了笑了"更厉害，是因为黛玉心中早把宝玉视为唯一的知音与依靠，对他并不设防。所以，当她已经被置于围观的中心时，宝玉没有出面大声制止（当时才十二三岁的贾宝玉也不可能出头），混在围观者中，可能是更令黛玉受伤害的，这意味着她被悬在空中示众，又找不到任何人作依靠，在这样的瞬间，黛玉觉得被排斥在大家之外，有强烈的孤独感，生出怨气也就不足为怪了。

因为被比作一个旦角而让黛玉伤不起，这固然是黛玉爱使小性子的心理问题（而这爱使小性子与她孤苦伶仃进贾府的身世有关），但把这种伤不起向宝玉全部倾吐，让宝玉一并承受，还是说明了她和宝玉最贴心。更重要的是，与旦角长相相似，居然能让一个贵族小姐蒙羞，甚至引发众人围观，这说明当时社会，等级制观念是多么普遍，多么"深入人心"。

台湾学者欧丽娟曾经说，曹雪芹明明没有反封建等级制度，何以好多红学家会得出这样的结论？是的，从主观愿望上，确实看不出曹雪芹有这样的思想自觉，但在小说的生动描写中，这种制度笼罩下的不合理、非人性的一面，又被他充分暴露出来，从而在客观上达成了反思、反讽的效果。这一通过创作方法实现的超越，在一个伟大的作家这里，未必不能通过深刻的体验与符合人物性格命运的笔触而达至，而在当代，这种现象则不难通过马克思主义文艺学来解读，读《红楼梦》应具有不拘于一时的宽阔视野，也是当代学人之必须。

生日宴会的"反客为主"

《红楼梦》涉及的人物生日宴会场景,虽描写得各具特色,但有一个贯串始终的基本写法尤为引人瞩目,就是在生日宴会的场景渐次展开时,突然插入或者引申出去的枝蔓情节,形成艺术上的摇曳姿态,既让活动的主客关系发生了游移,也使欢聚的基调转而为悲戚。

人物生日在《红楼梦》中的呈现,有多种方式。有的仅仅出自人物对话中的谈资,如元春生在大年初一,是冷子兴演说荣国府时交代的;巧姐生在七月初七,是凤姐和刘姥姥谈起来的;后来贾宝玉过生日那天,大家聚在一起说生日,探春起头说他们荣国府的人:"倒有些意思,一年十二个月,月月有几个生日",然后一一细数,又有袭人等补充,这一次算是说得比较齐全了。也有的是叙述者采用略写的方式来交代,比如第二十九回宝玉在五月初三赴薛蟠生日宴,第五十二回宝玉需要穿雀金裘去赴舅舅的宴,还有第七十回,在三月初二,元妃给探春送来生日礼物,等等。

当然，给人印象深刻的，还是正面具体的生日聚会描写。这样的描写在前八十回共有五次。依次是贾敬、薛宝钗、王熙凤、贾宝玉和贾母史太君的庆生活动。奇怪的是，居然缺少有关林黛玉生日活动的直接描写。读者较早知道贾府也办过黛玉的生日活动，是在计划给薛宝钗过生日时被顺带提及的。第二十二回，王熙凤问贾琏，薛宝钗生日要办成何等规模，贾琏就说按以往给林黛玉过生日的规模办，王熙凤就说薛宝钗这次的生日和以往不同，是十五岁的大生日。但作者为何没有具体写林黛玉的生日？如果是因为不到十五岁的小生日不值得提，那么按照林黛玉入贾府的年龄，她十岁的大生日也应该在贾府中过，何以作者也没有提？由此带来另一个问题：前八十回为什么不写林黛玉的生日？这是作者的疏忽，还是有意略过？其中缘故，很难深究。不过，正因为前八十回没写黛玉生日，所以就给续写《红楼梦》者提供了一个写林黛玉过生日的机会，稍稍丰富了后四十回的情节，也安慰了读者内心的缺憾。

有关前八十回写到的五次生日宴会，难以一一讨论，这里主要分析两次生日活动延伸出的情节插曲及因此形成的反客为主的效果。

贾敬生日，宁国府盛宴招待。贾敬本人在道观中不愿回家，主人缺席，宁荣两府来祝寿的客人反倒像把自己当成了主人，未免扫兴。亏得王熙凤解释说，贾敬在道观已经修成了神仙，心到神知，贾敬不在场，也就无所谓了。这样的俏皮话引得大家一片粲然。秦可卿因重病在床，没在宴会露脸，凤姐就趁着宴会完毕去园里看戏的间歇，和宝玉一起由贾蓉陪着绕道去可卿卧室探视。这样，欢聚的基调发生了变化。秦可卿病中的感伤之言，宝玉联想起曾经在她卧室午睡，如万箭穿心般流下眼泪。凤姐赶忙让宝玉、贾蓉先走，一方面说明王熙凤觉得宝玉如此感情用事会让可卿更难受，另一方面也是想单独留下跟可卿说些贴心话。但如此描写，还有一点值得注意，王熙凤独自行动，其实也给他人留下了与其单独相处的机会。

王熙凤从可卿卧室出来后进入花园便门时，身边虽有一大帮媳妇丫头，但她们并不贴近凤姐走,特别是当凤姐放缓脚步一步步行来赞赏园中景色时,她们只是离开一段距离来跟随的,这样,窥视凤姐美色已久的贾瑞,就有了近前来与凤姐搭讪的机会。此时,如果贾蓉、宝玉都在,贾瑞怎么可能近得前来?这样,一个不言而喻的主奴相处要根据特定情境而保持距离的前提,使得情节的设计,只需要考虑如何把一同进入可卿卧室的贾蓉和宝玉先期支走,从而为接下来写凤姐与贾瑞瓜葛的另一个插曲做铺垫。

凤姐从可卿卧室出来的感伤,在欣赏花园景色中得到了平复,毕飞宇曾分析此段文字,觉得她感情变得太快,甚至怀疑其真诚,把她视为可怕的女人。凤姐性格的多面性,感情复杂确是事实。但并不因此说明她对可卿的感情不真诚。后来写她看见可卿的棺材,眼泪如断线珍珠滚将下来,其对可卿感情之深可以体会。至于她刚出可卿卧室,就向园中景色投去赞赏的目光,也未必说明她情感前后的断裂,这可以理解为,当生日欢聚的情感浅层次表达后,在探视可卿的插曲中转而为深沉,又在走向花园时,在她面对各种美景时,那种深层的感情暂时被遮蔽了,也被移开了。我们不能因为那种情感没有在新情境中持续发生作用,就怀疑其真诚。毕竟,秦可卿当时也没到病危的地步,而她与凤姐亲密的程度及凤姐自身的为人风格,都是我们判断时需要考虑的因素。此外,有时候,当事人对景色的关注,恰恰是摆脱感伤情绪的一种努力,这样的努力符合积极、健康的心态。而接下来贾瑞与凤姐相互之间的对话,凤姐的那种欲擒故纵与贾瑞的色迷心窍,又使得情感基调发生了新的趋向。面对贾瑞的欲火燃烧,王熙凤内心沉着中表露出的假模假样,似乎把贾瑞的一切言行,都当作此前的自然景色来观赏了。尽管从表面看,王熙凤赞赏景色的雅致与对贾瑞戏弄式的周旋是并不协调的。

与贾敬的生日宴被王熙凤抢了戏形成对照的是,王熙凤自己的生日宴会,却被贾琏和宝玉抢了戏。

第四十四回,写王熙凤在生日宴会,因为被众人灌酒,从宴席中途退下想回自己屋子歇息时,发现丈夫贾琏正在家里与鲍二媳妇约会,于是打闹起来,让在一边搀扶的平儿也大受委屈。宝玉随即出场,将平儿带入怡红院来安抚:代贾琏道歉,为平儿理妆,最后还为平儿洗涤落下的一块手帕。这样由荣国府正厅展开的庆生活动,前后延伸出另两个并列的私密空间,从而上演了互有关联的两个插曲,这是两兄弟对待女性的情节插曲,但对比是何等鲜明:贾琏的色心与宝玉的体贴,各自的行为最后聚焦于平儿一身,给她造成的是不同的心灵感受。

本来,这天也是金钏的生日。此前金钏被逐而投井自杀,宝玉也有一定责任。当宝玉一早出门跑到城外很远处为她祭拜,叙述者开始并没有交代缘故。宝玉自己也神秘其事,甚至连跟随他出去的小厮,也摸不着头脑。只是当他回来看到门口的玉钏抹眼泪时,才问她:"你猜我往那里去了?"但也没有点破各自的心事,只是到宝玉为平儿理妆完毕,叙述者才借助直接的心理描写,把宝玉为金钏祭拜的事一并交代了出来。这一交代延宕到最后,为情节带来了悬念和开释,是经过作者缜密设计的。

但更巧妙的是在正厅看戏时,众人看《荆钗记》演到《男祭》这一出,林黛玉便和宝钗发议论说:"这王十朋也不通的很,不管在那里祭一祭罢了,必定跑到江边子上来作什么!"诸如此类的一番议论,结果是宝钗不答,宝玉要找酒去敬凤姐。尽管两人都应该听出了黛玉话里有话,但宝钗不便掺和进来,宝玉借故要躲开黛玉的锋芒,可能是想掩饰内心的尴尬。这里,宝玉无法理直气壮而在幕后做下的隐秘事,被敏锐的黛玉巧妙地拉进前台,拉进正式的生日活动场合。她是在论戏吗?是的,但也在议论人生,议论人生的难言之隐。

其实,从人生的本质意义来理解,是无所谓正戏与插曲,也无所谓主与客的差异。小说借生日活动的当事人名义,预设了主人与正戏的前提,从而有所谓插曲的枝蔓延伸,有客与主的关系翻转——如此设计,主要是为了吸引读者注意,更是为了刷新读者对人生的理解。

宝玉与凤姐的醉闹

《红楼梦》中,老奴焦大的醉闹曾给读者留下深刻印象,有不少学者进行了分析,此不赘言。倒是紧随其后的贾宝玉及后来王熙凤在生日宴上的醉闹,颇耐人寻味,并留有我们进一步探讨的余地。

第八回,写宝玉去探望养病的宝钗,薛姨妈用糟鹅掌鸭信和黄酒招待宝玉,让他吃得心甜意畅。想不到在旁的李嬷嬷一再阻拦,还用贾政要检查他功课来恐吓。这过程中,虽有林黛玉代他出头,把李嬷嬷狠狠挖苦了一阵,但宝玉毕竟心有不快,窝在心里,等喝得有了醉意先去贾母房中,贾母知他已在薛姨妈家用过饭,又喝了酒,命他迅即回自己屋子睡觉。宝玉回屋见到晴雯,为讨好她,特意说起曾从东府带来晴雯爱吃的豆腐皮包子,想不到晴雯告诉他,这包子被李嬷嬷拿走了。宝玉接下来喝茶没喝出什么味,感觉喝的是新沏的茶,于是问早起沏下的茶在哪里,因为这种枫露茶三四次沏后才出色。给他沏茶的小丫头茜雪回说早晨沏下的茶已经给李嬷嬷喝了。到这时,宝玉突然大发雷霆:

将手中的茶杯只顺手往地下一掷，豁啷一声，打了个粉碎，泼了茜雪一裙子的茶。又跳起来问着茜雪道："他是你那一门子的奶奶，你们这么孝敬他？不过是仗着我小时候吃过他几日奶罢了。如今逞的他比祖宗还大了。如今我又吃不着奶了，白白的养着祖宗作什么！撵了出去，大家干净！"

那种从开始忍着的不满和若隐若现的醉意突然汇聚在一起，来了个总爆发。我们回过头来重检前文，才发现作者把他的醉意一路细密地写下来，比如到贾母处走路踉跄，回屋后黛玉来看过他又走了，他都没意识到，诸如此类，都是为强有力地表现这一醉态做铺垫的。

从另一方面说，事情发展到这一步，他的怒气才可能完全爆发出来。

之前，他既不能直接与李嬷嬷顶撞，而在回到绛芸轩，得知李嬷嬷吃了他留给晴雯的包子，还是不知道该向谁去发怒，只是当茜雪给他端来新沏的茶，说原来的茶给了李嬷嬷喝时，他以前忍下的怨怒、找不到发泄对象的郁闷，都由小丫鬟茜雪来一并承担了。甚至他手里的茶杯，也成了体现他出气力度的最佳道具。当宝玉的发泄借着醉意爆发出来后，在袭人等劝解下，居然又很快睡着了，使借醉意而爆发的怒气同样被嗜睡的醉意所消解。

但宝玉这一醉闹，毕竟让茶具遭殃，也让茜雪无端受了委屈，这样的事发生在有着博大情怀的贾宝玉身上，多少让人觉得有些意外。所以，甲戌本的脂批有一段详细评语，对贾宝玉的行为作了解释，其语略云：贾宝玉天生的情种，其对世上无情之物都会用一段痴情去体贴，此番斥责茜雪要撵嬷嬷，实在是大醉的缘故，以后也没有发生过第二次，所以不应把他与薛蟠等纨绔子弟同样看待。这番辩护从醉酒入手，虽然有一定道理，但我们也不可忽视贾宝玉有歇斯底里的另一面，即他在情的常态外还有"不情"的另一面。在第三回林黛玉进贾府时，他就有摔玉的激烈举动；第三十回，他又猛踢了开门稍迟的袭人（尽管事先并不知道来开门的是袭人），诸如此类，不一而足。这样，在这一回中，与其说脂评为贾宝玉辩护找到了酒醉的好理由，倒不如说，在特定诱因下，贾宝玉也会以一种歇斯底里式的一闹，把他内心积淀的委屈或者压抑，无端迁怒于他人，并通过这一释放，而使自己再次回归于宁静，并静静等待着下一次的爆发。宝玉醉闹后又平静入睡，或许可以看作对他"爱博而心劳"的一次调节，由此也似乎成了他生活状态的一种浓缩。

宝玉的醉闹，局限于小范围，影响并没有波及贾府全体。而在第四十四回，王熙凤生日宴上，王熙凤和贾琏之间借着醉酒的打闹，才惊动了贾母，演绎成一场大风波，让贾府上下许多人都被卷入。因为醉闹级别的提升，也使无辜的遭殃者级别提升了一个档次，小丫头被换成了大丫头。

在王熙凤生日宴上，因为大家都来向王熙凤进酒，凤姐喝过了量，"自觉酒沉了，心里突突的似往上撞，要往家去歇歇"，瞅人不防时离席，只有平儿跟来扶着她走，想不到一回家，就发现贾琏在屋里与鲍二的老婆偷情。且隔门听见他们在赞平儿，以为平儿素日里对她也有怨言。书中写此时的凤姐："那酒越发涌了上来，也并不忖度，回身把平儿先打了两下。"然后踢门进屋与鲍二妻子撕打，间或也返身再来打平儿，打得平儿有怨没处诉，只得以打鲍二家的来出气。当这三个女子打作一团时，作者的笔才缓过来，写当时的贾琏，"也因吃多了酒，进来高兴，未曾作的机密，一见凤姐来了，已没了主意，又见平儿也闹起来，把酒也气上来了"。结果也把平儿来踢骂，平儿发了急，跑出去要寻死，凤姐又撞在贾琏怀里以死相威胁，气得贾琏拔了墙上的宝剑，要一齐杀了，图个干净。书中写他是"倚酒三分醉"而逞起了威风。当事情闹到贾母处，终于被贾母喝住后，她劝解凤姐，是以酒做由头，说因为"多吃了两口酒"而生事的，而其他人在劝解满腹委屈的平儿，醉酒的理由仍被凸显了出来，如宝钗劝说平儿的话："素日凤丫头何等待你，今儿不过他多吃一口酒。"而第二天，贾琏向老太太赔罪，也说"昨儿原是吃了酒，惊了老太太的驾了"。

在这一过程中，酒或者说醉酒在其中扮演了一个重要角色。因为醉酒，王熙凤要突然回家歇息，然后发现贾琏的秘密，也因为醉酒，贾琏"未曾作的机密"，没想到关门，以致轻易让王熙凤发现，逮了个正着。虽然贾琏惯于拈花惹草，但"酒为色媒"，似乎也是偷情的好机缘。至于后来，王熙凤的哭闹、贾琏的撒泼，作者似乎都在暗示我们，这些都与醉酒有必然的联系。这样，由于醉酒，人物之间平日里维持的那种温情脉脉的和谐关系被突然打破了。作为这场闹剧中最无辜的受害者，平儿与凤姐间非同一般的亲如姐妹的主奴关系，突然露出了它辛酸的一面；而贾琏在王熙凤面前惯有的那种谨小慎微低声下气的态度，也突然变得刚烈起来。一个在醉酒的非常态下的人们的行为，却更直接地让我们看到了那样的制度下，人与人的关系本质。所以，当薛宝钗在劝解平儿，一方面拿酒来说事，为王熙凤的粗暴蛮横找借口，另一方面又理所当然地说"他可不拿你出气，难道倒拿别人出气不成？"说得这样明白无误且毫无掩饰，似乎前面硬要找一个醉酒的理由已经多余。

然而，当大家都把焦点聚向醉酒时，像贾母那样以酒来缓和气氛，像宝钗那样以酒来劝解，像贾琏那样托酒来向贾母赔罪，也像王熙凤那样借醉酒为自己粗暴对待平儿找理由时，对无辜者缺乏真正的关切，对亲人缺乏真正的忠诚，对自己和他人的不检点没有真正的约束，这些对人物和人际关系的本质性的"瞬间透视"，却硬是被掩盖了。而小说呈现的醉中人行为或者人物借酒说事，却让读者对这个世界的认识更加清醒了。

史湘云与林黛玉上演的对手戏

曾经,薛宝钗是林黛玉的假想敌,被林黛玉屡屡讥讽。但薛宝钗毕竟胸有城府,为人含蓄,所以即使被林黛玉夹枪夹棒怼上了,还是以装聋作哑的时候居多,很少会对黛玉直接反击。倒是史湘云,心直口快,天性豪爽,有一股不服输的孩子气。她不但在带有竞争性的联句斗诗的游艺活动时,不肯稍让黛玉,而且在日常交往时,也毫无机心,有什么想法,总是一吐为快,有意无意间,就跟黛玉发生了冲突,让本来不是林黛玉对头的史湘云,却上演了与黛玉一出又一出的对手戏,显示了人际交往的错综复杂性。

与林黛玉的雅而不能俗相比,史湘云是一个能俗能雅、大俗大雅之人;与林黛玉一举一动是标准的弱女子相比,史湘云又总在女性的秀丽中,透出男性的英豪气。她在贾宝玉生日宴行酒令时即兴发挥的那种言语混搭风格,其腾挪跳脱、挥洒自如,是贵族女孩中很少见到的。这种风格,与她醉卧在青石板上芍药花下的举止是一脉相承的。所以,史湘云与林黛玉的冲突,有时候就是一种为人风格的冲突、审美趣味的冲突。

比如第四十九回，写史湘云和贾宝玉商量着在芦雪庵吃生烤鹿肉，林黛玉在旁冷嘲热讽，于是有了这样一段对话：

> 黛玉笑道："那里找这一群花子去！罢了，罢了，今日芦雪广遭劫，生生被云丫头作践了。我为芦雪广一大哭！"湘云冷笑道："你知道什么！'是真名士自风流'，你们都是假清高，最可厌的。我们这会子腥膻大吃大嚼，回来却是锦心绣口。"

一段对话，把两者为人风格的差异凸显了出来。再如，香菱跟黛玉学诗，黛玉劝诫香菱不要学陆游的"古砚微凹聚墨多"这样的诗，似乎很鄙视这种描写。而后来史湘云和黛玉在凹晶馆联句时，却大大赞赏这句描写，还说"有人批他俗，岂不可笑？"这种隔空冲突，其复杂的原因，我在《〈红楼梦〉和陆游诗》一文中有初步分析，此不赘言。但由此大致说明湘云和黛玉为人风格和审美趣味的差异，应该是没有问题的。

湘云与黛玉之间冲突最激烈的一次，是发生在史湘云上场不久的第二十二回。

当时，王熙凤看出了演戏的龄官像黛玉，想借此给大家取乐却又怕得罪黛玉。大家看出来后都心照不宣没有直接说是谁，唯有心直口快的湘云说像林黛玉，急得贾宝玉用眼神来阻止湘云。结果，林黛玉理解为大家合伙嘲笑她，史湘云理解为是自己需要看别人眼色行事，终于引发了一场大冲突。有意思的是，冲突虽然激烈，但都没有在大庭广众面前直接爆发，而都把各自的怨气出到前去劝解的贾宝玉头上，特别是史湘云，那种言语的尖刻，比之林黛玉，是丝毫不逊色的。

一则说：

你那花言巧语别哄我。我也原不如你林妹妹，别人说他，拿他取笑都使得，只我说了就有不是。我原不配说他。他是小姐主子，我是奴才丫头，得罪了他，使不得！

再则说：

大正月里，少信嘴胡说。这些没要紧的恶誓、散话、歪话，说给那些小性儿、行动爱恼的人、会辖治你的人听去！别叫我啐你。

值得注意的是，这些尖刻的话都是冲着宝玉而来的，使得本来是湘云和黛玉的冲突呈现为一种间接的方式。在这过程中，贾宝玉承受了来自两方面的压力，把两位女孩的冲突，内化为他自身的一种心灵感受，一种"爱博而心劳"的疲惫感。

不过，在第四十二回薛宝钗和黛玉达成和解前，有较长一段时间，黛玉似乎都被宝钗"藏奸"的为人阴影笼罩着，这也是她后来向贾宝玉坦率承认的（见第四十九回）。所以，即便有时候，口角仅仅发生在史湘云和林黛玉之间，但又会迂回到不在场的薛宝钗身上，让她躺着中枪，也使得本来就错综复杂的纷争，更显曲折了。

第二十回，林黛玉嘲笑史湘云说话有咬舌头的毛病，这样明显的毛病，史湘云无可辩驳，就拉薛宝钗作"挡箭牌"，史湘云说"他再不放人一点儿，专挑人的不好。你自己便比世人好，也不犯着见一个打趣一个。我指出一个人来，你敢挑他，我就服你"。黛玉忙问是谁。史湘云举薛宝钗为例，说就算自己不如黛玉，但宝钗总不会不如她吧。

应该说，史湘云说到薛宝钗，语气是真诚的，因为她真心认为，宝钗的言行代表着完美。想不到这一说，反挑动了黛玉的反感。黛玉听了只是冷笑道："我当是谁，原来是他！我那里敢挑他呢。"一种冷冷的、鄙夷不屑的反话正说口吻，加上说话时故意一惊一乍的夸张，营造出跌宕起伏的效果，似乎非要把薛宝钗贬到尘埃里才罢休。林黛玉这么一说，急坏了在旁的宝玉，不等黛玉说完，赶忙用话岔开。而史湘云大概也发现了自己对宝钗的由衷赞叹所起的反作用，让宝钗救自己的结果，适把宝钗置于被责难的境地。所以赶紧自己挺身出来，通过说一些带玩笑的刻薄话，把黛玉对宝钗生出的无名之火，引向了自身。她说："这一辈子我自然比不上你。我只保佑着明儿得一个咬舌的林姐夫，时时刻刻你可听'爱''厄'去。阿弥陀佛，那才现在我眼里！"引得林黛玉追着要打湘云，也算替不在场的宝钗解了围。

第三十六回写贾宝玉午睡时，薛宝钗正好来找他。看到袭人丢下的刺绣做得漂亮，忍不住也坐向宝玉的床头，继续着袭人搁下的针线活，这针线活是在宝玉肚兜上绣一对鸳鸯。在宝玉床头做这样的针线活，作为怡红院大丫头的袭人并无问题，但对一个外姓贵族女子薛宝钗来说，就是非礼而可笑了。当时黛玉和史湘云也来怡红院，小说写道：

> 林黛玉却来至窗外，隔着纱窗往里一看，只见宝玉穿着银红纱衫子，随便睡着在床上，宝钗坐在身旁做针线，旁边放着蝇帚子。
>
> 林黛玉见了这个景儿，连忙把身子一藏，手握着嘴不敢笑出来，招手儿叫湘云。湘云一见他这般景况，只当有什么新闻，忙也来一看，也要笑时，忽然想起宝钗素日待他厚道，便忙掩住口。知道林黛玉不让人，怕他言语之中取笑，便忙拉过他来道："走罢。我想起袭人来，他说午间要到池子里去洗衣裳，想必去了，咱们那里找他去。"林黛玉心下明白，冷笑了两声，只得随他走了。

在这里，窗把宝钗和湘云、黛玉置于隔而不隔的两个世界里，虽然冲突就是因薛宝钗而起，但薛宝钗本人不知道。黛玉指出薛宝钗行为的瑕疵，对宝钗嘲笑，是需要史湘云参与围观才能产生喜剧性的讽刺效果。但一向快人快语的史湘云此时却能自我节制，她拒绝围观薛宝钗，说明了薛宝钗的厚道所产生的持续影响，这当然又是薛宝钗所不知的。而这种在当事人不知中引发的旁人冲突和最终化解，大概也正体现了《红楼梦》的一种艺术魅力。

"宝玉挨打"与冲突的间接性

日常生活的平庸与琐碎虽然构成了作品的主体,但是,在前八十回里,也存在着大起大落的情节冲突的高潮,像第三十三回的"宝玉挨打"即是。不过,即使在这次所谓的大事件中,作者对冲突的处理也有了全新的变化。这种变化,是与冲突双方当事人的特定身份及相关的背景紧密相关的。

我们知道,冲突是力量大致相等的两方的作用与反作用,其戏剧性也由此产生。但是,在当时的社会中,作为传统价值维护者的贾政和叛逆者的贾宝玉,两人之间的力量是无法相提并论的,这不但因为前者正统,后者非正统,而且父与子的身份就表明了前者具有绝对的优势,贾宝玉除了老老实实等着挨打外,并无冲突和戏剧性可言。明清时代的普遍状况是,子孙不孝被父母殴打致死的,可以从宽甚至不予追究法律责任。父母向官府告子女忤逆的,无须提供证据,因为父母的身份就决定了他们不可能有错。

于是,要使冲突充分展开,要有大致相等的反作用力,就要把冲突的另一方予以替换。这样，本来是贾政和宝玉的冲突，依次变换成与门客等身边人、与夫人、与贾母的三重冲突。

第一，贾政与门客等身边人的冲突。

这里所说的门客等究竟姓甚名谁，书中都没有提及，但是并非意味着不重要就可省略，因为门客的作用在这里不可替代。贾政身边有小厮，但小厮并不代表冲突的另一方，他们只能听命于贾政，既不敢违抗他而不打宝玉，甚至都不敢往里传信，而宝玉也必得被痛打，不痛打不足以显示冲突之剧烈，当然也不能因此被打死，所以，只有在旁加一组门客身份的人物，既可劝，又毕竟劝不住，才将王夫人等一一引出。这一层，又可细分为喝令小厮打、自己夺过板子来打、门客夺劝无效这样三小层。气氛是越来越激烈，因为令别人替他打尚属常态，而亲自动手则已经失态，门客的劝解反而让他预示宝玉将来行为的可怕后果。贾政在毒打宝玉的过程中居然"泪流满面"，显示出他对宝玉的深深的绝望，此时，门客实已无作为之可能，才转入冲突的第二阶段。

第二，贾政与王夫人的冲突。

王夫人的出场有一夹叙，所谓"也不顾有人没人，忙忙赶往书房中来，慌的众门客小厮等避之不及"，写出了当时的场面，渲染了紧张的气氛，也使我们了解，在当时社会中，男性客人须回避主家女眷的习惯。而贾政见到王夫人，反而打得更厉害，以发泄对她们娇惯儿子的不满。王夫人语言和动作始终是协调的，先是抱住了板子来劝，她劝，一上来先说宝玉该打，然后从贾政一贯庄重严肃的角度，要他不要这样失态，这样就跟前文呼应起来，同时，又抬出老祖宗来要挟，当然也是为下文贾母出场作伏笔。这一招不管用，就抱住贾政来求，说明他们母子的相依为命，最后，既然贾政要勒死儿子，她只能跟宝玉一块去死，于是就"爬在宝玉身上大哭起来"。爬到他身上，既有保护他的意思，又有要死就让他们母子俩死在一块的表示，这样的表示，可怜和"撒赖"是兼而有之的。事情到了这一步，贾政"不觉长叹一声，向椅上坐了，泪如雨下"。

第三，贾政与贾母的冲突。

如果说门客的夺劝相对贾政来说是处于劣势的，王夫人的到来，把宝玉的命运放到一个更为广阔的背景，使冲突处于一种相持阶段，那么贾母的到场则使冲突发生了戏剧性的逆转。

贾母出场，先有丫鬟说，再有老祖宗声音从窗外传来，跟王夫人出场有明显的差异，因为让贾政王夫人等及时迎出去，组织成一个新的冲突空间，这样，挨打的宝玉就被暂时隔离开来。而在这之前，王夫人的出场并不能使贾政立即停止打宝玉，所以，他们三人必定要在同一空间展开。但贾母一出现，贾政必然会停止动手，如果此时宝玉在贾母的视野中，她必定要去看，看了必定要哭个不停，于是，要重新展开与贾政的冲突，就要另外进行铺垫，岂不麻烦？

贾母的语言，咄咄逼人，似乎毫无理性可言，但句句话外有话，特别是到最后，贾母又对王夫人说："你也不必哭了。如今宝玉年纪小，你疼他，他将来长大成人，为官作宰的，也未必想着你是他母亲了。你如今倒不要疼他，只怕将来还少生一口气呢。"这话正是神来之笔。第一，旁敲侧击，分量极重。第二，把闲置在一边的王夫人一起纳入场面中来，照顾了前后文，也丰富了冲突的因子。第三，也可以把贾政彻底地冷落在一边。终于使贾政叩头认罪，冲突趋于缓和。

宝玉挨打后，一般的评论者让读者注意众人的探访，这里的众人，重点是薛宝钗和林黛玉，她们的交叉出现，正可以比较两人在贾宝玉前的不同言行，也为我们分析比较两人的性格提供了方便。然而，从最重要的意义讲，作为冲突的另一方，贾宝玉事后的态度究竟如何，理应成为焦点所在。贾政毒打他，并没有使他收心，反倒是由于挨打后众人的关怀，使他感受了强烈的温暖，这样，挨打后的反响，对宝玉而言，用他自己的话来说，就是"死也情愿"。这样的心理是贾政万万想不到的。既给贾政的行为后果添上了最具讽刺性的一笔，也让我们恍然，曹雪芹表现冲突的独特性还不是一种简单的替换，而是更为复杂的一种时空移位。换言之，作为贾宝玉和贾政之间的真正冲突，并不是在同一时空里展开的，贾政毒打宝玉时，宝玉痛苦地承受着，却并没有把他内心深处的感受吐露给贾政；而当贾宝玉发出那样令人感动的誓言时，贾政早已离去。作为维系双方同一冲突的作用与反作用，却是在不同的时空里发生的。如果他们之间还存在着冲突的话，这样的冲突只能说是一种间接的、内化的冲突，在这一冲突中，由时间链维系起的回忆因素发挥了至关重要的作用，面对着当下一刻的状态所发出的应对，也许只是过去某件事的回响。由于冲突是以一种单向流动的方式内化为人物独自心态的一种潜流，所以在"宝玉挨打"的正面式冲突对照下，内化式的冲突被许多读者有意无意地忽视了，而这恰恰是《红楼梦》处理冲突最具本质意义的地方。正由于这一处理冲突的特殊方式，才使表现宝玉挨打这样的急风暴雨式的大变故与日常生活中最为平淡、最为琐碎之事的艺术处理发生了某种勾连，并且是小说将日常生活的琐碎提升至诗意境界的秘密所在。

"宝玉挨打"后的艺术描写

在以表现日常生活为特色的《红楼梦》中，父亲管儿子的"宝玉挨打"，俨然成了一个大事件。关于这一大事件的意义，分析已多。倒是挨打后的一些相关描写，虽也有过不少讨论，但似乎还有新角度，值得我们去探索。

我们发现，描写挨打的后续反应，小说是借助两种时空结构方式，写出了黛玉和宝钗等人的对比性效果，从而让我们更深刻地理解了人物特点及作品的思想艺术。

其一是空间相同，时间不同。

宝钗和黛玉去探望受重伤的宝玉，都是直接来到了宝玉床头，但时间上有先后，即宝钗先去，黛玉后到。

宝钗去探视时，已是午后，但根据下文可以推测，太阳还没有下山。她主要是去送特效的伤药，所以不容耽搁。但黛玉应该是最关心宝玉的人，为什么反而落后，要到太阳下山后才去呢？这一方面确实如宝玉所说，黛玉身体一向虚弱，太阳下山后出门，宝玉还会说地上余热未散，她身体可能吃不消。大暑天里顶着毒日头出门，似乎也不合适。但还有一个更合理的解释是，黛玉听闻宝玉挨打，已经把眼睛哭肿了，白天出门怕被人见了讥笑。所以她才在太阳下山后去探视宝玉。等到听闻凤姐上门来，又急急忙忙从后门躲开了。

薛宝钗在探望的过程中，既有言语的劝慰，也有落到实处送上的丸药（这里还为以后贾琏被老父痛打，平儿向宝钗讨药埋下伏笔）。而林黛玉去探望，献给贾宝玉的只有一样东西，那就是眼泪。贾宝玉当时睡着养伤，半梦半醒之际恍恍惚惚听到有人悲戚之声，从梦中惊醒睁眼一看，林黛玉"两个眼睛肿的桃儿一般，满面泪光"。眼泪是表达情感的最好符号，林黛玉在这里的眼泪凸显了自己对贾宝玉的感情。而薛宝钗则相当含蓄，在情感表达的时候只是眼圈稍微红了一红，我们隐约可以感觉到宝钗也是有情感的，但她基本上还是以理性控制了，从而让薛宝钗主要是在"理"和"利"这两方面体现出她的为人特色。

有人说薛宝钗受儒家文化的影响非常深，但我认为她身上体现出的品质跟传统儒家文化还是有差异。一个重要标志是，薛宝钗非常讲究做人的实惠，而根据传统的儒家观念，尤其是在孟子的理念中，对"利"是深恶痛绝的。但薛宝钗则不然，她一方面讲"理"，另一方面又讲"利"，她非常强调要给别人实惠。她最喜欢做的事情就是到处送礼，宫里的绢花自己不要全部送掉。薛蟠在外经商回来后，薛宝钗也向薛蟠强调要给每人置办礼物，连赵姨娘也没漏掉，所以大家都说薛宝钗的好，除了她的温柔敦厚，也实在是因为从她那里得到了不少实惠。相比之下，薛宝钗给林黛玉的礼物尤其多，所以有人说薛宝钗和林黛玉后来关系和解，是因为薛宝钗用礼物收买了她，林黛玉每天都要吃燕窝，薛宝钗得知后就立即供应。其实，这与其说明了薛宝钗在"收买"黛玉，还不如说明黛玉懂得感恩更合理些，更何况薛宝钗这种给人实惠的做法，是一以贯之的做人原则。当然，给人实惠也是需要厚实家底为支撑的，虽然有人推测作为巡盐史的女儿，林黛玉应该也是家资不菲，从实际状况看却未必。所以有人就异想天开,认为是贾府吞没了林家的财产,这是不懂小说创作的原理而得出的结论,可不予理会。总之,黛玉跟薛宝钗很不同的是,她既不讲究"理"也不讲究"利",她唯一献给贾宝玉的就是表达情感的眼泪,除了"眼泪"还是"眼泪"。

其二是空间不同,时间相同。

作者还通过变换叙述方式,即并叙方式,传统所谓的"花开两朵,各表一枝",把不同空间但又是在同一时段发生的事情,详细叙述出来,从而产生了宝钗和黛玉的另一种对比效果。

黛玉哭肿了眼睛从宝玉房间里离开后,宝玉一直牵挂着她。尽管天已经很晚,他还是找了借口让袭人去宝钗那边借书,等袭人离开后,他才让晴雯去黛玉处看看,其实是不放心过于伤心的黛玉。晴雯觉得这么晚到那边去没理由,于是宝玉就让晴雯拿两块自己用过的旧手帕给黛玉送过去。到了潇湘馆,黛玉已经睡下,灯也熄了。从床上唤起,拿到了宝玉的旧手帕,明白其中的心意,大为感动,就在上面题下了三首情诗,可惜宝玉没看到。不过,当晴雯送去手帕时,一个小丫头正在潇湘馆外边的栏杆上晾刚洗过的手帕,那种借助手帕的呼应形成的宝玉和黛玉的默契,似乎也把两个人的心灵世界晾晒了出来。

与此同时,袭人去宝钗那里借书,没能等到薛宝钗,原来薛宝钗到薛姨妈那里去了,直到二更天才回来。然后作者再转换空间,追叙黛玉拿到宝玉手帕而感动题诗的时间段里,宝钗有怎样的行为。那宝钗在做什么呢?

原来她在看望宝玉时,听信了袭人的传言,认为宝玉挨打和薛蟠与他争夺朋友蒋玉菡有关,所以就与薛姨妈联手严厉指责薛蟠,结果让薛蟠有口难辩,情急之下,攻击薛宝钗想着自己要嫁宝玉,所以处处回护他。这样的指责,对于薛宝钗这样一个恪守传统礼仪,把婚姻大事都交给父母来安排的人来说,是有很大伤害性的,所以不由得把宝钗气哭了。直到此时,憋在心里头、忍在眼眶里为宝玉其实更是为自己的泪水,终于在二更天后回到自己的房里,稀里哗啦哭了出来。我们可以设想,当黛玉既为宝玉的伤痛也为宝玉对自己的真心流泪不止时,宝钗却在自己的房间里,为满心的委屈而流泪。这两位处在同一时间段但不同情境中的隔空对比性流泪,不久又被巧妙地联系了起来。

第二天,黛玉发现宝钗脸上有哭泣的痕迹,不由得嘲笑说:"姐姐也自保重些儿。就是哭出两缸眼泪来,也医不好棒疮。"黛玉这样说的时候,她似乎忘记了自己哭肿的眼睛,或者说,她正是记住了自己为何流泪,才以此理由想象了别人并掩饰自己曾经的流泪。

有意思的是,当初,薛蟠加在宝钗头上的指责,因为同一时间里黛玉与宝玉的情感达成的默契,加重了这种指责的无理性。也许,对于黛玉的玩笑,我们也不妨理解为,一个获得了宝玉倾心相许的人,对于他人的流泪,多少有了些看好戏的心情。甚至是,她说宝钗的眼泪医不好宝玉的棒疮,正可以反过来理解,她是在为自己的眼泪没有白流而得意。这点小女儿的心思,是宝钗不及计较也没心思计较的。因为那时,宝钗正牵挂着薛姨妈和薛蟠——这种行为与心理的错位式对比,强化了理解人生的复杂性。

"母蝗虫"为何出现在回目里

有一位学者论刘姥姥进大观园,认为林黛玉之所以刻薄地给她起"母蝗虫"的绰号,是因为黛玉向来孤高自许,看不起没有人格尊严的人。刘姥姥进大观园,为了讨生活,一路装疯卖傻任人戏弄,已经失去了做人尊严,所以让黛玉深感不屑。给她起这样的绰号,可谓实至名归,而且作者特意在回目中醒目提示,也因此见出了小说对刘姥姥的针砭和对黛玉人格取向的肯定。

这样的分析虽合乎逻辑,但质之生活,又总觉得是不知人生之艰、稼穑之苦的贵族式思维的风凉话。关键是,就小说本身看,刘姥姥更不是一个不知做人尊严、没有耻辱心的下流之人。

她第一次去贾府打秋风,是为了家人过冬,到了凤姐那里,欲言又止,吞吞吐吐,最后才忍耻说出了家人的生活困难。对此,甲戌本眉批说:"老妪有忍耻之心,故后有招大姐之事。"因为根据曹雪芹原来的构思,贾府败落后,凤姐女儿大姐流落在烟花巷,是刘姥姥把她搭救出来,让板儿娶了她,体现了一个底层人不顾舆论非议、知恩图报的美德，而她的忍耻之心，成了前后贯通的心理动力。

她第二次去荣国府，固然有"雀儿拣着旺枝飞"的意思，但主要目的不是告艰，而是给贾府呈上乡下的野味，以报答之前受到的救济。只是因为投了贾母的缘，被带入大观园。在这过程中，因为鸳鸯和凤姐想给大家特别是贾母取乐，事先叮嘱了刘姥姥，让她配合演一出喜剧，临走时又得到王夫人等给出的一笔不小钱财，才容易让人倒果为因地觉得，刘姥姥一心贪图金钱，丧失了做人的尊严，没有了羞耻之心。

先退一步说，即便刘姥姥二进荣国府确实仍有讨生活的动机，但是否就说明她没有羞耻之心呢？也未必。在这里，说忍耻之心也许更贴切。小说有一处描写，微妙揭示了这一点。凤姐为了戏弄她，把野花插满她的头，而当着众人面，刘姥姥也逗乐说自己要当个老风流。只是后来独自一人误打误撞进到怡红院，在从没见过的大穿衣镜前，把镜里的自己当亲家时，就指责她说："你好没见世面，见这园里的花好，你就没死活戴了一头。"从而让我们发现了其内心深处忍下的知耻一面。

更难能可贵的是，刘姥姥在讨生活的同时，还以她特有的方式，向王熙凤等人讨回了她的尊严。

当小说写刘姥姥在凤姐鸳鸯安排下，念出一段自嘲的"老刘，老刘，食量大似牛"的话，让在场的众人都笑翻了。接下来却写了耐人寻味的一幕：

> 贾母等都往探春卧室中去说闲话。这里收拾过残桌，又放了一桌。刘姥姥看着李纨与凤姐儿对坐着吃饭，叹道："别的罢了，我只爱你们家这行事。怪道说'礼出大家'。"凤姐儿忙笑道："你可别多心，才刚不过大家取笑儿。"一言未了，鸳鸯也进来笑道："姥姥别恼，我给你老人家赔个不是。"刘姥姥笑道："姑娘说那里话，咱们哄着

老太太开个心儿,可有什么恼的!你先嘱咐我,我就明白了,不过大家取个笑儿。我要心里恼,也就不说了。"鸳鸯便骂人"为什么不倒茶给姥姥吃。"刘姥姥忙道:"刚才那个嫂子倒了茶来,我吃过了。姑娘也该用饭了。"

按照大家族的礼仪,媳妇们是不跟贾母及公子小姐还有客人一起进餐的,而鸳鸯等丫鬟吃饭更要靠后。这样井然有序的礼仪,让刘姥姥感叹"礼出大家"。这当然可以理解为她因所见这一幕的即兴发挥。但我们应该想到的是,此前众人放肆笑闹的一幕,恰恰是大家在对礼仪的极大破坏中享受乐趣的,而刘姥姥既没有享受到这种乐趣,还成了这种礼仪破坏的牺牲品,"无理取闹"中的丑角。所以,由她来感叹"礼出大家",就有了反讽式的弦外之音。王熙凤和鸳鸯敏捷而又过度的反应,暗示了她们多少有些在意刘姥姥是不是话中有话。尽管她立马声明自己不会计较,但这种需要声明的不计较,恰恰隐含了其对自己尊严的争取,以及超越了荣辱判断之上的一种风度。

那么,小说为何要把"母蝗虫"这样带有挖苦性的绰号用在回目中呢?这就涉及一个更为复杂的问题。

刘姥姥二进荣国府主要集中在《红楼梦》的第三十九、四十、四十一这三回,而"母蝗虫"的绰号,是第四十二回林黛玉给她起的,所谓"他是那一门子的姥姥,直叫他是个'母蝗虫'就是了"。写刘姥姥大吃大喝,让众人笑翻的内容,以第四十回居多,但回目并没提"母蝗虫",是在第四十一回才写了《栊翠庵茶品梅花雪 怡红院劫遇母蝗虫》。

为什么?

其实在这一回中,不论是栊翠庵还是怡红院,刘姥姥的进入都可视为一种劫难。因为刘姥姥在栊翠庵既不懂品茗的雅趣,在怡红院又是醉倒在宝玉卧榻上,弄得酒气臭气熏天,让唯一见到这一幕的袭人吃惊不小。

虽然刘姥姥到大观园，因其言行的野趣及有时故意装疯卖傻，形成对循规蹈矩的冲击，让贵族们获得了极大乐趣，并可以继续逗乐调侃其为"母蝗虫"，但是，当这一"母蝗虫"展现出难堪的另一面时，他们还能笑得起来吗？他们会不会很严肃地认为真遭遇了一场劫难呢？

刘姥姥在栊翠庵用了妙玉的茶盅，尽管这是珍贵的官窑出品，妙玉居然嫌脏丢弃了。而后来，当贾宝玉跟着黛玉宝钗进妙玉的耳房私下喝茶，假意感叹自己所用茶具欠佳，没有享受到和黛玉宝钗的同等待遇，说了一句"世法平等"时，他自己是否也能真正做到"世法平等"呢？他固然可以劝说妙玉把丢弃的茶具赠送给刘姥姥，但如果他知道了刘姥姥酣睡在他卧榻的时候，他能够坦然接受这一事实吗？他还会劝妙玉大度吗？

其实，与其说"母蝗虫"的绰号是暗示了林黛玉对做人尊严的看重，不如说在第四十一回的回目中，在栊翠庵和怡红院两个空间里，因为同遇"母蝗虫"产生的互文足义的"劫难"，让读者重新审视了刘姥姥进大观园给人带来的乐趣，从而把上层贵族和底层人物构成冲突的全面性和复杂性，揭示了出来。

香菱学诗的提升路径与悖论性

"香菱学诗"是《红楼梦》中的著名片段,曾选入多种版本的语文教材。不少学者论述过该片段的意义,笔者以前也撰写过一文,刊发于《红楼梦学刊》。最近重读此文,觉得有些意思当时尚未充分表达出来,所以再撰一短文,作进一步阐发。

香菱读了一阵子诗后,黛玉给了香菱命题作文,让她写咏月诗,香菱相继写下了三首诗,这三首正好代表了人们一般写作的三种状况或者说提升路径中的三个阶段。

第一首"月挂中天夜色寒",被黛玉评为"意思却有,只是措词不雅"。但据我看,关键还是黛玉之后一句评价,"被他缚住了",也就是说,写得太拘谨。初学创作,因为怕离题,所以句句扣紧题目写,意思既呆板,也不敢往深处发展,缺乏诗歌语言的那种蕴藉之美。境界的逼仄,语言的浅露,都是从这"缚住"上来的。也因为语言浅露,过于直白,才会让黛玉感觉措辞不雅。借用传统的一个说法来加以发挥说,这样的写法犹如"骂题",似乎跟题目杠上了。而有学者提出该诗一联内的合掌问题,也应在这个总问题中得到解释。

第二首"非银非水映窗寒",是林黛玉让她放开手去写而写成的。但仍然没有获得好评,黛玉虽评价为过于穿凿,但我觉得宝钗评价它似乎在写月色,更加到位。写月当然离不开月色,整首诗里,有写月色的句子也未尝不可,甚至还可添摇曳之美,但不能因此忽视描写的侧重点。因为前一首被批评为写得拘谨,就转而把月色作为重点,这就有离题之嫌了,要放开写,也不应该从浑然一体的月亮转到琐屑刻画的月色上。

第三首"精华欲掩料应难,影自娟娟魄自寒",获得了众人的一致赞扬。这里的关键在开头已显露端倪,就是她把对月的描写与对一种精神气质的刻画统一了起来。这样,言语的过于浅露问题,刻画过于琐屑的问题,都得到了初步解决。到最后一联,她写"博得嫦娥应借问,缘何不使永团圆",人与物完全协调统一,而这个人所暗示的一个思妇形象,在很大程度上可说是在写香菱自己。薛蟠当时远走他乡去经商,而作为薛蟠之妾的香菱,正切合着闺中女子独守空房的境遇,香菱把自己的切身感受写入诗歌,是诗歌成功的重要条件。第三首可说是切题之作。

不过,小说里写香菱创作的第三首诗歌,是在梦中得来的,这一处理确实不同寻常。

我们当然可以说这是白天思虑甚深的结果,但曹雪芹有意要把这第三首放到梦境里,一方面固然说明了香菱的苦吟已经不分白天与黑夜、醒着与梦着,但在这主观的不分中,毕竟有客观的区分。其用意,我以为跟香菱的特殊境遇有关。香菱作为薛蟠之妾,隐约可以跟诗歌里的思妇形象对接,但是,薛蟠自身的不堪,对香菱的忽视,如第十六回凤姐对贾琏说起的,"过了没半月,也看的马棚风一般了",似乎让香菱与思妇的角色不相协调。而香菱好不容易在薛蟠出远门的时候进大观园,有机会跟林黛玉学诗,这正是一件大喜事,那种兴奋的情绪，似乎也跟诗歌里思妇的淡淡哀怨相矛盾。但是，香菱对传统价值观的认同，又常常在无意识中，会把自己自居为一种思妇的形象，这样，通过梦中的无意识而把自己的这种自居形象释放出来，衔接了白天的苦吟，让香菱最终在梦中得到这样一首成功之作，正体现了曹雪芹的巧妙构思。

把三首诗概括为骂题、离题和切题的三种状态，显示了提升诗艺的一种路径。也可以说，前两首诗歌，在专注于物的刻画而忽视了抒情主人公形象的塑造这一点上，有共同的缺陷。如果笔下只有物而没有人，或者说即便有人，如第一首中提到的"诗人助兴常思玩，野客添愁不忍观"，而没有一种贯串始终的精神气质与物统一起来，那么这样的诗总会失之于浅显或雕凿，难以产生感人的力量。

当然，说第三首诗写得比较成功，与前两首比有很大进步，从香菱自身、从香菱的境遇寻找原因只是一个方面。从诗歌艺术来说，这样的进步所带来质的飞跃，似乎又不是可以简化为一种合乎逻辑的"正反合"的三段论。第一首和第二首的完成，都是从常规方式中诞生，其缺陷表现出两个端点的摇摆，还是容易让读者信服的，而第三首则不然。所以，通过设计梦境，让香菱在梦境如有神助似的获得一首比较满意的诗，这其实还是在一定程度上，说明了作者可能想暗示，在短时间内，香菱诗艺要有真正质的提高，还是比较困难的，实际的学诗过程，不是容易得像完成一种逻辑三段论似的这么简单依次推进下去的，其中也会有许多的反复，有许多的曲折。像小说中，能够在三首诗的创作中，就如此清晰划分出"正反合"的三段论式进步，其实还是把问题表现得简单化了，也是抽象化了。也许为了弥补这种缺憾，作者在这个段落，还插进了一个与之对应的慵懒的惜春，让她始终无法完成大观园的绘画，用她绘画的无进展来对照香菱的进步神速，以此表现一种多样性。

那么，作者为什么不以较长的时间段落，来更为客观、全面、复杂地呈现香菱学诗的一种曲折发展呢？

当然一方面是因为香菱这一形象在小说人物整体设计中,并不能占据更重要的位置,无法在小说的整体布局中,得到更多的篇幅;另一方面是因为客观上也不允许她在大观园停留更长的日子,只有在薛蟠外出经商时,她才获得了暂时进大观园与薛宝钗同住并且跟林黛玉学诗的机会。一旦薛蟠回来,她马上要搬出大观园,回到薛蟠那儿去。所以,香菱那样玩命似的学诗,固然是她的兴趣所在,也可说是跟她待在大观园日子不多、机会难得有很大关系。而要在这有限的时间里,能够比较深入地写出香菱的诗艺发展,让香菱学诗一个阶段后有长足进步,因此给她一种安慰,这大概是作者不得不把笔触延伸到梦里,通过神秘方式来呈现她写作水平迅速提高的一种策略吧?

令人不无感叹的是,我们虽可以把第三首诗,理解为作诗者有一定的自居性,是她在思念远方的薛蟠。但如前所述,这里的一个悖论是,正因为薛蟠外出,她才有机会学诗,她也能写出期盼永团圆的最富有诗意的诗来。一旦薛蟠真回来与她团圆,她就不能再进大观园写诗,而身边的薛蟠对诗歌一窍不通,又是无法理解她的诗歌创作的。她的诗意生活必将遭受重创,如同她那么充满诗意地想象着夏金桂的到来,想象着诗社队伍的壮大,而迎来的其实只是一种诗的毁灭。

春天里的和谐与不和谐

四季变化万象更新,是自然界的常态。人处其间,既受自然规律制约,体现出与自然万物共有的常态性,也因人的社会性,体现出不同于自然物的特殊性。在《红楼梦》中,通过情节的具体展开,力图把人与自然万物同与不同的两面性及其交织具体呈现,是小说的一个重要内容。

《红楼梦》开头表明,为区别于史书,采用了"无朝代年纪可考"的叙述方式。也就是说,有关情节的时间线索,比如在年、月、日记录方面,有意处理得模糊和隐晦,与此同时,又以四季推移作为时间记录的重要依据,如同古人说的,"虽无纪历志,四时自成岁",构成有些学者所谓的"四季叙述模式"。但小说书写四季变化的清晰印迹,不仅是记录时间,而且是要把四季变化形成的自然特点,与人的生活状态结合起来,要让自然属性也成为思考人物形象的一个维度。正是从这一意义上看,《红楼梦》中涉及四季景物及人物相应活动的许多描写,比如春困发幽情,夏暑乘阴凉,秋日赏菊花、吟新词,冬日踏雪采红梅、吃烧烤等，都值得我们从此新维度来思考。

这里仅举第五十九回关于春天里发生的一件冲突琐事来稍加讨论。

此前，大观园中的花卉树木已交由春燕的母亲和姑妈承包管理，有不少收益，所以很忌讳别人来采摘。时值春天鲜花盛开柳枝吐叶的季节，住在宝钗处的湘云两腮发痒染上杏癍癣，宝钗遂让莺儿去黛玉处，取蔷薇硝来涂抹。蕊官同莺儿结伴而去，来回都经过柳叶渚，看到吐绿的柳和开放的鲜花，就摘柳枝鲜花编花篮玩。当时，春燕过来聊天并提醒，承包这一片花木的她母亲和姑妈，看到她们这样采摘，一定会抱怨。说话间，她姑妈已过来，于是引发了与春燕、与莺儿的一场冲突，这在《〈红楼梦〉的礼仪空间与小丫鬟的逆袭》一文里有所分析，此不赘述。

值得注意的是，作为春天里发生的人物言行冲突，春天的自然性在多个层面得到了体现。首先，湘云染上杏癍癣，就是人受季节变化影响而发生的物候性的征兆，似乎是应对于自然的和谐，却又对人的自身机体造成暂时的不适，于是需要用自然物加工成的蔷薇硝来涂抹，是在自然物的层面寻求一种与外部自然及内在生命体的新和谐。所以，尽管从情节发展逻辑看，湘云染上杏癍癣这一设计，目的是引发莺儿去潇湘馆取蔷薇硝，让她来到户外为大自然的春光所感发，产生编织花篮的冲动，再进一步引发与春燕姑妈、母亲的冲突。但这里不仅仅是情节的展开关系，它也是从人与自然的角度，构思了大自然影响人的生命体的一条线索。

其次，是莺儿编织花篮。在小说第三十五回《黄金莺巧结梅花络》，莺儿已经把自己的心灵手巧、善于编织的形象呈现到读者面前，不过这一次编织鲜花篮，却有着不一样的意味。小说写蕊官陪着莺儿出门一路说笑，来到柳叶渚，走上柳堤，接着写道：

> 因见柳叶才吐浅碧，丝若垂金，莺儿便笑道："你会拿着柳条子

编东西不会？"蕊官笑道："编什么东西？"莺儿道："什么编不得？顽的使的都可。等我摘些下来，带着这叶子编个花篮儿，采了各色花放在里头，才是好顽呢。"

这段文字开头提到的柳枝美景，还是早春景象，而前一回写到了清明时节，已是仲春。所以清代评点家张新之认为"写景尚如此，留春之意深矣"。这虽然也是一种说法，但还是太拘泥于现实，忽略了小说的虚拟性。更重要的是，这种着意于初春时节的描写，是要凸显自然生命力开始在柳枝萌芽，这种从无到有的大自然杰作（这也是"作"的基本词义），在一定程度是对才女心思的一种感发和感染。如同万物生机的自然流露，人的巧思也会向着外部世界自然而然地打开。所以，当莺儿见此景象笑问蕊官会不会编东西时，其实不是真要从蕊官那里获取一份答案，只不过是她急于要将体现自己的那份心灵手巧的美，找个借口呈现出来，从而跟自然万物的生机，构成和谐的应答。

其三，春燕的快人快语。莺儿编织花篮采摘了许多嫩柳枝和鲜花，让承包这一片的春燕母亲、姑妈心疼不已，但莺儿毕竟是宝钗的大丫鬟，不但地位较高，且是贾府的亲戚，不能指责，所以春燕加入，再让莺儿说一句是春燕叫她编织的玩笑话，才使两位老婆子打骂春燕而引发的一连串冲突成为可能，但这仍然是情节逻辑的问题。而在人与自然的关系层面，春燕快人快语说出的一大段话，也有着不容忽视的意义。她引贾宝玉说女孩子是珍珠、老婆子是鱼眼睛的"混帐话"，来指责自己的老母、姨妈、姑妈越老越看重钱了，还算了一笔细账，兜底把她们几个老底揭穿，虽然声明"不好向着外人"反说她们的，但又滔滔不绝地反复说她们"可笑不可笑"，令人实在忍俊不禁。也许在《红楼梦》里，春燕这段话是丫鬟所说的最为奇特的。当然，小红替凤姐传的一段话也奇特，但那段能把几家子事情一口气说清楚的话，主要体现出小红的思路清晰、口齿伶俐；而春燕的这一长段话，则体现了春燕的一派天真烂漫，毫无心机，颇有自然之真趣。我们听着春燕在柳叶渚长篇的自说自话，似乎听着燕子在柳枝上叽叽喳喳、啁啾不已。

据此，我们回过头来审视这一回的标题，也感受到了别样意味。

第五十九回的回目是《柳叶渚边嗔莺咤燕　绛云轩里召将飞符》。相比于"绛云轩"明确的地点和"召将飞符"代指的平儿口信，作为语境的"柳叶渚边"和"嗔莺咤燕"的行为，其意义就远为丰富。因为"莺"和"燕"，不单单指大丫鬟莺儿和小丫鬟春燕，也关合到自然界的莺燕，从而暗示了人与自然物相通的创造力和真趣味，并进一步与环境"柳叶渚"构成了大自然应有的和谐关系。正如清代评点家姚燮所说的"一莺一燕，定须春色平分"，而纯然出于私利目的的老婆子的嗔怒和叱咤，就不仅仅是对人的指责，也是对这种自然和谐关系的破坏。

二尤之死与红楼女性的感情绝望

在《红楼梦》展现的一个相对封闭的青春女儿世界里，尤二姐和尤三姐的故事是从外面的广阔天地里突然插入的。她们相似的悲剧性命运和反差强烈的个性，都深深打动着《红楼梦》一代又一代读者，据其小说艺术形象改编成的戏曲，也已经成了经典剧目，而这对姐妹花所折射的深广社会意义，还有待我们深入探讨。

一、难以自辩的"不洁"

二尤并非贾珍之妻尤氏的亲妹妹，原本是生长于平民之家的少女，只因为她们的母亲改嫁到尤家，和尤氏成了姐妹，这样才和贾府连上了亲戚。宁国府借亲戚名义把她们接来，实际上是为了满足贾珍、贾蓉父子的淫乐。作者写二尤，固然是借此表现出贾珍等一班人的荒淫无耻,但是,那种不同于贾府礼法森严(尽管是表面上的)所加之于女性的束缚在二尤身上的荡然无存,也使人物显示了独特的个性。不过,这种个性,最初都是以一种"不洁"的形态表现出来的。

她们在书中的最初露脸,就是在第六十三回中作者为我们呈现的不堪入目的一幕:

> 贾蓉且嘻嘻的望他二姨娘笑说:"二姨娘,你又来了,我们父亲正想你呢。"尤二姐便红了脸,骂道:"蓉小子,我过两日不骂你几句,你就过不得了。越发连个体统都没了。还亏你是大家公子哥儿,每日念书学礼的,越发连那小家子瓢坎的也跟不上。"说着顺手拿起一个熨斗来,搂头就打,吓的贾蓉抱着头滚到怀里告饶。尤三姐便上来撕嘴,又说:"等姐姐来家,咱们告诉他。"贾蓉忙笑着跪在炕上求饶,他两个又笑了。贾蓉又和二姨抢砂仁吃,尤二姐嚼了一嘴渣子,吐了他一脸。贾蓉用舌头都舔着吃了。

这里,作为尤氏二姐妹的第一次露脸,作者就已经用如此浓烈的笔墨,将她们的性格凸显了出来,而展示这一性格时男女双方的行为过程,更是意味深长。我们看到,贾蓉的每一次调情性的戏语,都引起了尤二姐等的反击,但这种反击都被贾蓉用更为无耻的手段予以化解,并且将其反击纳入一个男女打情骂俏的互动式的愈演愈烈的氛围中。

就这样,在只有两个石狮子干净的宁国府,在行同禽兽的贾珍、贾蓉父子的暗逼明诱和胡搅蛮缠中,姐妹俩都充当了他们取乐的工具,丧失了人之为人的尊严。事实上,在二尤一路打骂贾蓉的过程中,笑的表情始终没有离开过,我们也很难把这种反击与调情作出严格的区分来。

不过,相较而言,尤三姐在对待这些玩弄她的男性时,书中并没有用太多的笔墨写她是如何地迎合他们，也较少尤二姐那样的打情骂俏式的反击，反而着重写她以特有的那种泼辣酣畅的方式进行了抗争。在男女关系上，向来的男子中心主义在她那儿翻了个，她那种近似于无耻的火辣辣的进攻，所谓"他那淫态风情，反将二人禁住"，让贾珍、贾蓉等呆若木鸡。尽管从淫的角度看，女性进攻的方式超越了贾珍等人的想象力和心理承受力，显示出只会偷鸡摸狗者的可怜复可笑，但是，尤三姐的行为刚烈得近似于癫狂，也无疑暴露了她内心深处的紧张感。因为在那样一个宣扬"万恶淫为首"的社会里，一个女性恰恰是以淫作为自己向对手开战的武器，她是无法保持住一份平和心态的，她当然也知道，她因此会失去她的立足之地，尤其是在他人心目中的一种纯洁的立足之地。这样，她虽然看似取得了与贾珍之流抗争的胜利，但付出的代价实在太昂贵，因为从此以后，她就背上淫荡的恶名，无法立足于传统社会。然而她内心深处，还是希望自己向传统社会回归，并且能够取信于他人。因为她毕竟不像英国作家福尔斯笔下的那位"法国中尉的女人"萨拉，愿意承担恶名，拒绝融入社群，走向一条自我放逐的道路。所以，第六十六回中，当她向周围的人说出她重塑自我的决心时，其决定是斩钉截铁的，"将一根玉簪击作两段，'一句不真，就如这簪子'"。其言语对行动的直接指称，去除了一切浮语冗词，也显示出三姐为人的一贯风格。

也许作者有意识地要把尤三姐塑造成引起人们同情和敬重的女性形象，所以关于她失身于贾珍的事实，或者是以隐晦的笔调，或者干脆一笔带过。不过，这并不妨碍我们对她开始时的认识，却也有不洁的印象。可以说，为了生存，她在与贾珍等一班衣冠禽兽表面敷衍时，内心深处却怀有对美好生活的向往，对一份至纯至洁的真情的渴望。这份真情绝非逢场作戏，而是许多年前的一种冲动的凝固和积淀。于是，表面上的随遇而安和内心深处的不变企盼，成了一个鲜明的对照。也正由于此，我们才理解了，像她那样一个刚烈的女子，居然能忍辱偷生这么久，完全是因为对美好生活的信念支撑着她，使她走到这一步。

尤三姐对爱情是那么坚定、执着，当她在二姐和贾琏的面前说出自己所爱的人是柳湘莲，并发出为他苦守的誓言后，果然一改前非。因为她深知，从此之后，她的言行举止就不仅是关乎她一己的未来，也是跟她所爱的人牢牢地拴在一起，她要以自己的行为来配得上她所爱的人。

然而接下来发生的一切，却让她尝够了人生大起大落的悲痛。柳湘莲开始时的定情使三姐喜出望外，不过好景不长，她还没有品味够这幸福的幻境，更谈不上将梦想化为现实，柳湘莲旋即反悔，把她那一点儿可怜的幻想击得粉碎。有人以为，柳湘莲的反悔，首要是出于对贞节观念的重视，是当时一切正人君子的共识，只有贾琏一类的无耻之徒才不把淫荡当回事。问题是当这样的社会把苦命女子逼向生活的绝路时，只要求女子以死来捍卫她们的贞洁，却允许乃至鼓励放荡的男子迷途知返，美之名曰"浪子回头金不换"，或者如唐代传奇小说《莺莺传》里所谓的"善补过"，社会的公正又体现在哪里呢？柳湘莲不允许他所爱的女子生活有"污点"，却最终与如此不堪的薛蟠结为朋友，其生活中的洁身自好原则又在哪里？他对宁国府的深深鄙视，扬言不娶三姐，是为了"不做剩忘八"，其间或多或少有着大男子特有的虚荣心在作怪。

柳湘莲是自私的，因为他根本就没有从三姐的角度，设身处地为她考虑。当三姐把这一深埋在心底的爱情作为她生活的精神寄托时，柳湘莲的拒绝，不只是拒绝爱她，也否决了她对自己的爱、否决了她对生活的爱，这样，她生活下去的勇气从根底上被抽去了。在柳湘莲面前，一贯泼辣的尤三姐竟然无力为自己辩解，因为她不能辩也无可辩。既然她已有了柳湘莲观念中的所谓污点，那么，如果她进一步为自己辩解，除了证明她不肯承认这样的"昭然若揭"的污点，除了证明她不知羞耻，还能证明什么？

尤三姐是懦弱的。尽管她对着贾珍之流，以自己特有的方式让他们败下阵来，但她击不退人们头脑中的观念，当她以最后的一剑刺向自己时，柳湘莲似乎才明白了她的无辜。但是，与其说她的死表明了她内心坚持的清白，倒不如说是她对生活彻底的绝望。

二、女性的自杀与自相残杀

与尤三姐的泼辣刚烈相比，尤二姐的性格要柔弱得多、温和得多，然而，在与男子调情时，比如与贾蓉的疯狂打闹，与贾琏的暗送秋波，却是更显示了她的轻浮、她的水性杨花，也显示了贾府淫乱生活中比较缺乏的那种"野味"，而她久经风月场的老练，使其对好色之男构成了一种特殊的诱惑。因为她的性格在基调上是温柔的，为人处世的原则是被动的，所以，她的命运就更多地被别人所安排、所掌握。相比之下，尽管三姐也曾周旋于多个男人中间，但她总能以她的干净利落来超越一切羁绊，而将自己游离于世界之外。而二姐的柔弱、被动使她周围积聚起许多怀有各种目的之人，并在她深陷于这一关系网中，既辐射了周围之人的各种心态，又使她的性格呈现得更为丰富和复杂。

与尤三姐相似的是，二姐的性格在前后两个阶段呈现了不同的面貌。这种前后的面貌变化较之三姐甚至更为彻底。如果说，她与贾琏婚前的行为以风流轻浮为主，那么，她婚后的言谈举止，则把一个传统社会要求于女子的种种美德都包罗殆尽了。将她的不洁过渡为美德的，主要是她的知愧，所谓"我虽标致，却无品行。看来到底是不标致的好"。不过，作者在描写这种转变时并没有将之简单化，即使在表达她的这种心态时，作者又让我们洞悉了她内心深处更隐秘更微妙的复杂性。

她对贾琏的温柔体贴自不必说，即使对下人，也是相当亲切随和。她与兴儿的一番谈话，虽是从一个特殊角度对贾府的重要人物作了观照，但尤二姐不时地笑着插话，将一种拉家常的和谐气氛渲染了出来。

她那么轻易地受凤姐的骗，说明她毫无心机，从本质上还是以善来理解这个世界。她进了贾府，尽管屡屡受到下人的暗气，却替他们遮掩，显示了她的一种宁可自己受委屈也不愿让他人受责的胸襟。

平儿是最先向凤姐告发她的人，但她并不耿耿于怀，反而把平儿后来对她的照顾铭记在心，既知恩图报，又能体谅他人的苦衷，宽容别人对自己犯下的过错。

也许，因为她在一个风雨飘摇的世界里，得嫁一个她认为可以依托终身的男子（这几乎是当时社会所有女子的共同追求），于是，生活中从未有过的满足感将她潜在的所有美德都发挥了出来。也许，作者为了使她的死更强烈地引起别人的同情，所以，在写到她后来的言行举止所体现出的美德时，多少带了点夸张。我们当然也不应该忽视传统道德的力量在她身上所起到的作用，她是在觉得自己行止有亏的前提下，通过自己的当下之善以竭力弥补昔日之淫。

她的善良在一定程度上可说是由贾琏的宽容而激发，所谓："偏这贾琏又说：'谁人无错，知过必改就好。'故不提已往之淫，只取现今之善。"但是，贾琏的这种宽容在多大程度上是一种德性的表现而不是有口无心地来暂时讨尤二姐的欢心，我们也难以作出一个明确的判断。他对尤二姐的喜欢似乎也多少有点任何好色男子都有的那种逢场作戏的态度。不然的话，他是不会因为插入的一个小小的秋桐，而将"在二姐身上之心也渐渐淡了"。

与三姐一样，尤二姐也是以自杀来结束自己的生命。就如同柳湘莲曾经点燃起三姐的生的欲望，贾琏也曾引起了二姐对幸福生活的憧憬，但小说证明了，在那样的时代，较少有男子堪当这一重任。当这一切都烟消云散时，她们都失去了生命的动力。那种一度被淡忘的道德上的愧疚又来深深地折磨着尤二姐的心，二姐在病重时与三姐的梦中相见，清楚地说明了当时社会把道德败坏的责任强加给女子的一种传统，我们看到，在这样的传统压力下，犯下了所谓过错的女子在意识深处又是如何不安与恐惧的。

然而，二姐之死要比三姐之死更为深刻的是，她跌落进的陷阱，是另一个女子为了维护自己的幸福而做的一次有力反击。从爱情本质上的排他性言,王熙凤的反击也有她一定的合理性,正如同我们无法以邢夫人的所谓大度宽容来要求她一样。问题是,当这一反击对象不是移情别恋的男子而只是另一个苦命的女子时,尤二姐的命运也就把所有女性生命历程的悲剧演绎了出来:在一个男性霸权的古代社会里,女性只能以自相残杀来巩固自己的幸福和地位。泼辣的凤姐会如此,好心意的平儿也会如此。

三、把自己毁灭给男性看的女性

将二尤联系起来考虑的,不仅是两人共同悲惨的命运,还有她们都采取自杀这样一种非正常死亡的特殊方式。也正是这一点,使我们觉得这种处理在全书中所显示的普遍意义。如果在小说创作中,我们一般是把死亡作为常规结局的话,那么,在《红楼梦》中,当贾府被呈现到我们面前时,非正常死亡就像这个大宅投下的长长阴影,似乎一开始就笼罩人们的心头。从总体看,非正常的死亡(不包括类似于贾母的寿终正寝)大致可以分为相对关联的五个段落。第一,以陷于情欲的贾瑞做引子,而后是进入核心圈人物秦可卿,再是她的丫鬟,然后是金哥儿,从秦可卿正式开始,如波纹一样一圈一圈向外荡漾开来,并且又以返回到秦钟之死来稍稍停顿。第二,金钏儿投井、鲍二媳妇上吊,作为贾宝玉和贾琏的非礼行为而给女性带来的羞辱,构成死亡的多米诺骨牌的第二轮。第三,由贾敬之死引出的尤三姐和尤二姐之死。第四,司棋和晴雯之死并进一步映射到林黛玉之死。第五,元春、鸳鸯等人之死。这其中还包括不时穿插进去的更为外围的如冯渊等人的死。

作品中众多人物的非正常死亡曾经引起过评论家的注意,他们也统计出大致死亡的名单,但他们没有进一步探究这种非正常死亡的关键所在。将死亡名单稍作梳理，可以发现，女性的比例远远大于男性，特别是女性的非正常死亡以自杀居多，即便是因病夭折的秦可卿，据《红楼梦》第五回和脂砚斋透露给我们的信息，作者原本也是将她安排为悬梁自尽的。如果我们再深究下去，还可以发现，自杀的原因大多跟男性的行为有或多或少的关联。关于导致二尤自杀的起因，喜新厌旧的好色之徒贾琏自不必说，洁身自好过于看重自身名声而把三姐逼向绝路的柳湘莲也难辞其咎。如果说，贾琏的爱缺乏一颗长久的、深层次的心，柳湘莲却是没有最基本的感情以构成爱的基质，《红楼梦》用一个"冷"字来概括他，可谓一语中的。在对待女性的态度中，既有无心的贾琏和无情的柳湘莲，又有无耻的贾珍、贾赦之流及无胆的潘又安等，事实上，即便是对女性用情最深、用心最多的贾宝玉，也并不能真正保护女性使她们免遭摧残，从而更多的是一种发自内心深处的无奈。

我们看到，面对女性，贾宝玉在许多场合表现出作为男性的自惭形秽，这里面不仅仅有对女性特别的敬意，也是作为男性在行为上的愧对女性。这不但是指其他男性那样对待女性的侮辱之和损害之，也有如他自己那样坐视着女性的被侮辱与被损害却无力拯救她们。如果说悲剧是把美好的人生毁灭给人看的话，那么，《红楼梦》中的许多女性就是把自己毁灭给男人看的，在这种自我毁灭中，她们表明了对当时不合理的社会制度当然也是对代表社会权力的男人的深深绝望。从而深化了《红楼梦》"千红一窟（哭）""万艳同杯（悲）"的悲剧性命题。

《红楼梦》中的医病描写

在传统小说中，人们的疾病及相关诊治问题虽然得到较多描写，但很少被作为一个单纯的医学问题来看待。它总是与复杂的社会背景，与人们的思想意识、文化状况缠结在一起。而恰恰是这种不单纯，这种对纯粹医学问题的超越，似乎暗示了作者在描写病体时所具有的一种整体视域。

《红楼梦》虽然在不少场合写到了请医治病的内容，但前八十回中，直接出现在回目中的也就三处，即第十回《张太医论病细穷源》、第五十一回《胡庸医乱用虎狼药》和第八十回《王道士胡诌妒妇方》。

相对来说，前两次的描写比较正式，第三次近似玩笑，所以这里先讨论前两次的描写。

这两回同是写太医对病情的诊断和医治，但侧重点大有区别。写张太医，着重于他对病症及病因的分析；写胡太医，侧重写他所开的药方。张太医诊治的是秦可卿，关于她的病情，始终显得扑朔迷离，让人猜测种种，所以由张太医来一番详细诊断,把她的病症及得病的缘由娓娓道来,让人有拨开迷雾之感。而胡太医诊治的晴雯只是偶感风寒,病症是习见的,没必要在诊断上过多纠缠,而是把重点放在用药上。小说写这两位太医都是第一次进贾府,不同于书中另外提及的王太医,经常上门,已经熟门熟路。不过,张太医对宁国府的周围环境似乎并不关心,作者让他直奔主题,诊治病情、发表议论、开出药方,并以他的自信,对同行的见解提出批评,贯彻了论病的主旨。而胡庸医的诊断,则有颇多的穿插,既让胡太医用陌生人的视角,把怡红院的周围环境、居住细节尽收眼底,又写了支付工钱的过程,以及宝玉和其他人的议论等。这样曲曲折折迤逦写来,显然不同于张太医的出场。

为何会有这样的不同笔墨?我们不妨借用法国医学理论家贝尔纳关于生命体的内环境与外环境的分类,来简单分析。

生命体的内环境是指人的内部器官、血液、细胞等的运行工作状况,而外环境就是人体与外部世界的联系、人与外部世界的互动关系。对于人体的内环境,人们很难一探究竟。虽然现有各种科学仪器、医疗器械来检测,但检测本身的系统性、协同性问题尚没有得到很好解决。而且,如果从日常生活出发,直接探测人的内部环境,还有着审美乃至道德的障碍。所以,中医的传统诊治方法在如何从整体性视域出发,把人的内部环境整理成一套能够让人从外部直接感知的信息方面积累了较多的经验。虽然对其准确性仍存有争议,但其方法论的意义,值得我们借鉴。事实上,西方行为主义心理学的研究,通过观察人的身体物理行为来发现人的内心世界活动,其研究思路取向有跟中医相仿的地方,尽管基本的理论体系并不一样。《红楼梦》中,像张太医对秦可卿的把脉,以及将结果用专业的然而又是形象化的语词描述出来,所谓"聪明忒过"等,把内部的心理问题与生理问题联系起来考虑,有着与传统文化共通的直觉理性的特征。

对晴雯病症及医治的描写则相反,几乎都是从外环境着眼。

从她冬天半夜起来着凉,到发热,以及诊治用药后,又病补雀金裘使得病情加重,整个外部环境及其行为言语,都被表现得清晰可见。而胡太医作为一个初来乍到的陌生者对大观园的新奇感,只不过强化了这种外在性的表现效果。也正因为胡太医对这一环境的陌生,没有意识到这里的女子是那么娇生惯养,哪怕大丫头也是如此,所以用药分量过重,也是可以理解的。

小说中写到丫鬟给胡庸医支付工钱的一个细节,特别耐人寻味。

老婆子提醒宝玉的大丫鬟麝月该给胡庸医一两银子的工钱,麝月找出了银子,掂不出银子的分量,拿出戥子去秤,又不知道表示一两重的小星是哪个,问宝玉,宝玉自然也不知道,只得随便找了小块银子来付账,其实至少有二两。这一细节描写,固然说明宝玉身边的大丫鬟都是娇生惯养的,不会纠缠在付账的俗务中,但这一细节描写,同样也在说明晴雯的生活环境非比寻常。那么,如果胡庸医按常规的思路去开药,自然就开出了虎狼之药。说他是庸医,不算冤枉。

把人的环境作内外之分,其实是基于一种整体化的思维路径。以这样的整体思维回看张太医的诊治乃至王道士的胡诌,也就让人发现了不同的意味。

当张太医以他充满睿智的诊断,议论风生,对秦可卿之病有了理性的观照后,他断言"今年一冬是不相干的。总是过了春分,就可望全愈了",却没有得到落实,秦可卿恰恰是在冬末,走向了生命的终点。作者这样写,倒不是要说张太医医术不够高明,而是出于对生活的整体化理解,病情的发展并非完全能由医生来掌控。生活中总有一些意外的变故,不能为医生所知晓,也总有一些秘密,不能被理性之光所照亮,药物治疗并非总是万能的。所以,当张太医把秦可卿能否康复称为是否有"医缘"时,也就清楚表明了,那种整体生活观带来的生命体的复杂性,使人对有些病症,或多或少都会表现出一定程度的无奈。更不用说许多病症本身,是超越纯医学范围的。

在《红楼梦》第八十回,贾宝玉因为有慨于夏金桂的妒忌而让香菱备受磨难,就去天齐庙摆摊的江湖郎中王道士那儿征询药方。王道士开出一帖医妒方：

  王一贴道："这叫做'疗妒汤'：用极好的秋梨一个，二钱冰糖，一钱陈皮，水三碗，梨熟为度，每日清早吃这么一个梨，吃来吃去就好了。"宝玉道："这也不值什么，只怕未必见效。"王一贴道："一剂不效吃十剂，今日不效明日再吃，今年不效吃到明年。横竖这三味药都是润肺开胃不伤人的，甜丝丝的，又止咳嗽，又好吃。吃过一百岁，人横竖是要死的，死了还妒什么！那时就见效了。"

  有人以为，这个药方是对中医药连同江湖郎中的讽刺，既讽刺了中医药的无效，也讽刺了江湖郎中的哄人招数，却并没有意识到，王道士这番解说，有着对中医药乃至对人生的极具智慧的全景式理解。

  正因为有这样的全景式理解，贾宝玉到王一贴那里去讨医妒方，是把治疗夏金桂的妒忌之病作了最简单化的理解。就当时的社会而言，女性的妒忌问题跟不合理的妻妾制度有直接关联，也与男性的普遍占有欲相关。夏金桂摧残香菱固然说明了其残忍，但如果她像邢夫人那样大度也未必就是一种美德。像贾宝玉那样，无视妒忌的复杂性，而企图通过一帖药来一劳永逸地解决问题，是把复杂的社会、心理、生理等多方面问题简单化处理的幼稚表现。王道士开出的疗妒汤及其相关解释，与其说在表明药物本身的无效，是在自我解嘲，倒不如说是讽刺了许多人头脑中留恋不去的简单化思维方式。

后四十回的一种价值取向

研究《红楼梦》程伟元印刷本系统的后四十回（下文简称"后四十回"），也是一个红学热点。它涉及后四十回的作者、后四十回与前八十回的关系、后四十回的完成过程，以及后四十回的评价等诸多问题。从普通读者立场出发，后四十回与前八十回的关系及后四十回的评价这两大问题（这两大问题常被放在一起讨论），则尤为引人关注。至于这后四十回的作者究竟是曹雪芹本人还是高鹗，或者是一个尚不为人知的佚名作者？现在读到的四十回究竟是掺杂了一部分原稿还是续作者的全新创作？对这些问题，普通读者的兴趣可能不是很大，我也并无多少研究心得。

就我个人而言，虽然对后四十回的总体思想艺术评价并不很高，但不得不承认，后四十回比之各种《红楼梦》续作，仍然是成就最高的。当代曾有一位作家续写了《红楼梦》，并说他的续写如果失败，可以用来证明前八十回的伟大。可惜这话是说错的，因为前八十回的伟大已经有后四十回证明了，而他的续作和清代的许多续《红楼梦》一样，不过是证明了程印本后四十回的伟大。

虽然《红楼梦》的内容纷繁复杂，前八十回展开的宏大画卷，让后继者面临很大的挑战。但是，后四十回中在不同段落出现的三个重要情节设计，显示了续作者对前八十回基本的把握态度。其一，作为个人生活层面上的贾宝玉与黛钗的感情与婚姻，最先在第九十七、九十八两回得到了归结。其二，家族之衰败，则是在第一百〇五回锦衣卫查抄宁国府的内容中，有了一种聚焦式的展现（而且抄家描写之生动，是少数几回可以媲美前八十回的优秀章节）。其三，情感与家族衰败这两条线索，则又在第一百十六回贾宝玉重游太虚幻境和第一百二十回甄士隐与贾雨村的相遇，在宗教哲学意义上归结了《红楼梦》全书。这样的内容，大致接近《红楼梦》前八十回预定的发展轨迹。也就是说，纵然有兰桂齐芳的内容，但基本的悲剧性没有发生根本变化。

不过，后四十回与前八十回的思想艺术仍有相当的落差，表现之一就是续作者在不少场合，把前八十回逐渐弥漫开的一种诗的毁灭悲剧，简单等同于诗意丧失的闹剧。而心灵的、精神世界的肉体化，正可以成为观察这种前后变化和评价后四十回价值的一个视角。

我这样说，决不意味着前八十回的情节凡是涉及人与人的私情，都属于精神恋。在前八十回，小说既写了贾瑞对凤姐的肉的欲望，也写了贾琏与鲍二家的、秦钟与智能、茗烟与卍儿乃至贾珍父子与二尤的肉的私情，而宝玉与袭人同领警幻之事，更是大家熟悉的。与此同时，那种心灵的吸引、精神世界的互相契合，也在贾宝玉与林黛玉、与晴雯等人间展开着，用贾宝玉的话来说，林黛玉从来不说经济之道的"混帐话"，所以才让他在与黛玉亲昵中，带有深深的敬重之意。

既为了对方的一颗心，也为自己的一颗心，这种将心比心的走心交流，在前八十回的宝黛之间是多次发生的，它让身处其间的男女主人公激动着，也让读者受到极大感染。

不幸的是，这种来自心灵的、精神世界的交流，在后四十回发生了质的变化。

第八十二回，为了照应前文宝玉要黛玉理解他的心的表白，居然让黛玉在梦中见到令人惊颤的一幕，小说写宝玉还真的把自己的心都掏了出来，说："你不信我的话，你就瞧瞧我的心。"一边说，一边就拿着一把小刀往胸口一划，只见鲜血直流。而这一天半夜，宝玉也突然害起心疼，如有被刀割的感觉。

这里，心理意义的心变成生理意义的心，并把一颗肉质的心活生生从胸膛里掏出来给对方看，虽然作者让这一情节发生在梦境里，但营造出如此感官刺激的效果，还是与小说原有的那种诗的总体表达大相径庭的。

此外，贾宝玉对晴雯的特殊感情有目共睹，晴雯生前还留下枉担虚名的感叹。所以，在后四十回里，续作者通过"五儿错承爱"的戏剧性一幕，用肉欲问题坐实了晴雯枉担虚名的指向。小说写小丫鬟五儿和晴雯长得十分相似，所以宝玉把原来对晴雯的心思用到了五儿身上。当时，宝玉面对着送茶的五儿，"忽又想起晴雯说的'早知担个虚名，也就打个正经主意了'，不觉呆呆的呆看，也不接茶"。

这里，宝玉引出了晴雯对枉担虚名的遗憾，随后就将这话直接说给五儿听，从而把宝玉对五儿的情感欲求彻底肉体化了，结果让已经去世的晴雯还遭到了五儿的严厉指责。

虽然对晴雯来说，枉担虚名多少有些遗憾，但这种遗憾恰恰是因为王夫人等把罪名强加于她头上才引发的。就她与贾宝玉来说，本来的那种感情的真挚与深厚，知音式的互相理解，并不因为虚名而打了折扣，甚至无所谓虚名不虚名的。或者说，枉担虚名的遗憾既可以指向灵与肉一体化的结合欢愉，也未尝不可以是指把感情发展为一种虚幻的、空灵的状态，与肉欲隔开一定距离，使他们至死都有一种精神恋的感觉。这样，前八十回中正因为没有说透，因枉担虚名引出的那个实际指向的模糊性和不确定性，才留给读者一种想象的、不落地的诗意。但是，当贾宝玉面对五儿暗示要"打正经主意"时，那种指向肉体的单一性、实在性，就把小说原有的含蓄诗意感消解了。

以心灵的肉体化作为一种戏剧冲突的因子，在后四十回并非少见。当作为出家人的妙玉在前八十回已经陷入情感的泥潭时，续作者还要以入室强盗对其的轻薄，来把这种"欲洁何曾洁"的佛教意义上的情染进一步世俗化为肉体的玷污。这样，后四十回用较多篇幅写夏金桂对薛蝌的大胆挑逗撩拨，就不奇怪了。其中有些描写，跟《金瓶梅》中潘金莲挑逗西门庆的女婿陈经济已经十分相似。虽然这样的描写不是说不可以，也能吸引相当一部分读者的注意力，但《红楼梦》最具特色的地方恰恰不在这里。

总之，放弃了前八十回充满诗意的心灵紧张感的描写，这既是价值取向的改变，也未必不是后四十回作者才力不逮的表现。

夸张或者写实,这是一个问题

《红楼梦》第三十回,写宝玉隔着花丛看龄官在蔷薇花下的泥土地上一笔一画写"蔷"字,淋了雨也浑然不觉,这段描写令人印象深刻。不少红学家对此进行了讨论,认为对细致刻画宝玉形象,凸显龄官的情痴特色,起着不小的作用。而王蒙在《红楼启示录》中,用"酷似短篇小说的一节文字"作标题进行分析,指出给这一节文字,可以起一个标准的短篇小说的题目,比如"雨""花下""青春"。

不过,红学家们在分析这段描写时,对其中有一个字的使用情况产生了争议。

小说写龄官是用簪子在泥土地上画"蔷"字的,宝玉通过笔画算出这是"蔷"字后,见她画完一个再画一个,连画了几千个"蔷"字,让在旁边的宝玉也看得痴了,眼珠子只管跟着簪子转动。

于是,刘世德对此提出了不同看法,认为在地上连写几千个字,并无这样大的空间可以提供，即使在同一个地方，需要画了涂，涂了画，也没有这么厚的土层可以利用，更何况龄官娇嫩的手，贾宝玉跟着转的眼珠，都会受不了。这样的描写，其实是不合理的。而刘世德又从戚序本等有些版本中，发现这里作"几十个"而不是像庚辰本、舒序本等的作"几千个"，所以断定这里的"几千个"应该是"几十个"笔误所致。我们看《蔡义江新评红楼梦》，前八十回采用脂抄本互校的办法，关于龄官所画的"蔷"字，也是作"几十个"。

但是，陈熙中对此提出了异议。

在他看来，判断"几十个"为正确，"几千个"是错，可能仅仅是孤立地在看这个片段，如果联系作者在其他场合的类似描写，或许看似不合理的"几千个"反倒是正确的。陈熙中提出的有力证据是，也是在这一回，写宝玉去看黛玉，黛玉不理他，宝玉求她千万别不理他，接下来写他又把"好妹妹"叫了"几万声"。而许多版本中写的这个"几万声"，在戚序本、程印本又作"几十声"。如果说，"千"和"十"尚可能是形近导致笔误，那么繁体字的"万"和"十"，不可能会笔误的。也许，一个更合理的解释是，戚序本等写的"十"，都是有人觉得"万"不合理而修改的。那么，龄官画"蔷"字有些版本作"十"，也未必是作者手稿原有的，更可能是有人判断原来的"千"字不合理，遂作了修改。

陈熙中还进一步举书中的其他例子来支撑其观点，一是在第七十九回，林黛玉替贾宝玉改写《芙蓉女儿诔》中的"红绡帐里"为"茜纱窗下"时，宝玉认为改得好，却又说："你居此则可，在我实不敢当。"然后小说又写他"接连说了一二百句'不敢'"。这里除开梦稿本把"一二百句"改为"一二十句"，程本干脆删除具体数目，写"连说不敢"，其他诸本还都是作"一二百句"。

据此，陈熙中得出结论说，对这几处例子，应该"一视同仁"来看待，都是作者夸张手法的运用。"百""千""万"，都应该被视为作者的原文，而"十"则是别人因为不理解这种特殊手法而作的改动。

为了进一步说明其观点的合理性，陈熙中又举出了刘姥姥二进贾府的例子。

说刘姥姥临走时见平儿和鸳鸯给她许多东西，念了几千声佛，这里显然也是夸张手法的运用。如下两例：

> 平儿说一样，刘姥姥就念一句佛，已经念了几千声佛了。

> 刘姥姥已喜出望外，早已念了几千声佛，听鸳鸯如此说，便说道："姑娘只管留下罢。"

找出这么多的证据，说明作者写"几千""几万"，大概已经稀松平常，所以描写龄官写下几千个"蔷"字，作为一种夸张手法的运用，似乎也没什么不合理。

陈熙中的文章结集出版后，吕启祥以"见微知著　言必有中"为题为其论著写序，提出龄官写几千个"蔷"字的例证，说明陈熙中因为关注了文本的整体而能在微观的理解中，有新的突破。

然而，恰恰是在这整体的关注中，我却发现了一个耐人寻味的现象。

陈熙中在举出的刘姥姥的两个例子时，说所有的版本都接受了念几千声佛的事实，而没人不理解这是一种夸张手法的运用，也没有人去把这原文中的"几千"改为"几十"。如果把类似的问题在不同版本存在的情况作一番梳理，我们会发现一个有趣的差异。改与不改，或者改了的话又改多少，分三种情况：在地上画字这样的动作性描写，改动的版本最多，即戚序本、甲辰本、程甲本、程乙本，还有缺少了这几句的梦稿本共五种；套话式的言语描写，则改动较少，最多也就两个版本；关于几千声念佛，无一版本有改动的情况。

为什么是这样呢？

陈熙中说，关于几千声念佛，其实大家都已经接受了，这说明大家是知道作者运用了夸张手法。那么为什么在其他场合，就有人不能接受，特别是关于动作性的描写，会有那么多版本去修改呢？

我想，这里的关键是，作者运用夸张手法的合理性依据到底有多大？

就套话而言，其受客观的制约性最弱，而且特别是念佛，已经成为人们的一种日常行为，所以，即使刘姥姥在与平儿、鸳鸯对答中，时间上不容许她这么一直念佛下去，但别人听不听，甚至有没有人在场都是无所谓的，所以也就没人会认为作者用夸张手法写她几千声念佛有何不妥。而写宝玉如复读机唱山歌似的反复念"好妹妹"，或者说"不敢"，这种可能性也是存在的，所以夸张到几百、几万，同样有现实的理据性。

但是，要写龄官蹲地上画"蔷"字，则不然。其所受时空条件和人的生理条件的制约，都成了问题。所以，那么多版本改写（包括当代学者蔡义江），到刘世德提出他的疑问，也不是没有一点道理。

陈熙中用书中其他的例子来说明，这样的"一视同仁"当然可以。但是，提出全书的整体性语境问题的同时，不能忽视每一个个别语境的特殊性，这是大语境共通性和小语境特殊性的区别。其实，龄官画"蔷"的特定语境不仅有人生理条件的制约，有所在环境的局限，而且宝玉在旁观察龄官画"蔷"，是以对笔画数和重复字数的细细辨认作为基本前提的，这样的写实基调和精准化，似乎较难跟关于数字笼统印象的太不现实的夸张自洽起来。所以，如果作者确实在这里写的是"几千个蔷"，陈熙中的考证也确实很有说服力。但我认为这是作者对套语的夸张使用缺乏一种反思意识，就如同他在肖像描写中，尚没有完全克服对套话的使用一样。

于是，把刘世德等人对原文的质疑和陈熙中的不疑作为我们进一步分析的起点，这可能是推进红学的又一种思路。

第四章

风物品鉴

芒种、端午和扇子

一位深受《红楼梦》创作影响的作家说过,《红楼梦》的作者毫无倦意地专注于物品的描写,他似乎沉浸在物质的细节中,得到了欢悦。话虽说得有些夸张,但小说提到的器具物品之多,无论珍稀还是日常,确实令人相当惊讶:珍稀如宝玉身穿的雀金裘,妙玉招待黛玉、宝钗品茗用的斝和盉,日常如手帕镜子、香袋荷包等,在小说情节推进过程中,时有可见。其中尤以手帕使用频率之高,在小说中屡屡得到或详或略的描写。对此,笔者多年前有过专题讨论,此不赘言。这里,取小说中端午前后时段,围绕着宝钗和宝玉等人涉及扇子的描写,来稍作分析。

据统计,《红楼梦》提到手帕近90处,其中前八十回约有65处。扇子出现的频率当然不能跟手帕比,但小说回目两次提到的物品,却是扇子而非手帕,即写端午节间活动的第三十回《宝钗借扇机带双敲》和第三十一回《撕扇子作千金一笑》。此外,第二十七回《滴翠亭杨妃戏彩蝶》,写宝钗在芒种节聚会时用手中扇子扑蝶,也可算在回目中对扇子给出了暗示。

芒种、端午节为何对扇子有较多的描写?小说写农历四月二十六过芒种节,说是"尚古风俗:凡交芒种节的这日,都要设摆各色礼物,祭饯花神,言芒种一过,便是夏日了"。而端午活动(小说称"端阳")紧接其后,五月初一即开始(贾府众人去清虚观打醮就在这一天),到五月初五是正日。这一时段,春天过去,夏天来临,小说多处提及人们白天躲清凉、夜晚乘凉,随手带一柄扇子,就极为自然。有些内容没有在回目中反映,比如元妃赏众姐妹的端午节礼物,每人都有宫扇两柄。还有黛玉和宝玉怄气时,紫鹃就用到了扇子:"紫鹃一面收拾了吐的药,一面拿扇子替林黛玉轻轻的扇着。"类似的描写,只能算是细节点缀,烘托着扇子直接或者间接进入回目所涉及的内容。

宝钗参加芒种节聚会,见黛玉没到,本打算去潇湘馆叫她。因发现有大如团扇的蝴蝶,一时兴起,随手就拿出放在自己袖中的折扇,追着蝴蝶来扑。试想,如果宝钗当时手头没有扇子,而需要用手来抓取,不但无趣,也让读者有煞风景的感觉。不过,当她因为一路扑蝶到滴翠亭,以致香汗淋漓而放弃追赶,恰巧听到紧闭窗户的亭里,丫头坠儿和小红躲着说些私下传递礼品给男人的秘事,而且怕人听到正打算开窗看时,薛宝钗唯恐她们见到自己在场,弄得两边尴尬,就用了金蝉脱壳之计,在她们开窗的瞬间,故意加重脚步往前赶,说:"颦儿,我看你往那里藏!"还问她们是否把黛玉藏起来了。让小红和坠儿以为黛玉早在附近听到了一切,吃惊不小,从而让黛玉的形象在两个小丫头心上投下了一片阴影。虽然宝钗这一拿黛玉来替自己背锅的举动被人诟病不少,但考虑到她一开始就是为寻找黛玉而来,所以急中生智中最先想到黛玉,也是可以理解的。问题是,她到滴翠亭完全是被蝴蝶所吸引,带有很大的偶然性,而袖中有扇子,是她起念扑蝶的主要条件,这就在偶然中蕴含了必然性。当然,宝钗扑蝶,本可以理解为她的天性为一种自然美所感发,而她无意间听到的小红芳心萌动,也同属于人的自然天性,但她在自然与人之间作了截然分隔,并以她的机心,让本来的自然之趣变得暗淡了。其有意无意间给黛玉造成的伤害,似乎也跟小小的扇子,在远兜远转中,有了不易察觉的一点关联。如果把这种细若游丝般的关联跟下文的借扇子机带双敲等内容结合起来看,就耐人寻味了。

五月初四,因为宝钗在宝玉面前聊起自己怕热,没去看初三薛蟠生日宴会的戏,宝玉就没话找话地打趣她,说是"怪不得他们拿姐姐比杨妃,原来也体丰怯热"。这一不当言论,引发了宝钗的强烈反弹:

> 宝钗听说,不由的大怒,待要怎样,又不好怎样。回思了一回,脸红起来,便冷笑了两声,说道:"我倒像杨妃,只是没一个好哥哥好兄弟可以作得杨国忠的!"二人正说着,可巧小丫头靓儿因不见了扇子,和宝钗笑道:"必是宝姑娘藏了我的。好姑娘,赏我罢。"宝钗指他道:"你要仔细!我和你顽过,你再疑我。和你素日嘻皮笑脸的那些姑娘们跟前,你该问他们去。"说的个靓儿跑了。

在这里,宝钗接二连三的反击,虽然是含蓄地以奸臣杨国忠来顺势类比宝玉的,但最终还是借着丫鬟寻一把扇子,对宝玉与姐妹间游戏性的不严肃、不正经,予以了有力地侧面敲打。问题是,这一让宝玉自讨没趣的反击,并没有让其行为有所收敛,他跑开后到金钏那边找安慰,把情意绵绵的话说给金钏听,正呼应了宝钗说的"和你素日嘻皮笑脸的那些姑娘们",终于引发了向来正统的王夫人大怒,把金钏逐出了贾府。

于是,在五月初五的端午节正日,就有了宝玉和晴雯撕扇子的行为,使得从芒种节开始直到端午节这十来天涉及扇子的描写,从特定角度看,获得了可以总结的意味。

芒种节里宝钗用扇子扑蝶,虽然无意中让黛玉躺枪,但正是这一天对花神的饯别,让黛玉无尽感伤,也引发了宝玉心灰意冷的情绪。由这一自然的契机直到端午节间，似乎绵延不绝开启了宝玉诸事不顺的多米诺骨牌：与黛玉怄气、被宝钗奚落、让金钏被逐、使袭人受伤，这一切带来的郁闷和不快，似乎都在端午节正日这天的晴雯身上得到了宣泄和补偿。

那天中午，晴雯给他换衣服，不小心跌坏了扇骨，宝玉因叹道："蠢才，蠢才！将来怎么样？明日你自己当家立事，难道也是这么顾前不顾后的？"这样子大发脾气，让晴雯甚觉莫名，冷言回嘴说，跌了扇子本就平常，先是好得多的玻璃缸、玛瑙碗弄坏多少也没事，何至于发如此脾气，想必是看她们不顺眼，想借故撵走她们。这样的回嘴无异于火上浇油，结果引发好一阵吵闹，幸亏林黛玉来串门，随后又有薛蟠请宝玉喝酒，才使争吵告一段落。晚上宝玉回来劝解晴雯，就着扇子事发议论说："比如那扇子原是扇的，你要撕着玩儿也可以使得，只是不可生气时拿他出气。"晴雯当即说她最喜欢撕扇子玩，宝玉不但把自己的扇子给她撕，还夺来麝月的扇子给她，看到撕扇的晴雯终于高兴起来，他才稍稍得以轻松，笑道："古人云，'千金难买一笑'，几把扇子能值几何！"

让人感到困惑的是，宝玉这一番说辞看似有理，但晴雯跌坏扇骨受指责，并不是因为晴雯在拿扇子出气，纯粹是做事不小心。反倒是宝玉自己几天来一直不快，才无意中拿晴雯当了出气筒，借跌坏扇子来指责她。所以，宝玉所谓不可生气时拿扇子出气，不过是暴露了他自己累积下的郁闷，并以此情绪想象了晴雯的态度。当他拿晴雯跌坏的扇骨来说事后，鼓动晴雯撕扇子，就不仅仅是为了向晴雯证明他重人重情不重物，不仅仅是为了博取晴雯之一笑——既然扇子曾经让宝钗借机奚落了他，也让晴雯受了他的委屈，那么撕破扇子，似乎能够在他可怜的想象中，把他种种不快的根源一并拔掉。如果他知道宝钗扑蝶曾让黛玉躺枪，其中扇子多少也起到了一点诱发的作用，他撕扇的想象性快乐应该是更充溢的。

郁闷中有可撕的扇子，这是贵族的福利，而只能撕几把扇子，是仍脱不了孩子气的抗争。

茄鲞、莲叶羹与贵族奢华

刘姥姥进大观园，吃喝玩乐占全了，不过"民以食为天"，给她本人也给读者留下深刻印象的，还在饮食。她也因为大快朵颐，被林黛玉挖苦为"母蝗虫"。但这一诨号的得来，很大程度上倒是贾府乐意促成的。试想，如果刘姥姥节制口腹之欲，或者对新奇饮食根本缺乏兴趣，贾府也就会大大减少了显摆机会，岂不是一件挺让人扫兴的事？

贾府招待刘姥姥，有不少罕见饮食，所用的餐具也让她颇具新奇感，但最让她惊讶的，还是茄鲞。小说巧妙的是，贾府借食品来显摆，并没有刻意让刘姥姥吃她从没有吃过的食材，而是最普通不过的茄子。让乡野之人刘姥姥吃这种农村里最常见的茄子，却在品尝熟悉的食材时体会到一种陌生感，又在陌生的味觉体验中重返一丝熟悉的味道，就这样，让舌蕾味觉在熟悉和陌生间不断摇摆，让刘姥姥的心理也跟着一起跌宕起伏，同时让读者分享小说人物的这种体验，这才是小说所要达到的效果。如果刘姥姥吃的是她从未吃过的食材，她就会有充分的心理准备，而始终在一个陌生的味觉世界里兜圈子，可能未必会产生如此令人惊讶的效果。

当然，小说借饮食写贾府贵族之家的奢华，是多方面、多层次的。从某种意义上说，让一个乡野之人感到惊讶似乎也在读者意料中，只是当小说写宝玉要吃莲叶羹，让富可敌国的薛家薛姨妈也感到惊讶时，这种奢华才有了更深的意味。

宝玉挨打后，大家为了安慰他讨好他，问他想要什么好吃的尽管开口。宝玉提的要求是要吃元妃省亲时宴席上做的莲叶羹。王熙凤听了就说："听听，口味不算高贵，只是太磨牙了。巴巴的想这个吃了。"

这一描写设计颇具匠心。

此前，对元妃省亲虽然有较详细的描写，但基本从大处着眼，宴席上吃过的菜肴悉数略过，一样都没提。这样的略写，自然有其合理性。元妃省亲本来是展现帝王气象，需要体现一种雍容不迫的大气度，如果突然插入宴席上几道菜的细致描写，就会显得过于琐碎，是与整体意义上的大场面、大氛围格格不入的。所以作者略去了省亲宴席食品的细节，留待在后文适当处补叙。而在小说第三十五回就找到了这样一个补叙的契机，借宝玉挨打后提饮食要求，让读者了解到原来在元妃省亲的时候还曾吃过这么一些挖空心思、刁钻古怪的菜肴。这道菜有荷叶的清香再加上鸡汤的鲜味，两者合二为一，食材并不稀奇，关键在于需要用到特别打制的菜肴模具。因为不是家常需要做的菜，一下子连模具放在哪里都不记得了。耐人寻味的是，作者特地细写了王熙凤找模具的过程：她一开始差人到厨房里去问，因为毕竟这是菜肴，结果厨房说"四副汤模子都交上来了"，接着她又叫人去茶房问，也许在她看来，这道菜不算主菜的话，可能归属于茶点一类，结果茶房也说不曾收，最后还是在专门储藏金银器皿的储藏室里找到的。可见难得一用的器具，不必留在厨房或者茶房的，从而让一向考虑周密的凤姐都犯糊涂。模具拿来后，薛姨妈接过来瞧，薛姨妈当然也是见过大场面的人，但她看到这个模具的时候还是表示了惊讶，说"你们府上也都想绝了，吃碗汤还有这些样子。若不说出来，我见这个也不认得这是作什么用的"，由薛姨妈来说一番话，可算为制作这道菜的稀奇添上了最浓重的一笔。

但做足文章的不仅在于模具，而且在于莲叶羹，模具的奇特似乎都在为莲叶羹做烘托的。其目的，除了表现贵族的奢华，表示他们招待贵妃的饮食是如何挖空心思，更是写出了依附于食品上的那一份情感，因为，写贵族之家中的情感问题，才是《红楼梦》的真正题旨。

以招待贵妃的莲叶羹来安慰宝玉，这当然见出了荣国府上下对宝玉的重视，但贾宝玉借助这碗莲叶羹，又把这一份情感传递到玉钏这边了。

玉钏的姐姐金钏是因贾宝玉而自杀，宝玉挨打也跟金钏自杀相关。当挨打后的宝玉被众人呵护着、宠爱着，纷纷把情感投注于他时，多情的宝玉自然不会忘记金钏，不会忘记金钏的妹妹玉钏。但他能有什么力量来安慰身边的玉钏和告慰已在另一世界的金钏呢？

当玉钏把莲叶羹端到他面前时，他喝了两口故意说不好吃，似乎是要玉钏来证实，哄着玉钏也尝了尝这珍稀食品。而当他光顾着听人说话把一碗汤泼翻在自己手里时，又赶忙问玉钏"烫了那里了？疼不疼？"让玉钏和众人都笑了。这当然是宝玉向来记挂女孩子的习性使然，但金钏死后，他对玉钏的歉疚，也使得他对玉钏可能受到的些微伤害，有着胆战心惊般的关注，其产生的移情作用，使得汤泼翻在自己手里，也会情不自禁问对方疼不疼。而那么反复渲染特意烧制出的莲叶羹，最终是以泼翻来收场，不能不令人感叹。

这当然可以看出宝玉的多情，以及为了对女孩子表达出他的多情，是如何煞费苦心。不过我们在感动之余，多少也发现了贾宝玉的无力与无奈，他表面受大家宠爱，但根本还是弱小的，既无力保护金钏，也无法使玉钏的生活有实质性改变，只能哄玉钏吃点好东西来聊以安慰，并纾解自己内心的疼。而这好东西最终不幸被打翻，似乎或多或少让人联想到其实际的无意义，哪怕食材是多么珍贵，所用的制作工具又是多么考究。因为，当许多人连基本的生存都岌岌可危时，显示贵族生活点缀的奢华食品，又能有多大价值。

咏絮词的翻案与断线的风筝

《红楼梦》中人物,借诗词创作表现个性而能给读者留下深刻印象的,首先是林黛玉,其次是薛宝钗。

黛玉创作,一条哀怨的主线若隐若现贯串其创作的大部分。而薛宝钗的诗词,虽然呈现在小说里的远不如黛玉多,且基本是咏物,但就以这不多的几首论,主旨风格倒最能显示出多样性。既有体现她平时为人低调内敛的《咏白海棠》,如"珍重芳姿昼掩门",也有让众人感叹其讽刺世人"太毒了些"的《咏螃蟹》,但真正让人感觉意外的,是她有关咏柳絮的翻案词《临江仙》。

当时,林黛玉作《唐多令》咏叹柳絮,哀怨悱恻一如既往,说什么"飘泊亦如人命薄",是"嫁与东风春不管,凭尔去,忍淹留"。而薛宝琴作《西江月》词,结句的"偏是离人恨重",还是拘泥于传统,让薛宝钗有"终不免过于丧败"之叹,遂起意翻案,要把柳絮"说好了,才不落套"。她提笔写下了这首《临江仙》:

白玉堂前春解舞，东风卷得均匀。蜂团蝶阵乱纷纷。几曾随逝水，岂必委芳尘。

　　万缕千丝终不改，任他随聚随分。韶华休笑本无根，好风频借力，送我上青云！

这首词的起笔就博得众人喝彩，"春解舞""东风卷得均匀"，似乎把黛玉笔下无情的春天和东风视为了柳絮的知音，是柳絮完全可以信赖、可以托付它安排自己的对象。反之，不随东风而自主飞舞的那些有生命力的蜂蝶，在作者笔下倒成了与"均匀"对照而毫无章法的一片混乱。正是对东风与柳絮的关系有这样颠覆性的认识，对生命活动自主与依赖的意义有着别样的解释，结尾的句子，所谓"好风频借力，送我上青云"才有了夺人眼球的效果。

虽然薛宝钗自己声明，她的写作意图是以颠覆黛玉、宝琴等人作品的压抑基调为前提的。但是，"送我上青云"的昂扬姿态，也把她一向低调为人的态度给颠覆了。

不过使问题稍稍复杂化的是，无论是评价她对哀怨主题的颠覆，还是改变了为人的一贯低调，其实都应该在深入词作本身涉及的物象结构中进一步解释。因为毕竟当薛宝钗在词中重新理解了柳絮和东风的关系，站在柳絮的立场而把东风视为可以借力的对象时，基于和谐关系而来的理解，这样一种由物象构建起的感觉结构，同样是相似于她的日常为人，相似于她总是努力调停自己的言行方式，以取得主体与客观环境的融洽。从这个意义上说，即使她突然在词中表现出了一种不那么低调的姿态，也并没有在根本上动摇她想努力自处于和谐环境的立场和态度，这是颠覆中的不颠覆。因为解释这首词，不仅要着眼于非比寻常的"上青云"，也要注意柳絮向风的借力，注意作者所理解的主体柳絮与客体东风的和谐而不是对立、合作而不是对抗的关系，这样才能加深对这首词的意义理解，从而更深入理解宝钗的复杂心态。

但问题还不止于此。事实上,当小说写大观园众人吟咏柳絮时,最先出示的是才写了半首的探春的《南柯子》,其意象构造颇耐人寻味,道是"空挂纤纤缕,徒垂络络丝,也难绾系也难羁,一任东西南北各分离"。拿黛玉咏柳絮的"一团团逐队成毬"来比较,发现探春刻画出的柳絮是线条状的,而黛玉咏叹的是球状的。只是当小说最后叙述到宝钗刻画柳絮时,又回到了线条状,即"万缕千丝终不改",为什么是这样呢?我的理解是,强调柳絮的线条状,其实是为了跟这一回下半部分写到的拉长线放飞风筝关联起来。当然,除开线条状外,需要像风筝那样有入云的高度,才使得柳絮和风筝的联系,更具有了形象贯通的内在肌理。

放飞风筝作为一种民俗活动,既是娱乐,又蕴含了放掉晦气的意思。不过林黛玉在风中紧拉着手里的风筝舍不得放飞,说是"这一放虽有趣,只是不忍"。最后还是众人以"把病根"带去的名义,剪断了她所拉的线。而宝玉怕黛玉放出的风筝太孤单寂寞,也剪断自己手中线,让自己放飞的风筝去和黛玉的风筝做伴。这里两人的言行,正见出了他们的一贯性格。但宝玉把风筝拟人化,也就改变了风筝仅仅代表晦气的意味,使风筝跟人物的命运有了关联。基于这种理解,最值得注意的还是探春放出的凤凰图案风筝,还没等自己动手去剪线,就被天上另一只也是凤凰图案的风筝缠住,最后突然飞来一个带喜字的大风筝,把两个绞在一块的凤凰风筝线都绞断了,然后三个风筝飘飘摇摇都飞去了。

此前,探春题咏柳絮的半首《南柯子》所留下的结构残缺,虽然也有宝玉来续写,但这并不是关键。关键是,探春在放飞风筝活动中,依托凤凰和喜庆的关联,把自己未来的人生走向,如同断线风筝的远嫁行为暗示出来时,才完成了"咏柳絮"的下片。这是以具体活动的暗示接续上片文字,是对词作"难绾难羁""一任东西南北各分离"主题的呼应。而中间插入薛宝钗的咏絮词,既有它自身相对独立的意义,也是在与作品内部及外部的互文关系中,加固了人与柳絮、与放飞风筝的关联性。

从小说本身看，薛宝钗的咏柳絮当然是林黛玉等人创作的翻案文章，但不少学者认为，这首词作是受宋人洪迈《夷坚甲志》中记录的一则《侯元功词》故事影响的。该故事云：

> 侯中书元功蒙，密州人。自少游场屋，年三十有一，始得乡贡。人以其年长貌寝，不加敬。有轻薄子画其形于纸鸢上，引线放之。蒙见而大笑，作《临江仙》词题其上曰："未遇行藏谁肯信，如今方表名踪。无端良匠画形容，当风轻借力，一举入高空。才得吹嘘身渐稳，只疑远赴蟾宫。雨余时候夕阳红，几人平地上，看我碧霄中。"蒙一举登第，年五十余，遂为执政。

这里写男主人公侯蒙考场受挫又长相难看（貌寝），但他心态极好，虽被人嘲弄，肖像晒到了天上，他居然能趁机作翻案词，所题咏的"当风轻借力，一举入高空"具有明确的双关性，"一举"之"举"，也可以落实为侯蒙自况的应举。不过，薛宝钗在词中借用此句时，以柳絮替换风筝，其关于柳絮和人的命运的双关性就被泛化了。更重要的是，因为原词的人物形象与风筝重合，作为一种潜在文本影响到散文式情节叙述。这样，隐藏于《红楼梦》书本背后的历史故事，如同一条暗线牵连起柳絮、风筝和人物三者的紧密关系，从而向我们表明了，即便在一些看似不经意的细节描写中，《红楼梦》也有可能向读者打开通向一条更幽深、更广阔世界的路径，并让读者在这一路径的折返中，加深了对作品有机联系的印象。

需要一提的是，脂抄本系统中对放飞风筝场面展开的详尽描写，被程高本作了较大删改，不但删去了宝玉放手自己的风筝去为黛玉的风筝做伴的描写，也把探春参与放飞风筝的整个活动交代，删除得只剩下写她取出风筝给丫鬟放一句。这一大段描写的有意舍弃，如同脂抄本后八十回可能有过的文字，与探春断线的风筝一起，隐没在历史的远空中了。

《红楼梦》与苏州地域文化

《红楼梦》中的人物活动虽主要在北方帝都充分展开，但地处江南的苏州，作为一个诗和远方的城市也不时被小说中的人物提及，或者在叙述策略中得到一种迂回的联系。一方面是因为其中有不少重要人物出生于苏州，与苏州有着割不断的联系；另一方面是因为即便有些人物身处北方最豪华的都市，苏州对他们而言，依然有着别样的新奇和魅力。这既有江南水乡自然环境本来优良的原因，也跟中唐以后文化中心逐渐南移有相当关联。

苏州这座文化古老的富庶名城，作为小说指称的富贵风流地，作为甄士隐家的生活环境和贾雨村的活动区域，最先进入读者的视野。随后，《红楼梦》写贾府为筹办元妃省亲大事，特地委派贾蔷去姑苏，采买了十二位女子来演出助兴。另外小说多次提及苏州的艺术家，既有大画家仇英等人的绘画，如薛宝琴在雪地里从妙玉处捧回红梅，老祖宗特别指出有仇英画中意境的效果。又有才子唐寅如草蛇灰线般若隐若现，对小说不同人物的个性塑造、言行刻画等，产生了一定影响。比如，唐寅对花的痴迷又有某种看透的觉悟，与贾宝玉的气质有一定联系。（唐寅《桃花庵歌》结尾："别人笑我忒风颠，我笑他人看不穿。不见五陵豪杰墓，无花无酒锄作田。"）而第五回中，贾宝玉进入太虚幻境的情梦中而惊觉，与卧室中所挂的唐伯虎《海棠春睡图》，似乎也有一点关联。还有不少学者指出，林黛玉的《葬花吟》与唐寅的《花下酌酒歌》有明显的继承关系，而唐寅在生活中也有哭花、葬花之举动。此外，薛蟠把唐寅在画上的落款，误认作"庚黄"，固然说明了薛蟠的不学无术，毫无艺术修养，更主要的是，恰恰因为唐寅在当时大众生活中的家喻户晓，其落款几乎不需要仔细辨认，用来作为对薛蟠的讽刺，也就更有力量。

小说还借助描写主要人物对苏州风物产生的感受，揭示了人物深刻的心理差异和个性特点。

第六十七回写薛蟠从江南返货回家，带回了一箱子在苏州虎丘等地买回的工艺小礼物送给宝钗：

笔、墨、纸、砚、各色笺纸、香袋、香珠、扇子、扇坠、花粉、胭脂等物；外有虎丘带来的自行人、酒令儿，水银灌的打筋斗小小子，沙子灯，一出一出的泥人儿的戏，用青纱罩的匣子装着；又有在虎丘山上泥捏的薛蟠小像，与薛蟠毫无相差。宝钗见了，别的都不理论，倒是薛蟠的小像，拿着细细看了一看，又看看他哥哥，不禁笑起来了。

对此，蔡义江认为，"里面装的东西不厌其烦地逐一写出，越有乡土特色的，说得越具体。从馈赠花色之多，不难看出阿呆对妹子还是相当不错的"。这样的分析当然有道理，也可以说，正是这些东西有苏州等地的乡土特色，才值得薛蟠带回来给宝钗。而这种物品的详尽罗列，不是也可以让我们想象阿呆在苏州虎丘闲逛的场景吗？其不加选择统统购买，可以认为是苏州地方的物产让他目不暇接，也可以说他挥金如土，或者竟是他不知何物是宝钗更需要的，所以一并带回来了。如果是这样的话，那么东西带回来多，既说明薛蟠待宝钗确实好，也可以说明他并不理解宝钗的内心真正需求和爱好。还有带回的泥捏人像，不是也能让我们想象薛蟠当时做模特让捏泥人一展技艺的场景吗？让薛宝钗好笑的，还不仅仅在于泥人很像薛蟠，而且是这种捏泥人的场景，把对于地方风情的猎奇态度与薛蟠具有儿童般天真的一面结合了起来，并且在这过程中，似乎把宝钗也拉进了一个新的场景，让本来似乎是习惯于薛蟠外貌言行的妹妹，用新的眼光仔细看起对方来，从而或多或少唤醒了亲人间已经近乎麻木的温情。说因为薛蟠待宝钗不薄让她心里欢喜，倒还是其次的。

如果说，宝钗因为薛蟠从苏州带来的礼品而让自己感到亲情充溢的愉悦的话，那么，当她把许多礼品转赠给黛玉时，黛玉却因此感到亲情的匮乏而伤感。因为她看到这些礼物，想到的是没有来自家乡的亲人，从而表明家乡已经没人牵挂她，也不需要她牵挂。在这里，对于宝钗来说，具有地方特色的礼物是可以满足猎奇心态的，并且附加了对亲情的重温。而对于黛玉来说，这些出自她家乡的礼物，不但没有异地的奇异光环，反而提醒了她尽管拥有这些物品，却无法延伸到对家乡亲人的思念。后来宝玉看到她落泪，故意说是因为薛宝钗礼物给少了，这样近乎胡搅蛮缠的安慰，不过是宝玉真心希望她能把心思从人转向物而已。总之，在这一回中，借助对富有地方色彩的苏州风物的描写中，相关人物的心理也被揭示得相当深刻。

苏州地域影响到小说创作的，不仅在于江南苏州的环境、出产的民俗风物和苏州的名人，而且在于小说中，作者有意识引入了一批苏州女性人物形象，呈现了她们的特有风貌。

这其中，除开最为人熟知的黛玉外，还有妙玉、香菱和龄官等。本来龄官作为十二位从苏州买来唱戏的女子之一，应该与其他演戏的一并纳入，但恰恰因为她最善演戏且性格孤傲，成为十二位演戏者中最早受人关注的。

不知作者是有意还是无意,小说写进入贾府的痴情女子,似乎以苏州籍的居多。或者也可以这样说,在小说中,苏州籍的女子大多痴情,且大多爱得很专一。林黛玉痴情于贾宝玉自不必说,妙玉作为出家人,轻易不与人交往,其孤高自许、目无下尘,远甚于黛玉,但对宝玉情有独钟,影响了她在空门的清净生活,才让人有"不洁"之叹。而香菱,虽然薛蟠对她谈不上有真正的爱,她却把心思全放在薛蟠身上,薛蟠被柳湘莲教训,害其哭肿了眼睛。薛蟠出远门,香菱跟黛玉学诗,梦里得来一首最成功的诗,却是一首以思妇形象自居的作品,如明月照沟渠般用情于薛蟠,实在是一件无可奈何之事。而龄官,对贾蔷一往情深而对旁人不予搭理,以至于让在旁的宝玉看得发呆,也是小说最动人的篇章之一。藕官与蒟官之间的假戏真做同样让人动容。可以说,小说写得最动人的恋爱篇章大多与苏州女子有关联,恐怕不算是夸张的断语。

由此带来的一个问题是,作者在塑造这些人物形象时,真的有一种若隐若现的地域观念吗?苏州的诗画意趣,文采风流,真的强化了一个地方人物的情感基质吗?贾宝玉无意中说出的"地灵人杰",是否隐含了作者的一点意思?还是历代江南情诗的丰富和灵动,给了作者以创作的滋养?

此外,讨论江南苏州地域文化,很难回避苏州园林问题,特别是这与《红楼梦》内部空间结构紧密相关。以前讨论《红楼梦》的大观园,虽然争论很多,但说是对苏州园林特点的继承和发挥,应该是没有问题的。而苏州园林以幽深的曲径和富有层次感的景物营造,与园林主人性格形成一种有趣的融洽关系,是不是对苏州人的心智气质造成一定的影响呢?或者,苏州园林与其说更近似文人气质,还不如说更近似女性情感的幽深更好些呢?现在我们讨论大观园中各处院落与居住者的关系,是否也应该从更大范围内来考虑苏州园林的地域风格呢?总之,自然风物、人物性情、空间构造,如此连绵而成的苏州地域风貌,成为江南文化中一个最重要的城市标志性地区,可一并纳入我们视野中深入讨论。

《红楼梦》的官话与江南方言的掺杂

几十年前，关于《红楼梦》涉及的江南方言问题，由戴不凡先生引发过一场讨论。他从《红楼梦》中有大量吴方言词语存在这一事实，推测《红楼梦》的原作者并非曹雪芹，是在一个熟悉吴方言的作者创作的初稿基础上，改用北京官话来重新加以润饰的。在他看来，同一个作家"绝不可能既用京白又用苏白'双管齐下'来写小说"，因此，他得出结论："它的旧稿原是个难改吴侬口音的人写的（他还能说南京和扬州话），而改稿则是一位精通北京方言的人的作品。"

对于这种观点，陈熙中、侯忠义等先生予以了有力反驳，认为戴不凡先生是把方言和方言词汇混为一谈了。此外，戴不凡先生认为书中有大量的吴方言词语，显然是夸张之词，而且有太多的误判，就他所举的二十个典型吴方言词语来说，有不少是和其他方言区通用，有的则已被官话所吸纳，或者有些本来就不是地道方言。这些，陈、侯两位先生言之甚明，无须赘言。

我这里重提这场讨论，不是要从书中用到的方言来推论可能的作者问题，而是思考，就小说整体的遣词造句来说，作者对北方官话的运用是相当娴熟的，他完全可以保持这种语言运用的纯粹性，为什么作者没有这么做。最主要的原因可能不是像戴所说的，原作者还改不了方言用词的习惯，或者定稿的作者没有把这些方言用官话来替换干净，而是作者觉得小说需要这样用。这跟作者的用语习惯没有必然关系，而是跟人物描写有关系。因为这些个别方言词语，大多用在人物言语或者内心独白方面，构成描写人物形象的重要组成部分。

比如，吴方言骂人的"下作"一词，曾七次出现在小说人物的言语中，其中王熙凤说到三次，王夫人、刘姥姥、李纨和袭人各说了一次。"下作"是形容词，吴方言有时候在使用中，还和"胚"或者"胚子"组合成名词，不过在《红楼梦》中，除开袭人言说时作形容词用外，作名词用的，都有新的组合，并跟其他成分进一步结合，显示出不同人物在使用同样方言词语时，既有相同又有差异的表达效果。这里举几例来分析。

第三十回，写贾宝玉和金钏打情骂俏的话，被在旁假寐的王夫人听见，王夫人翻身起来，照着金钏脸上就打了个嘴巴，指着骂道："下作小娼妇，好好的爷们，都叫你教坏了。"

第三十六回，凤姐从王夫人口中得知姨娘抱怨减少了她们丫鬟的月钱后，走到屋外，对着众人骂街似的说："我从今以后倒要干几样尅毒事了。抱怨给太太听，我也不怕。糊涂油蒙了心，烂了舌头，不得好死的下作东西，别作娘的春梦！"

第四十回，刘姥姥带板儿二进贾府，嫌板儿不守规矩，就打了他一巴掌骂道："下作黄子，没干没净的乱闹。"

这三处骂人，都使用了"下作"这样的吴语词语，因为用这一词语，更能够表现言说者自身的情绪激动和泄愤的力量，这是共同的特点。差异在于，组合成的名词有很大变化。

王夫人是以"小娼妇"来定性这"下作",其实是和之前宝玉与金钏的打情骂俏有一定关系。而凤姐这边,因为是骂街式的散漫,没有具体对象,"东西"是一个模糊的概念,与"下作"组合起来,力量在前面不断叠加的修饰语中被弱化了。或者说,"下作东西"不是凤姐要骂人的主要目的,倒是修饰语呈现的各种诅咒,什么"糊涂油蒙了心""烂了舌头""不得好死"才是她骂街的意图所在。但借助"下作东西"这一主体的指认,凤姐是要引出各种诅咒。至于刘姥姥,在"下作"后用"黄子"(即讨厌之人)这样的俗语来组合,还是为了强调刘姥姥乡野之人的身份特点,因为单单用"下作"这样的方言,特别是这样的方言已经被贵族频频使用时,还需要用"黄子"这样的俗语,把刘姥姥的言语风格进一步拉到尘土里去。

有意思的是,第四十六回,写好色的贾赦企图讨鸳鸯为妾,鸳鸯坚决不从,还跟平儿、袭人等说起此事,当时袭人议论道:"真真这话论理不该我们说,这个大老爷太好色了,略平头正脸的,他就不放手了。"也许是程乙本觉得"太好色"这样的形容还不够有力,所以把它改为"太下作",这么一来,指责的意味更浓,感情色彩也更强烈了。但问题是,袭人一向是恪守伦理规范,奴才应守的规矩她总是相当自觉的,所以在指责其"太好色"前,特意要作出不该说的声明,而且还在"大老爷"前冠以"这个",其实是要把他从一般意义上的老爷中区分出来,为自己说出不尊敬的话,留出回旋余地,措辞这么小心翼翼,若像程乙本那样改为方言"太下作"以强化感情和贬低的力度,其实是欠妥的。

再比如,吴方言"过人",是生病传染的意思。第五十一回写晴雯感冒,不想回家去养病,就让宝玉一边悄悄请大夫诊治,一边让人向府里大奶奶打招呼。大奶奶让人回复说,如果吃了药不好,还是需要回家去养,"恐沾带了别人事小,姑娘们的身子要紧的"。话说得很冠冕堂皇,其实还是怕晴雯把病传染给别人。气得晴雯边咳嗽,边喊道:"我那里就害瘟病了,只怕过了人!我离了这里,看你们这一辈子都别头疼脑热的。"这里,晴雯的情绪十分激昂,反弹强烈,再说她本来就是火爆脾气,所以才说"过了人"这样的方言,就比较合理。

一般而言,人处在激动时,容易说本乡本土的方言,即使其基本的言语方式是官话,或者说,恰恰因为是以官话为基本言说方式,方言也就成了对常规的偏离,并因为偏离而增加了表现力。这是言语的偏离,也是情感、情绪的偏离。

采用方言描写的意义还不止于此。

第七十一回,写司棋在跟她的兄弟幽会时被鸳鸯看见了,鸳鸯当时说的是"要死,要死",这个"要死"是什么意思?蔡义江先生曾指出,庚辰本点去"要"字,在旁边改为"该",这样把"要死,要死"改为了"该死,该死"。其实"要死"是江南方言,里面既有官话"该死"的责备意味,也有表现女子羞于闻见的状态,看到了不该看的东西而情不自禁说出的话,它与官话带有责备之意的"该死"有着微妙的区别,或者说,比"该死"的含义要更丰富些。不妨说,当读者用官话的方式来理解、解释方言的对应词语时,给出的义项,有一些是不能涵盖其全部意义的,这就不单单是情感或者情绪的差异问题。

总之,当《红楼梦》作者以基本的官话表达方式让广大读者便于理解时,也没有完全放弃方言的表现力。怎样适当引入一些方言词语加以恰到好处的运用,以增加言语刻画人物的生动性,这也体现出作者的一种艺术匠心。

《红楼梦》与江南美食

《红楼梦》写到过不少美食,有人曾根据小说中提及的食材和菜肴名称,梳理出版了《红楼美食》《红楼梦饮食谱》等书籍,而扬州饭店、西园饭店等,还据此开发出颇具规模的"红楼宴",红学家和大厨们曾组团出访海外,让大家品尝研发的饮食,受到不少海外华人的追捧。笔者2004年在扬州西园饭店参加"《红楼梦》学术研讨会"时,也品尝过红楼晚宴,吃了传说中的茄鲞等佳肴。

把小说中提及的食材和菜肴加以考证梳理让人品鉴,或者研制现实版的菜系,让人一一品尝,虽然无法评价其与小说描写的感觉是否吻合,但据此引发人们新的食欲,并且在大快朵颐中,获得一种超越感官享受的文化陶冶,这是研究、开发红楼美食的价值所在。

按通行的观点,《红楼梦》虽主要是在北京写成,涉及的日常生活似乎也有北方人生活的影子,比如经常提及人物上炕吃和睡,但曹家毕竟在江南有较为长期的生活积累,从曹雪芹曾祖父曹玺开始专任江宁织造,经祖父曹寅直到父辈曹頫在任上被革职抄家,他们在江南待了六十多年。那种繁华的岁月给后辈留下较为丰富的记忆,即使后来流落到北方,他们的一些生活习惯,有时候也未能摆脱江南地区的物质和文化的生活习俗。

据说,曹雪芹到北京后,仍然嗜好南方美食,所以裕瑞《枣窗闲笔》记录关于他的传闻说:"若有人欲快睹我书,不难,惟日以南酒烧鸭享我,我即为之作书。"这里提到的南酒和烧鸭,就是典型的南方饮食。

小说中,也有不少地方提及贾府中人保留南方饮食习惯的,比如最常见的就是红楼人物以吃米饭而不是面食居多,南酒、绍兴酒等一类南方酒水也是他们喜欢的,似乎男女都欢迎。第六十三回怡红院的众丫鬟单独为宝玉过生日,特意藏下一坛绍兴酒,最后喝倒了好几个。

当然,《红楼梦》毕竟是一部小说而不是食谱,所以即便提及了不少江南美食,但总是会把这些美食的书写置于特定语境中,在或详或略的书写中,为全面展示人物的生活状态或心理世界,为推动故事情节的发展,起特殊的作用。而依附于其中的江南生活梦,则若隐如现,贯串始末。

第十六回,贾琏陪黛玉把她去世的父亲林如海送回老家落葬,返回贾府后,贾琏的奶妈赵嬷嬷正好前来,凤姐因向平儿道:"早起我说那一碗火腿炖肘子很烂,正好给妈妈吃。"又道:"妈妈,你尝一尝你儿子带来的惠泉酒。"这里,火腿炖肘子是江南一道名菜,而惠泉酒是用无锡惠泉水酿的酒。她们在一起那么兴高采烈地品尝江南的饮食,是因为元妃被封为贵妃,而且恩准回家省亲,于是赵嬷嬷和凤姐边喝惠泉酒,边争先恐后谈起了当初在江南接驾的事,谈论昔日的江南繁华岁月与当下品尝江南美食组合在一起,感官的品尝与记忆的印象,似乎妥妥地互相刺激。这是江南故乡味道的品尝,也是昔日繁华梦的重温。

江南饮食不但打通了感觉和记忆,而且也打通了书里和书外的两个世界。

第五十四回写贾府众人元宵聚会,袭人鸳鸯因为刚遭遇丧母,没有参加,躲在怡红院里做伴聊天,老祖宗吩咐拿些席上的食品装盒送过去,宝玉当时没在场,路上碰到了送吃的那些媳妇,就让跟随的丫鬟把食盒揭开来看,小说写端着食盒的媳妇们忙蹲下身子让宝玉看,见里面是"席上所有的上等果品菜馔"。这里并没有写出具体的果品菜肴名称,但恰恰是宝玉看的举动,对送给丫鬟食物的关注,勾起甲戌本中脂砚斋对江南美食的回忆,忍不住写下评语:"细腻之极!一部大观园之文皆若食肥蟹,至此一句,则又三月于镇江江上唼出网之鲜鲥矣。"在这里,不仅是宝玉对饮食的关注引发了脂砚斋的感叹,而且一切细腻的文字描写,似乎都可以在阅读过程中,转化成一种江南美味的感官享受。文字释放的力量与江南美食的力量相得益彰。

江南是水乡,美食也以水产品显示特色。上述脂砚斋提及的肥蟹、鲥鱼等荤腥自是江南美味,有些水生蔬菜,也有其不可替代的价值。

第六十一回写司棋让小丫鬟莲花儿去吩咐厨房柳家的给她做炖蛋,厨房柳家的推说食料不够,被莲花儿揭老底说:"前儿小燕来,说'晴雯姐姐要吃芦蒿',你怎么忙的还问肉炒鸡炒?小燕说'荤的因不好才另叫你炒个面筋的,少搁油才好'。"长在江边的芦蒿有着一股春天特有的鲜嫩气息,向来吸引着人的食欲。当然,作为一种蔬菜却要用猪肉或者鸡肉作配料,有意在食材上进行主次翻转,这也如茄鲞配料那样,是富贵人家才会有的一种做派。

不过,最值得讨论的,还是小说两次写到的江南名菜——莼菜。

"莼鲈之思"是著名的典故,晋代的张季鹰为思念江南美食莼菜羹、鲈鱼脍而辞官洛阳,历来成为美谈。第二十八回写宝玉所唱当时流行的相思曲《抛红豆》,其中咏叹恋人深陷相思苦恼中的感觉,举的就是江南日常饮食状况:"忘不了新愁与旧愁,咽不下玉粒金莼噎满喉。""玉粒"即米饭,"金莼"即莼菜,暗示了一位江南有情人的生活习惯。而以金玉形容珍贵的米饭和莼菜难以下咽,也强调了愁绪之强烈。有意思的是,程乙本整理者不理解"金莼"与江南地域关联的特殊性,把"金莼"改为"金波",居然让液体的饮料也能噎喉,不但违背了生活常识，而且也失去了特定的江南文化内涵。日前读白先勇的《细说红楼梦》，发现他认为脂抄本中的"金莼"之"莼"是怪字，转而欣赏程乙本的"金波"，实在是令人有些匪夷所思了。

另有一处是第七十五回，写贾府过中秋夜，各房都有菜装了食盒来孝敬老祖宗，老祖宗说吩咐过几次要把这一惯例去除，何以没照办？王夫人笑道："不过都是家常东西。今日我吃斋，没有别的。那些面筋豆腐老太太又不大甚爱吃，只拣了一样椒油莼齑酱来。"贾母笑道："这样正好，正想这个吃。"

贾母最终的话似乎说明了，用莼菜调制成酱这样的江南美味，才是挡不住的一种诱惑，她之前不无严肃的几次吩咐，自然可以暂时搁置执行。而王夫人心领神会的笑答，颇有拈花微笑的默契了。

苏州园林和大观园之美

《红楼梦》中的大观园,有以为是虚拟的,也有以为是写实的;有以为是理想的,也有以为是现实的。而主张写实的人,一般会举北方的恭王府或江南的随园等为现实的蓝本。但无论观点如何,作为一种园林艺术,大观园对苏州园林特点的继承和发挥,那种如刘姥姥进大观园所说的,如人在图画中的总体感觉,应该是没有问题的,这也正是叶圣陶在《苏州园林》一文,对江南园林作的基本概括。大概也是因为这一原因,传说曹雪芹小时候曾经在苏州的拙政园小住过一段日子,也并非空穴来风了。

苏州园林一般可以从山水规划、建筑布局、花木种植等角度来分析,而对大观园的讨论也不外乎这些方面。不过,大观园除了元妃省亲使用过一次外,主要就是宝玉和众姐妹的日常居住环境。这样,把自然景观、人工建筑与人的日常活动结合在一起书写,让人物本身也组合在园林中成为一道风景,让人与自然的关系得以充分展开,构成大观园环境描写的一种特色。

相对于山水规划和建筑布局的稳定，花草树木受自然气候的影响更大一些，所以，大观园虽然是从空间意义上得到呈现，但园内的四季轮换，自然变化在花草树木上的表现及给人带来的感受，同样有更充分的描写。以《红楼梦》前八十回来说，秋季占篇幅最多，大约有二十五回；春季其次，大约占二十三回；再次，冬季占了约二十回，夏季占了约十三回，在凸显春秋两季的重要位置（咏叹春愁秋思，或者说女子悲春男子悲秋，在传统诗词中最为丰富）时，也给冬夏两季保留了一定篇幅。

于是，在不同的季节中，大观园中的宝玉和众姐妹，在山水、建筑和花草等多层次的环境中，呈现了各自的美感，折射了特有的情感世界。大观园涉及的花草树木有两百余种，所以在不同的季节，人总是能够与相应的花草世界互相映衬，显得多姿多彩。

春天里，桃花树下，宝玉展读《西厢记》，当书中"落红成阵"的描写飘过他眼前心头时，一阵风来，也把落瓣吹满了他一身，这是心灵世界与物质世界的和谐。但也有经过不和谐的曲折而逐步达成的和谐，如第五十九回《柳叶渚边嗔莺咤燕》写及的内容。

夏天里，龄官在蔷薇花下不断重复着书写一个"蔷"字，把她满腹的心事倾吐给了自然；也是在夏天，史湘云率真潇洒地睡在了铺满芍药花瓣的青石板上；而香菱，和一群女同伴玩起了天真烂漫的斗草的游戏。

秋天来了，诗社里吟咏着海棠和菊花，满池的残荷叶及滩头的衰草让人感到阵阵秋意，而凸碧山和凹晶馆赏月的不同活动，把凄清之意烘托得淋漓尽致。

到冬天，大观园里又有琉璃世界白雪红梅的美，如第四十九回所写的宝玉感受，这种美在薛宝琴带着丫鬟捧红梅走在山坡雪地里时，又掀起了审美的高峰，被老祖宗认为是胜过了仇十洲的名画。

大观园既体现时间意义上的四季轮回美，也体现空间营构意义上的多层次美。

第四十九回写到琉璃世界白雪红梅，循着宝玉的视角，空间的角度不断在改变，层次不断在推进：

  虽门窗尚掩，只见窗上光辉夺目，心内早踌躇起来，埋怨定是晴了，日光已出。一面忙起来揭起窗屉，从玻璃窗内往外一看，原来不是日光，竟是一夜大雪，下将有一尺多厚……出了院门，四顾一望，并无二色，远远的是青松翠竹，自己却如装在玻璃盒内一般。于是走至山坡之下，顺着山脚刚转过去，已闻得一股寒香拂鼻。回头一看，恰是妙玉门前栊翠庵中有十数株红梅如胭脂一般，映着雪色，分外显得精神，好不有趣！

这里，人所在的当下位置，把外与内、近与远、前与后的空间层次，分隔得细腻而又富有想象力，因为在人向外部世界的观察中，同时有向自身心灵、自身想象世界的努力开拓，像其中一句"自己却如装在玻璃盒内一般"即是。而苏州园林园中有院的丰富格局，比如此段中怡红院和栊翠庵分隔形成的不同特点，也丰富了空间的层次感。

当然，上述的空间位置变化，基本是在水平面的，在垂直轴的高下方面，在自然与人工的整体结合上特别见出空间设计匠心的，可举第七十六回为代表。这一回关于回目《凸碧堂品笛感凄清　凹晶馆联诗悲寂寞》，史湘云有过一段议论：

  这山之高处，就叫凸碧；山之低洼近水处，就叫作凹晶。……可知这两处一上一下，一明一暗，一高一矮，一山一水，竟是特因玩月而设此处。有爱那山高月小的，便往这里来；有爱那皓月清波的，便往那里去。

这里不仅有山水月色和建筑的综合性设计，耐人寻味的还在于，当老祖宗带着人在凸碧堂赏月，又让女孩子在桂花树下吹笛助兴，这样，月色、桂花香和悠扬的笛声，让人感受的是视觉、嗅觉和听觉的全方位享受。而通过清点凸碧堂茶具，发现少了一个茶杯，了解到是史湘云身边丫鬟翠缕拿走的，又把凸碧堂的赏月活动自然过渡到史湘云和林黛玉的凹晶馆月下联诗。山上与近水的两处空间，以人物活动的动态方式连接了起来。

不过，苏州园林毕竟是人工开发的一个个园区，往往是在城市喧嚣环境中建起的一个相对隔离的自然环境，其中虽然有构成自然的一部分元素，但其本质上的非自然性，使得这种美也带有很大的非自然性，所以如何在自然和非自然中勉力达成一种协调，正是有关大观园艺术审美中需要考虑的。第十七回贾政带着贾宝玉等初次游览刚落成的大观园，贾政与宝玉围绕着"稻香村"发生的有关"天然图画"的争执，其实触及了苏州园林艺术中一个本质性的问题。而宝玉认为把这处景点设计成田庄有可能违反了自然美的原则，是有一定道理的。后来，年轻守寡的李纨恰好成了这处院落的主人，其在"群芳开夜宴"中，抽签抽到的是"竹篱茅舍自甘心"一句旧诗，这种"自甘心"的心态和表现的行为与院落间，是否有作者暗示的一种非自然的关联性呢？

也许，园林问题，最终还是要从人的问题、社会制度问题出发来理解，并由此引发大观园美的被毁灭的总问题，这是需要另文来讨论的。

《红楼梦》的因花写人

我在《苏州园林和大观园之美》一文里,讨论了大观园涉及的两百余种花草树木,在不同的季节,与身处其间的人物互相映衬,呈现了多姿多彩的美景。

从以往的研究成果看,较多的学者留意于花卉意象与女性的隐喻关系,比如讨论群芳开夜宴,人物抽取的不同花签,是在暗示花名、签上的诗句与人物命运、性格的对应关联。典型如宝钗,抽取"艳冠群芳"的牡丹花签,以及签上诗句"任是无情也动人",都是和宝钗的容貌、性格比较吻合的。还有,探春居室内布置的大朵菊花,妙玉栊翠庵里的雪中红梅,等等,那种花属性与人气质的暗通性,都引发过学者的分析。

当然,指出《红楼梦》中花与女性之间,有着或形象或气质或命运的关联,指出作者有以花喻人的创作动机,只是一个方面。我们还应该看到,作者对这种隐喻的自觉运用,在小说情节发展中,往往体现出动态性、多样化的态势。

即以宝钗而论,我们固然可以把牡丹花签与她这一人物形象建立起关联,但这种关联由抽签而来，带有很大偶然性，是受事件背后"看不见的手"生硬捏合的。当宝钗作诗咏叹各种花卉时，当她把海棠、菊花、柳絮等一一呈现在诗里时，这些花卉就不再是自然界的静物，而被赋予了抒情主人公自身的理解，并依托这种理解，把自己的气质和心态的某个侧面，也暗示了出来。这样，在"咏海棠"的"珍重芳姿昼掩门"中，我们看到了宝钗的内敛；在"咏菊花"的"聚叶泼成千点墨"中，我们看到了宝钗的奔放；而在"咏柳絮"的"送我上青云"中，我们看到了宝钗的昂扬。结果是，"借花喻人"的静态修辞，在人物赋予花的个性中，成了"因花写人"的动态效果。

相比人们习惯于把女性与花卉联系起来，男性与花卉的关联性就要松懈得多。

虽然有学者根据"香草美人喻君子"的传统，对《红楼梦》花卉与男性的关系作了若干联想性阐发。而贾府末代草字辈男子的命名，似乎也给这种联想提供了文本依据。但从实际内容看，这样的联系在小说中展开得并不充分。一则，贾府以写玉字辈的人为主，末代草字辈的人是被边缘化的。再则，小说的宗旨在于抬高女性，贬斥男性（浊臭逼人），所以很少有男性可以进入"香草美人喻君子"的谱系中。从小说的实际描写看，除了提及蔷薇花架下，让深爱贾蔷的龄官，产生了在泥地上不断书写"蔷"字的冲动；贾芸的名字，让人想到他承包花卉采购；还有贾兰的命名，他行为处事的洁身自好，比如不愿介入学堂打闹事件，让人想到了君子兰的气质。但总的来看，类似的客观描写或者引发读者的主观联想，还是稀缺的。

在此背景下，作者写贾宝玉与花卉的广泛联系，就有了不寻常的意义。

宝玉居住在大观园怡红院，别号"怡红公子"。"怡红"之"红"，是因为院内有大朵海棠花而得名，而花卉与女性的隐喻关系，使得宝玉之"怡红"，兼有喜欢女孩子的暗示性。这样，不是让花卉成为贾宝玉自身性格或者命运的一种隐喻，而是成为宝玉行为主体指向的一种客体，一个动词所及之物，并让这种主客关系在小说的不同语境中充分展开，成为描写贾宝玉及其人物关系的又一种策略。

先进入读者视野的是，面对花卉的生长与凋零，宝玉总有对女性命运的颇多思考和感叹。

第二十七回，因黛玉在山坡葬花的行为及其哀叹，触动了宝玉对女性命运的整体思考。第五十八回，写病后初愈的宝玉，在园中看到杏树花落叶稠，不由得感叹"能病了几天，竟把杏花辜负了！不觉已到'绿叶成荫子满枝'了！"由此想到邢岫烟已择了夫婿，从此"又少了一个好女儿"，想到杏树子落枝空，进而想到邢岫烟会红颜枯槁，不免陷入无限感伤。在这里，自然花卉的生长规律与女性命运构成一种平行对照关系，让宝玉看到了女性命运的浓缩，这是人和花卉同样受制于自然规律的必然认识。尽管认识这种规律是一件极为稀松平常的事，问题是，在日常生活中，有人常常会在意识中屏蔽类似的感受，而宝玉却常常让自己的感觉世界充分打开，并自觉展开联想，才显示了他那悲天悯人的情怀。

小说也借花卉传递和取舍，写出了宝玉与女性的情感维系，折射了宝玉与女性的品性特质。

第五十回，写诗社在雪天联句，宝玉不善于此。李纨就责罚他去栊翠庵向妙玉讨要红梅。众人都赞这样的责罚高雅有趣，而宝玉也是欣然前往。在《妙玉的矫情》一文中，我分析过宝玉与她的特殊关系，宝玉为红梅而去，正好有了见她的理由，而李纨守寡在家，一般情况下，作为小叔子的宝玉很少有机会去帮助她。此时为李纨去讨要红梅，既看望了妙玉又讨好了李纨，如此一举两得，何乐而不为？耐人寻味的是，雪里红梅带来的彻骨寒与扑鼻香的感受张力，其实也贯通了李纨和妙玉的为人习性。妙玉出家为尼和李纨居家守寡，应该都是清心寡欲的。而李纨抽取的花签是一枝老梅，也对此有所暗示。但李纨直言讨厌妙玉之为人，却又喜欢她庵里的红梅，这正是分层描写人性和人际关系的微妙处。第五十二回,薛宝钗送一盆水仙花到潇湘馆,林黛玉转赠给宝玉,说不是不喜欢,而是屋子终日煎药,怕花香和药香串味。宝玉却求之不得,说屋子里花香药香各种香都要有。前者求纯粹,后者求齐全,由此看出两人的不同趣味和处世风格。

比较特殊的是,小说写花卉,也在写宝玉对于无法落地的男女关系的美好想象。

第六十二回《呆香菱情解石榴裙》,写香菱和荳官玩斗草游戏,香菱拿出的是夫妻蕙,荳官拿不出对应的草,于是就笑话她思念出门很久的丈夫薛蟠,所以才编造夫妻蕙这样的名称。两人打闹起来,还弄脏了新的石榴裙,恰好贾宝玉也来玩斗草,他拿出并蒂菱,与香菱的夫妻蕙正好配对。接下来,宝玉让袭人把她的新石榴裙换给香菱,又拉着香菱的手把夫妻蕙、并蒂菱埋在泥坑,其实是在各自的心里埋了一个秘密,也是把一种无法进一步发展的美好关系藏到了心里。

有时候,小说也借助写花,写出了宝玉内心的一种障碍和顾虑。

第二十五回写宝玉无意看到小丫鬟小红,对其产生好感。第二天清早起来顾不得梳洗,借着欣赏院里的海棠花来寻找小红,而花又遮挡了他的视线。此时,花既是宝玉找人的借口又成为他看人的障碍,小说借助人与花所处的空间位置来折射人物心理和人际关系,是更复杂、更值得注意的。对于这一问题的详细分析,可参见《〈红楼梦〉的礼仪空间与小丫鬟的逆袭》一文。

随着情节的发展,小说渐渐被家族的衰败和人物的悲剧气氛所笼罩,贾宝玉在晴雯死亡后,以几乎绝望的笔调写出《芙蓉女儿诔》,这篇抒发宝玉哀思和无奈的绝唱,在很大程度上,也可以理解为小说有关贾宝玉和花卉结缘书写的终结。

《红楼梦》和陆游诗

作为"文备众体"的集大成之作,《红楼梦》不但借笔下人物或者叙事设计,呈现了许多诗词曲赋作品,而且结合小说特定情境,也对前人的创作有较多具体的欣赏和讨论。如何看待这些欣赏和讨论,是一个饶有趣味的话题。

一些学者讨论过林黛玉对《牡丹亭》曲词的细细品味,也讨论过香菱学诗时对王维诗句的赏析,而散落在小说各处的其他零星议论,还有待我们进一步梳理。当然,这里涉及一个问题,这些议论是否可以代表作者所要正面表达的观点?或者仅仅配合了人物塑造和情节需要的一种即兴发挥?此外,人物所说的话,有多少是发自内心?比如刘姥姥游大观园,宝玉看到水中的枯荷败叶,就让人来收拾。薛宝钗则解释是这几天没工夫收拾,言外之意,对于收拾枯荷的要求,还是基本认同的。不料林黛玉突然发话:"我最不喜欢李义山的诗,只喜他这一句:'留得枯荷听雨声。'偏你们又不留着残荷了。"宝玉附和说:"果然好句,以后咱们就别叫人拔去了。"我们看林黛玉这三句话,一句一转折，似乎既怼了宝玉，也暗暗有跟宝钗较劲的意思。那么问题来了，她果真不喜欢李义山诗，还是仅仅借题发挥，以示自己与宝玉、宝钗有不同的审美趣味？如果是后者，像有些人郑重其事去讨论林黛玉何以不喜欢李义山诗，是不是又有点迂腐了？说起来，孤高自许的林黛玉好批驳别人，这个问题放到下文来具体讨论，这里先分析她对陆放翁诗的批评。

话说薛蟠远走他乡经商后，香菱好不容易逮着机会进大观园向黛玉学诗。得到黛玉首肯，就与老师交流自己的学习基础，以便老师"因材施教"。说自己偷空看过诗，琢磨过写诗的门道，然后宣布："我只爱陆放翁的诗'重帘不卷留香久，古砚微凹聚墨多'，说的真有趣！"正说在兴头上，却被黛玉立马叫停，说断不可看这样的诗，理由是"你们因不知诗，所以见了这浅近的就爱，一入了这个格局，再学不出来的"。该诗句摘自陆游的《书室明暖，终日婆娑其间，倦则扶杖至小园，戏作长句》一诗。另外，他《闲中》一诗，也用过"凹"字来营造类似意境，所谓"活眼砚凹宜墨色，长毫瓯小聚茶香"。总之，那种生活的舒适感，能有一份闲心留意香气停留时间的长短和聚墨的多少，如此意境的浅近而局促，似乎太满足于生活的小确幸，才使得黛玉叫停了香菱的"最爱"。这样说，应该是没有问题的。

不料小说第七十六回写贾府过中秋节，老祖宗等众人在凸碧山庄联欢，黛玉和湘云为了躲清净，跑去水边的凹晶馆联诗玩。湘云说到这两处景点的命名，感慨："这山之高处，就叫凸碧；山之低洼近水处，就叫作凹晶。这'凸''凹'二字，历来用的人最少。如今直用作轩馆之名，更觉新鲜，不落窠臼。"最后断言："只是这两个字俗念作'洼''拱'二音，便说俗了，不大见用，只陆放翁用了一个'凹'字，说'古砚微凹聚墨多'，还有人批他俗，岂不可笑。"虽然湘云继黛玉教香菱学诗后，也曾跟香菱没日没夜地交流过读诗的体会，但因为书中没写香菱把黛玉否定陆放翁的这类诗句转述给湘云听，所以我们不能说湘云发这样的议论，是冲着此前黛玉观点而来的。而在旁的黛玉听了湘云这番议论，也不曾反驳，只说这两处景点的命名本来就是她所拟，好像还在以自己的行为来认同湘云的说法。难道说黛玉改变想法了吗？围绕着陆游诗句，不期然形成的两人处在不同时空的对话，观点似乎又是截然相反的，这到底怎么看？

我以为，这里既有自洽的一面，也有相抵触的地方。

因为黛玉说这番话时，针对的是初学者。学诗先要格局做大，以后的发展才能不致受浅俗细巧的刻画所拖累，而对于大诗人陆游来说，在已经建立起的大格局前提下，即便有此细巧刻画，自不必受拘束。此外，黛玉是就香菱的一个较为抽象纯粹的阅读世界来谈这个问题的，而湘云谈到这句诗，对应着凹晶馆这一具体语境，正是此情此景命名的贴切，才激活了古老诗句的意境，达成互为阐发、互为补充的意义增值，让湘云对这句诗有了感悟，也在一定程度影响了黛玉的思维，更何况这两处的景点本来就是黛玉命名的。最后，我们也可以说，黛玉评价陆游诗句是就意境来说的，而湘云更侧重于用词，因为指向不同，两种观点还是可以自洽的。

两种观点确实还有相抵触的一面，是因为毕竟这是两位个性有一定差异的人的看法。相对来说，林黛玉为人要拘泥一些，而湘云则敢作敢为。她曾无所顾忌去芦雪庵吃烤肉让黛玉感觉强烈的膻腥气，甚至称芦雪庵遭受了劫难。于是，湘云以敢于趋俗而见出其气质上的雅，是一种俗中见雅，包括她不忌讳用俗字。但黛玉则不然，她始终恪守雅的藩篱，即便她使用了这样的俗字，她也不会像湘云从世俗的读音中找理由，而是从古人典籍中找依据，还说"今人不知，误作俗字"，恰见出她反驳了湘云从俗的角度来理解。这种因隔空对话而产生的既有契合又有抵触的地方，才是最耐人寻味的。

不过，陆游诗句最先并不是从黛玉对香菱阅读趣味的批驳中进入读者视野的。还有一处围绕着陆游诗句的对话，虽不纯然隔空，但也产生了间接和直接的冲突效果，值得令人品味。

小说第二十三回，写贾政听宝玉回复王夫人话时提及袭人名字，就突然插话问谁是袭人。王夫人答是丫头，贾政就对这一刁钻古怪的丫头名颇为不满。王夫人掩饰说是老太太起的名。贾政立马点破说，老太太如何知道这话，一定是宝玉起的。直到此时，躲在王夫人背后的宝玉才不得已出来坦白说，看古人诗有"花气袭人知昼暖"之句（《剑南诗稿》"昼"作"骤"），想到这丫头姓花，就起了袭人的名字。王夫人要宝玉立马去改，贾政反而道：其实无妨碍，不必改，然后感慨："只是可见宝玉不务正，专在这些秾词艳赋上作工夫"，这是说给王夫人听的，当然也是说给宝玉听的。这里引用陆游《村居书喜》的诗句，既见出父子趣味的冲突，也说明父亲对儿子的了解。有意思的是，本是宝玉和王夫人的对话，贾政因为听到一个奇怪的名字而突然插入，看似会掀起一阵波澜，却又以高高举起轻轻放下的处理，让宝玉手心里着实捏了一把汗。这样，以王夫人与贾政为主要对话的过程中，侧面烘托了在旁宝玉的心理紧张，想到当事人袭人更不知道有这一出，不禁让读者悬想，如她听说了此对话，又会有怎样一番感受。总之，湘云把景点名和陆游诗句联系起来的赞叹、贾政对陆游诗句用于人名的指责与黛玉批评陆游诗，构成一种参差性对照和隔空对话，还是很值得令人玩味的。

说到命名，第十九回回目是《情切切良宵花解语　意绵绵静日玉生香》，"花解语"典出唐明皇口中的杨贵妃当然没问题，有学者推测此标题典出《西厢记》唱词"娇羞花解语，温柔玉有香"，也有一定依据。不过既然这里的"花解语"指袭人，袭人的名字与陆游诗句有关，那么，陆游《闲居自述》诗中有"花如解笑还多事，石不能言最可人"的句子（"解笑"二字从"解语"化出），以多事的"花解语"对峙可人的"石不言"，考虑到贾宝玉与石头的关联性，《红楼梦》流传的一切都是从"石能言"开启的。于是，从读者角度引入陆游的诗句以形成与作者所拟回目乃至书名的一种对话，其反讽的意味也是相当足的，一笑。

《红楼梦》与李商隐诗

李商隐诗和《红楼梦》的关系，是一个饶有趣味的话题。

一方面，颇具诗才而又辅导香菱学诗的林黛玉明确表示，她最不喜欢的就是李商隐诗；另一方面，小说中的几位男女主人公，或直接或迂回，都与李商隐的诗句发生了关联。

第十五回写秦可卿出殡，王公贵族等一班人沿路祭拜，北静王让贾政领宝玉来见面，一见面就对宝玉大加夸赞："令郎真乃龙驹凤雏，非小王在世翁前唐突，将来'雏凤清于老凤声'，未可量也。"这话虽可理解为客套，但引用的李商隐一句诗，倒也十分贴切。该诗题目甚长，交代了写诗的缘起。诗共二首，我把诗题和其中相关的一首引录于下：

《韩冬郎即席为诗相送，一座尽惊。他日余方追吟"连宵侍坐徘徊久"之句，有老成之风，因成二绝寄酬，兼呈畏之员外》：十岁裁诗走马成,冷灰残烛动离情。桐花万里丹山路,雏凤清于老凤声。

韩东郎即韩偓,以写情诗出名,小小十岁就崭露头角,与当时贾宝玉十岁左右的年龄正相配,特别是贾宝玉情种的特点与全诗的抒情性也有关联,而诗句营构出那样一个似乎在远方才可能有的桐花色彩斑斓、凤鸣清脆圆润的美好世界,更十分难得。考虑到宝玉正式出场前后,贾府内外之人对其评价以负面居多,冷子兴说他色鬼,王夫人说他孽根祸胎,叙述者引后人的《西江月》词评价他"草莽""不肖",贾政更是动辄斥责他、呵骂他。那么,我们也可以说,这是小说第一次在较为隆重的场合给贾宝玉以积极评价,而且由一位王爷向贾政来说,引李商隐诗句而获得的一种支撑力量,是我们不容小觑的。

第六十二回,为宝玉过生日,群芳开夜宴,大家行酒令玩射覆的游戏,宝玉射"钗"字以对宝钗提出的"宝"字,在座的香菱引李商隐的诗句"宝钗无日不生尘"来佐证。这说明香菱读书日多,学问见长。更重要的是,把李商隐的诗句和宝钗的名字关联起来,以诗句隐含的诗意,对宝钗的人生走向作暗示。诗句出自李商隐《残花》:"残花啼露莫留春,尖发谁非怨别人。若但掩关劳独梦,宝钗何日不生尘。"一般认为最后一句是借物的宝钗生尘,来写人的宝钗懒得梳妆。问题是,全诗连起来看,毕竟前后有一种指向他人与自我的对比关系,这样,宝钗后来出嫁竟独守空房,其懒于梳妆,究竟该不该"怨别人",就成了一个待思考的问题。

相比于宝玉、宝钗之于李商隐诗歌的直接联系,史湘云与李商隐诗歌的关系,就显得比较迂回与隐晦。

也是在群芳开夜宴的场合,史湘云抽得的海棠花签上有诗句"只恐夜深花睡去"。这是摘引苏东坡《海棠》诗,该诗最后两句:"只恐夜深花睡去,故烧高烛照红妆。"当时,黛玉就借机打趣湘云白天醉卧在花下凉石上的情境,笑说:"'夜深'两个字,改'石凉'两个字。"黛玉的打趣,虽然让人把花签上的诗句与湘云的白天行为联系了起来，但也可说是为苏东坡这首诗添上了与李商隐诗的深一层联系。清代文人认为，苏东坡的诗句"故烧高烛照红妆"脱胎于李商隐诗《花下醉》的最后两句，但凭此要从史湘云联系到李商隐诗，可能还略显穿凿。因为毕竟苏东坡没有写到人在花下醉卧，只是当黛玉的打趣把湘云白天醉卧的场景一并引入时，这种意境的关联性，才让史湘云行为和李商隐诗建立了实质性联系。细读下面的李商隐这首诗歌，情况就清楚了："寻芳不觉醉流霞，倚树沈眠日已斜。客散酒醒深夜后，更持红烛赏残花。"

从意境看，史湘云的醉也相仿于唐代诗人卢纶所写的《春词》，李能知撰文讨论了这一问题，该诗写道："北苑罗裙带，尘衢锦绣鞋。醉眠芳树下，半被落花埋。"小说的场面与这首诗关系是否更近，问题还有讨论的空间。但李商隐诗句经由苏东坡诗句的引渡，加上黛玉的议论在小说前后脉络上的加固，才使得本来是游离的诗句，对史湘云醉卧的指向，一种融合了自然之美和性格之美的指向，才逐渐清晰起来。

当然，真正让人感到困惑的是在第四十回中，林黛玉何以要断然表示不喜欢李商隐的诗？而在这断然不喜欢中，又为何要单独把其中的一句标举出来，让整体意义上的不喜欢来反衬她对这一句的喜欢？也许，她是见宝玉、宝钗等要把大观园中的枯荷败叶收拾走，才说："我最不喜欢李义山的诗，只喜他这一句：'留得残荷听雨声。'偏你们又不留着残荷了。"虽然我们可视为她在故意跟宝玉、宝钗等闹别扭，但林黛玉真喜欢这句诗也是可能的。果然这样，就需要把这句诗放到李商隐诗的具体语境中来进一步理解。

李商隐诗《宿骆氏亭寄怀崔雍崔衮》写对人的怀念："竹坞无尘水槛清，相思迢递隔重城。秋阴不散霜飞晚，留得枯荷听雨声。"与曹雪芹几乎同时代的纪晓岚对结句点评："不言雨夜无眠，只言枯荷聒耳，意味乃深，直说则尽于言下矣"，又说"'相思'二字微露端倪，寄怀之意，全在言外"。这一点评颇为精准。联想到林黛玉平日常有失眠的习惯，那么，这一写雨夜无眠的诗句，真能得到黛玉的喜爱，未必是一种引发愉悦的审美欣赏，或许仅仅是因生动形象地表达出抒情主体的特殊心境而引起的共鸣。

耐人寻味的是，李商隐有专门咏叹荷叶与其情感难分难解的《暮秋独游曲江》："荷叶生时春恨生，荷叶枯时秋恨成。深知身在情常在，怅望江头江水声。"还有如《夜冷》这样的诗："树绕池宽月影多，村砧坞笛隔风萝。西亭翠被余香薄，一夜将愁向败荷。"或者《登霍山驿楼》写风中败荷："衰荷一面风。"我们发现，在流传的李商隐多首诗歌里，枯败的荷叶常常是跟怨愁、无眠、内心的焦虑联系在一起的，甚至成了他愁绪的聚焦物。那么，小说写林黛玉喜欢枯荷听雨声的诗句，在这一构思背后，是不是对李商隐有关荷花败叶的习惯性抒情与林黛玉愁绪相联系的斟酌考虑？这一写作动机，是否存在？

从林黛玉性格和生活习性看，她喜欢这样的诗句，容易对这样的诗句产生共鸣是可以理解的，但要把诗中的意境在现实中复制出来保留下去，让自己沉浸其中流连低回，就不免让人觉得她有自虐的心态。而缺少夜晚无眠体验的宝玉，当他积极配合，有意在现实中保留这一意境的物质条件，是真理解了黛玉的心思，还是在句子层面品味了"果然好句"，进而唤醒了他欣赏雨打荷叶的别样乐趣？或者仅仅出于对黛玉的表面迎合（如同他常常这样做的）？诸如此类的问题，小说没有给出进一步交代，这似乎是作者抛出的一个谜面，就如同林黛玉说她最不喜欢李商隐诗，如此没头没脑，同样是让读者难以一究其谜底的。

第五章

接受研究

反思《红楼梦》重进中学40年

1978年起始的改革开放,影响及于中学语文界,所谓"教育战线拨乱反正",也引发了语文教材内容的大调整,经典名著《红楼梦》重新进入中学语文教材。关于语文教材选入《红楼梦》片段的情况,从具体的选段、编排体例、助读系统等,张心科对此发表过系列文章,作了民国以来近百年的详细梳理,改革开放40年情况已经大致囊括。[1]所以,这里采用大中取小的办法,聚焦问题,仅以人民教育出版社的40年中学语文教材为讨论中心,兼及其他出版社的相关教材,从选编模式、助读系统及教学设计等问题展开讨论,特别是就文学名著的普及问题,提出个人的一些不成熟意见,不当之处,还望方家指正。

---

1 张心科.《红楼梦》在中学语文教育中的接受(1980—1996)[J].红楼梦学刊,2017(6):190-214.《红楼梦》与语文教育(1997—2017)[J].红楼梦学刊,2018(5):319-342.

一、必修教材的选篇斟酌

《红楼梦》进中学,是以进教材为主要标志的。而对于浩繁的长篇巨著来说,在有限的学习时间内,只能从中选取片段。选《红楼梦》哪些片段进教材,有多方面的制约因素和考量,这里先讨论必修教材。

1978年,人民教育出版社修订出版了中学语文教材,是1951年以来的第6套通用教材(以下简称"人教版"),到2018年开始出版全国统编教材(先期推出初中教材),跨度整整40年。其间虽因各地实行一、二期课改,有过多套地方版的中学语文教材出版,并在部分地区使用,但人教版的语文教材一直还在同步广泛使用,并相继修订有第7、第8、第9套全国普通中学教材和实验教材等出版。

1978年修订出版的第6套语文教材,是与初高中四年制配套的,只有一篇《葫芦僧判断葫芦案》课文,安排在高中第四册,这是延续了"文革"前语文教材节选传统。[1]在初中部分,没有涉及《红楼梦》的课文。

1982年出版第7套语文教材以配合初高中六年制时,《葫芦僧判断葫芦案》的课文从高中移进初中教材,而高中语文教材第五册选入了《林黛玉进贾府》段落,与其他几篇现代小说组成小说单元(以后修订时,又把它与其他节选的古典白话小说组成单元)。[2]由此大致确定了初中语文教材和高中语文教材各节选一篇的格局。这一格局前后持续20年,直到2001年新课标颁布,在初中教材仍保持一篇直至今天的情况下,高中节选情况才开始有所变动,从一篇增加到多篇。

当然,抽象地讨论初中教材和高中教材"一"和"多"的关系意义不大,

---

1 2 课程教材研究所. 新中国中小学教材建设史·中学语文卷[M]. 人民教育出版社, 2010: 191, 226.

还是要深入分析，这里的"一"是怎样的"一"，变而为"多"，又是怎样的一种"多"。

先看初中教材，虽一以贯之的只有一篇《红楼梦》节选，但具体篇目有所变动。

自 1982 年选入《葫芦僧判断葫芦案》后，经过几轮教材修订，该篇课文作为阅读材料也持续使用了 20 年左右。但在 21 世纪初，人教版实验教材改用《香菱学诗》节选，一直延续到最近，也有 20 年时间。2018 年起，多套地方版语文教材逐渐停用，全面推开使用全国统编教材。自此，统编教材的初中第六册以《刘姥姥进大观园》，替换了《香菱学诗》，由此形成《红楼梦》进初中语文教材 40 年间的三次变脸。

由此可见，虽然初中语文教材始终只有《红楼梦》节选的一篇课文，但这选文本身也是随着时代而变化的。可以说在共时的一篇中，又包含了历时的多篇。

再看高中教材，选篇的情况要复杂一些，这是从一篇向多篇的转化，也是不同版本教材的分化。因为 1996 年颁布了"高中语文教学大纲"（试验版），尤其是 2001 年颁布的课程标准，对高中语文的课程结构进行了调整，压缩了必修课程，增加了限定选修和任意选修课程。而延续传统的普通教材和依据课标分别修订的高中语文六册普通版必修教材和五册实验版教材，也相继推出，《红楼梦》选篇问题由此产生了"同而不同"的分化。

无论是普通版教材还是实验版教材，都选用了《林黛玉进贾府》的片段，但是，在普通版中，第四册除了选入该片段外，在第六册又选进了《诉肺腑》《宝玉挨打》和《抄检大观园》三个片段，组成一个小说单元。而实验版中，则仍保持《林黛玉进贾府》一篇的情形。所以，实验版五册必修教材所占课时较少，给选修课留有更多时间。其中《中国小说欣赏》选修教材，选入《红楼梦》中《金兰契互剖金兰语》一节，课文题作《情真意切释猜疑》，跟必修教材的选篇形成呼应关系。值得注意的是，即使有两套教材的分化，但《林黛玉进贾府》始终稳定在高中语文教材中，并且在组织编写的统编高中语文教材征求意见稿中，这篇课文赫然在目。随着统编教材逐渐取代地方版教材，《林黛玉进贾府》这篇课文，也许会成为《红楼梦》在高中语文必修教材保留时间最长的篇目，呼应选修教材，从而构成高中教材中的另一种一篇和多篇的情形。

对于《红楼梦》作为课文的"一"与"多"或者变与不变的关系，我们究竟如何来看待？

针对初中教材中，《葫芦僧判断葫芦案》被《香菱学诗》所替换，会让人得出一种结论，认为编者的意图是在用更具开阔视野的人文性作品来取代过于聚焦思想政治问题的作品，比如所谓"人们逐渐不再将《红楼梦》单纯地视为政治历史小说，而重新视为言情人道小说"[1]，而最近，统编教材又把《刘姥姥进大观园》替换《香菱学诗》，似乎又把人文性进一步拓展为广阔的多元文化交融或者冲突问题。但这样的理解，也可能把问题简单化了。因为所选篇目的内容意义与对该节选篇目的阐释，是两个层面的问题。当我们曾经习惯用政治历史来解读《葫芦僧判断葫芦案》时，其实并不意味着这种解读就构成了该片段的全部意义。围绕着护官符的政治黑暗，还有贾雨村与其贫贱之交葫芦僧及恩人之女英莲的相遇，其间的遭遇和分离所折射的深广人生内涵，并不是所谓"单纯的"政治历史小说所能涵盖的。所以，重要的不是急于要把节选篇目加以替换，以体现所谓的与时俱进，而是如何在新时代、新视野下，对传统保留篇目再阐释。

但还有一个隐含问题，常常被人无意中忽视了。

就是初中教材关于《红楼梦》的选篇虽有三次变脸，但共有的特点是，这三个片段构成的意义，虽然都可以理解为整部小说的有机组成部分，却又都具

---

1 张心科.《红楼梦》在中学语文教育中的接受（1980—1996）[J].红楼梦学刊，2017（6）：190.

有相对独立的插曲性质，使得课文即便是小说的一个片段，也具有了一定的完整性。贾雨村在贾府外部世界审理案件，香菱和刘姥姥都是临时进入大观园，使得各个片段中的主角，并没有获得更深介入人物错综关系的力量，这种相对而言的故事单纯性，正是三个片段被相继选入初中语文教材的理由，因为这种相对而言的完整性和单纯性，在一定程度上是符合初中生认知心理特点的，也是跟不要求初中生阅读《红楼梦》整本书的情形相契合的。

对高中生的要求则不然，从以往的课程学习和统编教材征求意见稿看，都有了对《红楼梦》整本书的阅读要求。而《林黛玉进贾府》之所以很少被替换，最多也就是在保留该篇的基础上补充另外几个片段，是因为该片段以指向整本书的序幕性质，为高中生阅读全书确立了起点，同时，该段落本身也是在错综的人物介绍中，凸显了主要人物在事件推进中的特殊意义。虽然《红楼梦》中其他的精彩片段也相当多，但无论从相对完整的局部性还是向整体开放的丰富性，或者作为小说序幕的意义等多方面因素考虑，确实较难找到具备近似功能的其他片段。

当然，从指向整本书阅读考虑，把《红楼梦》作为专题选修课的教材是更为适合的。

二、选修教材的选篇和组合方式

《红楼梦》进选修教材，是跟高中语文课程结构分为必修和选修（选修又分为限定选修和任意选修）相适应的。人教版的选修教材中，主要是实验版的《中国小说欣赏》，其中就有《红楼梦》选段。不过，因为该选修教材打通了古代与现当代，分9个单元选录了15部长篇小说片段和4篇短篇小说（篇幅长的只节录部分），所以具体到《红楼梦》，选出《金兰契互剖金兰语》一节，和"三言"的《玉堂春》节选，组成了"人情与世态"单元。总体来看，该教材等于《中国小说通史》缩微版，虽然这样的学习也有一定意义，体例近似于鲁迅的《中国小说史略》，用原文节选加简单介绍，串联起小说史的脉络。但就《红楼梦》整部小说的深入学习来说，所选篇幅要比必修教材中节选的片段还要短小，显然缺乏立足《红楼梦》整本书阅读的延伸意义。而且，因为这些长短篇小说时间跨度非常大，从古代的《三国演义》《红楼梦》到现当代的《家》《子夜》《白鹿原》《长恨歌》等，让中学语文教师很难胜任辅导的任务。因此，在实际选修课堂，其他出版社的《〈红楼梦〉选读》选修教材，在一定程度上弥补了人教版的缺憾，获得了语文界的欢迎。这其中，较通行的有三种。一是蔡义江编著的《〈红楼梦〉选读》（或称语文版），二是单世联、徐林祥编写的《〈红楼梦〉选读》（或称苏教版）和北师大文艺教研室编写的《〈红楼梦〉选读》（或称北师大版）。

这三个版本，代表《红楼梦》选读组合的三种模式。

语文版最具创意，选出原著片段，彻底打乱前后顺序而重新构架。先以总览方式，选入三个片段，对环境由远到近，由大到小，由虚无到实在，从大荒山到四大家族势力范围的现实世界，从甄家的概括性叙述到贾府的具体呈现，并落实到大观园，如镜头般步步推进，也步步聚焦，最后落到贾宝玉和众姐妹所在的日常世界。然后以人物为线索，串联起原作的选段，选入教材的人物分三个层次，即主要人物宝玉和黛玉，热门人物薛宝钗、王熙凤、刘姥姥及配角性人物晴雯、湘云、妙玉和香菱。具体选入教材的情节片段，则依附于人物，成为呈现人物特点的具体故事。

北师大版最传统，就是在作品中选取10个片段，以"演说荣国府"开始，到"宝玉出家"结束，构成10篇课文，其形成的前后序列，大致保持了小说的发展趋势。

苏教版则是两种模式而外的变通，一方面，它有"红楼品鉴"部分，也是从"演说荣国府"开始，到"宝玉出家"结束，前后选取六个情节段落，相似于北师大版，只是篇幅有所压缩。另一方面，该版本增加"红楼研讨"部分，对小说的结构、人物、环境、主题、语言等六个专题加以讨论。由此形成六个情节的纵向推进和六个研讨专题的并列对应，从而构成教材的主体，体现出编者对教材整体框架的思考。

对这三种模式，有一个基本共同点值得我们注意，这三种教材除开选出《红楼梦》原著片段外，都注意提供相关的研究文章。

语文版以"链接资料"方式呈现。苏教版在"红楼品鉴"的情节节选部分，以"解读举隅"形式呈现，基本是每段情节文字后附有两篇解读文章的节选，在"红楼研讨"部分，则以"资料链接"构成内容主体，比如"红楼结构"部分，就收入了五段论述：（1）俞平伯论《红楼梦》原本是一百一十回；（2）刘梦溪论《红楼梦》前五回在全书结构中的作用；（3）周汝昌论刘姥姥与《红楼梦》叙事方法；（4）周汝昌论《红楼梦》中暗线、伏脉、击应；（5）王蒙论《红楼梦》的结构特点。北师大版则是每课有一篇"相关解读"，附在节选的原著选段后。这一共同点非常重要，显示出选修教材对必修教材的重要拓展，就是把《红楼梦》原著和学者的相关解读结合起来阅读，这是开展研究性选修课程的基础。

但是，其各自形成的特色，也值得我们思考。

三套教材虽然选段篇幅有差异，具体篇目也并不一致，已经体现出编选者见仁见智的特色。但最令人惊讶的，还是语文版蔡义江编著的《〈红楼梦〉选读》，虽然选有22个片段，但没有一个出自后四十回，显示出编者对程高本续作的坚决抵制。而苏教版和北师大版则都以"宝玉出家"作为情节选段的收尾，体现出对小说完整性的自觉认同，在多个选段间，大致形成一个有机发展的序列。虽然我个人也认为相比脂抄本，程高本的思想艺术价值较为逊色，但后四十回也有存在的合理性，毕竟其按照家族衰败的趋势一路写来，显示了小说整体构思的统一，其中也有个别描写出色的段落值得品味。特别是纳入中学语文教材的《〈红楼梦〉选读》并非学术著作，是否一定要把选文局限于前八十回，把后四十回一笔抹杀，还是可以再推敲的。

此外，虽然蔡义江先生通过课文以人物分层呈现的特殊组合，似乎规避了情节片段纵向序列没有收尾的问题。而当他以"香菱学诗"来给全书收尾时，有意把全书以诗的意境来归结。但是就人物本身命运言，教材只选出晴雯之死的片段，才算有个结束的交代，涉及的其他人物都是摘取生活过程的精彩片段，固然是吉光片羽，弥足珍贵，对所选出的这些片段也加以了精心组织，但一种碎片化的感觉，并没有被编者精心营造的结构系统所掩盖。

平心而论，虽然蔡义江先生编著的《红楼梦》选修教材最具创意，心思花费也最多，但也许这种编撰对于阅读《红楼梦》整本书来说，可能有吃力不讨好的感觉。相形之下，苏教版那种既有纵向递进的情节选段系列品鉴，又有横向并列的专题研讨，是在有限时间内进入《红楼梦》更好的入门书，甚至编写者似乎是"随意"选出作品10个片段再加上10篇相关解读文章的北师大版，也未必不是一种较好的选择。

三、教材的助读设计和课堂教学引导

正如前文所述，选文本身所具的意义和学者阐释的意义可视为两个层面的问题。当《红楼梦》选篇组合进语文教材时，编写者给出的阅读提示、设计的思考练习和最终落实到教师组织的课堂教学活动，显示了《红楼梦》是在怎样的意义上进入了中学，又抵达了怎样的程度。

（一）关于《林黛玉进贾府》的练习

作为经典篇目《林黛玉进贾府》，在普通版和后出的实验版教材中各有4道练习题，两个版本的练习设计有所延续，也略有变化。

普通版[1]：

一、课文以林黛玉进贾府这一事件为中心，在迎客声中让众多人物登场亮相，人物描写详略得当，虚实并用。试填写下表。（其给出的表格分为：详写/略写；实写/虚写；单独介绍/群体介绍三个类别）

二、联系人物身份、性格，品味下列人物语言。

王熙凤：

1. 我来迟了，不曾迎接远客！

2. 天下真有这样标致的人物，我今儿才算见了！况且这通身的气派，竟不像老祖宗的外孙女儿，竟是个嫡亲的孙女，怨不得老祖宗天天口头心头一时不忘。

3. 这倒是我先料着了，知道妹妹不过这两日到的，我已预备下了，等太太回去过了目好送来。

贾宝玉：

1. 虽然未曾见过他，然我看着面善，心里就算是旧相识，今日只作远别重逢，亦未为不可。

2. 除《四书》外，杜撰的太多，偏只我是杜撰不成？

林黛玉：

1. 只刚念了《四书》。

2. 不曾读，只上了一年学，些须认得几个字。

1　人民教育出版社中学语文室.语文：第四册[Z].第2版.北京：人民教育出版社，2007:50-51.

三、（辨析三例古今词义变化，具体内容略）

四、话说"凤辣子"。写一篇三五百字的短文，说说王熙凤的"辣"。结合课文而不限于课文，可就你所知，联系《红楼梦》有关王熙凤的描写去谈，也可以发挥想象。

实验版[1]：

一、本文的中心事件是什么？透过林黛玉的眼睛，我们可以看出贾府是个怎样的大家庭？

二、同为小说的主要人物，王熙凤和贾宝玉的出场有什么不同？作者介绍这两个人物各用了什么艺术表现手法？

三、品味下列人物的语言，分析他们的不同身份和性格。

王熙凤：

（同普通版）

贾宝玉：

1. 这个妹妹我曾见过的。

2. 除《四书》外，杜撰的太多，偏只我是杜撰不成？

3. 什么罕物，连人之高低都不择，还说"通灵"不"通灵"呢！我也不要这劳什子了！

林黛玉：

（同普通版）

四、参考下面的资料（提供的是鲁迅和周汝昌的论述），以"话说贾宝玉"为题，谈谈你对这一人物形象的看法。

---

1 人民教育出版社课程教材研究所等.语文：第三册[Z].第2版.北京：人民教育出版社，2007：13.

从两个版本设计的练习看，虽然都引导学生在关注林黛玉进贾府的事件中，把贾府不同人物的出场和主要人物语言特点纳入分析视野，且都以一题综合性的人物论，来总结学习。但其细微变化，也耐人寻味。

首先，剔除了古今词义辨析题，并用林黛玉进贾府所见析出的两题，替换了普通版关于人物出场各种描写的梳理。这样的替换是有意义的，因为情节段落里有两个宏观性的问题需要凸显出来，一是林黛玉的视角问题，二是家族的总体特点，这在普通版的练习中都有所忽视。此外，第二题聚焦小说中两位主要人物的出场描写，这是从重点深入中，进一步与第一题的宏观概览构成互补关系。

其次，人物语言品味题继续保留，这是细细品味作品语言艺术和人物描写艺术的重要路径，但也有两个变化，值得提出来讨论。其一是题干的变化，把原来的联系人物身份、性格来品味人物语言的次序前后互换，这一改动其实把从概念出发，改为从具体出发，这是文学鉴赏的正途，所以这一出发点的变动，还是相当合理的。其二是关于贾宝玉，添加了一句话，强调了贾宝玉摔玉的理由，其意义我在《也谈贾宝玉摔玉之谜》作了分析。

最后，把人物论的综合分析题用论贾宝玉替换掉原先的论王熙凤，也有一定道理，因为毕竟在这部分，王熙凤的出场尽管吸引人，但毕竟涉及的描写比例甚少。而且，其重要性主要是作为家庭管理者，而不是与林黛玉的关系中体现出来的。改为贾宝玉论或者林黛玉论，就更合理些。

应该说，这些课后练习题的设计，对于深入理解小说这一片段，有很大积极引导作用。不过总体看，缺憾还是比较明显。不论是普通版还是实验版，都把"林黛玉进贾府"视为一个事件，这没有问题。但如何来理解这一事件，其实还是有很大空间来需要我们深入分析的。就目前语文教材的课后练习看，都仅仅把事件作为介绍家族、引出主要人物的结构功能来看待，这一小说整体的序幕性，当然不可否认。但我认为，这一事件，作为林黛玉与贾宝玉"相遇"

的事件,作为林黛玉和贾宝玉因相遇而对彼此产生心灵震荡的转折意义的事件,却无意间被忽视了。我甚至认为,林黛玉进贾府作为事件,介绍家族和出场人物,仅仅着眼于结构功能性,尚不具备真正的"事件"的意义,而只有和宝玉的相遇,才真正构成一种"事件"。也是在这个意义上说,王熙凤出场尽管占尽风头,但仍然无法和贾宝玉的出场相提并论,而后来薛宝钗进贾府,她之于贾宝玉,小说根本就没有呈现两人第一次见面作为"事件"意义的起点。

据此,我认为有关课后练习的设计,就没有在不同层次的事件意义上聚焦起来,没有进一步深入人物的核心事件,没有把对人物的理解从人物自我言行的关系中发展出来,即便有个别的关系回应,或者有自我语言的审时度势的表达调控,如黛玉从读《四书》到刚认了几个字,但仍然缺乏整体性、系统性,呈现的仍然是所谓事件叙述、人物出场、语言描写等要素式解析的碎片化状态。而节选文本在整体事件上体现的意义,以及节选文本相对独立的事件逻辑进展,比如宝玉和黛玉的一见如故到后来的言行展开,都没有被关注。教材编者缺乏对事件的系统性、整体性把握的引导,或者对文本理解不很到位这样的情况,在刚出版的统编初中语文教材中也同样存在。

(二)关于《刘姥姥进大观园》

在最新出版的统编初中语文教材中,选入的《刘姥姥进大观园》是自读课文,所以没有练习设计,助读系统提供了"阅读提示"和编者的批注。选取的片段主要是写刘姥姥在探春处用餐,根据王熙凤、鸳鸯两人事先安排,让刘姥姥先背诵自嘲的顺口溜,又对餐具和食物发表了许多令人发噱的议论,自觉地置自己于可笑的境地,让众人尽情娱乐了一番。该片段结尾处,交代众人用餐结束后去探春卧室聊天时,有一段这样的描写:

一时吃毕，贾母等都往探春卧室中去闲话，这里收拾残桌，又放了一桌。刘姥姥看着李纨与凤姐儿对坐着吃饭，叹道："别的罢了，我只爱你们家这行事！怪道说，'礼出大家'。"凤姐儿忙笑道："你可别多心，才刚不过大家取乐儿。"一言未了，鸳鸯也进来笑道："姥姥别恼，我给你老人家赔个不是儿罢。"刘姥姥忙笑道："姑娘说那里的话？咱们哄着老太太开个心儿，有什么恼的！你先嘱咐我，我就明白了，不过大家取笑儿。我要恼，也就不说了。"鸳鸯便骂人："为什么不倒茶给姥姥吃！"刘姥姥忙道："才刚那个嫂子倒了茶来，我吃过了，姑娘也该用饭了。"

　　这里，教材给出的批注："刘姥姥明知道是拿她'取笑儿'，为什么还积极配合？"在前文的批注中，编者也是从"取笑"的悬念，引导学生猜测鸳鸯对刘姥姥可能的吩咐，以及思考刘姥姥言语特点等，形成了这一笑闹的连贯性理解，并以分析刘姥姥的行为动机，来给这一情节片段加以总结。这当然也可以。但作为一种总结，比分析刘姥姥积极配合出演笑剧更重要的是，她看到王熙凤、李纨等媳妇与主人分批用餐而感叹的一句"礼出大家"。因为正是这句感叹，它可能具有的反讽意味，才引出了王熙凤和鸳鸯的敏感反应，并把此前笑闹中的非礼本质暗示了出来。可以说，对放纵快乐的享受，本质是与礼仪相抵触的，也是会让其中有些人无法得到尊重的。从这个意义上说，不是刘姥姥表示不会计较，而是她似乎在无意中对礼仪问题的感叹，才使这一情节片段具有了总结意味。而也正因为有刘姥姥的这一感叹，以及王熙凤和鸳鸯的敏感反应，才使得刘姥姥说不会计较的表态变得暧昧起来。这样，批注者直接提出刘姥姥"积极配合"的论断，不但不具有总结意味，本身也成了一个有待讨论的问题。

　　这里的批注与"阅读提示"中一句表述上的不精准联系起来看，问题就更清楚了。

其劈头就说："社会底层的一个农家老妇，来到京城贵族之家，与上流社会的贾母、王熙凤等人一起进餐，闹出了很多笑话。"写下这段话的编者大概没有意识到，王熙凤既不会跟贾母一起进餐，也不会跟刘姥姥一起进餐的。当这种用餐礼仪进入刘姥姥视野时，她的感叹其实是相当复杂的。这个被编者无意忽略的似乎是小细节的问题，其实才是理解这一情节片段的关键。

顺便一提的是，该片段底本采用1964年的程乙本点校本，而不是晚近的庚辰本点校本，不能把红学成果及时反映到中学语文界，也是令人感到奇怪的。

四、余论

《红楼梦》进中学，以语文教材作为考察依据，是具有标志性的。从选段是否妥当、编排组合是否合理、助读系统的指向是否精准等考量固然重要，但毕竟还是静态的。这还有待于教师在课堂上通过组织教学活动，把静态的教科书转化为学生的生成性理解并内化为学生的心灵体验，最终对学生整体人格的发展，起积极的作用。而恰恰在这方面，存在的问题更是多多，因涉及面更广，拟撰文另作讨论，这里仅举流传较广的一个教学设计，略作说明。

《语文建设》曾刊发了语文版《〈红楼梦〉选读》选修教材的一份教学设计（后又被人大复印资料转载），该教学设计包括了"学情分析""导读讲座"和"第一单元教学流程"三个部分。如前所述，教材第一单元有《石头撰书》《护官符》《大观园》三个情节片段，教师在"课堂讲析"环节以引导学生发现《红楼梦》语言的独特为重点，提出了如下方向性学习任务：

  寻找作品中人名与情节的对应关系。
  寻找叙述语言与作品情节的对应关系。

寻找描写语言与作品情节、主题的呼应。[1]

  且不说这样的一一对应，未必符合《红楼梦》实际，即使从文学阅读该有的经验看，也是不现实、不合理的。当作品情节是整个地内在于叙述或者描写的语言中时，强调两者的对应关系，必然会把情节机械割裂，然后加上教条的标签式理解。事实上，设计者自身依据这种学习任务给出的具体路径，就是机械解读的典型案例。比如针对小说以作者名义题写的一绝，教学设计者发问道："你觉得第一单元的课文中哪些情节是'荒唐'的？他的'痴'在哪些情节中有所表现？"再如，要求学生根据《护官符》一文，"说说哪些'真事'被隐去，哪些'假语'被留存？"此类阅读路径的设计，其实都是诱导学生对情节作教条的断章取义理解，是把《红楼梦》整体意义上的"荒唐""痴""真事""假语"的丰富性理解得浅薄化和狭窄化了。再如设计者在解读林黛玉的《唐多令》时，不是从抒情女主人哀怨的整体意境来理解，居然把词意坐实为"词中包含了对贾府家长的不满——林家将我交给你们，但你们对我的终身大事却没有安排好"。解读诗歌如此"实打实"，把艺术的整体把握等同于简单化索隐，说明设计者不但不能正确理解《红楼梦》，甚至就一般意义上说，也不是欣赏文学的正确路径，特别是类似的解读在中学课堂还比较普遍，这是不能不令人深感忧虑的。

  就此而论，《红楼梦》进中学，让《红楼梦》给中学生带来真正的心灵滋养，或许还有很长的一段路要走。

---

1 吴欣歆.引领学生在文本中行走——《〈红楼梦〉选读》教学设计[J].语文建设，2010（1）：24.

贾宝玉是顽石幻化的吗

统编高中语文教材必修下册第七单元是《红楼梦》整本书阅读，设计了约9课时的学习任务。学习任务具体展开为："把握《红楼梦》中的人物关系；体会人物性格的多样性和复杂性；品味日常生活描写所表现的丰富内涵；欣赏小说人物创作的诗词；设想主要人物的命运或结局；体会《红楼梦》的主题。"共计6项。在第6项任务中，教科书如此概述了作品内容：

> 《红楼梦》是"无材补天"的顽石在人世间的"传记"。这块顽石幻化为贾宝玉，经历了"木石前盟"和"金玉良缘"的爱情悲剧，目睹了"金陵十二钗"等女子的不幸人生，体验了封建大家族盛极而衰的巨变，从而对社会人生有了独特的感悟。

对此，不少中学语文教师感到了困惑，有的还向我询问，说他们在读《红楼梦》时,并没有发现顽石幻化成贾宝玉,经历了"木石前盟"和"金玉良缘"的爱情悲剧,为何教材上有这样的说法?这是不是写错了呢?

其实,教师的疑问和教材编写者的说法都有道理,因为这是他们各自依据了不同版本所给出的说法。

众所周知,《红楼梦》开始于女娲补天的神话,而补天剩下的一块顽石,虽弃而不用,但因为经过女娲提炼通了灵性,在贾宝玉出生时,含在他口中,与他一起降临人世,成为贾府兴衰故事的叙述者。当年最初流行有脂砚斋评点的手抄本,并没有关于顽石转化成小说主人公的说法。只是在后来的书商程伟元印刷出版的版本中(前后两次印刷,分别被称为程甲本、程乙本),才有通灵后的顽石来到赤霞宫,被警幻仙子命名为神瑛侍者,又浇灌了绛珠仙草,使其脱胎成人,两者转世为贾宝玉和林黛玉,在人间演绎了"木石前盟"的爱情悲剧。

程印本对脂抄本多有删改,其中固然有不少纠正抄本中脱漏衍文错别字等技术上的问题,但许多改动是不理解脂本思想艺术所致,特别是程乙本在程甲本的基础上又改动甚多,导致越改越远离曹雪芹原著的后果。这个问题,我已专门写文章分析过,此不赘言。也有个别学者提出"程前脂后"说,认为程印本反接近曹雪芹原著,而脂抄本是后来改写的。这种思维混乱的故作惊人之语,已有不少学者加以反驳,北京大学陈熙中写下多篇从语言对勘角度进行的驳论,很有说服力,有兴趣的读者可以参考。

这里仅分析程印本修改脂抄本的神话源头,可说是程印本相对低劣的又一个证明。

首先,程印本混淆了两个神话传说的源头。与顽石关联的女娲补天神话源头,强调一种石头本身的无用性,也强调"静极生动,无中生有"的自然规律性。所以顽石下凡,其经历的贾府盛衰之变,是统一在顽石自身行为的自然规律中的,在切入社会经历中,提示了一种超越社会的视角,强调了一种自然变化的规律。从这一点来说，通灵的顽石是无须幻化成人的。"木石前盟"这一源头，严格意义来说，不能算神话，只能说是仙话、是传说，它把先民神话的广阔世界，收缩进一个相对狭窄的主要在修炼长生的洞天福地里了。它虽然有超现实、超社会的一面，但本质在于体现人间情感的温暖或者被压抑的悲哀，所以绛珠仙草需要由草木向人形的一次蜕变，以努力把自己提升到神瑛侍者的层面。

其次，设计这两个源头的主要目的，是连接起小说主体故事的两条线索。一条是贾府家族盛衰的线索，一条是宝黛爱情悲剧的线索。顽石和贾宝玉一起降临人世，前者见证了贾府家族的盛衰，也见证了宝黛爱情的悲剧。这样，不同于神瑛侍者幻化成贾宝玉出生在贾府，又是宝黛爱情悲剧中的主人公之一。顽石，主要是作为故事的叙述者、旁观者出现在作品中。虽然顽石到人间和神瑛侍者下凡，都有动凡心的相似点，但两者之间还有差异。这种差异，有时候是出于叙事策略的，比如小说交代，因为有一晚通灵宝玉没戴在贾宝玉身上，所以贾宝玉和秦钟的晚上活动，就无法写出。也有时候，可能是出于思想立场的。在元妃省亲这一回，顽石十分兴奋，感叹自己幸亏从大荒山下来，得见人间如此豪华富丽的一幕。但是，此前，因为秦钟的病重和去世，贾宝玉即便听闻元妃省亲的消息，却仍然沉浸在悲哀中不能自拔，而不像他人那么兴高采烈。当然，这未必能够说明，顽石在兴奋的那一刻，贾宝玉正处于悲哀中。但相比于顽石着眼于贾府整体的感受，贾宝玉的感情在一个更微观的世界里，受多重人际交往关系所羁绊，为多样化的人物命运所感染，这样的判断应该是没有问题的。

再次，这里也带来了线索上的断裂。试想，既然大荒山顽石已经幻化成神瑛侍者，并且成了贾宝玉的前世，那么，贾宝玉出生时口中所含的通灵宝玉，又从哪里来的呢？据下文交代，贾宝玉因马道婆的妖术而生病时，一僧一道是用这块通灵宝玉来治宝玉病的，并明示给读者，这块玉就是大荒山的通灵宝玉。那么，难道顽石在幻化成人时，是让自己处在一种分裂状态的吗？让自己一半做人一半做石头吗？如此线索上的破绽，程印本为何对此毫无交代呢？

当然，如果遵循脂本（有关这段情节，甲戌本叙述最完整），顽石不是神瑛侍者，也不是贾宝玉，那么第五回《终身误》曲子提到的"木石前盟"和第三十六回贾宝玉梦中所说的"木石姻缘"，其中"石"的说法是否就落空了呢？也不能这么说。

"木"当然是指绛珠草，而"石"，是从两方面来暗示的。其一，绛珠仙草生长在"灵河岸上三生石畔"，指明了木的生长环境。就像有学者概括的，"灵河赋予绛珠仙子以灵气，三生石赋予绛珠仙子以痴情"；其二，神瑛侍者这一名号中，"瑛"就指如玉的美石。脂评认为这里点出一个"玉"字，也是可供我们参考的。

这样，与"金玉姻缘"，即薛宝钗的金锁片和贾宝玉的通灵宝玉这两样实在物品对应的是，"木石前盟"不但因前世结缘，给人一种神秘感，而且"石"也并不是指一块实在的石头，它是以暗示的环境和名号，呈现一种虚实相生感。这样的构思，正是脂抄本的摇曳生姿而不同于程乙本的。

这也提醒了语文教材的编写者，即便向师生提供阅读指导时，没有推荐何种版本的自觉意识，至少应该注明其概述《红楼梦》内容所依据的版本，而不至于让使用教材的师生产生困惑。

鲁迅最欣赏《红楼梦》什么

最近,与《红楼梦》相关的文物在国家博物馆有为期三个月的展出,又一次在朋友圈引起了小小的激动。

《红楼梦》的影响日益深广,"红学"地位在学术界逐渐确立,是和中国现代一大批顶尖学者如王国维、蔡元培、胡适、顾颉刚、俞平伯等参与其间分不开的。鲁迅虽不是红学家,但他有关《红楼梦》的各种真知灼见,也为"红学"大厦的奠基提供了厚重的支撑,一些观点至今仍在红学界乃至整个学术界发生着深刻影响。

鲁迅有关《红楼梦》的论述涉及面很广,大致可以分为三类。

首先是小说史论,分别见于《中国小说史略》与《中国小说的历史变迁》之中。他把《红楼梦》放在中国整个小说发展史的过程中来理解分析,为该小说的正确定位,提出了诸多原创性的见解。

第二是专论,虽然只有一篇,即《〈绛洞花主〉小引》,但是影响很大,其中个别段落,连一些不专事研究的人也知道。当人们在论及《红楼梦》的价值,或者泛泛讨论文学作品的接受问题时,常常会引用其中的一段,所谓"单是命意,就因读者的眼光而有种种:经学家看见《易》,道学家看见淫,才子看见缠绵,革命家看见排满,流言家看见宫闱秘事"。《绛洞花主》本是厦门大学陈梦韶根据《红楼梦》改编的话剧,因为其中写到了社会中下层的交租人准备反抗贾府,把《红楼梦》改编成了一部社会家庭问题剧,所以鲁迅就从接受角度提出了当时的各种理解,在一定程度上也是为这部社会剧的改编方式作了辩护。

第三是杂文中的引用,如《看书琐记》《言论自由的界限》《论睁了眼看》《怎么写》《〈出关〉的"关"》《上海文艺之一瞥》《读书杂谈》《宣传与做戏》,《〈草鞋脚〉小引》《"硬译"与"文学的阶级性"》,等等,都曾从《红楼梦》中汲取了他写作的素材。这样的引用,或者是即兴的一笔带到,比如谈到文学的阶级性,就说贾府里的焦大,不会去爱林妹妹;或者是就小说中一点而谈开去,比如还是从贾府的焦大说起,说他因为醉骂而被塞了满嘴的马粪,所以觉得贾府是言论颇不自由的地方,尽管焦大醉骂是真心为贾府好,并非为了打倒贾府。总之,无论怎样,鲁迅对《红楼梦》取资之富,至少可以说明主客观两方面原因。从主观上说,鲁迅对《红楼梦》相当熟悉,使得他总能从《红楼梦》中左右逢源来取材,以增加其论述的深刻或者生动。从客观上说,《红楼梦》自身的博大丰富,其所具有的传统文化百科全书性质,蕴含了充足的多样化的资源可以被鲁迅所利用。

但从林林总总的大量引用中,有一条主线若隐若现,如草蛇灰线般贯串在鲁迅的各类论述中。用一句话来概括,那就是鲁迅最赞赏《红楼梦》求真的人生态度,这既是一种人生态度也是一种创作原则,并以这样的态度和原则,把小说自身的价值和地位与传统文学作了根本的区别。他最为赞赏的这一层意思,集中体现在《中国小说的历史变迁》中的这段话:

至于说到《红楼梦》的价值，可是在中国底小说中实在是不可多得的。其要点在敢于如实描写，并无讳饰，和从前的小说叙好人完全是好，坏人完全是坏的，大不相同，所以其中所叙的人物，都是真的人物。总之自有《红楼梦》出来以后，传统的思想和写法都打破了。——它那文章的旖旎和缠绵，倒是还在其次的事。

　　因为当时社会还是不幸者多，人生的悲剧也是常有的事。所以，求真的问题在很大程度上成为一种是否敢于正视当时社会黑暗、正视人生悲剧的态度。也因为他赞赏这种向着真实，能够正视现实黑暗和人生悲剧的态度，用其一篇杂文的标题来说，是"睁了眼看"的，所以他对程高本的后四十回有了基本的判断，认为虽然有"兰桂齐芳"家道复振的内容，但毕竟保持了"大故迭起，破败死亡相继"的总体上的悲剧化趋势，还算符合前八十回基本立场的。而其他各种续作则不然，非得要编成一套大团圆结局的谎言。还用鲁迅的话来说，这是"自欺欺人的瘾太大，所以看了小小骗局，还不甘心，定须闭眼胡说一通而后快"。鲁迅甚至认为，用续作的大团圆来自欺欺人的，说明了一条道理：人与人的差别，比类人猿和原人的差别还要大。

　　与鲁迅痛恨《红楼梦》各类续作的大团圆近似的是，鲁迅也痛恨社会中的各种虚伪和装腔。

　　在《怎么写（夜记之一）》中他说：

　　我宁看《红楼梦》，却不愿看新出的《林黛玉日记》。它一页能够使我不舒服小半天。《板桥家书》我也不喜欢看，不如读他的《道情》。我所不喜欢的是他题了家书两个字。那么，为什么刻了出来给许多人看的呢？不免有些装腔。

由此他得出结论说,"幻灭之来,多不在假中见真,而在真中见假"。换言之,《红楼梦》作为一部小说的假,其实倒写出了指向现实的真,所以,虽写幻灭而尚能给人一点真实的信赖感。但那些以幻梦来自欺欺人者,当人们看出了其中的假时,那种幻灭感反而是无可救药的。也基于这一点,有人曾把"香菱学诗"的片段视为代表着《红楼梦》的"诗与远方"时,我认为恰恰是把话说反了,从小说的精神实质来说,"香菱学诗"正是代表着诗的毁灭和远方的消失。

鲁迅激赏于《红楼梦》的求真,是一个耐人寻味的事实。薛毅撰文《浅谈李贽与鲁迅》时,曾指出了鲁迅很少谈及李贽,只不过其文字的论战性,其求真去伪的态度,却又是和李贽息息相通的。而鲁迅在论及《红楼梦》时,他倒是从不吝啬对小说求真精神和创作原则的赞赏,从而清晰地凸显了鲁迅评判人事把真伪作为一个首要标准的重要性,并以此来严格要求自己。这是理解《红楼梦》的一把钥匙,也是理解鲁迅自身为人和作品的一个关键,甚至也是借助鲁迅论《红楼梦》,从而成为迂回接近李贽,乃至拉近鲁迅和李贽对话的一种特殊方式。

小戏骨《红楼梦》何以成了儿戏

小戏骨《红楼梦之刘姥姥进大观园》，在启用小演员来出演古典名著《红楼梦》人物，让人耳目一新的同时，也在编剧、导演、表演、画面、音响处理等方面，致敬1987年版电视剧《红楼梦》，唤起了观众的美好记忆。作品一经推出，就受到热烈追捧。

不过，小说《红楼梦》在塑造人物时，写实与象征手法兼具的特点，无法在直观的电视剧中得到落实，使得小戏骨演绎即使是年龄相仿的小说人物，也有着难以克服的障碍。这一难题，笔者曾在《如何看待宝黛年龄的特殊性》一文中，有过初步讨论。但平心而论，第一季毕竟保持了相当水准，受观众热捧也在情理中。可惜，第一季的水准，在新近推出的第二季天真派《红楼梦之桃花诗社》中，已经荡然无存。

第二季除演员尚启用小戏骨外，无论是编剧还是实际表演，都有对原著的大改动，也彻底摆脱了1987年版电视剧《红楼梦》的影响，基本是别开生面、另起炉灶了。

当然，如果意在不走老路，而要开拓创新，这样的追求本身也值得嘉许。但编导们忽视的一点是，1987年版《红楼梦》之所以成为我国当代影视剧改编的经典之作，根本原因倒不在于剧作本身的无可挑剔，而在于编剧及演职人员那种一丝不苟的敬业精神，在创作过程中，得到了淋漓尽致的发挥。所以，如果天真派《红楼梦》的改编，在着力摆脱老版电视剧影响的同时，把那种敬业精神一并抛弃，就是没有领会创新的实质，其遭遇失败也就是必然。

就第二季来说，全剧槽点之多，几乎到了令人吃惊的地步。

首先，编剧以香菱命运作为贯串全剧的线索，出发点固然好，在一定程度上是对第一季以刘姥姥作为贯串全剧线索的模仿。但编剧显然没有意识到，刘姥姥几次进荣国府，都有关乎全局的意义，这种全局性对于香菱来说，几乎是不存在的。即便香菱痴迷于学诗、写诗，可以跟第二季的剧名《桃花诗社》关联起来，但在诗社中香菱也处在边缘位置。该剧作为重头戏推出的芦雪庵联句活动，香菱只写了两句就默默退到一边，而让黛玉、湘云等来争相联句，大出风头了。

其实，作为一种改编，不是说不能对主人公作重新安排，比如京剧《尤三姐》，就抓住尤三姐这一人物来塑造舞台形象，也成了一部经典之作。关键是，需要在有限的篇幅里，对线索作大刀阔斧的删削，如同李渔在《闲情偶寄》中建议的"减头绪"方法，来鲜明地突出主线。《桃花诗社》一方面设定了香菱为主线，另一方面又没有舍弃宝玉、黛玉的恋情，袭人与晴雯争斗乃至贾府衰败等诸多线索。事实上，又没有那么多篇幅来容纳这些内容。结果，只能以碎片化的方式跳跃式呈现，使得香菱这条主线涉及的内容，也没交代清楚。

比如，香菱能进大观园学诗，薛蟠外出经商是关键。剧中交代了薛蟠受伤，却没有交代他何以受伤，更没有说他被打后羞于见人才出远门经商，只是让宝钗突然提出要把香菱带入大观园同住。试想，如果薛蟠在家，宝钗怎么可能把作为薛蟠侍妾的香菱，邀到大观园长住呢？类似不明不白的碎片化内容，在第二季里太多了。编剧在内容处理上，不但是跳跃的，也是主次不分的。比如在刻画晴雯这一人物形象时，过分渲染了她和小丫头坠儿的矛盾，不但没有摆正内容的主次关系，反显得晴雯做人过于狭隘了。

其次，从实际表演看，小演员大多不能把握对话的意义，不时出现与说话人本意相反的神情效果。在第一季中，这种情况已初露端倪，有些小演员对起话来，不是像背书，就是过于拿腔拿调。而这种状况到了第二季愈演愈烈，几乎出现了悖论式效果。

比如，香菱拜黛玉为师，请教作诗的技巧，黛玉很不屑地回答："什么难事，也值得去学！不过是起承转合，当中承转是两副对子，平声对仄声，虚的对实的，实的对虚的，若是果有了奇句，连平仄虚实不对都使得的。"这段对话，口气说得越不屑，越轻描淡写，越显出熟练掌握了技巧的黛玉把技巧看得很轻的姿态。当然，这也是她惯有的那种孤高自许态度的反映。可惜，在《桃花诗社》里，黛玉对着香菱，居然一字一句缓缓说出，说得极为郑重其事，与小说本该有的那种"也值得去学""不过是"等口吻完全是颠倒的。

再如，晴雯不小心跌坏扇子引来宝玉指责，晴雯反唇相讥，更激怒了宝玉，宝玉以她不想在怡红院待下去的理由来驱赶，结果使得众丫头都来下跪求饶，宝玉无奈中热泪纵横。其实，宝玉说要赶走晴雯，明明是气话，剧作中的小演员却以一种语重心长的口气来表达，让人甚觉滑稽。而在这样严肃的场合，演晴雯的居然掩口一笑，使得本来被这一幕稍有打动的观众，看得直发愣。类似的对白口吻错乱，还有很多。

再次，第二季中的许多细节处理，违背小说基本的常理常情。比如，剧名为《桃花诗社》，小说里也确实提到了桃花诗社，那是由林黛玉写桃花诗而重开诗社的。诗社名称本身是不固定的，第一次聚集起来咏白海棠，称海棠社；第二次咏菊花，可以称为菊花社。剧作重点呈现的也就是芦雪庵联句，根本没有提及桃花诗，居然以《桃花诗社》命名，甚至还写成匾额，挂在门楣，显然欠妥。

还有，袭人向王夫人进谗，要安排宝玉搬出大观园，在小说里话说得极婉转，也没说具体理由，只是提醒王夫人早作提防，这正是袭人的识礼处。但电视剧中，袭人直接说是因为宝玉说要跟着黛玉去做和尚。如此言说，且不说宝玉本没有对袭人说过，即使说了，袭人也不会不知轻重地直接去对王夫人说。另外，剧中老祖宗、王夫人等人在看众姐妹放风筝时，晴雯当着这些人的面，大声训斥小丫鬟坠儿，完全失了做丫鬟的分寸。其实，小说提及王夫人看见过晴雯训斥小丫鬟的细节，那也是偶然瞥见，把这样的交代作为正面冲突放在电视剧里来渲染，显然不合适。

当然，相对来说，剧中主角香菱的表演拿捏得就比较得当。一些画面设计，如众人纷纷踏雪而来，前往芦雪庵聚会，就颇具美感，但这些闪光点并不能改变整体上的拙劣。按道理说，有第一季《刘姥姥进大观园》的相对成功经验，第二季应该更上一层楼。但事实是，"前修未密，后出转精"变成了"后出转劣"。在2010年版电视剧《红楼梦》中也不乏这种现象，但至少其中严肃的追求还是有的。而在天真派《红楼梦之桃花诗社》中，除了看到十足的儿戏，严肃的追求已经很少了。

一本向平庸致敬的红学著作
——评《白先勇细说红楼梦》

一、问题的提出

近年来，研究《红楼梦》文本的白先勇产生了较大影响。

最新发表的《2018年度中国红学发展研究报告之一——以〈红楼梦〉文本研究、红学史及红学活动为中心》一文，对白先勇解读《红楼梦》的观点给予较多篇幅的介绍，并以研究白先勇的刘俊的相关论文，总结了其红学特点。该报告还将白先勇推崇程乙本（笔误成"程甲本"）作为首要点予以标举。此前，研究古代小说的名家吴新雷、宁宗一等，或接受访谈[1]，或发表论文[2]，都大力推荐了《白先勇细说红楼梦》一书，也同样认可其对程乙本的推崇。

---

1 刘俊.聚焦文本·深度细读·实事求是——吴新雷谈《白先勇细说红楼梦》[J].华文文学，2018（3）：17-21.

2 宁宗一，闫晓铮.宁宗一谈《白先勇细说红楼梦》[J].中国图书评论，2017（10）：9-15.

也许，白先勇的这一观点，确实值得我们重视。

首先，他是一位优秀的小说家，因塑造过不少优秀的女性形象受到评论界好评，而对主要描写"几个异样女子"的《红楼梦》，白先勇该有会心不远的感悟。

其次，他相当熟悉《红楼梦》，从少年时代开始阅读《红楼梦》，一辈子保持这一爱好，对《红楼梦》可谓"不弃不离"，成年后，他在美国和中国台湾地区开设"《红楼梦》课程"。透彻理解《红楼梦》，对他来说应该不在话下。

再次，白先勇对《红楼梦》有极高的评价，认为是"天下第一书"，是中国浪漫文学的最高峰，是中国"情"文化的集大成者[1]。能够提出这样高的有关思想艺术的综合性评价，想必是在作品中找到了充分的依据来支撑其观点，所以阅读其著作，将有助于我们揭开《红楼梦》之所以伟大的奥秘。

当然，确切地说，白先勇致敬的是《红楼梦》的程乙本，与此同时，庚辰本常常被他拿来当反面教材，据说他对比的结果是发现前八十回的庚辰本"不当或错误"有"190处之多"[2]。而他在台湾大学开课时，用以庚辰本为底本的整理本为教材（下文简称"庚辰本"）而不是以程乙本为底本的整理本为教材（下文简称"程乙本"），并不像吴新雷说的，是尊重庚辰本的历史地位，实在是因为当时程乙本买不到了，才不得已用庚辰本来代替，这一点在他的书中有清楚交代。但也正因为他用庚辰本作教材，才方便他不时来指责庚辰本的所谓"错误"，以此抬高程乙本的地位。

比较脂抄本与程印本的差异，或者拿相对接近脂抄本的程甲本与程乙本比较，是红学界一个延续甚久的讨论话题。

当初胡适在民国时期为重印的程乙本作序时，就说"这个改本有许多改订

---

1 孙伟科.2018年度中国红学发展研究报告之一——以《红楼梦》文本研究、红学史及红学活动为中心[J].红楼梦学刊，2019（3）：148-167.

2 刘俊.文本细读·整体观照——论白先勇的《红楼梦》解读式[J].中国现代文学论丛，2018（1）：107-122.

修正之处，胜于程甲本"[1]。而20世纪50年代，俞平伯的助手王佩璋则认为程乙本是越改越坏，比较重要的改坏就有112处[2]。晚近时期，吕启祥各取小说十回作样本，比较两个本子的差异，认为程乙本既改正了不少讹误，也有改错改坏的[3]。而同样比较了十回样本的刘世德，则认为改坏是基本的，改得正确的只占少数[4]。虽然结论尚可讨论，但晚近的讨论都是具体问题分析，得出的结论相对而言只具有局部的意义。此外，《蔡义江新评红楼梦》以拥护脂抄本的态度，对程乙本中的异文多有批评，但作者也没有像白先勇那样，似乎把推崇某版本作为自己分析《红楼梦》的目的之一。白先勇几乎在前八十回每回的讲解中，都要举几个例子来进行优劣比较，这使得《白先勇细说红楼梦》一书的问世，具有了不同寻常的意义。

其意义不在于对两种版本优劣的持久讨论中，白先勇给程乙本提供了新的有力支撑，而在于作者对程乙本所做的毫不掩饰又殚精竭虑的辩护，凸显了庚辰本和程乙本各自的思想艺术特点及其局限，加深了我们对《红楼梦》的深入理解，值得我们来跟随他的分析，反思其结论。

二、言语与人物

刘俊在其《文本细读·整体观照——论白先勇的〈红楼梦〉解读式》一文的第三部分"版本互校与整体观照"部分，概括了白先勇的发现：

---

1 胡适.胡适红楼梦研究论述全编[M].上海：上海古籍出版社，1988：149.
2 张胜利.魂系红楼——女性研红的先行者王佩璋[M].沈阳：万卷出版公司，2017：232.
3 吕启祥.《红楼梦》校读文存[M].北京：北京时代华文书局，2016：216-226.
4 刘世德.从《红楼梦》前十回看程乙本对程甲本的修改[J].文学遗产，2009（4）：109-121.

"庚辰本"在许多地方存在着人物语言与身份不符、人物性格前后矛盾，甚至人物行为的因果关系产生了颠倒等问题，而"程乙本"则基本上不存在这些问题。[1]

从关注人物言行及性格关系入手比较两个版本书写的优劣，切入点是对的，但结论是否如白先勇所说，还需要斟酌。

众所周知，白先勇熟悉《红楼梦》，也深谙传统戏曲。《红楼梦》恰恰是在小说中融入了传统戏曲的元素，丰富了人物的表现力，这里先举与戏曲相关的两个例子。

（一）戏里与戏外

第三十五回写宝玉挨打后，黛玉看到不断有人去探视宝玉，想到自己的孤单，内心不免感伤，回潇湘馆后，借着对《西厢记》莺莺身世的感叹，把自己的感伤抒发了出来。我们先来看白先勇的论述：

> 庚辰本是这样的："双文，双文（那是崔莺莺的号），诚为命薄人矣。然你虽命薄，尚有孀母弱弟；今日林黛玉之命薄，一并连孀母弱弟俱无。古人云'佳人命薄'，然我又非佳人，何命薄胜于双文哉！"这段话又不像曹雪芹写的。程乙本简洁："双文虽然命薄，尚有孀母弱弟；今日我黛玉之薄命，一并连孀母弱弟俱无。"想到这里，又欲滴下泪来。它不讲"今日林黛玉之命薄"，而用"今日我黛玉之薄命"，讲自己连名带姓一起讲这就不对，什么"古人云'佳人命薄'，然我

---

[1] 刘俊.文本细读·整体观照——论白先勇的《红楼梦》解读式[J].中国现代文学论丛，2018（1）：117.

又非佳人,何命薄于双文哉"。这些话都累赘得很。[1]

在这里,他先习惯性地判断庚辰本的文字不像曹雪芹的手笔,理由一是语言不如程乙本简洁,二是程乙本用"我黛玉"来代替了"林黛玉"这样的称谓,更符合自称。但这貌似合理的解释,似乎并不成立。因为当林黛玉借着莺莺的身世来跟自己比较时,她为了表示公正,内心虚拟了一个旁观者,由此展开多个层次的思维推进。先是黛玉因自己的孤单来找出戏里的莺莺作安慰,但当她暗自类比莺莺时,突然发现两人的不可比性,于是借一个客观者的口吻,又反过来用林黛玉的身世来安慰莺莺,对她说:你虽命薄,毕竟还有"孀母弱弟"。就这样,在反过来以黛玉陪衬、安慰莺莺的同时,就把黛玉拖入了深一层悲情中。但这还没完,当黛玉把自己逼回自我来感叹时,突然又加入了不及莺莺的新一层意思:如果说佳人薄命,我连佳人还不是呢。因为这样的自谦自怨,只能由自己来说才合适。所以她才由旁观的虚拟口吻回到了自己,这就把意思推进到第三层。在这里,庚辰本称谓看似有差错,其实是与内容的多层次转换紧密相关的,这也正符合林黛玉深婉曲折的惯有心思。白先勇欣赏程乙本削减层次后的内容,虽然不是说不可以,但据此来指责庚辰本的人物言语,用"这些话都累赘得很"一笔抹杀,就很欠妥了。因为言语的累赘和不累赘,是与表现内容是否充实密切相关的,不仔细讨论相应的内容,或者以简化了层次的内容来衡量另一种言语表达,这样的评价方式本身也是有问题的。

第四十四回,写王熙凤生日那天也是金钏生日,贾宝玉偷偷出城去祭拜了金钏。回到荣国府宴席上,大家一起看《荆钗记》演出,戏中的男主人公误以为妻子死于江中,就到江边去祭拜,戏中也就有《男祭》这一出。小说写林黛玉对此发表了议论,而关于贾宝玉的行为,庚辰本和程乙本是有差异的,我们

---

[1] 白先勇.白先勇细说红楼梦[M].桂林:广西师范大学出版社,2017:271.

看白先勇是怎么来论述的：

> 林黛玉看到《男祭》，就跟宝钗讲，这个王十朋也不通得很，不管在哪里祭一祭好了，一定跑到江边上干什么？俗话说"睹物思人"，天下的水总归一源，不拘哪里的水舀一碗看着哭去，也就尽情了。黛玉说完，你看下面的响应，庚辰本：宝钗不答。宝玉回头要热酒敬凤姐儿。这一句变成这样子，那就跟《荆钗记》一点关系都没有了。程乙本："宝钗不答。宝玉听了，却又发起呆来。"这就对了。宝玉在想，他何必跑那么远去祭金钏儿呢？就在贾府里面拿一碗土就可以祭了。这一段就是这个意思，否则讲不通。[1]

白先勇认为宝玉听了发呆，才是跟黛玉的议论有关系。其实他不明白的是，尽管薛宝钗和贾宝玉两人似乎都听出了黛玉话里有话，但宝钗不便掺和进来，宝玉借故要躲开黛玉的锋芒，也需要进一步掩饰他的心事，所以他只能王顾左右而言他了。表面的没关系其实有深层次心灵化的戏剧冲突，或者说，借这种表面的没关系把深层次的冲突表现出来，这正是庚辰本高明的地方。而程乙本的描写看似相关，让宝玉似乎被黛玉点破心思那样发起呆来，其实还是把宝玉的个性理解得简单化了，也把黛玉一番议论引出的冲突肤浅化了。而想象宝玉会在自己贾府里来祭拜，更是欠妥。因为宝玉本来就神秘其事，故意跑到城外远处来祭拜的。而黛玉强调这样做不必要，就把对宝玉的讽刺意味强化了，尽管表面看，她似乎以一语双关的方式，给宝玉提了好建议。

在上述两例中，无论是人物的内心独白，还是互相对话（或者拒绝对话），把戏曲人物引入当时场景中后，小说人物的戏剧化冲突得到深化，冲突的层次

---

[1] 白先勇.白先勇细说红楼梦[M].桂林：广西师范大学出版社，2017：335-336.

也因此丰富。这样的艺术效果居然未被熟悉戏曲冲突的白先勇所理解，这是令人惊讶的。而其分析时缺乏对人物性格和心理体贴入微的关注，倒还在其次。

（二）情感与逻辑

言语与人物个性相关，这常常在特殊语境中得到随机而又生动的表现，对于特殊语境下的言语方式，白先勇有他自己的理解。但这种理解也需要我们再思考。

第四十六回，写年老的好色之徒贾赦想讨鸳鸯为妾，鸳鸯的嫂子为巴结主子，来劝鸳鸯听从，结果被鸳鸯一顿臭骂，庚辰本中夹杂了程乙本中所没有的几句话，又被白先勇挑出来加以批评：

> "什么'好话'！宋徽宗的鹰，赵子昂的马，都是好画儿，什么'喜事'！状元痘儿灌的浆儿——又满是喜事。"庚辰本这几句，程乙本没有的，我也觉得多余，扯出宋徽宗、赵子昂来了！我想，就算鸳鸯是认识字的，因为她跟着贾母抄佛经、自习，但未必用得上这两个典，而且用这两个典骂嫂子，这嫂子茫茫然，什么赵子昂，什么宋徽宗，我想不妥，可能也是抄本的时候加进去的。[1]

这里有一点可能说对了，鸳鸯用这两个典来骂嫂子，她嫂子大概是听不懂的，起不到应有的效果。但由此认为作者写这句话不妥，却又说错了。恰恰是因为她嫂子未必听得懂这样的典，才说明鸳鸯在痛骂她嫂子时，先倒未必考虑是否能被她听懂，只要能够出气，能够痛快淋漓地把自己心中憋下的一股气宣

1　白先勇.白先勇细说红楼梦[M].桂林：广西师范大学出版社，2017：358-359.

泄出来就够了。这种情绪化的宣泄，常常带有一些非理性色彩，带有一点恨不择言性。这一点，不能被从事小说创作的白先勇所理解，同样令人感到惊讶。

与此相类似的是，第五十九回写春燕娘等见莺儿和春燕摘了嫩柳条来编新鲜花篮，因为那片花木是她分管的，便心痛得狠狠骂春燕，其中的用词又让白先勇发现了庚辰本的"问题"：

> 这一句我觉得骂错了，骂她自己的女儿"编的是你娘的屁"，这不是骂到自己了吗？程乙本是："这叫作什么？这编的是你娘的什么？"这样子也就算了。程乙本里面没那么多粗口，庚辰本不知道怎么搞的，粗口多得叫人吃惊，连王熙凤也骂粗口，这就太过了，我想王熙凤再怎么凶，还不至于当着那些小姑子面骂起粗口来。这是手抄本嘛！手抄兴致来了加几句也有的。[1]

且不说白氏常常把凡是他认为不合适的描写归到抄书人即兴发挥的依据何在，其提出春燕娘骂到自己头上不合适，恰倒是生动表现情绪激动者不及思考的结果。比如第十一回写焦大醉骂，庚辰本写"红刀子进去白刀子出来"，而不是像程乙本写的是"咱们白刀子进去红刀子出来"，都是表现当时非理性中人的妙语，本来也应该在白先勇的理解力之内。至于人物语言爆粗口，这既符合春燕娘的身份，也符合情绪激动时的反应，同样有其合理性。

（三）"生僻的字"和"怪文法"

白先勇曾就宝钗的言语比较两个版本的差异，提出了一个看法。第五十二

---

[1] 白先勇.白先勇细说红楼梦[M].桂林：广西师范大学出版社，2017：467.

回中，当时大家都想看宝琴收藏的外国女孩写的诗歌，宝琴推说没带进贾府，林黛玉当即表示不信，还提出了很难反驳的理由，于是引发了宝钗一句评价。先看白先勇的论述：

> 宝钗笑道："偏这个颦儿惯说这些白话，把你就伶俐的。"我想这不通，太别扭。程乙本是："偏这颦儿惯说这些话，你就伶俐的太过了。"不是顺多了吗！《红楼梦》的好处是它很流畅，不喜欢用特别生僻的冷字，不用弯来撇去的怪文法，读来非常顺当。[1]

确实，程乙本的话顺多了，但庚辰本似乎只有半句的话，含义是指责和爱怜兼而有之的，而程乙本却把这句话的含义变得单一了，而且这样直白地指责对方，也不符合薛宝钗的个性。

此外，还有许多被白先勇认为庚辰本用错的词语，其实是他不明词义而产生的误判。

第五十七回写薛姨妈把邢岫烟聘为薛蝌媳妇，邢夫人觉得再让她住大观园欠妥。贾母觉得没问题，说"况且都是女儿，正好亲香呢"。白先勇说没有"亲香"这个词，然后举程乙本"正好亲近些呢"为标准。他不理解，"亲香"正是当时的俗语[2]。傻丫头捡到了绣春囊，庚辰本作"这痴丫头原不认得是春意"，白先勇又强作解人说，"春意"后要加个"儿"，说"春意"就不对。他同样不理解，作为当时的俗称，说"春意"没错[3]。第七十二回写司棋的表弟因进大观园幽会被鸳鸯发现而出逃，庚辰本写这时候有个婆子悄悄告诉她说，"你兄弟竟逃走了"，白先勇又说"这个地方庚辰本错了，怎么会是兄弟？是表弟"。

1　白先勇. 白先勇细说红楼梦[M]. 桂林：广西师范大学出版社，2017：408.
2　3　白维国. 近代汉语词典[M]. 上海：上海教育出版社，2015：1719，260.

他仍然不知道，方言中表弟可以称"兄弟"，而程乙本写"表兄"，倒是错了，不过白先勇没提。

如果说上述的都是方言，白先勇不明白而发生误判还情有可原，但有些语典他也不清楚，就让人奇怪了。

比如小说写《抛红豆》歌词，有"咽不下玉粒金莼噎满喉"，白先勇认为玉粒金莼有点怪，并以程乙本用金波暗示其合理性。殊不知"粒"是米粒，"莼"是"莼鲈之思"的莼菜，都是固体物，才能噎在喉咙里，如果改为饮品金波，又怎么能"噎满喉"呢？而且，说如此有名的"莼"为怪，也有点说不过去。

白先勇又对第五十六回的回目用词提出异议：

"时宝钗小惠全大体"，庚辰本这个"时"字我没见过这么用，"时宝钗"什么意思呢？程乙本是："贤宝钗小惠全大体"，我想这个就对了。庚辰本这个本子，基本上是拿来做研究用的，最原始的是什么样子，就保留什么样子，纵然明显是当初抄错，也不改它。[1]

其实，这里的"时"是合时宜、识时务的意思，并不难懂。而在第一回贾雨村所咏的"钗于奁内待时飞"中，已经把宝钗与"时"联系了起来，这样的使用虽不能说特别高明，但其实要比程乙本的"贤"字好些，把"时"视为一种错，"没见过这么用"，问题似乎还在白先勇自己身上。

刘俊在分析白先勇"细说红楼梦"时，追溯了其理论的西方渊源，认为其分析是化用了西方新批评派。在此我也不妨借用西方一位理论家的观点，来对白先勇赞许程乙本、批评庚辰本的观点加以论述。

罗兰·巴尔特在法兰西学院的就职演讲中，举人们关于文学再现现实之不

---

[1] 白先勇. 白先勇细说红楼梦[M]. 桂林：广西师范大学出版社，2017：437.

可能的各种观点时说:"用拓扑学术语说,我们不可能使一种多维系统(现实)与一种一维系统(语言)相互对应。"但是,他随即话锋一转说:"正是这种拓扑学的不可能性,文学不愿意并永远不会愿意受其拘束。"[1]

也许对巴尔特的话可加以发挥说,优秀的文学才不愿意受一维的束缚,而对平庸文学家来说,他们倒是心甘情愿进入一维的语言世界达成逻辑的自我满足。

于是,我们发现,在庚辰本中,黛玉内心世界虚拟的多人称对话,黛玉讽刺宝玉的借题发挥及宝玉回应黛玉讽刺的错位,鸳鸯与嫂子、春燕娘与女儿痛骂的非对应性,以及薛宝钗指责黛玉时用语的怪文法,包括白先勇认为庚辰本中的许多怪字,都成了对一个光滑、顺畅的一维文学语言世界的拒绝,而程乙本则不断地在用重新梳理的文字来受这一语言世界的驯化,导致的结果用白先勇的话来说,"读来非常顺当",是的,但只是完成了平庸的顺当。

三、思维与价值

言语的问题既是思维方式的问题,也是思想价值的问题。

白先勇有许多判断的失误,既有语言理解的问题,也有因思维方式、价值观判断上出现了偏差。

白先勇似乎不怎么理解文学创作和现实生活的区别,会以现实生活的事实和逻辑来要求小说创作,结果得出似是而非的结论。第三回林黛玉进贾府时,贾母介绍凤姐的绰号"凤辣子"来历,说是"南省俗谓作'辣子'"。白先勇批评道:"庚辰本的'南省'何所指?查不出来,程乙本把'南省'作'南京',

---

1 罗兰·巴尔特.符号学原理:结构主义文学理论文选[M].李幼蒸,译.北京:生活·读书·新知三联书店,1988:9.

南京有道理，贾府在金陵。"第十四回写秦可卿出殡，宝玉遇北静王，白先勇又批评说："庚辰本给他的名字很奇怪——水溶，这个看起来不像个名字，注意啊！这不是旗人的名字。程乙本是'世荣'，这比较像。"这里的问题是，白先勇既不理解文学创作一般意义上的虚实相生原则，即现实中的地名、人名进入作品，常常经过一番改造，已经不能和历史地理、社会现实一一对应，带有很大的虚拟性。对这个问题的澄清，其实已经是文艺学的常识。早在20世纪60年代，程千帆讨论唐诗中的地名问题时，已经有过辩证透彻的分析；[1]而且，就《红楼梦》本身来说，故意模糊事件发生的朝代，故意采用真事隐、假语存的方式，提醒读者不要把小说的叙事内容与生活机械对应，这是在《红楼梦》第一回就明示给读者的。所以，一定要用现实中的南京地名来质疑庚辰本中的"南省"，用清代的旗人命名方式来质疑小说里的王爷名字不像旗人，其实也是辜负了作者既在局部意义上故意模糊朝代也在整体创作意义上"真事隐"的良苦用心。

他还越俎代庖，代作者定规则来进行判断。

第七十三回写傻丫头捡到绣春囊，描写她看到春宫画而发生的心理活动，庚辰本是"敢是两个妖精打架？不然必是两口子相打"；程乙本则把"两口子"改作了"两个人"，白先勇对这改动大加赞赏，认为既然是傻丫头，就不会有两口子的观念。让人不解的是，他根据什么把这视为划分人的傻与不傻的一条标准，并且认为可以把这规则用到曹雪芹创作的人物身上。笔者后来才明白，他说得如此确凿，原来是为了方便他的立论，说是曹雪芹要借傻大姐的没有儒家人伦的道家式观念，来看待儒家非常严肃的事。且不说白先勇这样的循环论证不合逻辑规范，而且，他不明白的是，用不用"两口子"这样的词和有没有"两口子"的儒家人伦观念，是两个层面的问题，更别说提出这一规则本身是没有

1　程千帆.古诗考索[M].上海：上海古籍出版社，1984：61-84.

依据的。

还有些判断的欠妥，是因他在日常的逻辑思维和艺术的形象思维方面出现了失误。

当小说写薛蝌聘邢岫烟为媳妇时，庚辰本有一句程乙本没有的邢岫烟的心理描写，让白先勇表示了不满。白先勇的原文：

> 庚辰本说"岫烟心中先取中宝钗，然后方取薛蝌"。我觉得这一句有点多余，好像她觉得宝钗比她自己的未婚夫还要好，这种形容不是很妥当。程乙本根本没有这一句的。她心中很敬重宝钗，就够了。[1]

这里，白先勇的判断显然犯了逻辑错误，因为庚辰本说的"心中先取"和"然后方取"，只是表示时间上的先后意义，这是日常生活交往中，在男女有别的传统社会，同性朋友或者亲戚更容易得到了解的必然状况，这种理解和获得好感的先后顺序，并不必然等同于评价上的好坏程度，换言之，先要好的朋友未必就一定是最好的朋友。否则，从逻辑上说，就是把先后的次序关系简单等同于重要与否的关系了。

第三十回写宝玉见宝钗怕热，就奚落她体丰怯热像杨贵妃。接下来交代宝钗生气的反应，程乙本是"待要发作，又不好怎样"，而庚辰本是"待要怎样，又不好怎样"。结果庚辰本描写宝钗心理活动时重复"怎样"，被白先勇指责为"啰唆"，他却不理解，这种故意重复使用、一时不知该如何回应的"怎样"，这种混沌表达，才比程乙本用词的不重复即明确化的"发作"更精微，也更能激发起人们对不可捉摸的心理的一种想象。想不到这一点，不能不说是形象思维上的局限。

---

1 白先勇. 白先勇细说红楼梦[M]. 桂林：广西师范大学出版社，2017：450.

但更为严重的是下面一则事例。

在贾赦打算娶鸳鸯为妾时，鸳鸯、袭人和平儿等在一起议论此事。庚辰本写袭人的议论和程乙本是不一样的。白先勇当然认同程乙本，但请看他是怎么分析的：

> 袭人就说："真真这话论理不该我们说，这个大老爷太好色了。"庚辰本用"好色"这两个字作为对贾赦的评价，评断得太平了！程乙本是："这个大老爷，真真太下作了！"这个话对了。好色一般来讲，不见得是坏事，下作，就不好了。连袭人是个丫头，对贾赦也这么瞧不起。袭人平常不大轻易讲人坏话的，也讲了句重话。[1]

奇怪的是，袭人明明说的是"太好色"，但在白先勇笔下就成了"好色"，然后再来为"好色"辩护，完全是断章取义的自说自话。不过，如果他坚持这一观点也就罢了。问题是他在总结这一回内容时，又说："所以说贾赦好色，贪婪，各种缺点都有。"还没翻过几页，他竟忘记了自己曾说过好色"不见得是坏事"的话，自己又把自己的话给颠覆了。如此这般，只不过说明他为了维护程乙本贬低庚辰本，断章取义、强词夺理，终于把自己拖进了自相矛盾的泥潭中。

令人感到可惜的是，即使在一些判断正确的地方，他也因为思维的教条主义，使得正确的观点又往往与那些误判的观点缠夹在一起。比如，认为庚辰本写秦钟临死前叮嘱贾宝玉"立志功名，以荣耀显达为是"是败笔，程乙本没有这一段。白先勇对庚辰本的这一批评完全合理。但是他紧接着断言，这是抄书人添加上去的，说"作者曹雪芹不可能制造这种矛盾"，就是没有依据的判断。

---

[1] 白先勇. 白先勇细说红楼梦[M]. 桂林：广西师范大学出版社，2017：358.

刘世德曾经仔细比较了不同版本对这一段的处理，大致理清了作者的修改线索，认为这是作者早期的手笔，其结论是经得起推敲的。[1] 而白先勇坚持认为这一败笔乃抄写者手笔，是因为在思维方式上，他本能地认为曹雪芹不可能出错，也没有意识到《红楼梦》创作有一个不断修改完善的过程。他近乎荒谬的一个逻辑前提是，《红楼梦》一出现就完全正确，如果发现庚辰本上有错误，都是后来抄书人的问题。如同他认为曹雪芹从来正确一样，他也认为程乙本几乎完美，所以当他在此处通过比较显示出程乙本的优点后，对于程乙本删除这段内容却在文字处理方面没有跟下一回衔接起来，以致成了前后不连贯的"烂尾楼"的问题，却没有加以讨论。

让白先勇最不能忍受的是，庚辰本对尤三姐的处理方式不同于程乙本，把一个似乎本来应该是贞洁的女子写成了一个"淫奔"女。

他在前言和正文分析中，都把这作为一个严重的问题提出来。在他看来：

> 如果按照庚辰本，贾珍百般轻薄，三姐并不在意，而且还有所奉迎，那么下一段贾琏劝酒，企图拉拢三姐与贾珍，三姐就没有理由，也没有立场，暴怒起身，痛斥二人。
>
> 如果三姐本来就是水性妇人，与姐夫贾珍早有私情，那么柳湘莲怀疑她乃"淫奔无耻之流"并不冤枉，三姐就更没有自杀以示贞节的理由了。那么尤三姐与柳湘莲的爱情悲剧也就无法自圆其说。尤三姐是烈女，不是淫妇，她的惨死才博得读者的同情。[2]

按照白先勇的观点，有淫荡污点的女子已经没有尊严可以维护，就应该随便纨绔子弟来玩弄，其反抗本身就是自相矛盾的，是没有逻辑的。而一个有过

---

1 刘世德.《红楼梦》版本探微[M].上海：华东师范大学出版社，2003：3-23.
2 白先勇.白先勇细说红楼梦[M].桂林：广西师范大学出版社，2017：13.

污点的人就不应该再有改过的机会，即使想以自杀自证清白，也是白白送死，因为她是无清白可证的，旁人也不会对她产生同情。如果我这样的理解不错，那么我不得不说，一个对他人、对弱女子很有情怀的人会如此分析，实在太令人惊讶，也太令人遗憾了。

这里的关键是，尤三姐究竟为何要自杀？难道她是想以死来自证清白吗？她是想向柳湘莲说明自己的冤枉吗？是像程乙本中那样，用重塑一个贞节女的形象来告诉别人，这里发生了一场误会吗？

聂绀弩数十年前在论到尤三姐时就曾说过，《红楼梦》的种种悲剧，没有一件是误会造成的。虽然误会之类也有，但能误会地杀人，就能误会地不杀。而这两种状况不能说明当时社会的本质。作者要写的是"各种各样的不幸的女性的一种：就是失足了改了行而不被谅解的女性。这不被谅解是件必然的事。在那时代，一个女性，已经失足，那时代的男子，一般地说，即使明知她已经改了行，也很难谅解到娶她为妻。湘莲说得透彻：'我不当那剩忘八。'"[1]白先勇认为庚辰本中柳湘莲这句话写得太刻薄，说"不是曹雪芹的口气，程乙本没有这个"。这句话其实倒是真实反映出当时许多男性中心主义者虚荣而又自私的心态。

可以说，尤三姐的自杀不是朝向过去的，而是面向未来的。她曾经把嫁给柳湘莲作为重新做人的一次机会，当柳湘莲以似乎充满道德感的态度拒绝了她，其实就把她心头燃起的一点希望彻底掐灭了。活下去还有什么意思？所以，她的自杀不是为了证明自己没有污点，而是说明她周边的社会是多么肮脏，她对社会是多么绝望。

总之，当白先勇热烈地赞许程乙本将尤三姐改写成贞洁女形象时，不但对人物个性的理解是平面的，对人物人生轨迹的理解是单一的、直线式的，而

---

[1] 聂绀弩.中国古典小说论集[M].上海：复旦大学出版社，2005：309.

且不自觉地成了不合理的社会制度及自私而虚荣的男性的辩护士,难怪他不能接受庚辰本写柳湘莲说出"不当那剩忘八"这句话。这里,正是从上述对尤三姐的两个分析中,我们发现了思维的教条与思想价值判断的庸俗往往是紧密关联的。

四、结论

平心而论,作为早期抄本之一种、一部未完成之作,庚辰本肯定有不少瑕疵。其中不少错漏,经红学家努力校订而得到了纠正。即便留下暂时没有纠正或者存疑的词句和段落,毕竟是少量的,不能动摇其经典之作的根本地位,也是平庸的程乙本所难以取代的。当初程高本印刷出版前,特别是程乙本排印时,编者也纠正了不少技术性的错误,让读者读起来似乎更顺畅些。但与此同时,造成思想艺术上的各种变味,新增的问题和缺陷要严重得多,而这些问题即便在现代校注者的努力下,也无法在根本上得到纠正和弥补。这也正是20世纪50年代的王佩璋,晚近的刘世德、蔡义江批评程乙本"越改越坏"的理由,对此我是完全认同的。

同时,我也承认白先勇指出庚辰本的各种失误,并非毫无道理,也有一些比较合理的看法、说在了点子上。如他认为庚辰本写龄官在蔷薇花架下的地面上画几千个"蔷"字,显然夸张过头,还是程乙本写"几十个"比较合理;他又指出庚辰本把宝琴的别号误作"蘅芜君",也是对的。他所指出的诸如此类的失误还有一些。但总体看,他分析正确之处并不多,在他指出庚辰本所谓的190处错误中,判断正确而无异议的只占极小部分,不超过十处,除了一些两可的判断外,绝大部分是出于他的误读、误判。之所以如此,是因为他毫无原则地认同程乙本的书写,把程乙本作为正确的标准来衡量庚辰本,而较少能把两种版本置于客观公正的位置来比较，以致失误不断，甚至出现个别令人啼笑皆非的结论。比如他对第七十三回写怡红院丫鬟金星玻璃从后房门跑进来的一段发议论说：

> 怡红院里面怎么会跑出个"金星""玻璃"来了，所以庚辰本有时候突然出现的名字是根本不认得的，宝玉并没有金星、玻璃这两个丫头，应该是春燕跟秋纹。程乙本写春燕跟秋纹就对了。[1]

程乙本改写为春燕和秋纹，那是程乙本的事。而庚辰本后文有写晴雯和省称的"玻璃"出去要药，白先勇就认定庚辰本是写两个丫鬟，却不知"金星玻璃"是芳官的绰号，也不是突然冒出来的。第六十三回群芳开夜宴，大家胡闹后给芳官起法语名字"温都里纳"，意译"金星玻璃"，省称"玻璃"。[2]但既然程乙本没有写到，对于白先勇来说就是不存在的，是突然冒出来的。

有位学者在论及妙玉的结局时曾经总结说，《红楼梦》设计了一个巨大的悲剧，但这既超出了作者的心理承受力，也超出了那个时代的读者承受力，所以需要一个高鹗把故事调整到平庸的水准。[3]续作是否一定为高鹗且不讨论，但我可以补充的是，庚辰本如果被调整到像程乙本这样的平庸水准，是需要有一些向其致敬的人，为这种平庸争取它的合法性，而受人尊敬的白先勇先生居然成为这样的致敬者，还是让我比较郁闷的。

需要说明的是，我不认同白先勇对程乙本的赞誉，是仅就其《红楼梦》研究或《白先勇细说红楼梦》而言，并不否定他在小说创作昆曲艺术推广等方面做出的重要贡献，读者诸君幸勿误会。

1　白先勇.白先勇细说红楼梦[M].桂林：广西师范大学出版社，2017：610.

2　曹雪芹，高鹗.红楼梦[M].北京：人民文学出版社，1988：900-901.

3　骆玉明.游金梦——骆玉明读古典小说[M].上海：复旦大学出版社，2013：163.

我为什么批评《白先勇细说红楼梦》

2017年,《白先勇细说红楼梦》由广西师范大学出版社出版大陆简体字版后,全国许多高校、图书馆等文化教育单位邀请白先勇介绍这本红学著作。

上海师范大学在2018年也邀请到白先勇及台湾"中央大学"的荣休教授康来新和上海师范大学孙逊教授对谈《红楼梦》,三位老师在对谈中,就庚辰本和程乙本的评价问题引发了较大分歧,我对他们的讨论抱有浓厚兴趣,遗憾的是当时时间有限,讨论没有充分展开。因为意犹未尽,我就把白先勇的书细细读了几遍,并做了笔记,形成一个基本判断后,遂写了《一本向平庸致敬的红学著作》书评,在《文艺研究》2019年第10期发表,算是对此前讨论的进一步展开。

文章发表后,在圈内外引起一定反响,也有朋友对拙文产生了一些疑问,有些可能是朋友理解上的误会,有些则是我本人思之不周或言之不详带来的,所以这里提出几点意见,作进一步阐发。

其一，《白先勇细说红楼梦》包括了全书一百二十回，我的讨论仅仅局限于前八十回，是不是一种缺憾？

其实，当白先勇把后四十回文字理所当然地视为与前八十回的文字为同一个作者时，我是根本不认同的。关于后四十回描写的变味，一种冲突的浅表化和诗意的丧失，我曾写过《照应的协调与冲突——论〈红楼梦〉后四十回的一种创作策略》等论文予以讨论，但因为我写书评的基本目的，是就白先勇贬低庚辰本抬高程乙本的观点展开讨论，即他认为比较的结果是庚辰本在人物描写上有190处错误而程乙本则基本没有这样的错误。所以，只对保留下的前八十回（实际只有七十八回）的庚辰本，与程乙本的前八十回来比较，这是有一定可比性的。而庚辰本没有相应的回目内容可以跟程乙本的后四十回文字来比较，白先勇没有这样做，我自然也不会去涉及。

其二，与前面的可比性问题相关的是，同样是前八十回的两个版本的文字比较，庚辰本和程乙本都有跟其他版本重复的，白先勇并没有在意这一点，我为什么不把这一点揭示出来？如果不把这两个版本独有的文字揭示出来，其可比性的前提又在哪里？

确实，如果把白先勇忽视的这一点揭示出来，问题可以分析得更清楚。但对不同版本的文字流变不作梳理，白先勇的比较依然是可行的。关键是，白先勇所谓的庚辰本和程乙本，都不是指原始意义上在清代流行的抄本和印刷本，而都是指经过当代红学家校点整理由出版社出版的排印本。因为整理所用的底本是庚辰本和程乙本，所以才把整理后的两个印刷本简称为庚辰本和程乙本，这一点，我在书评开头已经说明。所以，严格说来，白先勇的细说不是真正的版本学研究，而只是依托了这两个已经整理过的相对稳定的本子，进行思想艺术上的比较，判断哪一个整理后的本子具有更高的价值、更值得向读者推荐。就这一点来说，两个整理本是有可比性的。而且，明白了这一点，也可以消除一些甚觉莫名的猜测，以为我赞扬庚辰本，仅仅是因为庚辰本的出版经过了诸多红学家的整理,而程乙本则否。其实程乙本整理出版,同样有红学家花了心血,其中的注释,启功先生主其事,得到过圈内的不少好评。

其三,相对于手抄本在有限圈子里传播,清代流行的主要是程印本,其对《红楼梦》经典地位的奠定,功不可没,称程乙本为"平庸"是否苛责?

我不认为是苛责,因为有些改动,比如对尤三姐的贞洁化处理,可以评为恶俗,北京的刘晓蕾和上海的骆玉明,都严厉批驳过白先勇的类似观点,只是我觉得聂绀弩的观点最雄辩,所以引用了他的观点后,加以了进一步发挥。总之,用平庸这样的词,我倒认为是比较和缓的。这里还有几个问题需要澄清。

首先,清代流行的固然是程印本,但确切说,还要把它大致分为程甲本和程乙本两类。从开始的程甲本,到后来翻刻的东观阁本、抱青阁本、藤花榭本及俗称的三家评本,都没有以程乙本为底本。程乙本除了短暂出现后,是要到1912年后,1927年亚东图书馆翻刻印刷,由胡适推荐,而大大流行起来的。但即便是褒扬程乙本的胡适,当他看到苏雪林对脂抄本文字狠狠批评时,也写信委婉地劝告了她,劝她不可用现代的白话文标准来衡量古人,其态度还是有一定客观性的。其次,就前八十回而言,总共文字六十多万,程乙本改动程甲本的文字就有一万字左右,所以程甲本虽然已经对脂抄本作了改动(当然有些改动是跟甲辰本、梦稿本等本子共有的),但还是相对接近脂抄本的。而程乙本对程甲本的改动,才是王佩璋等认为的"越改越坏"。虽然这种改动也纠正了一些脱漏和错别字等,但造成了不少错误,用最近发表在古代小说网的石问之先生《程乙本〈红楼梦〉存在的问题》一文中的话来说,其重大缺陷是"难以修补"的。再次,不论是清代流行的程甲本还是民国时期流行的程乙本,其跟脂抄本重复的文字,还是占了大部分,而不是产生了一部全新的《红楼梦》,正是有这样的相同的文字内容打底,才使得《红楼梦》获得了经典的位置,但程印本,尤其是程乙本修改程甲本带来的平庸化乃至恶俗化后果,也是一个不容忽视的事实。我认为白先勇欣赏程乙本的改动部分,就是对平庸的致敬,这样的评价可谓实至名归,并不苛责。

其四,相比脂抄本,程印本的文字修改有一种简洁化的趋势,就如同《金瓶梅词话》到崇祯本《金瓶梅》也如此,白先勇批评庚辰本而赞赏程乙本,有几处也是从文字简洁角度考虑,这有错吗?

我也承认,程乙本有多处文字比庚辰本更简洁,有人喜欢这种简洁,我认为是没有问题的,我在文章中也承认了这一点。但因此把庚辰本视为啰唆,这是不公平的,也是不应该的。这里的关键在于,两个版本的文字差异,这是简洁和繁复的风格差异,即便程乙本的修改有其合理性,就如学者周先慎论述其他古典小说时说的,充其量是"简笔与繁笔"的差异,而不应成为指责另一种风格的理由,更不应该用程乙本简化后的内容作为标准,来指责庚辰本的文字为啰唆。前引石问之的论文,就曾批评白先勇拿程乙本中合庚辰本中石头与神瑛侍者两条线索为一的故事,来指责第十八回中,庚辰本描写石头的感叹为啰唆,其混淆叙述者与故事人物的错误,是相当严重的,因为该文对白先勇已经予以了批驳,这里就不重复了。但类似的错误,白先勇自己似乎并没有意识到。

其五,比较脂抄本和程印本,或者比较程甲本和程乙本的文字差异,一直是红学界的一个话题,我的讨论和他们有何差异?

以往的讨论较多的是对不同版本各美其美各恶其恶,真正的交锋还是比较少,或者即使有,也常常是围绕着局部的、个别的问题展开。比如你说程乙本回目文字好,他说脂抄本正文好;你说脂抄本第一回好,他说程乙本第二回好;你说脂抄本的第十六回开头好,他说程乙本第十六回的结尾好。结果争来争去,却难以形成对两个版本价值的基本判断。当然,像吕启祥、刘世德那样,各取十回样本逐一对照,得出的结论就比较客观,这才是一种正面交锋的比较思路。蔡义江新评的《红楼梦》,当然有对程乙本较为一贯的贬斥立场,但其对他人指出的脂抄本的不足,就较少回应。我采用的方法与此不同。我只取白先勇认为程乙本好于庚辰本的例子来分析,证明所谓的程乙本更好或者庚辰本不对,不过是白先勇的误读误判，仔细分析下来，结果恰恰相反。这样就可以证明，即使是白先勇竭力赞美的程乙本文字，也是经不起细细推敲的，那么其有意无意回避的其他一些失误，就更不用说了。而白先勇认为庚辰本写错的地方，恰恰是他不能理解的作者高明处，这样的讨论才更具有正面交锋的意义，也许更能引发人们的思考。

需要指出的是，白先勇在细说《红楼梦》时，总是毫无根据地把庚辰本不同于程乙本的文字，称为抄书人的添加或者改写，似乎程乙本才是最接近曹雪芹原稿的，其隐含的一个立场，跟欧阳健等人并无逻辑可言却鼓噪一时的"程前脂后"说非常接近，这类并无多少学术含量的无稽之谈，其误导读者，扰乱正常学术讨论，是我们要认真对待的。

还需要指出的是，一个时期以来，学术界弥漫着一种不正常的氛围，对于新面世的论文或者论著，相关的评论都是你好我好大家好。对于那些观点偏颇、硬伤不断的，较少有人站出来批评，而一旦遇到批评意见，有人又会以所谓的"文化多元"这块挡箭牌来拒绝批评。虽然我并没有奢望，谬误遇到真理，如同鬼魅遭遇阳光一样瞬间消失。但我坚信真理是越辩越清的，也坚信通过正常的学术批评，可以昭示别人的欠缺，也能够发现自身的不足，可以磨砺自己的思想和对现实的敏感度，所以我从不回避学术批评，也从没有打算隐瞒自己的真实想法。如果有些言辞让人感到尖锐，那也不过是我用直接而不是迂回、坦率而不是遮掩的方式表达了我对问题的看法。这种直接和坦率，也许会给人留下不够谦逊的印象，但正如马克思在《评普鲁士最近的书报检查令》一文中说的："如果谦逊是探讨的特征，那末，这与其说是害怕虚伪的标志，不如说是害怕真理的标志。谦虚是使我寸步难行的绊脚石。它是上司加于探讨的一种对结论的恐惧，是一种对付真理的预防剂。"在真理面前，我们都应该表现出当仁不让的态度，这是我对自己的要求，也是对对手的希望。

最后我以《歌德谈话录》中的一句话来收尾："莎士比亚给我们的是银盘

装着金橘。我们通过学习，拿到了他的银盘，但是我们只能拿土豆装进盘里。"

程乙本依托了此前版本的银盘，却在改动中，装进甚至是变了味的土豆。但白先勇硬要赞美其比金橘还要好，这让人"到底意难平"的。而一本如此乏善可陈的著作居然卖出了168元的辣价格，真是无语了。

含蓄，还是暧昧
——论程本修改脂本的一个角度

一、引言

脂本系统的各种版本、脂本与程本、程本的程甲和程乙，各种版本的比较结果，在思想艺术的评价上远没有达成红学界的共识。

就脂本来说，红楼梦研究所的汇校本出版，为脂本内部的比较提供了相当便利（尽管其中也存有一些转录、刊印时发生的错误），而程本的程甲和程乙，就缺少这样逐句对照的汇校本出版，也在一定程度上给研究这两个版本的文字带来了困难。虽然早在20世纪50年代，王佩璋就曾对程甲程乙两本逐字对照，并得出了"越改越坏"的结论，但这样的结论，似乎没有得到大家普遍的认同，也没有撼动早年胡适、汪原放对程乙本肯定的评价。时至今日，仍有一些研究《红楼梦》的人，如台湾的白先勇，在日前上海图书馆举行的《白先勇细说红楼梦》新书发布会上，坚持认为程乙本才是最好的版本。还有学者如张德维，在对两个本子的文字详加校阅后，认为程乙本修正程甲本的错误，从整体上看是功不可灭，因为他"发现程甲本存在纰缪1707例，程乙本对程甲本的大部分字误、衍夺、颠倒、对仗不工、情理矛盾处进行了订正，但也有300余例没有改正，并且在重排中出现了近700例新纰缪。……可以看出，程乙本经过对程甲本的'校阅'，文字质量有了较大提高，但它还是存在着为数不少的纰缪。"[1] 而红学家吕启祥在《也谈〈红楼梦〉程乙本对程甲本的改动——以第六十八回至第七十七回这十回为例》一文，基本持相近观点，一方面认为"程乙本订正了程甲本的若干讹误，趋向完善。可证程高在引言中说，'初印时不及细校，间有纰缪。今复集各原本详加校阅，改订无讹'，洵非虚言。也说明胡适肯定程乙本，认为它'有许多改订修正之处，胜于程甲本'，并非无据；汪原放认为乙本力避文言字眼，用白话，用俗语，用北京话，有益读者，亦可于此得到印证"；另一方面，也提出"程乙本又确有改错改坏的地方"。[2]

当然，提出不同看法的也大有人在。比如，刘世德通过对程甲和程乙前十回的逐字比对后，归纳出了九个要点，并在结论部分，认为这一改动基本是失败的。在他看来："程乙本的修改有时并不是从文字的含义深浅、语气畅窒出发，而是为了最终维持每页、每行字数的均衡，有时甚至只是兴之所至，随意为之。因之出现了这样的情况：可改可不改的，改了；本来不错的，反而改错了；'吃'与'喝'，有的改，有的不改；同一个字词，有的儿化，有的不儿化，或不该儿化的却儿化了，等等。有许多修改是草率的不成功的，并不比程甲本的原文优越。当然，也不必讳言，改得见佳的也有，但那居于少数。"[3]

在我看来，此前学者对两个版本的讨论，固然说明了这种讨论难以达成基

---

[1] 张德维."详加校阅"终如何？——谈《红楼梦》程乙本对程甲本的修改[J]. 文学与文化，2014（3）：14.

[2] 吕启祥.《红楼梦》校读文存[M]. 北京：北京时代华文书局，2016：224-225.

[3] 刘世德. 从《红楼梦》前十回看程乙本对程甲本的修改[J]. 文学遗产，2009（4）：120.

本共识，但这种无法达成的共识，似乎隐含着一个比较简单的量化问题，就是程乙本对程甲本的文字改动，究竟是改正确了的多，还是增加错误的多？刘世德的文章，认为修改后错误的多于正确的，吕启祥则没有给出量的结论，张德维的文章有量的统计，认为1700余例的错误中，还是改正了的多于错误的（尽管如何判定有些文字为错误，还是有待再斟酌的）。

但是，在这样的修订过程中，另有一个更为复杂的问题，尚未引起广泛而深入的讨论，就是程乙本究竟是依据怎样的原则，对程甲本作改动的？从刘世德文章的结论部分看，他似乎认为程乙本的改动并无原则可言，许多改动只是因为改正了一些显而易见的错误导致总体文字不平衡了，才不得不加以改动的。但是不是也有一种可能，程乙本对程甲本，包括程甲本对脂本的改动，在涉及某些特殊表达方面，有着思想价值或者艺术趣味的一致性追求？以我对不同本子粗略的比较阅读经验看，这种可能性还是存在的，下面就以《红楼梦》处理人物对话的"中断"状况来尝试讨论这个问题。

二、"断裂"处理的一般情况

我曾结合一些学者的研究，提出了《红楼梦》描写人物语言或者叙述事件时，故意设计的一种自我停顿或者被人打断的"断裂"处理方式。[1]而这种"断裂"，在小说中并不是一种孤立现象。这不单单是小说在描写人物对话过程中，不时呈现"一语未了"这样的状况，而且把脂本的庚辰本、程本的程甲和程乙这三个版本的文字结合起来看，这样的"一语未了"，大致暗含着一种趋势，

---

1 单学文.断裂与连贯——论整体视野与《红楼梦》叙事的一种策略[J].红楼梦学刊,2016(6): 50-63.

而这种趋势是通过比较描写改变的几种情况得以发现的。[1]

我们先来看这几种情况。

其一是三种版本文字基本相同，或者只有细微差异，但在断裂处则完全保持了一致。比如《红楼梦》第十六回，谈及建造省亲别墅事，贾府里的赵嬷嬷先感叹贾府迎驾事，但话未及说完，就被不甘落人后的王熙凤打断，也夸耀他们王家接过驾。这里的文字基本一致，只是程甲本把庚辰本的"海舫"改成了更加通俗化的"海船"，而程乙本又把程甲本中的"千载希逢"改为"千载难逢"，详见如下：

庚辰本	程甲本	程乙本
赵嬷嬷道："嗳哟哟，那可是千载希逢的！那时候我才记事儿，咱们贾府正在姑苏扬州一带监造海舫，修理海塘，只预备接驾一次，把银子都花的淌海水似的！说起来……"凤姐忙接道：	赵嬷嬷道："嗳哟哟，那可是千载希逢的！那时候我才记事儿，咱们贾府正在姑苏、扬州一带监造海船，修理海塘，只预备接驾一次，把银子花的像淌海水似的！说起来——"凤姐忙接道：	赵嬷嬷道："嗳哟！那可是千载难逢的！那时候我才记事儿。咱们贾府正在姑苏扬州一带监造海船，修理海塘，只预备接驾一次，把银子花的象淌海水似的！说起来——"凤姐忙接道：

对这段语言描写，甲戌点评道："截得好。'忙'字妙！上文'说起来'必未完，粗心看去则说疑阙，殊不知正传神处。"

当然，这只是写说话而被他人打断的，而说话者自己语塞无法继续的例子，也有一些，这里举元妃省亲时与亲人相见说话哽咽的表现，这段描写相当著名，

---

[1] 庚辰本文字依据的是红楼梦研究所校注本，人民文学出版社2008年版。程甲本文字依据的是冯其庸校订本，文化艺术出版社1991年版。程乙本文字依据的是人民文学出版社1979年版。下不注明。

经常被学者所引用，三个版本的文字也基本一致，见下表：

庚辰本	程甲本	程乙本
又抚其头颈笑道："比先竟长了好些……"一语未终，泪如雨下。	又抚其头颈笑道："比先长了好些。"一语未终，泪如雨下。	又抚其头颈笑道："比先长了好些——"一语未终，泪如雨下。

在这里，文字总体上保持一致，只是庚辰本多了一个"竟"字，从内心情感的复杂性来说，多了一个细微的层次。类似的情况，还有小说第二十八回，写黛玉自吟葬花词时，看到宝玉哭倒在旁，于是就发出了感叹，三个版本写黛玉自己语塞的文字也基本相似：

庚辰本	程甲本	程乙本
抬头一看，见是宝玉。林黛玉看见，便道："啐！我道是谁，原来是这个狠心短命的……"刚说到"短命"二字，又把口掩住，长叹了一声，自己抽身便走了。	抬头一看，见是宝玉，黛玉便道："啐！我当是谁，原来是这个狠心短命的——"刚说到"短命"二字，又把口掩住，长叹一身，自己抽身便走了。	抬头一看，见是宝玉，黛玉便啐道："呸！我打量是谁，原来是这个狠心短命的——"刚说到"短命"二字，又把口掩住，长叹一声，自己抽身便走。

其二是庚辰本的文字并未断裂，但是程甲、程乙本的文字处理都是断裂的。这样的例子比较典型的有两处，一处是第三十四回，宝玉挨打后，薛宝钗去探视，在劝慰宝玉时，因为说出了情意绵绵的话，不觉后悔起来，庚辰本和程本的文字处理就有很大差别，而且程甲和程乙的处理也不一样：

庚辰本	程甲本	程乙本
宝钗见他睁开眼说话，不像先时，心中也宽慰了好些，便点头叹道："早听人一句话，也不至今日。别说老太太、太太心疼，就是我们看着，心里也疼。"刚说了半句又忙咽住，自悔说的话急了，不觉就红了脸，低下头来。	宝钗见他睁开眼说话，不像先时，心中也宽慰了好些，便点头叹道："早听人一句话，也不至有今日。别说老太太、太太心疼，就是我们看着，心里也——"刚说了半句，又忙咽住，自悔说的话太急了，不觉红了脸，低下头来。	宝钗见他睁开眼说话，不象先时，心中也宽慰了些，便点头叹道："早听人一句话，也不至有今日！别说老太太、太太心疼，就是我们看着，心里也——"刚说了半句，又忙咽住，不觉眼圈微红，双腮带赤，低头不语了。

在这里，情况比较特殊的是，虽然程甲本和程乙本在文字的断裂处理上保持一致，都让宝钗那个"疼"字没说出口，不过，庚辰本原来的心理描写，在程甲本中保留了下来，但是到了程乙本则被删除，转为对薛宝钗的外貌神态的描写。

此外，第七十七回，写宝玉去探视被王夫人逐出的晴雯时，晴雯对宝玉的一段情感表白，庚辰本与程本也在处理言说是否断裂上差异很大：

庚辰本	程甲本	程乙本
晴雯呜咽道："有什么可说的！不过挨一刻是一刻，挨一日是一日！我已知横竖不过三五日的光景，就好回去了。只是一件，我死也不甘心的：	晴雯呜咽道："有什么可说的！不过是挨一刻一刻，挨一日是一日。我已知横竖不过三五日的光景，我就好回去了。只是一件，我死也不甘心：	晴雯呜咽道："有什么可说的！不过是挨一刻是一刻，挨一日是一日！我已知横竖不过三五日的光景，我就好回去了。只是一件，我死也不甘心：

庚辰本	程甲本	程乙本
我虽生的比别人略好些,并没有私情密意勾引你怎样,如何一口死咬定了我是个狐狸精!我太不服。今日既已担了虚名,而且临死,不是我说一句后悔的话,早知如此,我当日也另有个道理。不料痴心傻意,只说大家横竖是在一处。不想平空里生出这一节话来,有冤无处诉。"说毕又哭。	我虽生得比别人好些,并没有私情勾引你,怎么一口死咬定了我是个狐狸精!我今日既担了虚名,况且没了远限,不是我说一句后悔的话:早知如此,我当日……"说到这里,气往上咽,便说不出来,两手已经冰凉。	我虽生得比别人好些,并没有私情勾引你,怎么一口死咬定了我是个'狐狸精'!我今儿既担了虚名,况且没了远限,不是我说一句后悔的话:早知如此,我当日——"说到这里,气往上咽,便说不出来,两手已经冰凉。

对于这里的区别,有学者认为这是程本要比庚辰本的有些描写更为艺术化的表现,并以此作为对程本价值的一种肯定,究竟是否这样,我们在下文会展开讨论。

其三是庚辰本、程甲本都没有发生言语的断裂现象,只是在程乙本中,被处理成断裂了。比如第六回写袭人发现宝玉裤上的遗精:

庚辰本	程甲本	程乙本
袭人亦含羞问道:"你梦见什么故事了?是那里流出来的那些脏东西?"	袭人含羞笑问道:"你梦见什么故事了?是那里流出来的那些脏东西?"	袭人也含着羞悄悄的笑问道:"你为什么……"说到这里,把眼又往四下里瞧了瞧,才又问道:"那是那里流出来的?"

还有第六十三回，群芳开夜宴后，芳官居然在醉酒中，与宝玉同榻而睡，到第二天早晨醒来时才发现，小说写对芳官的言语描写，只是程乙本有断裂的处理：

> 芳官听了，瞧了瞧，方知是和宝玉同榻，忙羞的笑着下地说："我怎么……"却说不出下半句来。宝玉笑道："我竟也不知道了。若知道，给你脸上抹些墨！"

而在庚辰本、程甲本中，芳官的话是说完整的，即"我怎么吃的不知道了"。也因为有芳官这句话，才有宝玉后续的那一句"我竟也不知道了"。否则的话，宝玉对自己所谓"不知道"加上"竟也"就没有了着落。当然，这里的根本问题还不是前后呼应那么简单，而是这样的处理与程本（包括从程甲发展到程乙）的总体趋势有相当关联。对此，我们需要放在小说的整体格局中来讨论。

三、并不含蓄的"含蓄"笔法

我们先对前文梳理的状况加以小结。

总起来看，程乙本在人物的言语描写中，出现"断裂"的情况是最多的。具体来说：

1. 凡是庚辰本已经处理成的"断裂"描写，程甲和程乙没有再把它恢复到言说的完整。

2. 庚辰本说完整的话，有一些被程甲本和程乙本隐去了下半句。

3. 庚辰本和程甲本说完整的话，被程乙本进一步隐去了下半句。

此外，在庚辰本没有相似内容的语言描写场合，程本增加了一些说了一半的话，例如第六十八回，王熙凤大闹宁国府，贾蓉向凤姐赔罪，好话说尽，程甲、程乙本都写到了王熙凤的神情态度："凤姐瞅了他一眼，啐道：'谁信你这……'说到这里，又咽住了。"这段欲言又止的处理，在庚辰本中是没有的。

对此，我们怎么看？

描写时把言语写完整，这是小说展开人物描写的常态，让言说者被打断或者自己一时语塞而无法说完整，这是非常态。从通常的理解出发，认为完整的言语描写才能把信息传递清楚，而有意让人的言语发生断裂，导致表达的歧义或者读者理解的障碍，这是小说家对总体的含蓄艺术风格的追求。正是基于这样的理解，有学者才高度评价了程乙本这些"断裂"的艺术处理，并在同庚辰本或者程甲本在同样场合把句子写完整的比较中，得出程乙本在有些地方诸如"含蓄蕴藉""文笔灵动"等，高于程甲本也高于庚辰本的结论。[1]对此结论，我无法认同。这里的关键是，仅仅从言语描写的完整和不完整来进行艺术价值判断，还是流于机械和表面的。因为，需要与这种特殊描写手法一起考虑的，是其描写的意图和可能达成的效果。

就程本修改脂本或者程乙修改程甲来看，其把言说的完整加以断裂处理，不但没能带来艺术的想象空间，反而把这种空间弄得单一化、狭窄化了。不说程本对脂本断裂处理的延续，就说把脂本的完整加以断裂的特殊处理，尽管发生在不同的场合，但大部分情况都指向了同一个目的，就是渲染了男女之情的暧昧性，并把这种暧昧性搞得故意不可告人，从而刻意挑动起读者关于欲望的亢奋。如果这也是对想象的一种召唤，那么这样的召唤，其实是非常肤浅的，并无深意可言的。

有意思的是，最终确立起来的程乙本修改的言语断裂现象，基本都是以女性含蓄式的欲言又止为特征的。比如袭人向宝玉询问的遗精现象、宝钗对宝

---

1 张璇.论《红楼梦》人物语言之"半截话"修辞现象[J].红楼梦学刊,2010(4)：157-171.

玉说到的心疼、芳官说的不知道与宝玉同榻而睡、晴雯对宝玉说到的枉担了虚名，乃至凤姐对贾蓉爱恨交加的指责，无不在女性的害羞状态中，把读者的欲望想象充分鼓噪起来。这种趋同式的描写，在一定程度上显示的是一个隐含在小说背后的男性作者对女性的欲望想象，并把这种想象以羞羞答答的方式传递给读者。

刘世德在谈及前十回程乙本对程甲本的修改时，一方面在结论部分强调了程乙本的修改似乎很随意，并无遵循的原则可言，但他在此前归纳时，也提出过一个观点，就是程乙本在"添油加醋"，那么添加的是什么呢？他说："程乙本往程甲本里添加了一些东西。有的添加的字句只能算是一种'佐料'，它传达给读者的是变了味儿的内容。在前十回中，这主要体现在关于宝玉与袭人、凤姐与贾蓉、宝玉与可卿的关系上，程乙本给读者以某种暧昧的暗示。"这种暧昧性，尽管是刘先生对前十回的归纳，但也适用于全书。

所以，在庚辰本中，当晴雯在临死前向宝玉说出枉担了虚名时，她的表白是大方的，并无见不得人的地方，那是天真地认为大家可以永远在一起的相守，是"痴心傻意，只说大家横竖是在一处"。而她所谓的"另有个道理"，也并不一定意味要把这种虚名向着肉欲方面去发展。但是，程本系统阻断了她后续的表达，看似把她未说出来的话，留下了无限的理解可能。但在一百○九回，当宝玉面对五儿，重复了晴雯的话时，正因为依据的是晴雯没有说完话的版本，所以很方便地把她的意思，引到了明显是肉欲方面去，让这话变成了是对五儿肉体上的赤裸裸挑逗，以至于晴雯在死后多年，仍不得安生，要遭受五儿义正词严的斥责："那是他自己没脸，这也是我们女孩儿家说得的吗？"由此我们也就恍然，由断裂这一艺术处理带来的所谓含蓄效果，不过是暗示了一条朝向男女暧昧发展的单一的狭窄之路。

四、一点结论

描写言语的断裂，是脂本、程本共有的一种现象，既显示了小说家对人物理解、人际交往复杂性的认识，也开拓了表达手段的丰富性，给读者的理解增加了更大的想象空间。这一基本价值，我无意否认，在诸多学者及笔者此前的《断裂与连贯》一文中，也有过充分讨论。但我们同时应该看到，当程乙本利用这一表达手段加以拓展时，却未能开拓出读者更多的想象空间，而是根据其自身的趣味，把它引向男女暧昧性想象这条狭窄的道路上去了。这一趋向，是跟程乙本在修改程甲本的整体方向（也包括程甲本对脂本的修改），保持着基本的一致。如果从曹雪芹对小说的反复修改过程来看，脂本从程甲本再到程乙本，正好是走了一条与之相反的道路。即当曹雪芹把《风月宝鉴》改造成更具包容性、更宽广的《石头记》时，活字排印的程甲和进一步的程乙，则又努力把笔墨折向风月之路，虽然这种折返并没有在根本上动摇原作的立场，但其作为一种不时显露征兆的趋势和暗流，也是我们不容忽视的。

马克思主义红学的早期成果
——评高语罕《红楼梦宝藏六讲》

一

　　1942年出版的李辰冬《红楼梦研究》，1946年出版的高语罕《红楼梦宝藏六讲》，和1948年出版的太愚（王昆仑）《红楼梦人物论》，是20世纪40年代有关《红楼梦》文本解读的三种专著。其中，《红楼梦人物论》在中华人民共和国成立后，多次修订出版，产生过很大影响。而李辰冬的《红楼梦研究》也得到一些红学史论家的关注，如在郭豫适的《红楼梦研究小史续稿》、刘梦溪的《红学》和陈维昭的《红学通史》中，都给予了较多篇幅介绍。唯独高语罕这本论著，提及者不多。《红楼梦大辞典》虽列有条目，但只简单介绍了该书目录，且出版日期没有列初版的1946年7月，而列的是1949年1月，其时高语罕已经去世。只是到晚近，有所谓重拾民国经典的潮流，高语罕的《红楼梦宝藏六讲》才逐渐被更多人所了解，也获得了不少好评。

将三本论著作比较，各自的特色显而易见。

李辰冬书分五章，对《红楼梦》作者所处的时代、作品思想、艺术和人物，进行了系统阐释，而自觉利用西方文学理论和作品资源，把《红楼梦》置于世界文学之林中比较成就之高低、思想艺术之特色，是该书一以贯之的特色。《红楼梦人物论》正如书名所示的，专就小说重要人物加以讨论，初版出版时，分十九个专题，有一人一专题，也有多人一专题，只有林黛玉和贾宝玉两人，是各用两个专题讨论，中华人民共和国成立后出修订版，林黛玉和贾宝玉的讨论合并为各一个专题。该"人物论"虽然也顾及人物的各个层次、各种类别，但作为一本论著的系统性还是不强的。

《红楼梦宝藏六讲》可说兼具上述两本书的优点。全书六讲，第一讲分析小说的思想内容，分出八大方面。最后一讲则主要强调小说的艺术特色，并从作者对社会的洞察力和批判精神入手，谈小说的语言艺术、想象天赋和描写特色，这样避免了仅仅局限于艺术内部谈艺术的趣味主义，使得即便在分析作品艺术时，也揭示了该作品一定的现实穿透力。而构成书主体部分的中间四讲，主要是人物分析。这样，全书既相似于李辰冬之作，有一定的系统性，同时，把人物分析作为重点，和王昆仑的人物论，有相当的呼应关系。在系统的论述中凸显人物分析，将文学作品的人物论作为全书重点，也符合"文学是人学"的共识。

如同四讲篇幅显示了向人物论的倾斜，高语罕分析的基本立场，也跟王昆仑不谋而合。

其实，这里所论及的三本著作，分析的理论资源都受西方思想较大影响，但李辰冬所受影响的西方思想资源，相对来说比较庞杂，而王昆仑、高语罕的论著，在不绝对排斥其他西方理论家的同时，则有比较明显的马克思列宁主义唯物论倾向。考虑到高语罕这本论著和王昆仑一书都在民国时期结集出版，都可以作为马克思主义红学的早期成果来讨论，只是红学界论述王著已经较多，而对高著的关注比较欠缺，所以特提出来加以评述。

二

就高语罕论著的第一讲来说，他在梳理《红楼梦》思想内容的各方面时，引用了列宁论托尔斯泰是俄国革命的一面镜子的观点，认为来自贵族阶层的作家思想中的那种矛盾，在作品中不自觉地如镜子一般反映了出来。从这个意义上说，尽管作者本身并不自觉反对他所属的那个阶层、那个社会，但是，因为他真实而详尽地描写了它、深刻而又全面地揭示了它，所以，如同"风月宝鉴"无可割裂的正反两面，作家的世界观和创作方法的互相矛盾，就这样相生相克地全面反映在作品中，使得读者在阅读《红楼梦》贵族奢华的表面时，也洞穿了它腐朽的背面。这一结论符合作品的实际，也成为后来多数学者的共识。

我们可以举小说中的具体一例，来说明作者的客观描写与主观意图之间的一种断裂。比如，小说刻画了贾府众多女性的悲剧命运，通过甄家小荣枯来影射贾府的大荣枯，让甄家女性的经历来提示贾府众多女性的状况，这也是小说家的意图所在。在甄家中，他借僧人之口，宿命式地点出了甄英莲"有命无运"的必然性，同时，又写了"命运两济"的娇杏。从而暗示出，女性命运的幸福是一种"侥幸"，而命运的悲惨则是无可更改的必然。问题是，当客观的描写展示出女性命运的各种社会问题和制度问题时，借助所谓高人提示或者作者的谐音暗示，来强调一种命运的必然性，其实就在一定程度上开脱了社会和制度需要承担的责任，也在无意中把女性的悲剧遭遇合理化了。这种作者的主观意图和客观描写的分裂，就是矛盾地依存于作品中。如高语罕那样，揭示这种断裂和矛盾，才能更好地揭示作品的意义，正确评价作品的价值。但有人未必理解这一点。最近，台湾学者欧丽娟在谈《红楼梦》而感到困惑的一点是，曹雪芹明明没有自觉反对他所处的封建社会（这里的"封建"概念，当然还是袭用以前流行的），何以许多大陆学者会得出《红楼梦》是反封建的结论？这里，她显然不能理解的是，自觉运用马克思主义唯物辩证法的思想武器，正可以深刻揭示出作品的一种矛盾性。

高语罕在分析作品的思想内容时所具有的辩证眼光，在分析人物时也有所体现。

例如他在分析贾宝玉理性与实际生活习惯的分裂，快乐和苦恼的双重性，怎么在长期的激烈挣扎中，从快乐的宝玉变成了悲哀的宝玉，就体现出他视野的开阔和思维的辩证。他也擅长人物的心理分析，似乎能够将辩证思维方式，运用于人物的心理分析。他分析紫鹃对宝玉的试探，分析袭人在宝玉出家以后，徘徊于生死边缘的心态，都有入木三分的效果。比如，他说紫鹃拒绝宝玉的亲热态度，说"从此咱们只可说话，别动手动脚的"等，认为"紫鹃对宝玉这种态度，完全是从黛玉的内心深处出发，一来是替黛玉担忧，因而对于宝玉的爱情还不敢确信；二来是想用这种'激将法'一激，看看宝玉发生什么反应；三来是因此促进宝玉对于黛玉的爱情益发明朗化"。这样的心理分析，还是比较靠谱的，是有助于读者对小说人物行为的深入理解的。

高语罕还善于把对人的心理分析和社会世态结合起来，合成人们所谓的"世道人心"。比如，他分析司棋和她表弟潘又安的悲剧结局时，最后分析到司棋母亲的表现，那种只认金钱不认亲情的态度，认为"司棋的母亲在不到半天工夫之内，所表现的面目、情感和心理状态是多么冷暖和矛盾，那对于当时的，甚至后世的社会人心，又是多么辛辣的一幅人心解剖的画图啊！"此外，他分析凤姐设计谋害尤二姐，加以议论："自然！直接杀人者是凤姐，而促使凤姐因妒而杀人的乃是封建社会一夫多妻的婚姻制度。研究社会问题的，又不能专从道德观点出发，应从产生这种妒心的婚姻制度、社会制度着想，才是科学的态度。"这样的论述，其基本立场和研究方向都是可取的，是值得我们借鉴的。

高语罕在论红楼人物的四讲时，分类和结构也有精心的设计。这里既有传统文化显而易见的影响，也有着马克思主义阶级论的视野。

　　一方面他根据红楼人物的自身特点，梳理出相关各类人物，同时，又依据纪传体历史著作，把人物精心组织起来。这里有以贾宝玉为主，带动起与他有情感纠葛的林黛玉、薛宝钗和史湘云的三人附传，所谓"附传体"，此为第二讲；有以王熙凤一人构成第三讲的"独传体"；也有把"奇女子"归为一类的"类传体"，此为第四讲；还有第五讲老祖宗和刘姥姥两人合在一起，形成对比、对照的"合传体"。可以说，这四讲人物的结构方式，都能在纪传体历史著作中，找到体例的渊源。当然，不少红学家在论到《红楼梦》人物塑造与传统文化的关系时，也指出过纪传体例对红楼人物呈现方式的影响，如黛玉宝钗、尤二姐和尤三姐似合传体，作为"钗影黛副"的袭人和晴雯又似类传体等。吴小如在《闹红一舸录》中，提出了《史记》中的人物传记体例大致分为三类，进而认为："在《红楼梦》里，写贾宝玉固然近于以一人为主，但也有与钗、黛同时并举的地方。而写尤三姐、尤二姐的几回，则显属合传体。至于以钗、黛为主，以袭人、晴雯为钗、黛之'影子'，又近于以类相从。"[1] 不过，把这种体例运用到论著的结构设计中，还是比较少见的。这里，让贾宝玉带动其他几位女子结合为一讲，又特别设计分析王熙凤的单列一讲，还有把老祖宗和刘姥姥两人组合在一讲里，都是非常有眼光的。特别是论老祖宗和刘姥姥这部分，其地位的悬殊，在小说中所占篇幅差异之大，还有处于故事人物关系的位置不同，都很难让人想到把这两者如合传似的放在一起来论述。但高语罕从小说整体结构着眼，又以两个不同社会阶层作为比较的视野，自认为要比"韩非与老子同传"还要合理，这样的处理方式还是能够让人信服的。他在比较分析中，最后得出结论：

---

[1]　吴小如.古典小说漫稿[M].上海：上海古籍出版社，1982：125.

她们，一个是贵族社会的老封君，钟鸣鼎食、颐指气使、仆从满前、富贵寿考的人物；一个是农民社会的老太婆，年事虽高，而胼手胝足、终生勤劳、不得一饱的苦人。一个是恤老怜寡、雍容宽厚；一个是勇于为善、富于同情、急公好义、诚实不欺、报德感恩、可以托孤。就性格言之，各有其独到之处；就社会地位言之，为贾母易，为刘姥姥难。因之，吾爱贾母，吾尤爱刘姥姥！[1]

虽然没有将两者置于尖锐的阶级对立、对抗关系中，但是在比较中体现出阶级同情的倾向性，还是有马克思主义思想影响的痕迹。

当然，作者也有些人物分析较多的是在梳理作品相关信息，个人的创见似乎并不很多，但因为其合传设计本身的创意，还是给读者带来了耳目一新的感觉。

三

第三讲只分析王熙凤一个人物，这一设计跟作品所呈现的王熙凤形象之丰富复杂，十分相当。在这一讲里，他把王熙凤展开为九个方面：（1）凤姐是贾府的政治家；（2）凤姐之姿；（3）凤姐之才；（4）凤姐之巧；（5）凤姐之贪；（6）凤姐之毒；（7）凤姐之妒；（8）凤姐之淫；（9）凤姐与贾府之兴衰。

在分析这九个方面的同时，他又以相关材料来深入一步梳理，比如单就"凤姐之巧"来说，就有下一层次的进一步展开，共计四点："巧于应对、见风使

---

[1] 高语罕.红楼梦宝藏六讲[M].北京：首都经贸大学出版社，2012：215.

舵""巧于应付""巧于使人欢悦而不失身份"和"凤姐说话，不但对上能使人喜欢，即对下也能收买人心做顺手人情"。而在"巧于应对、见风使舵"这一点，他主要举邢夫人同凤姐商量贾赦想娶鸳鸯为妾事。其举例之精当，分析之到位，让人有会心不远的感觉。后来王蒙的《红楼启示录》也是以此事为例，来分析凤姐处理事情的高超能力。[1]

李辰冬和王昆仑在他们各自的论著中都有王熙凤的专论，这里不妨提出来与高语罕的专论作一比较，可以凸显各自的分析特色。

由于受西方理论影响甚深，李辰冬的专论一开始就提出曹雪芹赋予王熙凤的"才干和阴险"是跟"《浮士德》下卷所描写的学士"形象属于同一典型，都是"气壮力强，野心勃勃的青年之象征"。由此他强调："他写熙凤的才干，不是赞美她，写她的阴险、毒辣、贪财，以及功往己身拉，罪往别身推，也不是骂她，只在创造这类人的典型罢了。"据此，他进一步认为，曹雪芹并不是想利用人物来改造社会，是以"旁观者'清'的态度来看人生，不像别的作家在人生里看人生"。这样的简单类比和分析，其实都是抽离了人物各自依托的社会背景，看似概括了人物形象的普遍性，其实把人物的思想行为抽象化了，也无法辩证分析出作者"旁观"态度与实际介入间的复杂性，更不用说所谓的"旁观"，即既不赞美也不骂，可能正反映出作者对女性悲天悯人的情怀，那种"爱博而心劳"的态度，而不是那种出世者的旁观态度。总之，李辰冬的分析及结论，还是流于表面和抽象，缺乏一种辩证思维和社会学的视野。

正是在这一基本点上，同受马克思主义思想影响的王昆仑和高语罕跟李辰冬的专论有了本质差异。因为王昆仑和高语罕，在分析王熙凤的形象特点过程中及最终结论时，始终注意到了人物的社会关系，注意到了王熙凤和贾府这一衰败家族的不可分割性。在确立这一基本思想的前提下，高语罕和王昆仑的人

---

1 王蒙.红楼启示录[M].北京：生活·读书·新知三联书店，1991：125-129.

物论差异，也是比较大的。

高语罕对王熙凤的论述最全面，分出九个要点来依次展开，但因为是平面罗列式展开，每个特点间的关系，尚缺乏一定的有机联系，最多也是从正面论述到负面评价。相比之下，王昆仑的专论则有着递进的深入，他从分析王熙凤的口才与威势入笔，进而提出"口才与威势是作战的武器，而掌握权力掠取财富是作战的目的"。这就在一定程度上，触及了人物的表象和本质的关系，在辩证思维上，要比高语罕论述得深入一层。

更重要的是，王昆仑似乎有意和高语罕唱起了反调。

高语罕在自己的分析中列出的第一点是"凤姐是贾府的政治家"，但在下文展开中，是从第二点开始一一分析的，而把政治家这一点略过了。只是在后文论及王熙凤协理宁国府时，才呼应了开头列出的第一要点，认为"熙凤真是一个精明强干的政治家，假使在当时她是个男人的话，假使她生在今日，再受到相当的教育，也许是丘吉尔、罗斯福辈中人"。但在王昆仑的专论中，恰恰提出了不同看法，他说："凤姐在家庭战场上是一个胜利者，然而她毕竟不是贾府的政治家。"

之所以跟高语罕有截然不同的判断，是因为他提出了相当深刻的理由。

他认为，当秦可卿托梦给王熙凤以提醒贾府的危机，让她早做打算时，聪明绝顶的她对此应该有所警觉的。接下来，王昆仑笔锋一转说：

> 然而她以为那些公共的福利，以后的生机，绝不比目前的实力来得重要，于是把贾府的这唯一的一条生路给搁置下来。凤姐总揽着贾府的家务，只有她最能懂得这一个大家庭的一切困难、矛盾和种种的没落相。但她既决不许别人从她手中把这封建家庭的尾间命运夺取过来而加以挽回，于是她反成了这命运的有力支配者。这位连账也不会写、不学而有术的少妇本不具有什么基本政策，但她在无制裁力的环

境之下,却建立起以她自己为中心的个人功利主义。她根本不需要什么久远的计划和实际的建设,更不需要与能干的探春高洁的李纨或任何人合作;她所需要的,只是在她自己掌握中,使这一个庞大矛盾的家庭暂时存在着,以满足她自己而已。[1]

在后来的修订本中,作者虽然删除了评价王熙凤"不是贾府的政治家"这一句,但又加以明确说:"她以为那些公众的事,以后的事,绝不比目前的自己的利益来得重要。行将没落的统治层中的当权派都只有挣扎撑持于一时,而不会有什么长远打算和乐观精神。"[2]这样的分析触及了统治阶级极端自私的本质属性和他们的短视眼光,然而又是跟分析人物的心理动力和智力因素结合在一起的,具有相当的思辨色彩和开阔视野。这样的深刻分析,没有在高语罕的凤姐论中发现。相比王昆仑,高语罕的人物分析涉及社会学和阶级利益关系时,思维展开还是停留在较为粗浅的层面。但不管怎么说,《红楼梦宝藏六讲》作为初步运用马克思主义文艺学原理来讨论凤姐的专论,在当时还是相当全面而系统的。

四

也许高语罕在论凤姐时,过于追求分析的全面,或者是想深挖作品的言外之意,所以在有些人物分析的个别方面,也留有说服力不够的遗憾。比如分析凤姐之淫,所举的主要例证就是刘姥姥进贾府到王熙凤处,正巧贾蓉到凤姐处

---

[1] 太愚.红楼梦人物论[M].上海:上海书店,1990:167.
[2] 王昆仑.红楼梦人物论[M].北京:生活·读书·新知三联书店,1983:144.

借玻璃炕屏用。贾蓉出去后,凤姐又吩咐人叫回,但又不说话,只管喝茶,出神了半日方笑道:"罢了,你且去罢。晚饭后你来再说罢。这会子有人,我也没精神了。"贾蓉方慢慢退去。对于这段描写是否就一定说明了凤姐跟贾蓉有私情,红学界其实是有很大争议的,蔡义江就认为,不便说的内容其实是很广的,不一定都是淫的问题,非要认定为淫,其实还是读者自己想歪了。高语罕当然是主张这里说明了凤姐之淫,所以要读者来闭目细想,慢慢从描写中琢磨出其中的意思,这倒也罢了。不过,高语罕又举第二十八回凤姐与宝玉的对话,把宝玉身边的丫鬟小红要到她身边使唤,宝玉道:"只管带去。"说着,便要走,凤姐道:"你回来,我还有一句话呢。"但宝玉没回来,说是老太太叫他去,有话等回来说,然后就走了。这里,高语罕认为凤姐把宝玉叫回的情境,让人回忆起把贾蓉叫回的情境,从而暗示凤姐和宝玉的叔嫂间也有暧昧的关系。虽然他借别人的口来说自己可能过于周纳,太把莫须有的事当真了。但他接着举焦大醉骂的"养小叔子",举贾琏的抱怨"不论小叔子侄儿,大的小的,说说笑笑",来加强其猜测的说服力,其实都是有过度阐释之弊的。也许从传统的、恪守礼仪者的眼光来看,王熙凤仅仅是与小叔子侄儿的说说笑笑,已经近似淫了。但一个站在现代立场的研究者,也是这么来分析,这么来下结论,就有可能是欠妥的。

另外,他在分析妙玉心理时,也同样有过度阐释之弊。他运用弗洛伊德心理学理论,认为妙玉早年遭受了爱情挫折,才导致后来在与宝玉及他人交往时,变得那么古怪,这也很难说有什么说服力。但是这么想想,满足一下想象的乐趣,也没什么不可以。也有学者猜测妙玉的神秘身世,其遁入空门可能涉及政治权力斗争问题,类似的这些说法,虽然从学术角度很难得到坐实,但都可作为一家之言提供我们参考。不过,仔细斟酌的话,如果作者不把妙玉归到"奇女子"一类,而是像史湘云等放在贾宝玉的附传里,似乎更加合理,论述起来也更顺畅。

他对袭人在宝玉出家后的心理分析非常深入,可惜的是,在人物论里分析过的这部分内容，其基本观点和分析又大多出现在第六讲谈艺术分析时涉及的心理描写，这样的重复似乎并不应该。这说明他虽然在写作中有意识借用了中国传统的纪传体体例，但《史记》中频繁采用的互见法，并没有被他吸纳。

最后值得一说的是，因为全书采用的是讲述口吻，所以虽然这是一本论著，但讲课人的那种亲切和晓畅，似乎与读者贴心交流的语气，贯串全书，增加了阅读的愉悦感。而作者也喜欢把自己作为一个平常人得来的阅读感受，以插入语方式来与读者分享，比如他在论述王熙凤接受协理宁国府一事时，他说："我当初读红楼时，读到此地，真替凤姐捏着一把汗，以为：这种大丧事，纷乱如麻，她一个不过二十岁上下的千金小姐，怎当得起！"凡此，可以说增加了读者阅读的悬念，也拉近了读者与作者的距离。这样的论述方式，虽然有可能被同行视为文体不纯，但我倒觉得，正是借这种插入语，让读者触摸到了作者的脉动，也在一定程度上弥补了用马克思主义理论分析作品尚不够娴熟的生硬感。

从《红楼梦》多篇序言看读者对小说未完成的接受

《红楼梦》从手抄到活字排印,随着小说文本的流传还有不少评语和传播者的序言。有关小说的评语受到了研究中国古典小说理论者的历来重视,相形之下,与《红楼梦》一同传世的一些序言,比如脂抄本的序言和程高本的序言,就没有得到应有重视。这里的原因,固然如有些论者所说的,这些序言虽然也有一定的价值和意义,但本身"受到各种局限,未能有振聋发聩的见解和发人深省的宏论出现"[1]。更重要的是,《红楼梦》研究者在利用这些序言时,较多地是从考证学意义上而不是小说思想艺术角度来研究的,特别是很少有人把对序言的考证学研究和思想艺术特殊价值的研究结合起来,从而使得我们今天重读《红楼梦》的序言,仍发现有一些重要意义值得阐发。

1　王平.试论清人《红楼梦》序跋的多重价值[J].红楼梦学刊,2013(5):17.

一、戚蓼生序对未完成的理解

脂抄本系统主要留下三篇比较重要的序言,即戚蓼生序言、梦觉主人序言和舒元炜序言。

对于前两篇序言,以往有学者从文艺理论角度作过一些初步解读。比如在黄霖、韩同文早些时候编著的《中国历代小说论著选》中,关于戚蓼生序言有过简要说明,认为"本序的特点就在于用朴素的艺术辩证的观点论述了曹雪芹的艺术匠心和高度技巧"。因为是多角度、多方面的同时并举,且常常"注彼而写此,目送而手挥,似谲而正,似则而淫",所以需要读者在互相对照中,发现作者的弦外之音与深沉的意蕴。[1]而对于梦觉主人的序言,编者则指出:"本序认为《红楼梦》'似真而又幻''真少而假多'的写作应该肯定,因为'书''奚究其真假''惟取乎事之近理',何况这又是作者'辟旧套开生面'的重要表现之一。"据此,编者认为这是梦觉主人自觉和不自觉地触及了文学创作反映生活的规律性问题。而对作序者认为《红楼梦》"工于叙事,善写性骨",指出这样的判断,也是符合作品实际的。[2]因为这些基本要点还是显而易见的,所以晚近学者在讨论《红楼梦》相关序言的价值时,基本延续了这样的一些观点概括,如果有所延伸,也只是以小说本身的实例来论证作者观点的正确而已,王平《试论清人〈红楼梦〉序跋的多重价值》,即是如此。

至于舒元炜的序言,艺术理论层面上的价值较少受到关注,而版本学上的价值则吸引了红学家的很大注意力。恰如林冠夫所言:"舒元炜序,一手骈四俪六,如果仅从文艺理论的角度来要求,并无多少精辟的见地,甚至还不少滥调。

---

1 2 黄霖,韩同文.中国历代小说论著选[M].南昌:江西人民出版社,1982:494,516.

但是，序中叙述的一些事实，不仅提供了说明这个本子形成过程的可靠资料，而且接触到后四十回流传的一些问题。这是其他本子序言中所未见的。舒氏序不可忽视的价值也正在这里。"[1]除了林冠夫，还有刘世德和夏薇等，正是沿着这条路径深入研究，发现了舒本前八十回是姚玉栋藏本和当保藏本的拼凑本，且在残存的前四十回中，发现有姚本三十回和当本十回合成的重要依据。此外，舒元炜序言透露出，即使在程高本印刷前，世上就可能有一百二十回的流传，这一线索似乎可以和程伟元、高鹗的序言互为印证，据此进一步猜测，高鹗可能只是后四十回的一个修订者而并非严格意义上的续作者，就多了一条旁证。[2]

上述诸多学者对脂抄本序言梳理出的一些价值，当然值得我们重视。但我觉得这三篇序言有一个共同点在许多学者的论述中被有意无意地忽视了，就是作序者都是基于《红楼梦》这部小说的未完成性来展开他们的论述的。这样，如何看待这种未完成性，他们对这种未完成性各持怎样的态度，这种态度又折射了怎样的美学、社会学意义，诸如此类的问题，成了一个饶有趣味的值得讨论的话题。

虽然戚蓼生序言是从小说描写的多方面同时并举来着手谈论曹雪芹的创作艺术，这也是黄霖等在相关说明中最先揭示的，所谓"吾闻绛树两歌，一声在喉，一声在鼻；黄华二牍，左腕能楷，右腕能草。神乎技矣！吾未之见也。今则两歌而不分乎喉鼻，二牍而无区乎左右，一声也而二歌，一手也而二牍，此万万所不能有之事，不可得之奇，而竟得之《石头记》一书"。但指出这种同时并举，又不等于说作者是在平均使用力量，而主要意味着他所开拓出的一个艺术世界

1　林冠夫.论舒序本——《"红楼梦"版本论》之一[J].红楼梦学刊，1986（4）：181.
2　夏薇.关于《红楼梦》舒元炜序本底本构成的新发现[J].红楼梦学刊，2008（3）：27-44.
　　刘世德.舒本=姚玉栋藏本+当保藏本——《红楼梦》舒元炜序本研究之一[J].红楼梦学刊，2015（6）：1-15.

的广度和深度。这样,读者阅读此书,就需要努力发现其中的画外音、言外意。就像序言中所说的:"作者有两意,读者当具一心。譬之绘事,石有三面,佳处不过一峰;路看两蹊,幽处不逾一树。必得是意,以读是书,乃能得作者微旨。如捉水月,只把清辉;如雨天花,但闻香气,庶得此书弦外音乎?"有意思的是,恰恰是在要求读者具备一种意识,能够窥一斑而见全豹、领略作品言外深意的前提下,作序者才提出了小说残本的问题,所谓"乃或者以未窥全豹为恨,不知盛衰本是回环,万缘无非幻泡。作者慧眼婆心,正不必再作转语,而千万领悟,便具无数慈航矣。彼沾沾焉刻楮叶以求之者,其与开卷而瘩者几希"[1]。于是,在作序者看来,小说的未完成性就不是一个严重的缺陷问题,它甚至在无意中贯彻了作者创作的特色,把一个本来是创作的残缺性问题,置于创作的留白艺术等量齐观,以为这样的未完成性,可以成为检验读者是否能够窥一斑而见全豹的问题了。一句话,不求小说之全而能见到隐含之全,这算得上是真正的开卷有悟者。

当然,作序者最后是用一种盛衰回环来解释这种言外之意的获得不免落入俗套,因为小说到八十回就不见下文的中断,其引发的思考,毕竟不能仅仅从小说内部预示的意义来得到简单化理解,也绝不是从中领悟了一些陈腐格言就能让读者获得满足的。对读者而言,当知道了小说必然会写出衰败之相时,如何呈现这种衰败之相,如何让这种衰败之相产生一种摄人心魄的力量,这也是期待能够读到全书的读者的合理诉求。

不过,从另一个角度说,当我们事实上不得不面对未窥全豹的现状时,我们固然可以相信小说后四十回已经写完而散失的说法,进而想象曹雪芹灌注了心血的力作不能完整流传与书中描写的贾府衰败构成书内书外的互文性理解,但也不排除另外的解释,即作者确实没有完稿,可能是自身写作内驱力的突然

---

[1] 丁锡根.中国历代小说序跋集[M].北京:人民文学出版社,1996:1151.

中断，是脂砚斋所谓的"书未成，芹为泪尽而逝"。于是，把窥一斑而见全豹的艺术问题连同这一艺术的物质载体及作家的写作过程纳入思考的视野，就使得这篇序言在结尾处引向《红楼梦》小说的未完成，成了一个水到渠成的结论，夸张一点说，这篇序言对《红楼梦》艺术特质的强调，似乎就是跟这篇小说的未完成性紧密相关的，这种逻辑的相关性，很大程度上拓展了传统所谓"残缺美""缺陷美"或者类似脂砚斋所谓"真正美人方有一陋处"的艺术讨论，能够把我们的视角从艺术风格引向作家创作心理和更为开阔的社会现实。

二、梦觉主人序和舒元炜序对未完成的理解深化

与戚蓼生序言相似的是，梦觉主人的序言也是在文末才点出了《红楼梦》的未完成性，不过，所不同的是，他是从颇具哲学味道的主题命意而不仅仅是艺术角度，把小说的未完成性问题提出来的。

在梦觉主人看来，梦的虚无缥缈、突然消失而余韵缭绕的表现形式跟小说的突然中断有内在的必然联系。所谓："既云梦者，宜乎虚无缥缈中出是书也，书之传述未终，馀帙杳不可得；既云梦者，宜乎留其有馀不尽，犹人之梦方觉，兀坐追思，置怀抱于永永也。"[1]据此，梦觉主人提到小说无意间造成的未完成性，不仅仅同艺术表现的留白有一定关系，换言之，无意造成的言语中断必然带来的猜测种种与作者刻意营造的言外之意效果有相当联系，更重要的是，梦觉主人开篇点明全书具有梦的特征及情与梦的关系，所谓"幻中有情，情中有幻"，才使得一部说梦之书，有了"事之近理，词无荒诞"的感觉。从这一层意义上说，小说的未完成性，就是跟梦的本质特点关联起来，这是梦根植于现实的一种非

---

1 丁锡根.中国历代小说序跋集[M].北京：人民文学出版社，1996：1158.

现实性，也是一种由梦而觉的必然性。只是当世人都沉溺于梦中而不能觉醒时，醒悟的意义、梦觉的意义才使得《红楼梦》创作超越了旧套，显示出全新的别开生面。这样，小说展现的情幻特征，不但能一一形象体现于作品塑造的人物身上，也成为小说如同梦一般超越于现实的一种存在方式，而小说在现实中突然中断，就使得痴迷于《红楼梦》的读者，有一种梦中惊醒重返现实的感觉，并通过觉醒后对梦的追思，把这样的情怀带向了永远。这样的认识，可说是既比较深刻地揭示了《红楼梦》这部小说的特征，也把这种深刻认识与小说残缺的特性有机结合起来，而在这过程中，对读者的阅读心理的揭示，也是体贴入微的。

如果说，戚蓼生序和梦觉主人序在谈到小说的残缺时，都或多或少涉及了读者阅读心理，那么，在舒元炜的序中，对这种残缺性的理解，是跟《红楼梦》收藏主人的人生命运紧密联系在一起的。不过，这篇序言的开始，通过设置骈赋体的主客对话方式，恰恰是从客人的立场（也是作序者的立场），把人生与小说隔离开的。

尽管作序者在开头就点出了《红楼梦》并非全璧，并且感叹"惜乎《红楼梦》之观止于八十回也。全册未窥，怅神龙之无尾；阙疑不少，隐斑豹之全身"[1]。但是，他笔锋一转，紧接着提出了不同看法，认为文本的这种残缺现象，并不是一个严重问题，就像他说的，"然而以此始，以此终，知人尚论者，固当颠末之悉备；若夫观其文、观其窍，闲情偶适者，复何烂断之为嫌"。言下之意，似乎只是在知人论世时，才需要了解作品的全貌，如果用文字来消闲寄托，则不必太纠结于作品是否残缺。在这里，对书是用来评价整体人生还是一时的消闲解闷，作序者提出了不同标准。这里看似仅仅是对小说不同功能的划分，但当他提出这样的划分时，其用意是把特定的《红楼梦》这部小说功能与整体的

---

[1] 丁锡根.中国历代小说序跋集[M].北京：人民文学出版社，1996：1158.

人生价值区分开了。而这种由作序者以客人的身份提出的人生与小说的分离观点，却在舒元炜客居京城的筠圃主人姚玉栋那里，得到了重新弥合。这是筠圃主人在邀请作序者一起来整理抄补八十回《红楼梦》抄本时，才提出这样的观点。他直截了当地把人生与《红楼梦》联系起来而对客说："客亦知升沉显晦之缘，离合悲欢之故，有如是书也夫。"原来，姚玉栋和好友当廉使各抄写有八十回本的《红楼梦》，后姚玉栋的藏本被强力者夺去，等过去多年，他有机会重新获得这一抄本时，已经只残存了五十三回，只是因为偶然获知邻家有同样的藏本，才借来请客人即舒元炜他们来一起整理，把缺失的二十七回抄补进去，所谓"返故物于君家，璧已完乎赵舍"，使八十回得以补全。其时，当廉使已经不在人世。（采用林冠夫说）至于后来八十回本又散失一半而只残存前四十回，这更是后话了。这里的问题是，当筠圃主人把书的离合聚散视为人生命运浮沉的一种隐喻时，他还仅仅是指书的物质化的存现状况，只是当人生的经历与这种离合状况互为比喻时，由小说内容的题旨引发的一种启悟，才直接指向了书外主人对自身命运的喟叹，这样，书外与书内，被彻底打通了。而筠圃主人所谓的"色空幻境，作者增好了之悲；哀乐中年，我亦堕辛酸之泪"，就不再是一种抽象的议论，而是让客人能够把主人的人生感悟视为阅读《红楼梦》的一种人生的确证，一种骈体文的语言对位关系，也强化了人生与小说的互文性，这种对位与对照，本来是以序言整体的主客关系形成分离的，但随着描写的深入，客人的立场渐渐被主人的立场所取代，也开始把小说的残缺和修补的过程，视为人生的一种隐喻。因为引入了隐喻性视角，通常意义上的小说叙述的完整反倒容易把自身封闭起来，与人生社会的关系也是不贴近的，而残缺的小说则以自己的开放性物质载体贴近了人生社会，并以内部的叙事直接向人生开放，让世事人生既是小说残缺的物质化肉身的隐喻，也成了未完成小说的一种赓续。

三、程伟元序本身的戏剧性

程甲本一百二十回的问世，在一定程度上终结了《红楼梦》的未完成性，让《红楼梦》物质化的肉身得以饱满。耐人寻味的是，完成与不完成的问题，仍然让许多红学家深感纠结，一直处在争论不休的状态。

比如，后四十回到底是谁完成的？程伟元的序言说得很清楚，这是由别人（当然很可能是指曹雪芹本人）完成的，自己和高鹗最多做了些整理加工的事。不过，不少学者并不认可这样的说法，因为程伟元序言里说是先找到了二十余卷，后来又偶然从货郎手里买到了十余卷，好像前后尚能衔接，然后再约高鹗来加工整理。问题是，这两次发现实在太巧，似乎不太可能。所以不少人认定就是程伟元、高鹗自己续作而并非有原稿依据。当年胡适就斩钉截铁地说："此话便是作伪的铁证，因为世间没有这样奇巧的事。"[1]但也有人反驳说，"这种巧合的确令人生疑，但反过来说，程伟元如果所说不是实情，那么他直接说数年来搜集到了四十卷不是更简捷吗？何必非要说平常搜罗了二十余卷，然后在鼓担上又购得十余卷，何必多此一举，还令人怀疑？因此对程伟元所说情形不宜轻易否定"。当然结合舒元炜序中提到的八十回是"业已有二于三分"，还有周春《阅红楼梦随笔》中提到乾隆庚戌年间就有《红楼梦》一百二十回抄本的说法，晚近人民文学出版社出的校注本把原来续作的署名高鹗改为无名氏，还是有一定道理的。但认为程伟元说自己是一次搜罗到残稿的说法不容易使人生疑则也未必。让人感到棘手的是，我们现在确实没有直接证据来承认或者否定程伟元的说法，舒元炜和周春的说法最多只能算一种间接证据，所以分析程伟元说法是否合理也算一种角度。但我们是否还可以换一种分析视角呢？我以为，如果程伟元说一次搜罗就得到了后四十回的残稿固然弱化了偶然性，但他

---

[1] 蔡元培，胡适．石头记索引·红楼梦考证 [M]．北京：北京大学出版社，1989：105．

说二次才搜罗到既是凸显了偶然性，但这种偶然性其实是更具故事情节性的。换言之，在程伟元序言内容中构拟的情节性，要比说一次性搜集到四十回更为动人。虽然我不是说程伟元的说法就一定不可信，但其叙述收集整理出版全书的整个过程，符合情节结构的基本模式，这也是一个无法否认的事实，值得引起我们的深思。对这一过程的分析见下表：

程伟元序言内容[1]	情节展开模式
是书既有百廿卷之目，岂无全璧？爰为竭力搜罗，	开端：设置悬念。
自藏书家甚至故纸堆中无不留心，数年以来，仅积有廿馀卷。	发展：在预设的悬念中解决部分问题，但仍留有推进的空间。
一日偶于鼓担上得十馀卷，遂重价购之，欣然翻阅，见其前后起伏，尚属接笋，然漶漫不可收拾。	高潮：转机在意外中出现，使悬念基本释放，为问题全面解决奠定基础。
乃同友人细加厘剔，截长补短，抄成全部，复为镌板，以公同好，《红楼梦》全书始至是告成矣。	结尾：在弥补小缺憾中圆满解决问题。

我们看到，当程伟元序言在叙述《红楼梦》全书告成时，其叙述本身的展开过程，也构建起一个吸引人的曲折故事。仔细推敲程伟元的文字就可以发现，其作为开端的问题设置，就是用一个希望来吸引人的。因为一般全书目录在前，所以即使得到的是残本，能看到整部小说目录也是合理的。而程伟元从目录中推想全书可能的存在，并为搜寻这残缺的部分而努力，就给人设置了一个很大的悬念。之后，能够发现残缺部分的局部，就把实现希望的可能推进一步，越

---

1 丁锡根.中国历代小说序跋集[M].北京：人民文学出版社，1996：1160.

是接近目标，给人产生的希望则越大，对发现作品全部的悬念也越发强烈。只是当残缺部分几乎全部找到时，其实现寻找残稿的梦想，就达到了高潮。但是，因为残稿虽然前后尚能贯通，但毕竟"漶漫不可收拾"，这样，还不算最终完成，还需要有人来加工整理，使其真正可以成为完整的艺术品，这才进入结尾部分，形成了从开端到发展再到高潮和结尾的完整环节。另外，成品中有自己同友人的加工痕迹，也给后部分与前八十回不尽吻合的描写留下了合理性的解释。

当然，这一叙述的起点是一百二十回回目的存在，由此构成整个故事推进的基础。但恰恰在这一点上，程伟元的叙述是语焉不详的。他没有告诉我们，既然一百二十回回目已然存在，那么发现后面三十余回的残稿，回目的相似应该成为一个重要的依据，但程伟元回避了这一点，只是说前后情节的起伏尚属连贯。再有，他和高鹗的加工，是否也参考了原先的回目？或者只知道有一百二十回的数目，并没有具体的回目标题作依据？因为俞平伯在《红楼梦辨》中，就竭力主张后四十回的回目并非曹雪芹的原作。[1] 类似的问题，也许还需要我们回到原点来重新思考。

总之，如果说一百二十回本的《红楼梦》终于完成了故事结构模式，那么，在小说的外部，在程伟元的序言中，其构建小说完成的过程，本身也成了一个具体而微的故事，成了为《红楼梦》的完成而圆梦的故事。

四、对未完成的接受和拒绝

程伟元付印的《红楼梦》一百二十回本是以小说的完成性来显示给世人的，但恰恰是伴随着完成性的结局不圆满问题，引发了世人的不满，使得他们更激

---

1 俞平伯.俞平伯说红楼梦[M].上海：上海古籍出版社，1988：92-101.

烈地把小说的续作视为一种未完成，进而导致相当数量的对一百二十回《红楼梦》的续作纷纷问世。逍遥子的《后红楼梦》、秦子忱的《续红楼梦》、兰皋居士的《绮楼重梦》、少海氏的《红楼复梦》、归锄子的《红楼梦补》等，诸如此类，不一而足。

虽然程本系统添加的《红楼梦》后四十回未必尽合曹雪芹原意，但基本延续了由盛而衰的发展轨迹，这就让许多人内心无法释然，这涉及对梦的本质的理解问题。从贾府盛衰角度说，曹雪芹写梦的根本目的不是为了写人对梦的沉醉，恰恰是写梦中醒来，尽管这梦是那么美好。用时下的话来说，是借诗和远方写出了诗的毁灭和远方的消失，但许多人不愿接受这一点。他们所理解的梦，就是美梦，是梦中的呓语，是对现实的遮蔽，是如兰皋居士为其《绮楼重梦》（又名《红楼续梦》等）楔子中所写的："盖原书由盛而衰，所欲多不遂，梦之妖者也；此则由衰而盛，所造吾不适，梦之祥者也。"据此，他是以全身心投入梦中，是以他的梦幻人生来续作的。所谓"犹忆梦为孩提，梦中嬉戏，梦肄业，梦游庠，梦授室，梦色养，梦居忧，梦续娶，梦远游，梦入成均，梦登科第；梦作宰官，临民断狱；梦集义勇，杀贼受城；既而梦休官，梦复职，梦居林下；迢迢长梦，历一花甲于兹矣，犹复梦梦。然梦中说梦，则真自忘其为梦，而并不知其为梦者也。世有爱听梦呓者，请以《红楼续梦》告之。"[1] 虽然像兰皋居士这样把一百二十回本《红楼梦》视为未完成之作，接着续写，固然不在少数，但也有如归锄子那样，直接从程本系统的后四十回中间插入续写的，特别是林黛玉之死，让他耿耿于怀，所以，他干脆就从第九十七回接续，让林黛玉起死回生。对这种从中间补续的做法，他在《红楼梦补叙略》中自我辩解说："传奇之续，无不自卷终后再开生面，未有将前书截弃者。然续传明翻前

---

[1] 丁锡根.中国历代小说序跋集[M].北京：人民文学出版社，1996：1182-1183.

事，亦尽属子虚乌有之谈，则与其勉强凑合，毋宁直截了当，似不妨补以剪裁之法，阅者幸勿哂其荒谬。"[1]虽然归锄子认为自己的续作迥然不同于其他各种从一百二十回开始的做法，但他所说的类似续作包括他本人的"尽属子虚乌有之谈"，倒是说得很正确。但这种子虚乌有，并非指的文学创作虚构原则，而是一种基于不愿意或者不敢正视现实的梦幻态度。

也许，即便曹雪芹确实完成了《红楼梦》而且使原稿得以完整的面貌流传到后世，要世人真切、形象地面对结局的一种白茫茫大地真干净的不圆满，他们是否能够接受这样的结局还是存有疑问的，或者说，相比之下，他们更愿意接受《红楼梦》始终是未完成的结果。从这一意义上说，目前我们所能看到的《红楼梦》残缺状态，倒是更为合理的，它至少可以回避小说的一个难堪结局，并以留下的空白，触动各色人等的敏感神经，激发许多创作和研究的冲动，成为展现各自所理解的人生"圆满"的大舞台，但其中的大部分结局或结论，可能与曹雪芹的创作题旨及真实的人生世界且行且远了。

---

1 丁锡根.中国历代小说序跋集[M].北京：人民文学出版社，1996：1191.

后记

收入本论集的大部分文章,是因光明网李姝昱编辑约稿,发表在"光明网文艺评论频道",也有少量文章,发表在报纸杂志上。各篇文章根据内容侧重,有大致分类,这样的分类谈不上精准,甚至有的也很难归入相应类别。就如同人物和情节很难分割一样,人物推动情节,情节呈现人物,截取小说一段的分析文字,放在人物类和情节类似乎都可以。而"风物品鉴"一类,收罗庞杂,也可能给人带来理解的困惑。但进一步细分,整体上不太平衡,斟酌再三,还是采用现在的编排方式。

2020年,《红楼梦》整本书阅读列入高中统编教材的单元要求后,撰写《红楼梦》解读和阅读教学指导、研究类图书成为热潮。本书的出版,似乎也在蹭热点。但毕竟,我在大学中文系开设"《红楼梦》研究"选修课有20多年,对《红楼梦》有反复的阅读和持续的思考,所以即使蹭热点,收入的文章也并非都是急就章,敝帚自珍,或许还值得拿出来与大家交流。其中部分文章,出于文化普及目的,是根据自己在学术刊物发表的长篇论文而改写成的短文,内容有些重合。但大部分文章,则是新写的,反映我有关《红楼梦》阅读和教学实践的新思考。特别需要一提的是,《曹雪芹审度人生的三个视点》一文系与孙逊老师合作完成的,这是我30年前因为读研而重读《红楼梦》的起点,收录该文的节选,以作纪念。

我的学生、同事、老师和亲友,对我撰写此类文章一直抱有热情,在网上发表时,积极转发,加以推广。上海教育出版社的晓琼编辑,也是本书的责编,出力尤多。他们的支持,是我持续思考并形诸文字的重要动力,在此一并表示感谢!

2020年3月7日于上海

图书在版编目（CIP）数据

重读《红楼梦》/ 詹丹著. — 上海:上海教育出版社,
2020.7（2020.8重印）
ISBN 978-7-5720-0047-8

Ⅰ.①重… Ⅱ.①詹… Ⅲ.①《红楼梦》研究
Ⅳ.①I207.411

中国版本图书馆CIP数据核字(2020)第112619号

责任编辑　陈晓琼
封面设计　柒拾叁号

Chongdu Hongloumeng
重读《红楼梦》
詹　丹　著

出版发行	上海教育出版社有限公司
官　网	www.seph.com.cn
地　址	上海市永福路123号
邮　编	200031
印　刷	上海盛通时代印刷有限公司
开　本	700×1000　1/16　印张 22　插页 2
字　数	290千字
版　次	2020年8月第1版
印　次	2020年8月第2次印刷
书　号	ISBN 978-7-5720-0047-8/G·0036
定　价	59.00元

如发现质量问题，读者可向本社调换　电话：021-64377165